RENASCIDA

C.C. Hunter

RENASCIDA
OS SOBRENATURAIS

Tradução
Denise de Carvalho Rocha

Título do original: *Reborn*.

Copyright © 2014 Christie Craig.

Copyright da edição brasileira © 2015 Editora Pensamento-Cultrix Ltda.

Publicado mediante acordo com St. Martin's Press, 175 Fifth Avenue, New York, N.Y. 10010.

Texto de acordo com as novas regras ortográficas da língua portuguesa.

1ª edição 2015.

1ª reimpressão 2015.

Todos os direitos reservados. Nenhuma parte desta obra pode ser reproduzida ou usada de qualquer forma ou por qualquer meio, eletrônico ou mecânico, inclusive fotocópias, gravações ou sistema de armazenamento em banco de dados, sem permissão por escrito, exceto nos casos de trechos curtos citados em resenhas críticas ou artigos de revistas.

A Editora Jangada não se responsabiliza por eventuais mudanças ocorridas nos endereços convencionais ou eletrônicos citados neste livro.

Esta é uma obra de ficção. Todos os personagens, organizações e acontecimentos retratados neste romance são produtos da imaginação do autor e usados de modo fictício.

Editor: Adilson Silva Ramachandra
Editora de texto: Denise de Carvalho Rocha
Gerente editorial: Roseli de S. Ferraz
Produção editorial: Indiara Faria Kayo
Assistente de produção editorial: Brenda Narciso
Editoração eletrônica: Fama Editora
Revisora: Vivian Miwa Matsushita

Dados Internacionais de Catalogação na Publicação (CIP)
(Câmara Brasileira do Livro, SP, Brasil)

Hunter, C. C.
    Renascida : os sobrenaturais / C. C. Hunter ; tradução Denise de Carvalho Rocha. — São Paulo : Jangada, 2015.

    Título original: Reborn.
    ISBN 978-85-64850-96-5
    1. Ficção norte-americana I. Título.

15-01959   CDD-813

Índices para catálogo sistemático:
1. Ficção : Literatura norte-americana 813

Jangada é um selo editorial da Pensamento-Cultrix Ltda.

Direitos de tradução para o Brasil adquiridos com exclusividade pela EDITORA PENSAMENTO-CULTRIX LTDA., que se reserva a propriedade literária desta tradução.
Rua Dr. Mário Vicente, 368 — 04270-000 — São Paulo, SP
Fone: (11) 2066-9000 — Fax: (11) 2066-9008
http://www.editorajangada.com.br
E-mail: atendimento@editorajangada.com.br
Foi feito o depósito legal.

Aos meus amigos e a todos que ajudam meus livros a fazer sucesso.
Para meus leitores maravilhosos e amigos do mundo inteiro,
que estão sempre impulsionando as vendas apenas com a propaganda
boca a boca: Betty Hobbs, Susan e Ally Brittain,
Shawna Stringer e Lucero Guerrero. Obrigada a Natasha Benway,
a melhor bibliotecária para crianças que eu conheço.
E um grande agradecimento especial à minha equipe das ruas.
Vocês arrasam!

Agradecimentos

Para o meu marido, você é o meu mundo e a minha inspiração. Obrigada por me deixar correr atrás de um sonho e me fazer acreditar que eu podia alcançá-lo. Para a minha editora, Rose Hilliard, e a minha agente, Kim Lionetti — nós formamos um time da pesada. Obrigada às minhas assistentes, que me mantêm nos trilhos: Kathleen Adey e Shawnna Perigo. Obrigada aos meus amigos e colegas escritores, que estão ao meu lado em todas as desgraças, tristezas, surpresas e caminhadas: Lori Wilde, Susan C. Muller, Jody Payne, e R. M. Brand. Vocês são para mim como Kylie e Miranda são para Della — imprescindíveis para o meu bem-estar. Obrigada a todos vocês.

Capítulo Um

O monstro avançou pelo beco à luz do luar, bem na direção de Della Tsang. Mesmo no escuro, ela podia ver as presas amareladas, as garras encardidas e os chifres afiados e mortais. A criatura lembrava uma gárgula rechonchuda de tamanho extragrande, mas, com toda a franqueza, Della não fazia ideia do que era.

Não era um vampiro. Era feio demais para isso.

Talvez um lobisomem raivoso. Ela já tinha ouvido falar deles, mas nunca tinha visto um.

Tentou se concentrar na testa do monstrengo para examinar seu padrão. Cada espécie tinha o seu, e todo sobrenatural podia identificá-lo. Esse, no entanto, movia-se rápido demais.

Uma coisa ela sabia: ele não vinha em missão de paz. Os olhos vermelho-sangue, assim como o olhar de pura maldade, alertavam Della das suas más intenções.

Duas opções. *Voar ou lutar*, gritavam os instintos de Della. Seu coração batia forte. Só os covardes fugiam. Respirando fundo, ela puxou a bainha da blusa do pijama de Smurfs e se preparou para o ataque.

Pijama de Smurfs?

O que estava fazendo num beco vestindo um...?

As teias de aranha em sua mente se dissiparam e ela começou a perceber vagamente uma terceira opção. Poderia acordar.

Um sonho. Não era real.

Mas até acordar para fugir do sonho parecia um ato covarde. Della Tsang não era nenhuma covarde. Então ela permitiu que o pesadelo a envolvesse um pouco mais e observou, enquanto esperava o monstro chegar mais perto. Só lhe restavam alguns segundos.

Um.

Dois.

Três.

A criatura cheirava à morte. Estava a menos de um metro de distância quando saltou, deu uma pirueta no ar e aterrissou atrás dela. Della não tinha acabado de se virar ainda quando o brutamontes agarrou-a pelos ombros. Sentiu uma dor na base do pescoço como se uma garra ou presa tivesse perfurado sua espinha. Estendendo o braço para trás, ela enterrou os dedos numa massa de pele flácida e jogou a criatura para a frente, com toda a força, por cima do próprio ombro.

— Toma isso, sua baleia asquerosa!

Um baque forte deixou Della totalmente alerta. Sentou-se com tudo na cama, o coração batendo na garganta, e viu seu travesseiro, o objeto que ela tinha confundido com uma baleia asquerosa, do outro lado do quarto, cravado onde abrira um buraco na parede da sua casa.

Correção. Da sua casa, não. Da casa dos pais!

Ela estava sendo obrigada a passar o fim de semana em casa. Como assim, *em casa?* A palavra afundou em sua mente como uma farpa.

Aquela não era mais a casa dela. Shadow Falls era sua casa. O acampamento/escola que aos olhos do mundo lá fora era uma espécie de reformatório para adolescentes desajustados, mas que na realidade era onde os adolescentes sobrenaturais iam aprender a lidar com o fato de serem... sobrenaturais.

Kylie, Miranda e todos os seus amigos eram a família dela agora. Aquele lugar... Ela olhou em volta do seu antigo quarto, cheio de lembranças do passado. Era um lembrete de tudo o que havia perdido.

Ela olhou outra vez para o travesseiro e a droga do buraco que ele abrira na parede.

Merda!

Recuperando o fôlego, tentou pensar em como iria explicar aquilo aos pais.

Na parede oposta, ficava a penteadeira com o espelho embutido. Quando olhou para ele, um plano lhe ocorreu. Só precisava mudar alguns móveis de lugar e o buraco ficaria escondido. Ela voltou a olhar para o travesseiro e, ao mexer a cabeça, uma dor aguda fisgou a parte superior do seu pescoço. Exatamente onde aquele maldito monstro a mordera no sonho.

Ela estendeu a mão para esfregar o local da dor e sentiu algo frio e pegajoso.

Retirou a mão e olhou o sangue. *Mas que diabos era aquilo?*

Voltando a pôr a mão no lugar, sentiu uma enorme espinha inflamada na base do pescoço. Talvez a espinha estivesse simplesmente doendo e ela a transportara para o sonho maluco. O cheiro do próprio sangue lembrou-a de que não se alimentava havia dois dias. Mas trazer uma bolsa de sangue para casa era arriscado demais.

Da última vez que viera, pegou a mãe vasculhando suas coisas. Ela tinha olhado para a filha com um ar culpado e gaguejado uma desculpa:

— Sinto muito, só queria ter certeza de que não trouxe nenhuma... Eu me preocupo com a sua irmã.

— Você não se preocupa mais comigo? — Della tinha perguntado. Não se importava que a mãe achasse que ela estava usando drogas, o que mais doía era saber que não se preocupavam mais com ela. Então ela tinha saído do quarto antes de ser obrigada a ouvir o coração da mãe denunciando a mentira que estava prestes a dizer.

Tentando deixar o passado para trás, Della pegou um lenço de papel na mesa de cabeceira para estancar o sangue. Em poucos minutos, jogou o lenço no lixo, puxou o travesseiro da parede e arrastou a penteadeira pelo quarto, para esconder seu pequeno deslize induzido pelo sonho.

Deu alguns passos para trás, admirando o móvel reposicionado, e suspirou de alívio. Eles nunca saberiam — pelo menos não tão já. Um dia seu pai acharia o buraco e provavelmente iria chamá-la e dizer novamente quanto estava decepcionado com ela. Mas levar bronca e sentir tristeza depois era melhor do que levar bronca e sentir tristeza ao mesmo tempo.

Ao olhar para a frente, viu-se no espelho e... a ficha caiu. Ela podia enfrentar monstros nos sonhos e até mesmo na vida real, mas a simples ideia de enfrentar os pais, de ver a enorme decepção estampada nos olhos deles novamente, fazia com que se transformasse numa garotinha aterrorizada.

Toda mudança pela qual passara desde sua transformação em vampiro era encarada pelos pais como uma forma de rebeldia. Eles a consideravam uma adolescente ingrata e sem sentimentos — provavelmente viciada em drogas, talvez até grávida —, e disposta a tornar a vida deles um inferno. Mas era melhor deixá-los acreditar naquilo do que contar que agora ela era um monstro.

Às vezes Della se perguntava se não teria sido melhor ter tomado o caminho mais fácil e apenas simulado a própria morte, como fazia a maioria dos adolescentes na mesma situação. Perder a família iria doer uma barbaridade, mas já não estava doendo de qualquer maneira? Dia após dia, pouco a pouco, sentia que estavam se distanciando. Mal falavam mais com ela, havia muito tempo não a abraçavam, Della não conseguia nem se lembrar de como era ser abraçada. E havia uma parte dela que sentia tanta falta deles que tinha vontade de gritar que não era sua culpa. Della não tinha pedido para ser transformada!

— O que está fazendo? — A voz quebrou o silêncio sombrio.

Della se virou. Com sua audição supersensível, ela normalmente conseguia até ouvir a irmã mais nova se virando na cama. Como podia não ter ouvido a menina entrar furtivamente no quarto?

— Ah, nada — respondeu Della. — O que está fazendo acordada?

— Eu ouvi você... — Os olhos de Marla se arregalaram. — Você mudou a penteadeira de lugar?!

Della olhou para o móvel.

— Mudei, eu não conseguia dormir então só... pensei em mudar o visual aqui dentro.

— Aquela coisa é pesada!

— É, bem, sempre como todos os legumes do meu prato...

Marla franziu a testa.

— Você não comeu quase nada no jantar. Mamãe está preocupada com você.

Não, ela não está, Della pensou.

Marla olhou ao redor novamente.

— Você perguntou à mamãe se podia mudar os móveis de lugar?

— Por que ela se importaria? — quis saber Della.

Marla deu de ombros.

— Sei lá, mas devia ter perguntado.

Della mordeu o lábio, percebendo que, antes da transformação, ela provavelmente teria pedido permissão até mesmo para fazer algo tão banal quanto aquilo. Eis uma vantagem de se morar em Shadow Falls. Holiday e Burnett, os líderes do acampamento, comandavam o lugar com rédeas curtas, mas davam aos estudantes corda suficiente tanto para se balançar quanto para se enforcar. Até o momento, Della não tinha tentado se enforcar. Bem, pelo menos não chegara a tanto. E nos últimos seis meses, tinha começado a apreciar o gostinho da independência.

Marla se aproximou. Sua camisola cor-de-rosa só ia até o meio da coxa. Della percebeu que a irmã estava mudando — crescendo. Agora, com 14 anos, ela já tinha perdido o ar infantil. Seus longos cabelos pretos eram mais escuros do que os de Della. Das duas, Marla era a mais parecida com o pai. Seus traços eram mais orientais. Aquilo devia deixar o pai feliz, Della pensou.

— Está tudo bem? — perguntou Marla.

Antes que Della percebesse o que Marla pretendia fazer, sentiu o toque da irmã. Della tentou se afastar, mas Marla segurou seu braço.

— Está, sim.

Marla fez uma careta.

— Você ainda está tão fria! E não age mais como antes. Está sempre franzindo a testa.

Porque estou com sede de sangue!

— Está tudo bem. É melhor você voltar para a cama.

Marla não se mexeu.

— Eu quero de volta a irmã que você sempre foi!

Lágrimas ardiam nos olhos de Della. Uma parte dela queria voltar, também.

— Já é tarde. — Piscou, dispersando sua fraqueza em forma de lágrimas. Em Shadow Falls, ela raramente chorava, mas na casa dos pais as lágrimas vinham com mais facilidade. Será que era porque ali se sentia mais humana? Ou porque ali ela se sentia como o monstro que, se soubessem a verdade, sabia que acreditariam que ela fosse?

— Papai está tão preocupado com você... — continuou Marla. — Ouvi ele e a mamãe conversando outra noite. Ele disse que você lembra o irmão dele. Disse que o irmão um dia também se tornou uma pessoa fria e ficou difícil conviver com ele. Então ele morreu. Você não vai morrer, né?

Della deixou as emoções de lado para digerir o que Marla tinha dito.

— Papai não tinha nenhum irmão.

— Eu também não sabia. Então perguntei à mamãe depois e ela disse que o papai tinha um irmão gêmeo que morreu num acidente de carro.

— Por que ele nunca fala do irmão?

— Você sabe como é o papai, ele nunca fala sobre as coisas que doem. Assim como não fala mais de você.

Della sentiu um aperto no peito. Ela sabia que a irmã não tinha falado por mal, mas, caramba!, aquelas palavras dela tinham sido uma facada no coração. Tudo o que ela queria era se enroscar na cama e chorar como um bebê manhoso.

Mas não podia fazer isso. Vampiros não eram fracos nem manhosos.

Duas horas depois, ainda não tinha amanhecido e Della estava ali com a cabeça no seu travesseiro monstro, com os olhos pregados no teto. Não dormir não chegava a ser algo incomum. Mas agora não eram apenas suas tendências noturnas normais que a mantinham acesa depois da meia-noite. A espinha em seu pescoço latejava.

Ela ignorou. Seria preciso mais do que uma espinha para derrubá-la.

Lembrou-se de um velho ditado que a mãe costumava usar: "Paus e pedras podem quebrar meus ossos, mas palavras nunca podem me ferir".

Ah, como a mãe estava errada...

Você sabe como é o papai, ele nunca fala sobre as coisas que doem. Assim como não fala mais de você. Palavras podiam ferir o coração.

Ela ficou ali, sentindo a noite passar devagarinho, e então se lembrou de outra coisa que Marla tinha dito. *Ele disse que você lembra o irmão dele. Disse que ele se tornou uma pessoa fria e ficou difícil conviver com ele. Então ele morreu.*

As palavras de Marla continuavam dando voltas em sua cabeça, como se contivessem uma informação importante. Della se sentou na cama num salto quando percebeu por quê. Será que o pai queria dizer literalmente frio? Ou frio porque se tornou distante? Será que o tio também era... um vampiro? Será que simulou a própria morte para evitar que a família soubesse a verdade?

A suscetibilidade ao vírus do vampirismo estava no sangue das famílias. E ela sabia que seu primo Chan era vampiro. Só que um vampiro fora da lei, o que tornava mais difícil qualquer tipo de relacionamento entre eles.

Mas o irmão gêmeo do pai... se ele fosse como o pai, seria um homem severo mas de princípios. Seguiria as regras a ponto de se tornar um maníaco desumano. Mas não seria um fora da lei. Se... ele fosse como o seu pai.

Mas como ela iria saber? Como poderia descobrir se não tinha nenhuma pista sobre o tio? Obviamente o pai não iria dizer nada a ela. Nem a mãe. E suspeitava que Marla já tinha contado tudo que sabia.

Perguntas começaram a pipocar em sua cabeça. Qual seria o nome dele? Onde estaria morando quando desapareceu... ou quando morreu? Ela aceitou a possibilidade de que estivesse errada. O tio talvez tivesse realmente morrido.

Uma lembrança do passado de repente começou a se formar na sua cabeça. Um álbum. Um velho álbum de fotografias. O pai tinha trazido para mostrar uma foto da bisavó. Lembrou-se da capa de couro velho e de que o pai costumava guardá-lo sob o armário de bebidas em seu escritório.

Será que ainda estava lá? E se estivesse, será que tinha uma foto do irmão gêmeo do pai? Talvez uma foto com o nome dele escrito? Ela se levantou, apertando os punhos. Tinha que olhar. Consultou o relógio e viu que eram quatro da manhã. Os pais só se levantariam às seis.

Respirando fundo, ela saiu silenciosamente do quarto, desceu os degraus e entrou no escritório do pai. Aquele era o refúgio dele, um espaço só dele. O pai era um homem reservado.

Ela hesitou e sentiu na garganta um nó de emoção. Violar o espaço do pai parecia errado, mas de que outra maneira ela conseguiria obter respostas?

Girou a maçaneta da porta e entrou. O cômodo tinha o cheiro dele. Sua loção pós-barba e o chá quente de ervas especiais, com o toque do conhaque caro que ele bebia aos domingos. Lembranças dos dois passando tempo juntos ali se esgueiraram até o coração de Della. Ele ajudando-a nas lições de matemática, sentado àquela mesa. Ele a ensinara a jogar xadrez, com seu amor pelo jogo; e depois disso, pelo menos uma vez por semana, eles ficavam ali jogando. O pai costuma ganhar. Ele era bom. Embora em algumas ocasiões ela suspeitasse que ele a deixava ganhar só para vê-la feliz. Ele podia ser rigoroso, até irascível, mas amava a filha. Quem adivinharia que seu amor era tão condicional?

Não haveria mais jogos agora. Nem momentos juntos, entre pai e filha.

Mas, se estivesse certa, talvez, apenas talvez, ela conseguisse encontrar um homem tão bom quanto o pai. Um homem que compreenderia as dificuldades que ela enfrentava. Um homem que pudesse se preocupar com ela, agora que o pai tinha lhe virado as costas.

Ela se ajoelhou na frente do armário. Se bem lembrava, o álbum estava atrás da garrafa de conhaque favorito do pai. Ela tirou o conhaque do armário e estendeu a mão até o fundo. Quando tocou algo que parecia um couro velho e macio, seu coração bateu mais depressa. Puxou o álbum do armário, sentou-se no chão e o abriu em seu colo. Ela precisaria de luz para ver as fotos. Lembrou que o pai costumava guardar uma lanterna dentro da escrivaninha para quando faltava luz. Ela se levantou e abriu a gaveta de baixo. Encontrou a lanterna, mas foi outra coisa dentro da gaveta que a fez prender a respiração: uma foto dela e do pai jogando xadrez num torneio. Ele costumava deixar a foto na prateleira da estante.

Ela olhou para lugar onde a foto costumava ficar. Estava tão vazio quanto o seu coração.

De repente, mais determinada do que nunca a encontrar o tio, ela voltou a se sentar no chão. Pôs o livro no colo e o abriu. Ligou a lanterna e iluminou o álbum. As fotos eram antigas e desbotadas e, mesmo com a lanterna, teve que apertar os olhos para enxergá-las.

Também havia algumas fotos antigas da família da mãe. Ela continuou a folhear o álbum, virando as páginas com cuidado, vendo rostos que de alguma forma pareciam familiares, embora ela não os reconhecesse. No formato do rosto ou do queixo dessas pessoas, ela via um pouco dos pais e de si mesma.

Quase no final, encontrou uma foto da avó e do pai com outro garotinho que se parecia com ele. Ela levantou a proteção de acetato e tirou cuidadosamente a foto do lugar. Envelhecida pelos anos, estava tão frágil que poderia se rasgar. Della prendeu o fôlego e delicadamente afastou a proteção, rezando para que na parte de trás das fotos encontrasse os nomes. Quando virou a foto, viu algo escrito ali. O coração quase parou quando leu: *Feng e Chao Tsang com a mãe*. O nome do pai era Chao. Feng devia ser o nome do tio. A foto parecia ter sido tirada em Houston, o que significava que o tio poderia estar na cidade quando foi transformado... ou morto. Mas, se ele realmente tinha sido transformado, ainda podia morar ali. Em Houston. Ou pelo menos nos Estados Unidos.

Ela colocou cuidadosamente a foto no bolso do pijama. Quando já ia guardar o álbum, viu outra foto em outra página e a tirou dali. Era um grupo de crianças, dois meninos e duas meninas. A imagem estava granulada, mas, quando olhou com mais atenção, presumiu que fosse o pai e o irmão gêmeo com duas garotas. Uma delas parecia a tia, irmã de seu pai. Ela virou a foto, mas não havia nenhum nome no verso. Depois de devolver a foto ao álbum, levantou-se e estava recolocando a garrafa de volta no armário quando a luz do cômodo se acendeu.

— Droga! — praguejou enquanto girava o corpo, completamente chocada ao ver que, pela segunda vez naquela noite, alguém tinha se aproximado sem que ela notasse. O que estava acontecendo com sua audição supersensível? Ela esperava que fosse Marla de novo, mas estava enganada.

O pai, com a raiva evidente nos olhos, olhava fixamente para ela.

— Então agora começou a roubar conhaque do seu pai, não é isso?

A ira, até a acusação dele, ela podia suportar. Mas a decepção em seus olhos a fazia ter vontade de correr e pular pela janela. Tudo o que ela queria era se afastar do pai e daquela vida que um dia amara e agora tinha perdido.

Mas ela ficou ali parada. E fez o que sempre fazia quando se tratava dos pais. Levantou-se e simplesmente deixou que pensassem o pior, porque a verdade os teria magoado muito mais.

— Voltou mais cedo? — perguntou Burnett, indo ao encontro dela assim que atravessou no portão da frente de Shadow Falls, depois de ter sido deixada ali pela mãe. A mãe, que não tinha pronunciado uma palavra durante todo o trajeto. Não que tivesse dito muita coisa antes de saírem. Mas isso não era nenhuma novidade. Era o que sempre acontecia.

— É — disse ela, sem vontade de falar. Ou, pelo menos, sem vontade de falar com ele. Burnett não só era o líder do acampamento, como trabalhava para a UPF — a Unidade de Pesquisa de Fallen, uma divisão do FBI que supervisionava a comunidade sobrenatural. Um trabalho que a própria Della cobiçava. E que ela sabia que seria sob medida para ela, apesar do quanto se sentia vulnerável agora. Ela já tinha ajudado numa missão e agora esperava outra oportunidade. Portanto, parecer fraca diante de Burnett não era boa coisa. Sabia quem ela queria e precisava ver agora: um certo metamorfo que sempre dizia a coisa certa. Mas era bem provável que ele não estivesse em Shadow Falls ainda.

— Alguma coisa errada? — Burnett perguntou, seus passos acompanhando o ritmo rápido e furioso dela.

— Não — ela mentiu, sem se importar se ele podia ouvir seu coração disparado, denunciando a mentira. Ou, que inferno! Talvez seu coração já estivesse tão dilacerado que nem tivesse mais condições de disparar. Pelo menos era o que parecia.

— Della, pare e fale comigo! — mandou Burnett, no seu tom mais autoritário.

— Falar o quê?!— perguntou Della, com irritação na voz. Ela já tinha sido obrigada a aguentar a frieza dos pais durante todo o fim de semana, não estava com paciência para ser interrogada agora pelo líder do acampamento.

De repente, Holiday, a outra líder do acampamento e esposa de Burnett, aproximou-se num andar bamboleante, sob o peso da sua barriga de grávida.

— Algo errado?

— Não há nada errado, eu simplesmente quero ir para a minha cabana.

— Você voltou cedo — comentou Holiday.

— Isso é crime? Se quiserem eu vou embora e volto daqui a quatro horas. Não me importo.

— Não, o que queremos é que você diga o que aconteceu! — Burnett fervilhava.

— Não aconteceu nada, caramba! — Della insistiu.

— Então por que você está chorando? — quis saber Holiday.

Ela estava chorando? Estendeu a mão e sentiu o rosto molhado.

— Alergia — mentiu.

Burnett gemeu de pura frustração.

— Não minta para...

— Vamos nos acalmar? — Holiday tocou o braço do vampiro com fama de mau. Incrível como bastava um toque da *fae* para Burnett derreter como manteiga.

É claro, o toque de um *fae* podia ser ultrapersuasivo, mas Della apostava que era mais o amor que ele tinha por Holiday que o mantinha na linha do que os poderes dela.

— Está tudo bem. — Della cerrou os dentes quando viu o olhar de compaixão que Holiday lhe lançou. Della odiava aquele olhar.

— Mas se precisar de qualquer coisa — continuou Holiday —, sabe que pode me chamar. — Ela esticou o braço e descansou a mão no braço de Della. Uma sensação de calma fluiu do toque caloroso e Della quase não conseguiu conter suas emoções. Quase. Nada a faria perder o controle.

— Obrigada — agradeceu Della, saindo em disparada, antes que Burnett decidisse discutir com a esposa grávida. Antes que ele percebesse a fraqueza de Della e decidisse que ela não era capaz de trabalhar nos casos da UPF.

— Lembre-se, estamos aqui se precisar... — As palavras de Holiday se tornaram como uma música de fundo enquanto Della corria.

A única coisa de que precisava era ficar sozinha. Ela correu mais rápido, sentindo o sangue correr nas veias enquanto seus pés lentamente começaram a se desprender do chão e ela se viu meio correndo, meio voando. Preferiu não acelerar ainda mais o ritmo para voar de fato; a batida dos pés no chão era um alívio necessário. Não importava que cada golpe dos pés na terra fizesse sua cabeça latejar. E o coração doer um pouco mais.

Ao chegar na trilha que levava à cabana, decidiu não pegá-la. Ainda não tinha controlado as emoções reprimidas que fervilhavam dentro dela. Deixou cair a mochila ao lado de uma árvore para pegá-la mais tarde e seguiu para o norte através da floresta, quebrando galhinhos e até mesmo alguns troncos mais finos com os braços.

Ela foi até os limites da propriedade e pensou em saltar sobre a cerca, mas sabia que o alarme dispararia e Burnett viria correndo, por isso fez uma curva fechada e seguiu para o leste. Deu duas voltas em torno da propriedade e estava prestes a tomar a trilha da cabana quando ouviu. Passos de outra pessoa. Passos que vinham em sua direção. Bem ao encontro dela.

Um aliviozinho minúsculo a inundou quando percebeu que sua audição tinha voltado a funcionar perfeitamente. Ela se concentrou na direção de onde vinha o barulho. Não podia ver de quem eram os passos em meio à densa floresta. Ergueu o nariz no ar levemente. O cheiro era de vampiro. Mas não um vampiro de Shadow Falls. Ela teria reconhecido se fosse.

Seria um intruso? Algum vampiro fora da lei, disposto a causar problemas em Shadow Falls? Instantaneamente sentiu seu instinto territorial pronto para entrar em ação e proteger o único lar que ela tinha agora; suas presas começaram a se projetar. Só de pensar que enfrentaria algum cretino já sentiu um arrepio de emoção percorrer seu corpo. No estado de espírito em que se encontrava, ficaria muito feliz se pudesse quebrar a cara de alguém. Especialmente se não precisasse se sentir culpada depois.

O ruído dos passos se interrompeu por um segundo. Será que a tinham ouvido? Ou farejado? Quando o barulho de repente começou a ficar mais distante, como se agora a pessoa estivesse correndo para longe, ela percebeu que tinha razão.

— Corra o mais rápido que puder — ela murmurou. — Isso só vai deixar tudo mais divertido. Mas eu vou te pegar! — Ela acionou seu lado vampiro e passou a voar sobre a copa das árvores para capturar a presa. Tinha que usar os músculos ao correr, mas para voar utilizava um tipo diferente de energia. Todos os músculos do corpo estavam tensos e focados.

O terreno abaixo dela se tornou um borrão, na velocidade vertiginosa em que se deslocava.

De repente, percebeu que o intruso tinha parado de correr para se esconder. Será que aquele vampiro era um idiota? Será que não sabia que ela também era um vampiro e podia farejá-lo? Deu de cara com uma clareira à beira do lago. O cheiro do vampiro vinha da floresta, logo atrás das árvores.

Um pensamento lhe ocorreu: Burnett viria correndo a qualquer minuto. E o vampiro malandro só podia ter pulado o portão. O alarme sem dúvida tinha sido acionado.

Ela só esperava alcançar o intruso primeiro. Talvez até conseguisse resolver o problema antes que o líder do acampamento aparecesse. Depois de ter sido pega chorando, ela gostaria de provar a Burnett que não era uma molenga. Provar que era capaz de ajudar em outros casos da UPF.

— Posso sentir seu cheiro! — ela gritou. — Saia agora e não dificulte as coisas. — Ela era justa. — Se não sair, vou até aí e pego você pelo pescoço!

Ela deu mais um passo em direção à fileira de árvores, observando tudo, à espera de um ataque.

Poderia jurar que ouviu o estalo de um galho. Começou a avançar, deixando seu olfato guiá-la. Quanto mais se aproximava, mais o aroma do vampiro se tornava familiar. Não era alguém de Shadow Falls, mas não era a primeira vez que sentia aquele cheiro. Ele já estava no seu banco de memórias sensorial. Um sentimento desagradável pressionou seu peito. A sensação de que, qualquer que fosse o lugar ou a ocasião em que tinha encontrado aquele vampiro antes, não tinha sido uma experiência muito agradável.

Os cabelos da nuca se arrepiaram. A dor de cabeça voltou. Ela continuou seguindo em frente, vendo apenas uma mancha espessa de vegetação.

Seus instintos lhe diziam que o intruso tinha se escondido ali. Um pouco assustada com o sombrio *déjà-vu*, ela respirou fundo, dando a Burnett mais um segundo para aparecer.

De repente, percebendo que sua pausa poderia ser interpretada como um claro sinal de fraqueza, avançou abruptamente, aterrissando no meio do mato, com as presas à mostra. Nada correu para fora. Mas ela viu alguma coisa no meio dos arbustos. Um pedaço de tecido azul. Uma camisa. Será que o palhaço tinha tirado a camisa para dispersar seu cheiro?

Sim, tinha, infelizmente, havia funcionado. Ela levantou o rosto para farejar outro rastro. O cheiro chegou ao mesmo tempo que a voz. Bem atrás dela.

— Está procurando por mim?

Capítulo Dois

Della se virou, sentindo seus caninos se projetarem ainda mais. Um garoto de cabelos castanhos e olhos verdes muito claros estava a poucos metros de distância. Usava jeans e camiseta, provavelmente a que estava por baixo da camisa deixada entre os arbustos. O olhar de Della percorreu a camiseta justa de algodão que cobria o peito musculoso e os ombros largos. Não que o peito ou os ombros importassem, ela lembrou, voltando a desviar os olhos para o rosto dele.

O cheiro era de vampiro, mas o fato de não estar com as presas projetadas nem com os olhos incandescentes, como a situação pedia, fez com que Della franzisse a testa para verificar o padrão na testa dele. Definitivamente tratava-se de um vampiro. Ela viu o sujeito verificando o padrão dela, também. Mas ainda não esboçava nenhuma reação ao encontro.

Será que ele nem sabia que deveria estar com medo?

— Você está invadindo Shadow Falls — ela disse com rispidez.

O vampiro arqueou uma sobrancelha para ela.

— Acha mesmo?

O tom debochado a tirou do sério e ela investiu com tudo, dando um empurrão no peito musculoso do vampiro. Ele caiu sentado. Com força. O choque estampado em seu rosto.

Satisfeita, ela inclinou a cabeça para o lado.

— É, acho mesmo.

Ele ficou de pé num salto, voou através dos poucos metros que os separavam e aterrissou a centímetros dela. Então se inclinou e colocou o rosto a um palmo do de Della.

— É bem esquentadinha para uma coisinha pequena como você, hein? Ela teve que reconhecer que ele tinha coragem. Ou talvez só fosse burro.

Era uma cabeça mais alto do que ela. Não que o tamanho dele a intimidasse.

E para provar isso, ela já se preparava para dar mais um empurrão no vampiro, quando ele a segurou. Seus dedos se fecharam em torno dos pulsos dela com a força de um torno. Ela tentou empurrá-lo para longe, mas ele a segurou com mais firmeza ainda. Os olhos dele brilharam e ela viu a ponta dos caninos aparecendo sob os lábios superiores.

Ótimo! Pelo menos agora ele sabia que ela estava falando sério.

— Me solta! — ela sibilou.

Ao ver que ele não a obedeceria instantaneamente, Della entrou em modo de ataque total. Levantou o joelho para golpeá-lo no meio das pernas. Ele estendeu o braço e interceptou o joelho dela a meio caminho. Ela até agradeceu. Não estava nem um pouco a fim de tocar as genitálias de ninguém — em particular de alguém que nem conhecia. Agarrou o braço livre do vampiro e o lançou no ar a mais de cinco metros. Mesmo pego de surpresa, ele caiu de pé, os caninos agora totalmente à mostra, os olhos de um amarelo brilhante.

— Está tentando provar o quê? — ele perguntou, andando na direção dela sem um pingo de medo.

Que eu sou perfeita para ser uma agente da UPF.

— Que escória como você não pertence a Shadow Falls! — ela respondeu, transferindo o peso do corpo das pontas dos pés para os calcanhares, com a intenção de saltar novamente. Só que dessa vez ela pretendia arrancar sangue daquele vampiro.

— Pare, Della! — Uma voz grave ordenou atrás dela.

Ela reconheceu a voz imediatamente.

— Por que demorou tanto? Encontrei esse cara invadindo Shadow Falls — disse ela, lançando um olhar rápido para trás, feliz por Burnett ter tido a chance de vê-la em ação.

— Você se deu ao trabalho de *perguntar* se ele estava invadindo a propriedade? — Burnett indagou com voz de poucos amigos.

— De certa forma. — Mas que merda! Della se encolheu por dentro, imaginando se tinha feito alguma besteira.

O olhar severo de Burnett voou para o outro vampiro.

— Você disse a ela que não estava invadindo?

Afinal, quem era aquele cara? Aluno novo? Ela nem perguntou porque não poderia ser outra coisa.

— Disse? — Burnett repetiu.

O invasor de araque deu de ombros.

— De certa forma.

Burnett levantou as mãos, exasperado.

— Então acho que "de certa forma" a culpa é dos dois por começarem essa confusão toda — ele se irritou. — Será que posso voltar ao que estava fazendo ou preciso bancar a babá de vocês dois? — O olhar de Burnett oscilou entre Della e o garoto de cabelos castanhos.

Ela franziu a testa, sem querer assumir toda a culpa. Olhou diretamente para o líder do acampamento.

— Você devia ter me contado que tinha alguém novo em Shadow Falls.

— Eu teria contado se você não tivesse fugido. — Dito isso, Burnett se afastou a toda velocidade.

Ela se virou e olhou para o recém-chegado com um meio pedido de desculpas na ponta da língua, mas depois se lembrou daquela sensação, do sentimento que ele tinha despertado nela antes. Inspirando, ela concluiu que aquele cheiro com certeza estava em sua memória. Mas de onde ela o conhecia? E por que tinha lhe provocado sentimentos tão negativos?

Ela quase perguntou se eles se conheciam, mas de repente ficou sem graça de falar com um cara que ela estava prestes a chutar um minuto antes. Sem dizer uma palavra, Della se virou e começou a voltar para sua cabana.

— Prazer em conhecê-la! — ele gritou no mesmo tom debochado de antes.

Ela não se virou nem disse nada, apenas estendeu a mão para trás e fez uma saudação com o dedo do meio.

A risada dele só conseguiu irritá-la ainda mais.

Della foi direto para a cama, o coração ainda apertado depois da visita à casa dos pais. Embora achasse que não conseguiria dormir, ela apagou. E ainda estaria assim se Kylie e Miranda não tivessem entrado na cabana e começado a bater na porta do quarto dela. Que parte sobre vampiros dormirem melhor durante o dia elas não tinham entendido? Por outro lado, estava ansiosa para ver as duas também.

Enquanto tivesse as duas amigas, que importava o que os pais pensavam dela, certo?

— Já vou! — ela gritou quando as batidas recomeçaram.

Abriu a porta e Kylie e Miranda correram para dar um abraço nela. Ela não era muito de abraços, quis lembrá-las. Mas, em vez disso, revirou os olhos e deixou que a cumprimentassem do jeito delas. E bem que gostou dos abraços!

— Por que não ligou para nós? — Kylie perguntou, a preocupação evidente em seus olhos e na voz. A camaleão loira era uma sobrenatural rara que podia se transformar em espécies diferentes. Além de tudo, Kylie era uma protetora — o que significa que não podia se proteger, mas, se tentassem machucar alguém de quem ela gostava, seus poderes se tornavam fenomenais. Mais do que fenomenais!

— Porque meu celular ficou sem bateria e eu me esqueci de levar o carregador — Della explicou.

— Mas você nunca esquece nada! — exclamou Miranda, a bruxa.

Miranda estava certa. Della nunca esquecia as coisas. O que havia de errado com ela? A vampira se sentia meio aérea na última semana. Esticou a mão para trás e tocou a espinha que estava provocando pesadelos estranhos. Estava quase desaparecendo. Beleza!

Percebendo que as duas olhavam para ela, Della fez uma careta.

— Então vai pegar no meu pé só porque me esqueci dessa vez?

Kylie suspirou.

— Só estávamos preocupadas. Foi muito ruim?

— Eles te obrigaram a fazer mais algum teste de gravidez? — Miranda perguntou.

— Não... — Della suspirou. — Mas vou precisar de uma Coca Diet, se vou ter que contar tudo que aconteceu. — Ela foi em direção à geladeira. — E como foi o fim de semana de vocês?

— Vou precisar de uma Coca Diet, também — disse Miranda. — Juro que minha a mãe é a maior megera que existe. Ela não falava em outra coisa que não fosse a filha da amiga que ganhou todas as competições Wicca. Ah, pelo amor de Deus, eu não quero ganhar nenhum desses concursos idiotas! E daí se a Princesinha da Suzie consegue transformar um gafanhoto num vaga-lume? Estou até feliz por ser disléxica.

Della tinha acabado de pegar três latas de refrigerante na geladeira quando ouviu o coração da bruxinha disparar, denunciando a mentira. Cerrando os dentes, Della lutou contra a vontade de espremer uma lata até explodir. Ela ficava totalmente possessa ao ver quanto Miranda queria agradar à mãe. Queria que a amiga mandasse a mãe subir na sua vassoura e ir fazer feitiços no quinto dos infernos, isso sim.

Droga, Della não se importaria nem um pouco em fazer isso pela amiga. Uma coisa é ter pais decepcionados porque não sabem que você é um vampiro, outra bem diferente é ter uma mãe que simplesmente vê você como uma amolação. Della escutava as conversas entre Miranda e a mãe em quase todas as visitas dos pais, e às vezes só queria poder dar um chute na bunda daquela bruxa e ensinar algumas lições a ela.

Será que a mãe de Miranda não via quanto a filha queria a aprovação dela? E considerando que Miranda era disléxica, ela estava aprendendo a lidar com seus poderes de bruxa muito bem. Não tinha até transformado sem querer alguém num canguru ou num gambá um mês atrás? E para Miranda, aquilo já era muito bom.

Della passou a Kylie um refrigerante.

— Como foi o seu fim de semana?

— Não chegou a ser horrível. — Kylie abriu sua lata.

O barulhinho de gás encheu a cozinha. Curiosamente, Della tinha começado a associar aquele som com as conversas das três em torno da mesa da cozinha, que sempre aliviavam qualquer peso que tivesse nos ombros. O estalo borbulhante da lata significava um alívio para o estresse. Significava amigas que, embora pudessem não dar a mínima para os seus hábitos de sono ou sua ojeriza a abraços, ainda se importavam com ela.

— Já contou à sua mãe que você consegue ficar invisível? — Della perguntou a Kylie.

A camaleão tinha de fato contado à mãe que não era totalmente humana, mas não tinha contado todas as coisas incríveis que podia fazer.

— Não, tenho medo que ela surte — disse Kylie. — É mais ou menos como dizer a uma criança pequena de onde vêm os bebês; você tem que ir contando aos poucos.

Della achou graça.

— Sabem, eu vi um programa sobre partos. Era como um daqueles acidentes de trânsito que você não quer olhar, mas não consegue despregar o olho. — Della entregou a Miranda uma lata de refrigerante, em seguida abriu outra para si mesma. Deixando o som espumante absorver seus sentidos, ela desabou numa cadeira, enquanto suas duas melhores amigas faziam o mesmo. As conversas em volta da mesa, tomando refrigerante *diet*, eram uma parte normal da vida delas. Uma parte de Della não só adorava, mas precisava ter aquelas conversas. Ela tinha se apegado às colegas de quarto pra valer. O que era perigoso, porque, convenhamos, se os seus pais podem virar as costas para você, nada impede que seus amigos façam o mesmo.

Kylie girou a lata nas mãos.

— Senti falta de vocês o fim de semana inteiro.

— Mas de Lucas ela nem sentiu... — Miranda abriu sua Coca e se remexeu na cadeira. A bruxinha sempre se contorcia de empolgação quando fazia uma fofoca. Não que Della não confiasse em Miranda. As três tinham um pacto. O que era falado na Mesa Redonda do Refrigerante morria ali mesmo.

— A mãe dela deixou Lucas dar uma passada por lá! — disse Miranda, com um gritinho.

Della olhou para Kylie.

— Deixou? Mas não fez você ler dez panfletos sobre como evitar uma gravidez indesejada antes de ele chegar?

Kylie sorriu.

— Apenas um. Sabia que apenas cerca de cinquenta por cento das mães adolescentes se formam no ensino médio? E que os filhos das mães adolescentes são mais propensos a ter um desempenho escolar inferior e abandonar a escola ou a ter mais problemas de saúde ou a serem presos na adolescência? — Ela sorriu. — Pelo menos dessa vez não foi um panfleto sobre preservativos.

As três riram outra vez, algo que faziam muito naquelas reuniõezinhas.

— Ela deixou vocês saírem, tipo num encontro de verdade?

— Não, saímos com ela para jantar e depois Lucas e eu ficamos no meu quarto conversando.

— Aposto que conversaram muito. Cansaram a língua de tanto conversar — Della brincou, passando a língua sobre os lábios. Kylie e Lucas eram um casal de verdade, o que significa que já tinham transado. Não que Kylie falasse sobre isso. Bem, além de admitir que tinha sido o máximo. Della podia entender que ela não quisesse contar. Sério, sexo era... embaraçoso.

E às vezes maravilhoso. Por um segundo, ela lembrou como as coisas eram com o ex-namorado, Lee. Então recordou como as coisas tinham chegado perto de ficarem maravilhosas com Steve, o metamorfo gostosão. Graças a Deus, ela tinha recuperado a razão antes de enveredar por esse caminho.

— Ok, você já enrolou demais, agora pode começar a destravar a língua — Miranda disse a Della.

A vampira franziu a testa. Desabafar não era seu passatempo favorito. Embora sempre acabasse sendo catártico, também sentia como se estivesse se fazendo de vítima e sendo meio desleal. Desleal com os pais. Lealdade era uma coisa que o pai tinha incutido nela.

Ela se lembrou novamente da foto que tinha encontrado no álbum antigo. E foi aí que lembrou que havia deixado a mochila com a foto na bifurcação da floresta.

— Ah, essa não! — Della pulou da cadeira.

— O que foi? — perguntou Kylie.

— Deixei minha mochila na trilha.

— Não, não deixou, não — disse Miranda. — Estava na varanda da cabana. Eu trouxe para cá. Agora está no sofá.

— Burnett deve ter encontrado e... — Então algo ocorreu a Della. E se não fosse Burnett? Será que o vampiro babaca tinha trazido a mochila? Ele não sabia que a cabana era dela, mas poderia ter seguido o seu rastro.

Será que tinha xeretado nas coisas dela? Só pensar na possibilidade de ele ter olhando dentro da mochila fez com que ela fervesse de raiva. E não era apenas por causa dos seus sutiãs com enchimento, mas por causa da foto. Se ele tivesse amassado ou... Ah, que inferno! Para começo de conversa, por que ela tinha sido tão descuidada com a mochila? Ah, sim, ela estava um caos, emocionalmente.

— O que foi? — perguntou Kylie, obviamente captando o humor de Della.

De repente, ainda mais desconfiada, Della deu um salto da mesa e foi até a sala pegar a mochila.

— Tem um cara novo aqui. Pode ser que tenha sido ele quem trouxe a mochila para mim.

— É verdade — confirmou Kylie. — Lucas me disse que ele apareceu no sábado logo depois que saímos. Ele é vampiro.

Della fez uma careta.

— É um cretino!

— Por que é um cretino? — perguntou Miranda. — Se ele encontrou sua mochila e trouxe para você, qual é o problema?

— Ele pode ter remexido nas minhas coisas — disse Della, sem acreditar que as amigas não a entendiam. Quem queria um cara fuxicando suas roupas íntimas ou seu pijama de Smurfs?

Ela abriu a mochila e cheirou lá dentro.

— Ah, fala sério! O cheiro dele está por toda parte!

— Você já conheceu o cara? — perguntou Kylie.

— Sim, conheci. Burnett se esqueceu de me avisar que havia um aluno novo e, quando o encontrei, pensei que era alguém invadindo Shadow Falls.

— Ah, meu Deus! — Miranda deu uma risadinha. — Será que você chutou a bunda dele?

— Eu estava me preparando para isso quando Burnett apareceu.

— Ele é bonito? — quis saber Miranda. — Não que eu esteja em busca de... Bem, posso olhar, mas não tocar. — Ela riu novamente.

— Eu já disse, é um cretino. — Logo em seguida a imagem do vampiro vestindo uma camiseta justa e caminhando em sua direção encheu a mente de Della. Ela abriu a mochila, procurando a fotografia da avó com o pai e o irmão.

— Todo esse drama com a mochila é só um truque para você não ter que falar do seu fim de semana? — perguntou Miranda.

— Não, só quero ter certeza de que...

Ela abriu a mochila e procurou o pequeno envelope branco que tinha cuidadosamente colocado entre as roupas íntimas e o pijama. Não estava lá! Ela começou a jogar tudo para fora. Virou a mochila de cabeça para baixo e sacudiu-a, rezando para que o envelope aparecesse. Nada. Nenhuma foto.

— Ah, não! — murmurou, pensando que talvez nunca mais conseguisse a foto de volta. Aquela provavelmente era a única foto que o pai tinha do irmão. Ela não podia tê-la perdido. O pai a mataria.

Não, ele não faria isso, lhe ocorreu. Ele só iria ficar ainda mais decepcionado do que já estava.

— Isso não pode estar acontecendo... — choramingou Della, agoniada.

— O que não pode estar acontecendo? — perguntou Kylie.

— Ele pegou. Mas pra quê, meu Deus?

— Pegou o quê? — perguntou a amiga.

Della não respondeu. Tinha que encontrar aquele vampiro de merda e achar a foto do pai. Ela disparou para fora da cabana.

Quando entrou em modo vampiro e começou a voar, percebeu que não estava sozinha. Kylie tinha se transformado em vampiro e saído correndo atrás dela.

— O que ele pegou? — ela perguntou novamente, o cabelo esvoaçando em volta do rosto.

— Uma foto — respondeu Della, esquadrinhando o terreno abaixo, à procura do ladrãozinho sujo. — Uma foto antiga que pertence ao meu pai. Juro, se aquele porco de uma figa fez uma dobrinha que seja na minha fotografia, eu vou...

— Por que ele iria pegar uma foto sua?

— Eu não sei, mas vou descobrir. E você talvez não queira fazer parte disso. Porque, se for preciso, vou arrancar uma resposta dele na base da porrada.

— Você não pode...

— Então só fica olhando... — ela retrucou. Quando localizou o cara andando na floresta, o sangue de Della começou a ferver de um jeito que só acontecia com os vampiros.

Capítulo Três

Um pouco antes de os pés de Della baterem no chão de terra, o olhar do vampiro larápio disparou para cima. Della aterrissou cerca de um metro e meio na frente dele. Kylie, sempre uma pacificadora, pousou entre eles.

— Onde está? — perguntou Della, abrindo e fechando os punhos, inclinando-se para a direita, para olhar por sobre o ombro de Kylie e fulminar sua vítima em potencial.

O vampiro focou os olhos em Kylie por um segundo, lendo seu padrão. Como ela se transformara em vampiro, ele não pareceu preocupado. Então, Della quase torceu para que o filho da mãe fosse para cima dela, ativando o modo protetor de Kylie. As duas juntas conseguiriam lançar aquele vampiro do outro lado da floresta, como um esquilo morto.

Ele desviou os olhos para Della.

— Ei, olha só, a garota Smurf está de volta! Pelo menos suas calcinhas não têm personagens da Disney.

A pressão arterial de Della subiu alguns milímetros, ou talvez *muitos* milímetros.

— Por quê? Você gosta de andar por aí de calcinha? Seu pervertido... — Della rosnou, um rosnado baixo e mortal. Dando um passo à frente, tentando passar por Kylie sem conseguir, ela ficou encarando o garoto. — Onde está? — perguntou pela última vez. É melhor que ele devolvesse de bom grado, do contrário teria que fazer isso na marra.

Kylie olhou para Della e estendeu a mão como se dissesse: *calma*. Ela não conseguia se acalmar. O cara tinha roubado a foto do pai dela. O fato de Della ter roubado primeiro não vinha ao caso.

— Você está falando disso? — O espertinho puxou o envelope dobrado do bolso de trás da calça.

Ela o arrancou da mão dele.

— Por que você pegou? — Abriu para se certificar de que ele não tinha rasgado ou danificado a foto. Parecia intacta. O alívio encheu seu peito.

— Eu ia levar pra você agora. Quando encontrei a mochila, dei uma olhada dentro para ver de quem era e depois deixei-a na sua varanda. Quando estava voltando vi o envelope no chão, bem onde eu tinha aberto a mochila, e achei que devia ter deixado cair.

— Mentiroso! — ela acusou, embora o coração do vampiro não indicasse que tinha mentido. Ela tentou passar por Kylie.

— Relaxa — pediu a amiga, ficando entre eles de novo e lançando a Della um olhar suplicante. — Você já pegou a foto de volta. E eu chequei o batimento cardíaco dele. Estava falando a verdade quando disse que ia levá-la pra você.

Dã, Della sabia disso, mas algo não estava cheirando bem e ela podia apostar que tinha a ver com o vampiro.

— Como você sabia que estava na minha mochila se não tinha meu nome na foto? Espere aí, como você sabe o meu nome?

O garoto sorriu para Kylie, então franziu a testa por cima do ombro dela, na direção de Della.

— O senhor James a chama de Della. E sua mãe escreveu o seu nome na etiqueta dentro da mochila. Provavelmente quando estava guardando seu pijama de Smurfs pra você.

Della rangeu os dentes. Mas, ah, Deus, como ela queria dar um chute na bunda daquele infeliz... Não conseguia se lembrar se havia mesmo uma etiqueta com seu nome na mochila, mas de fato parecia algo que sua mãe faria. Ou teria feito se ainda se preocupasse com ela. Mas ele podia apostar que ela iria checar.

— Ok, vamos embora — disse Kylie. — Já conseguimos o que viemos buscar.

Não, ela ainda não tinha conseguido o que queria. Queria carne de vampiro. Tentou contornar Kylie de novo, ficando a poucos centímetros do vampiro, e inclinou-se para dar uma longa fungada nele.

— Já nos encontramos antes?

Ele colocou as mãos nos bolsos do jeans e se inclinou sobre os calcanhares dos tênis.

— Puxa, será que já se esqueceu?! Sou o cara com quem você tentou brigar lá na floresta.

— Sei disso, idiota! Quero dizer antes.

Ele respirou fundo, como se checasse o cheiro dela.

— Eu acho que não.

Ela escutou os batimentos cardíacos dele. Não ouviu nenhuma mentira. Mas ela já tinha ouvido falar de vampiros que eram capazes de controlar o batimento cardíaco ou eram mentirosos patológicos, cujas mentiras nunca eram sequer registradas. Ele parecia um mentiroso patológico. Alto, arrogante e aqueles olhos verdes tão claros que nem pareciam de verdade.

Ela guardou o envelope no bolso de trás da calça. Virou-se e, dando as costas para ele, falou para Kylie:

— Vamos deixar esse cretino aí e dar no pé.

— Ah... — lamentou ele. — Agora que estava ficando interessante?

Della deu meia-volta e arqueou uma sobrancelha para ele.

— Interessante? Prefiro assistir unhas crescendo do que ficar aqui com você.

Ele riu. E Della ficou irritada ao ver que ela o divertia. Deixou escapar outro rosnado mortal.

— Ok, precisamos ir. — Kylie tocou o braço da amiga. Mas, então, como ela era Kylie e portanto incapaz de deixar uma má impressão, olhou de novo para o vampiro.

— Bem-vindo a Shadow Falls. Eu sou Kylie.

Della revirou os olhos. Por que Kylie achava que tinha que ser simpática?

— Você é Kylie Galen? — ele perguntou, olhando-a com admiração. — Uau! Já ouvi falar de você.

— Não acredite nem na metade — disse ela, um pouco tímida.

— Sou Chase Tallman — disse ele, tentando impressionar Kylie. Até estufou um pouco o peito, como um pássaro imbecil fazendo algum tipo de dança do acasalamento. *Isso, continue assim e eu conheço um lobisomem que vai fazer você engolir todos os dentes!* Inferno, ela ia ajudar Lucas a se vingar daquele... Chase Tallman. Della guardou o nome dele em seu banco de memória para referência futura — e não na gaveta das referências boas —, em seguida se virou e foi embora.

Ela não gostava do cara.

Não confiava nele. E não descansaria até descobrir de onde o conhecia, e por que e como ele estava mentindo.

— Eu odeio quando vocês duas me deixam pra trás! — Miranda choramingou quando Della, seguida por Kylie, voltou à cabana. — Eu queria ir também...

Della deu um suspiro exasperado. Era culpa sua que bruxas não podiam voar?

— O que você queria que a gente fizesse? Te carreguasse nas costas?

— Você bem que poderia... — a bruxinha lamentou. — Eu perco toda a diversão.

— Não foi nada divertido. O cara é um pervertido espertalhão de olhos verdes, tarado por calcinha.

Della foi direto para o sofá verificar se, dentro da mochila, havia uma etiqueta com o nome dela. E lá estava. Nossa, como ela queria pegar aquele vampiro miserável numa mentira! Voltou para a cozinha, jogou o envelope sobre a mesa e se sentou outra vez na sua cadeira.

— Ei, desembuchem! — gritou Miranda.

Della viu Miranda olhar para Kylie com perguntas nos olhos. Kylie deu de ombros como se dissesse "me inclua fora dessa".

— Sério? — continuou Miranda. — O que estão dizendo por aí é que ele é gostoso à beça. Não que algum cara possa ser mais gostoso do que Perry. — Ela sorriu. A bruxa olhou para Kylie. — E aí? O cara é gostoso mesmo?

Kylie olhou para Della como se se desculpasse.

— Até que é. Mas ainda assim poderia ser um pervertido tarado por calcinha.

— Não são todos os caras uns pervertidos tarados por calcinha? — perguntou Miranda.

— Não, esse cara é assustador! — disse Della, entrando na conversa. — E egoísta. E seu cheiro... É familiar, e não no bom sentido.

— Será que ele só não tem um cheiro parecido com o de outra pessoa? — quis saber Kylie.

Della balançou a cabeça.

— Obviamente você não desenvolveu o seu olfato de vampiro ainda. Nós nunca esquecemos um cheiro. E se algo intenso estava acontecendo quando sentimos aquele cheiro, ele provoca uma emoção em nós.

— Puxa! Lucas me disse que lobisomens também fazem isso! — disse Kylie.

— Não tão bem quanto os vampiros — disse Della, ofendida. — Quer dizer, eu sei que eles são lobos, mas para um vampiro, que não sai por aí enfiando o nariz em todo lugar, o traço emocional é mais forte.

— Você não sabia, Kylie — perguntou Miranda com sarcasmo —, que ninguém é tão bom quanto os vampiros?

Della fulminou a bruxa com um olhar do tipo "vá para o inferno", que não apenas mandava a amiga para o Hades, como ordenava que fosse num passo bem apressado.

Miranda riu.

Obviamente, o olhar "vá para o inferno" de Della não estava em sua melhor forma.

— Então, que emoção o cheiro dele provoca em você? — Kylie perguntou, e tanto ela quanto Miranda foram até a mesa e se sentaram.

— Perigo — disse Della, e pôs a foto mais perto para olhar a imagem. O tio dela realmente se parecia com o pai.

— Talvez seja o tipo bom de perigo — Miranda sugeriu. — Sabe, você se sente atraída por ele e está preocupada com o que está sentindo por Steve.

— Eu não sinto nada por Steve — respondeu Della, agressiva, e franziu a testa quando ouviu o próprio coração sair do ritmo. E daí se sentisse alguma coisa? Não ia deixar que aquilo fosse adiante. Engolindo em seco, ela se concentrou na foto novamente.

— Já percebemos — disse Miranda. — Senão andaria por aí pendurada nele.

— Isso soa tão idiota. O que "pendurada" realmente significa? Não sou uma macaca nem nada!

Kylie ergueu as duas mãos como se pedisse uma trégua.

— O que está acontecendo, Della?

— Nada está acontecendo — Della insistiu.

— Está, sim — disse Kylie. — Você está azeda.

— Estou sempre azeda! — justificou Della.

— Então você está mais arrogante do que de costume — Miranda rebateu.

— Existe uma diferença entre arrogância e autoconfiança — rebateu Della.

As amigas não estavam convencidas.

— O que aconteceu neste fim de semana? — perguntou Kylie.

Della sentiu uma onda de emoção crescendo dentro de si, mas a reprimiu e deixou trancada no fundo do peito para que não começasse a choramingar como um filhotinho abandonado. Então, num tom de voz monótono, contou sobre o fim de semana, o pesadelo, o buraco na parede, e sua irmã, Marla, dizendo que o pai não falava mais sobre ela. Contou às amigas elas que tinha descoberto sobre a possibilidade de seu tio ser um vampiro. Ah, e guardou o melhor para o fim: ter sido pega no escritório do pai e ser praticamente acusada de tornar-se uma ladra viciada em conhaque.

Kylie ficou sentada ali, os olhos azuis fixos na amiga, cheios de preocupação. Miranda também ficou calada, a expressão tensa, os dedos entrelaçados, com exceção dos dedos mínimos, que giravam em pequenos círculos.

— Sinto muito — disse Kylie.

— Por quê? Você não fez nada! — disse Della, tentando deixar o clima mais leve.

— Mas eu poderia fazer — disse Miranda. — Poderia colocar uma maldição no seu pai. Provocar um caso horrível de pé de atleta. Ou uma micose na virilha. Eu sou boa nesse tipo de maldição. Teve um jogador de futebol na escola que...

— Deixe os pés e os genitais do meu pai fora disso!

— Só estou querendo ajudar — disse Miranda.

— Isso não ajudaria em nada — disse Della, numa voz mais calma. — Você não pode nem sequer culpá-lo. Parecia mesmo que eu estava roubando o conhaque dele.

— Por que você apenas não disse a verdade? — O tom chateado com que disse aquilo revelava quanto Kylie se compadecia da amiga.

O peito de Della ficou apertado. A preocupação de Kylie, e até mesmo o desejo de Miranda de jogar uma praga nos pés ou nas partes íntimas do pai, era a razão que fazia Della amar as duas melhores amigas. Ambas se importavam com ela. Todo mundo precisa de alguém que se importa com a gente. Graças a Deus ela tinha encontrado aquelas duas. Seus olhos ardiam, mas ela engoliu em seco para que as lágrimas não caíssem. Estendeu a mão para o envelope, lembrando-se da possibilidade de encontrar um membro da família que a entendesse. Que talvez até se importasse com ela.

— Você poderia ter dito que Marla mencionou que ele tinha um irmão e você ficou curiosa — continuou Kylie. — Talvez seu pai tivesse contado mais sobre ele.

— Você não conhece o meu pai. De qualquer forma, Marla disse que o ouviu dizendo isso para minha mãe e, apesar de ela ter perguntado à nossa mãe, meu pai provavelmente, não sabe que ela ouviu. A última coisa que eu quero é deixá-lo furioso com Marla. Ele já perdeu uma filha.

— Tem razão — concordou Kylie.

— Eu ainda acho que ele agiu como um idiota — concluiu Miranda.

— Ele agiu mesmo — disse Della —, mas, se eu tivesse fazendo de fato o que ele suspeitava, então teria o direito de agir assim.

— Mas você não estava roubando nada — Miranda rebateu.

— Não, mas eu fiz uma cara de culpada e não podia me defender. Então, a minha única opção é simplesmente aceitar.

— Isso é um pé no saco... — disse Miranda. — Estou tão feliz por não ter que aprender a lidar com a minha natureza sobrenatural e ao mesmo tempo escondê-la dos meus pais...

Mas isso não faz da mãe de Miranda alguém menos babaca. Quando Della estava prestes a abrir a boca para expressar em voz alta a sua opinião, decidiu que seria melhor ficar calada.

Como era mesmo que Holiday tinha falado? *Não é porque entrou bobagem por aqui* — ela dizia batendo na testa — *que precisamos deixar que saia por aqui.* Ela então tocava os lábios. A líder do acampamento também tinha dito que os cientistas sobrenaturais estavam pensando em fazer uma pesquisa médica para provar que faltava na cabeça dos vampiros o tal parafuso que os impedia de falar tudo o que lhes passava pela cabeça. Della não tinha certeza se Holiday estava brincando ou não.

Mas, considerando que a *fae* era casada com Burnett, famoso por falar o que pensava, Della achava que Holiday podia estar dizendo a verdade.

Pensando bem, Della costumava falar o que pensava mesmo antes de ter sido transformada.

Ela tinha sido suspensa no jardim de infância por falar à professora que ela parecia o Yoda de *Guerra nas Estrelas*: se Yoda fosse mais velho, mais gordo e tivesse um cheiro esquisito. Isso, claro, ela só falou depois que a professora perguntou a ela por que tinha um sobrenome oriental se quase não tinha traços orientais. Na época, Della tinha um supercomplexo por ser mestiça e não se parecer com todos os seus primos orientais. Especialmente por nem sequer se parecer com a mãe, que era uma típica loira americana.

Kylie inclinou-se e olhou para a foto.

— Você perguntou a Burnett se ele poderia ajudá-la a descobrir se o seu tio ainda está vivo?

Della suspirou.

— Não, eu não quero envolver a UPF nisso.

— Você acha que seu tio pode ser um fora da lei? — perguntou Kylie, parecendo preocupada.

— Não, se ele for como o meu pai é incapaz de violar uma regra. Mas, se não for um vampiro registrado ou algo assim, não quero ser eu a pessoa que vai lhe arranjar encrenca.

— Burnett não denunciou o meu avô e a minha tia quando os descobriu — disse Kylie.

— Isso porque eram camaleões. Se fossem qualquer outra coisa, ele provavelmente teria denunciado os dois. Como agente da UPF, ele tem o dever de denunciá-los. Na verdade, ele me disse isso uma vez, quando me perguntou sobre o meu primo Chan.

— Então como é que vamos encontrá-lo? — perguntou Kylie.

O fato de Kylie dizer "nós", deixou as emoções de Della à flor da pele novamente. Elas eram aquele tipo de amigas. Quando uma delas estava em apuros, elas se uniam. Mas o que não era normal era Della se deixar levar pelas emoções daquele jeito. Será que havia algo errado com ela?

Engolindo a emoção novamente, dessa vez com um pouco mais de força, ela disse:

— Eu estava pensando em perguntar a Derek se ele podia me ajudar. Você disse que ele trabalhou para um detetive particular uma vez, e eu sei que ajudou você a resolver uns problemas com fantasmas.

— É uma ótima ideia. Acho que ele estava jogando basquete na quadra quando viemos para cá — disse Kylie. — Por que não vamos ver se ele ainda está lá?

— Temos mesmo que ir? — Miranda suspirou. — Não há nada pior do que assistir a um bando de caras gostosos, suados, jogando bola. Pensem, eles podem estar até sem camisa! — Ela sorriu. — Não que qualquer um deles chegue aos pés de Perry. Mas nem por isso deixam de ser um colírio para os olhos.

Rindo, elas se prepararam para sair. Della, menos triste agora, correu de volta até a mesa e pegou a fotografia, para o caso de Derek precisar vê--la. Quando colocou-a de volta no envelope, sentiu outra vez o cheiro de Chase Tallman, o Pervertido da Calcinha. As ondulações emocionais de medo e perigo a atingiram em cheio novamente, afugentando sua disposição alegre.

Ela realmente precisava descobrir quando e onde tinha entrado em contato com ele antes. E quanto mais cedo melhor.

— Eu avisei que eles podiam estar sem camisa... — Miranda sussurrou, dando uma cotovelada em Della.

Embora estivessem no mês de outubro, o outono não estava tão frio e um clima de verão se insinuava. Às duas da tarde, o sol incidia sobre a quadra. O olhar de Della, como que por vontade própria, percorreu os garotos à procura de um peito em particular. O metamorfo sexy, Steve.

Encontrou-o ao mesmo tempo que seus olhos castanho-claros encontraram os dela. Ele estava de camiseta, mas ela se moldava perfeitamente ao seu peito úmido. Suado, o cabelo parecia mais escuro e cacheado nas pontas. Ele segurava a bola de basquete nas mãos e sorria para ela. O coração de Della deu um salto e ela rezou para não exalar nenhum feromônio.

— Ah, meu Deus, Kylie tem razão, o Pervertido da Calcinha é uma graça! — comentou Miranda. — Não é à toa que ele te fez tremer nas bases.

Della entrou em pânico e percorreu o lugar com os olhos até encontrar Chase. Sem camisa. Seu peito parecia mais largo e mais musculoso do que quando estava vestido com a camiseta branca. Ela engoliu em seco e lembrou o comentário de Miranda sobre os colírios para os olhos. Afugentando o pensamento daquela sua cabecinha suja, jurou para si mesma que não iria mostrar nenhuma admiração pelo seu... pela sua falta de roupa. Então percebeu que já era tarde demais. Bastou ficar uma fração de segundo a mais olhando para o vampiro e ele já estava ali, mão na cintura, olhando dentro dos olhos dela, saboreando aquela fração de segundo. E sorrindo. Merda! E se ele tivesse ouvido Miranda, também?

— Olha só, se não é a garota Smurf! — Ele passou a mão pelo cabelo castanho-escuro. Mas mal as palavras saíram de seus lábios, a bola de basquete bateu com tudo na cabeça dele.

Todos riram. Até mesmo Della. Especialmente Della. Ela desviou o olhar para Steve e lançou para o metamorfo um sorriso agradecido. E foi aí que ouviu o rosnado de Chase e o viu ir com tudo para cima de Steve.

Capítulo Quatro

Della jogou os ombros para trás e se preparou para saltar bem no meio da quadra. Mas antes que Chase desse mais um passo, Derek e o namorado de Kylie, Lucas, já estavam entre ele e Steve.

— Regra número um: sem confusão na quadra — disse Lucas. — Se sair uma briga aqui, ficamos sem jogar por uma semana.

Enquanto Lucas optava por uma abordagem mais direta, Derek se aproximava de Chase e colocava a mão no ombro dele.

— Foi só um acidente — disse.

Não foi um acidente. Della sabia que Steve tinha feito de propósito, mas, se o vampiro era tão ingênuo, que acreditasse.

Chase afastou o ombro para evitar o toque *fae* de Derek, que sem dúvida tinha a intenção de acalmar o vampiro. E embora Chase de fato parecesse mais calmo, ele ainda assim lançou uma olhar frio para Steve. O metamorfo não recuou nem por um segundo, e Della ficou imaginando se os dois iriam começar a se estranhar. Não que ela tivesse alguma dúvida de que Steve não conseguisse se bancar. Ela o vira em ação quando estavam numa missão. Mas não queria que ele se metesse em encrenca por causa dela.

Steve não era o tipo de cara que vivia se metendo em brigas.

— Por que a gente não para por hoje — perguntou Lucas, e Della notou que ele estava olhando para Kylie como se estivesse morrendo de sede e ela fosse um copo de chá-mate gelado. Os dois eram tão apaixonados que não podiam olhar um para o outro sem ficar com aquele sorriso bobo na cara.

Outra razão que fazia Della manter distância do amor. Vampiros não ficavam andando por aí com um sorriso bobo na cara.

Lucas veio andando na direção delas e no caminho pegou a camisa do banco ao lado da quadra.

— Oi — cumprimentou, os olhos e os feromônios concentrados apenas em Kylie. — Quer dar uma volta?

— Tudo bem, mas primeiro preciso falar com Derek.

— Falar o quê? — perguntou Lucas, com uma ponta de ciúme.

— Um lance de Della. Posso te encontrar na frente do escritório em cinco minutos? — perguntou Kylie.

— Tudo bem — concordou o lobisomem. Ele estava franzindo a testa ligeiramente, mas se inclinou para beijá-la.

Della olhou para o outro lado. Infelizmente, seus olhos caíram bem em Miranda e Perry enquanto trocavam um beijo molhado e escandaloso.

— Que tal a gente se beijar também e mostrar a eles como se faz? — disse em seu ouvido uma voz grave com sotaque sulino. A voz pertencia a um corpo que ela não tinha ouvido se aproximar. O que estava acontecendo com a sua audição de vampiro?

Ela se virou e olhou para Steve. Ele estava tão perto que seu cheiro espalhava-se pelo ar; seus olhos castanhos, com pontinhos dourados, encheram os olhos dela. Inclinando-se um pouco, ela poderia sentir o hálito quente dele em seus lábios.

Seu primeiro pensamento foi ceder, deixar que ele a beijasse, que seus lábios se colassem aos dele, e mostrar àqueles amadores como era um beijo de verdade. Sentiu como se um bando de borboletas voasse na sua barriga quando pensou em como seria bom... Eles tinham se beijado pela primeira vez quando estavam numa missão da UPF. E, embora ela não achasse uma boa ideia, tinham se beijado várias outras vezes desde então. Ela culpava a eletricidade absurda que sentiam quando chegavam perto um do outro. Ele olhou para ela com expectativa e seu instinto disse que ela deveria fazer algum comentário bem constrangedor sobre ele estar esperando um beijo quando não estavam nem... ficando juntos. Mas lembrou-se de que ele tinha jogado a bola no Pervertido da Calcinha. Steve não merecia nenhum comentário desagradável. Ele provavelmente merecia um beijo, mas não ali. Talvez ela retribuísse o favor mais tarde, quando estivessem sozinhos.

Ela se afastou dele.

— Olá.

— Olá. — Ele se inclinou mais para o lado dela. — Está tudo bem?

— Sim, por quê?

— Será que esse novato fez alguma coisa que te irritou?

— Fez... Não, quer dizer, não fez nada.

A expressão de Steve ficou mal-humorada.

— Por que ele te falou aquela idiotice sobre os Smurfs?

Ela geralmente falava a verdade a Steve, mas de repente não quis que ele soubesse que ela usava um pijama de Smurfs.

— Eu achei que ele estava invadindo Shadow Falls e tivemos um bate--boca. — Ela olhou por cima do ombro de Steve e viu o Pervertido da Calcinha olhando para eles.

— Engraçado — Steve disse numa voz sombria. — Agora há pouco você não estava olhando pra ele do jeito que se olha para um sujeito com quem se bateu boca.

Della mordeu o lábio para não sorrir. Ela deveria estar envergonhada por Steve flagrá-la apreciando o corpo do Pervertido da Calcinha. E ela estava, mas seu orgulho ficou em segundo plano diante da emoção que sentiu ao saber que Steve se importava o suficiente com ela a ponto de se sentir incomodado.

Inclinando-se sobre os calcanhares, ela o olhou nos olhos.

— Parece que alguém está com ciúme, mas só não sei por quê. A gente não está namorando nem nada. Somos apenas amigos, então... — Della encolheu os ombros, fingindo inocência.

Steve curvou os lábios num meio sorriso atrevido e deu um passo mais para perto. A eletricidade começou a crepitar. Eles estavam a menos de cinco centímetros de distância, mas Della, consciente apenas de Steve e da magia que ele provocava, recusou-se a dar um passo para trás dessa vez. Eles vinham fazendo esse joguinho havia semanas — flertando e provocando um ao outro cada vez que se viam —, e Della tanto podia ceder quanto podia resistir.

— Sim, somos apenas amigos, mas amigos cuidam uns dos outros e não deixam que o amigo fique encarando de olhos esbugalhados novos campistas de quem não sabem nada a respeito.

De olhos esbugalhados? Ela mordeu o lábio para não rir.

— Não tenho ideia do que você está falando. Deve estar vendo coisas. Vampiros nunca ficam de olhos esbugalhados. Talvez uma gota de suor caia nos olhos deles...

Ela estendeu a mão e limpou uma gota de suor imaginária na testa de Steve. Ela ouviu os batimentos cardíacos dele oscilarem no segundo em que tocou sua pele e desejou que não acontecesse o mesmo com seu próprio coração.

Ele pegou o pulso dela e desenhou um coraçãozinho minúsculo na pele macia acima das veias.

— Está sendo um pouco pretensiosa demais agora, Senhorita Esnobe.

Ela quase riu. Quase. Em vez disso, se deu conta imediatamente de que não estavam sozinhos, mas no meio de outros campistas — alguns deles com uma audição supersensível. E aquele jogo, aquele joguinho de sedução que ela e Steve jogavam, ela insistia que só jogassem a sós. Que diabos ela estava pensando. Ah, sim, claro, ela não estava pensando!

Della deu um passo para trás e, quando fez isso, viu Derek indo embora. Derek, com quem ela tinha ido ali falar sobre o tio desaparecido.

— A gente conversa depois — ela disse a Steve. — Preciso falar com Derek sobre uma coisa.

— Sobre o quê? — Steve perguntou como se tivesse todo o direito do mundo de saber.

Derek estava quase na trilha.

— Eu... Eu realmente tenho que ir. Te conto depois.

Ela voltou a olhar para as duas melhores amigas, ambas... esquecidas do mundo por causa dos namorados, e decidiu falar com Derek sozinha.

Deu uma corridinha e alcançou Derek justo quando ele entrava na trilha para a sua cabana.

— Derek! — ela chamou, tentando afastar o sentimento agradável e confuso que o encontro com Steve deixara nela. Maldito metamorfo que sempre conseguia um jeitinho de mexer com ela!

Derek parou e se virou.

— Sim? — perguntou ele.

— Eu... Você tem um minuto?

Ele quase franziu a testa.

— Só um minuto, porque vou encontrar alguém agora. Do que você precisa?

Será que ele estava se encontrando com Jenny? Provavelmente. Todo mundo ali parecia apaixonado ou em vias de se apaixonar. Exceto ela, disse a si mesma, sem querer aceitar que aquela "coisa" entre ela e Steve era mais do que uma fantasia passageira. E ia passar, porque era isso que ela queria.

Ela olhou para Derek.

— Eu estou... — Como iria explicar aquilo? Ela se forçou a simplesmente despejar tudo e, quando fez isso, percebeu quanto era difícil pedir ajuda a alguém. — Estou à procura de uma pessoa desaparecida. Eu queria que você... Eu queria saber se você pode usar seu talento para detetive e me ajudar a encontrá-la.

— Meu talento para detetive?

— É, o seu talento para fazer investigações — ela esclareceu. — Sei que você costumava trabalhar para um detetive particular e eu queria pedir a sua ajuda.

— Quem você está procurando?

— Meu tio.

— Há quanto tempo ele está desaparecido?

Della fez as contas de cabeça.

— Há uns 19 anos.

Derek arregalou os olhos de surpresa.

— O quê?

— Meu pai tinha um irmão gêmeo de quem nunca falou, e eu soube agora da existência dele. Supostamente, ele morreu num acidente de carro.

Os olhos de Derek se arregalaram um pouco mais e a testa se franziu em confusão.

— Se ele está morto, por que...

— Eu acho que talvez ele tenha sido transformado e simulado a própria morte como a maioria dos vampiros adolescentes faz.

— Você acha que ele foi transformado?

— Não sei, mas o vírus de vampirismo está no sangue da família e faria sentido... que isso tenha acontecido.

— Na verdade, não. Eu diria que as chances de que ele tenha morrido num acidente de carro são cinquenta vezes maiores do que as de ter sido transformado. E o vírus nem sempre está no sangue da família. Isso só acontece com cerca de trinta por cento dos vampiros — Derek explicou. — Chris e eu estávamos falando sobre isso outro dia.

— Eu sei, mas tenho um primo que é vampiro, também. Portanto... existe uma possibilidade. E minha irmã ouviu meu pai dizer que o irmão ficou frio e então foi embora, para depois morrer num acidente de carro.

— Você quer dizer fisicamente frio? — perguntou Derek, pela primeira vez parecendo acreditar nela.

— Eu não sei. Minha irmã só escutou meu pai dizendo isso à minha mãe, então não posso perguntar a ele. Mas achei que você pudesse fazer uma pesquisa. Ver se acha alguma coisa sobre ele.

Derek fez uma cara de quem diz "Como é que eu me livro dessa?...", e Della teve medo de que ele estivesse prestes a dizer não.

— Por favor! — implorou ela. Deus, como ela odiava ter que ficar implorado ajuda!

Ele suspirou.

— Eu não me importo de tentar, mas 19 anos é muito tempo. Normalmente encontro informações na internet, mas depois de tanto tempo as chances de encontrar alguma coisa são quase nulas. — Ele fez uma pausa, como se refletisse. — Espere aí, por que não procura Burnett? Ele provavelmente poderia...

— Eu não quero envolver Burnett enquanto não souber com certeza que meu tio está registrado; só vou recorrer a ele em último caso.

Derek franziu a testa.

— Você acha que ele poderia ser um fora da lei?

— Eu acho que não, mas não quero colocar toda a UPF em cima dele.

Derek assentiu e, em seguida, olhou para o relógio como se tivesse que ir a algum lugar.

— Você tem o nome e a data de nascimento dele, e o dia em que morreu?

— Tenho tudo isso, menos o dia em que morreu — disse Della. — Ah, e tenho uma foto. — Ela tirou a foto do bolso.

Derek levantou a mão.

— Eu tenho... Tenho um encontro com Jenny. Você pode digitalizar a imagem e me mandar por e-mail? E enviar qualquer informação que tiver sobre ele? Onde ele costumava morar, se ele tinha se mudado para outro lugar recentemente... Eu não prometo nada, mas vou tentar.

A esperança brotou em Della.

— Eu vou voltar para a cabana e enviar tudo para você agora.

Ele se virou para ir embora, mas Della ficou de repente tão eufórica com a possibilidade de tudo aquilo ser realmente verdade que pegou o braço dele e deu um aperto.

— Obrigada! — Levou apenas um segundo para ela perceber quanto aquilo tinha sido estranho. Imagine ela tomando a iniciativa de fazer algo que quase equivalia a um abraço!

— De nada — disse ele, e afastou-se, olhando para ela como se estranhasse a sua atitude. Mas dessa vez, ela não se importou. A ideia de que poderia encontrar, de uma forma lícita, um tio — um homem que se parecia com seu pai — e ter um membro da família que compreendesse a vida de um vampiro era o máximo!

Talvez, depois de encontrá-lo, ela não lamentasse tanto a perda da própria família. Talvez ela pudesse voltar a pensar na vida como uma aventura empolgante.

Naquela noite Della não conseguiu dormir. Devia estar exausta, depois de supostamente passar a noite anterior muito ocupada manguaçando o conhaque do pai e só ter dormido uma hora durante o dia, mas sua mente continuava pensando na possibilidade de encontrar o tio. Ela pegou a foto e olhou para o rosto dele. Parecia-se muito com o pai dela. Deviam ser gêmeos idênticos.

Ela não podia deixar de se perguntar se a aprovação do tio faria com que ela se sentisse tão orgulhosa quanto se sentiria se o próprio pai a aprovasse.

De repente lhe ocorreu que o primo Chan poderia saber algo sobre ele. Talvez, ao contrário do pai, a mãe dele tivesse mencionado alguma coisa sobre o tio. Ela se levantou, pegou o telefone da cômoda e digitou um número. Ela nem sequer se preocupou com o horário; considerando que ele era um vampiro e vivia na marginalidade, não tentaria conciliar seus hábitos de sono com os dos seres humanos.

O telefone tocou várias vezes. E finalmente caiu na caixa postal.

— Ei, é Della. Tem algo que eu queria te perguntar. Você pode me ligar?

Ela desligou, mas levou o telefone para a cama com ela. Será que ele retornaria a ligação? Della ficou ali vigiando o celular por mais uma hora, lembrando que ele tinha tentado falar com ela na semana anterior e ela não tinha retornado a ligação. Por fim, sentindo-se impaciente demais para ficar ali sem fazer nada, decidiu correr um pouco. Talvez se ela se cansasse, conseguisse dormir.

Vestiu o jeans e uma blusa, e então a ideia de que podia acabar topando com Steve fez com que ela corresse para o banheiro e penteasse os cabelos e enxaguasse a boca.

Enfiou o telefone no bolso de trás, abriu silenciosamente a janela e se afastou da cabana. A noite estava fria, mas isso não a incomodou. A lua, um crescente de prata, estava baixa no céu. Algumas nuvens se destacavam no céu negro, como se implorando por atenção. Ela correu até a borda da floresta, à procura de um certo pássaro que a olhava de cima. Diminuiu o passo para verificar se sua audição estava funcionando bem.

Ouviu pássaros piando, alguns voejando sobre seus ninhos mais acima, nas árvores. Alguns grilos cantavam sob os arbustos, e alguma coisa, um coelho ou um gambá, agitou-se no mato a alguns metros dela. Sua audição estava em forma. Mas olhando para cima, não viu o pássaro que procurava. Steve normalmente se transformava num falcão-peregrino, porque era o pássaro mais rápido, ele dissera uma vez.

Quando ela começou a correr, com os pés ainda batendo no chão, foi se desviando das árvores, evitando os galhos, para gastar um pouco da energia que borbulhava dentro dela. Ela se lembrou de que tinha corrido mais cedo, naquele mesmo dia, e encontrado Chase. Sua mente trouxe de volta a imagem dele, jogando basquete sem camisa.

Ela respirou fundo, farejando o ar para se assegurar de que o Pervertido da Calcinha não estava perambulando por ali aquela noite. Os únicos cheiros que captou foram os da natureza: o chão da floresta úmida e o cheiro do outono — aquele cheiro terroso de folhas perdendo a batalha pela vida, e da vegetação verdejante passando a adquirir tons dourados, vermelhos e laranjas. Por mais belo que algumas pessoas considerassem o outono, era um período de morte. E isso era meio triste.

Ela deu a volta pela mata duas vezes — nunca chegando a alçar voo. O grande portão à sua direita delimitava o terreno de Shadow Falls. Seu coração batia forte no peito. Ela inspirou, o nariz captou novos aromas... Animais. Um cervo movendo-se por perto na floresta, seus cascos pisando a terra molhada, enquanto corria entre as árvores com graça. Acima, ela percebeu um pássaro. Ouviu as asas voando sobre ela. Olhou para cima, viu o falcão passar na frente da lua.

Steve?

Ela parou. Observou o pássaro voar em círculos e pousar numa árvore.

— Está me seguindo? — ela perguntou. Mas seu tom de voz não era de reprovação.

Ela apertou os olhos na escuridão e mal conseguia distinguir o pássaro.

— Eu sei que é você, então pode aparecer.

Ela ouviu o pássaro sacudir as asas. Será que estava bravo com ela?

Ao longe, ouviu o veado vindo em sua direção, mas ignorou isso e olhou para Steve empoleirado no galho. Dobrou os joelhos e saltou em cima da árvore. Steve deu um salto para trás e bateu as asas como se ameaçasse voar para longe.

— Pare de fingir — disse ela, e quando as centelhas não começaram a crepitar em torno do metamorfo enquanto se transformava, ela se lembrou de ter fugido dele na sua última tentativa de beijá-la, na quadra de basquete.

— Olha, eu tinha que pedir uma coisa a Derek. Não queria irritar você.

O pássaro baixou a cabeça e fez um pequeno ruído.

— Sinto muito se fui rude. Não foi minha intenção.

Ele mesmo assim não disse nada nem começou a se transformar.

— Está bravo porque não beijei você? Eu disse que não era do tipo sensível e sentimental. A gente nem devia ficar se beijando. Nós não estamos... juntos. — O pássaro inclinou a cabeça e olhou para ela com um olhar de pássaro. — Não olhe para mim assim. Eu sei que deixei você me beijar antes, mas... se você não beijasse tão bem, eu não ia me sentir tão tentada. — De repente, um barulho agitou um arbusto abaixo da árvore.

— Quer dizer que você e esse pássaro ficaram dando uns amassos por aí? — disse uma voz mais abaixo.

Della olhou para o veado no chão, olhando para ela. E veados que falavam como... Ah, merda! A lua irradiava apenas luz suficiente para que ela pudesse ver as centelhas brotando em torno do engraçadinho. Depois que desapareceram, Steve surgiu no lugar.

Ela olhou para o pássaro.

— Quem é você? — exigiu saber. O pássaro grasnou para ela.

— Tenho certeza de que é só um pássaro. Mas já que vocês dois já se conhecem tão bem a ponto de ter uma conversa íntima sobre beijos e tudo mais, acho que você devia dar um nome a ele.

Rosnando de raiva, envergonhada por ter sido enganada por um pássaro, ela desceu da árvore. Assim que seus pés tocaram o chão, Steve a segurou pela cintura e puxou-a para si. Suas mãos, que se ajustavam perfeitamente ao corpo dela, apertavam com firmeza e ainda assim com suavidade a curva da sua cintura. O que havia no toque dele que era tão delicioso?

— Então, agora você e o pássaro têm um rolo, hein? O humor brilhava nos olhos dele e seu cabelo castanho, cacheado nas pontas, parecia um pouco bagunçado. Ele usava uma camiseta caramelo com um logotipo esportivo e calça jeans, que aliás lhe caía muito bem.

Ela colocou as mãos no peito dele com toda intenção de empurrá-lo e fazê-lo cair sentado no chão, mas a sensação de sua pele contra as palmas das mãos a deixou constrangida. De repente, o desejo de dar uma lição em Steve tinha ido embora, e ela simplesmente queria tocá-lo. Seu peito masculino, quente e com músculos firmes, fez com que ficasse com vontade de se enroscar em seu pescoço e puxá-lo para lhe dar um beijo.

Então o riso nos olhos dele e o seu cheiro picante e especial fizeram o resto. Era tão difícil ficar brava com Steve — mesmo quando ele estava zombando dela. Não zombando de verdade, mas provocando, de um jeito totalmente inofensivo. Ele não tinha intenção de ser cruel ao provocá-la; sua provocação até fazia com que se sentisse especial.

Muito atraente, ela pensou. Steve era atraente até demais.

— É melhor você não rir — disse ela, tentando parecer brava, mas seu tom de voz não tinha nenhuma animosidade.

— Não consigo evitar — disse ele. — Estar com você me deixa feliz. Esperei quase a noite toda para ver se você vinha me procurar. Ainda bem que não desperdicei meu tempo.

— Eu não vim para ver você — disse ela. As palavras de Steve ecoavam na cabeça dela. *Estar com você me deixa feliz.* Uma emoção quente envolveu seu coração.

O coração mentiroso.

— Eu estava correndo, porque não conseguia dormir. — Aquilo era verdade, ela disse a si mesma, mas estava pensando nele quando saiu. Ela queria vê-lo. E aquela não era a primeira vez; longe disso. Pelo menos três vezes por semana ela saía à noite, e noventa por cento das vezes acabava indo ao encontro dele. Ah, Deus do céu, ela precisava parar de contar com ele.

Steve encostou a testa na dela.

— Eu não acredito em você.

— Você é impossível! — disse ela.

— Você é linda! — ele respondeu. — Disse alguma coisa sobre aquele pássaro beijar bem?

Ela olhou para ele.

— Você já está abusando da sorte...

— Com você, eu sempre tenho que abusar da sorte — ele disse, num tom um pouco mais sério. — Se não faço isso, você nem me dá bom-dia.

— Ainda não vou te dar bom-dia — ela provocou.

— Sim, mas acabou de admitir que gosta dos meus beijos. — Seus lábios roçaram nos dela.

Ela se afastou.

— Eu admiti que gostava dos beijos daquele pássaro. — Ela não pôde deixar de sorrir. Droga, ele a deixava feliz. E aquilo era perigoso.

— Vou me lembrar disso da próxima vez em que me transformar. De que espécie de pássaro você gosta mais?

Então ele a beijou — um beijo suave e doce que a tornava mais maleável que argila nas mãos dele.

Deixou-se ficar ali por alguns segundos, talvez um minuto; então se afastou, engoliu um pouco de ar e colocou a mão no peito dele para impedi--lo de beijá-la outra vez.

— A gente não devia...

— Por que não? — ele perguntou.

— Porque eu não...

— Está pronta para assumir um compromisso. — Ele franziu a testa. — Eu sei, você já me disse isso umas dez vezes. E eu posso aceitar, mas aqui, agora, estamos só você e eu. Não estamos assumindo nenhum compromisso, só estamos... nos beijando.

— Mas você sabe aonde isso vai levar e não estou pronta para isso também. — Ela olhou para o lado, em parte por vergonha e em parte porque pensou ter ouvido algo na floresta.

Steve tocou o rosto dela e a fez olhar para ele.

— Olha, eu gosto de beijar você e, se isso é tudo o que eu posso ter, então é só isso que vou querer. Pelo menos até que você esteja pronta para mais.

— E se eu nunca estiver pronta e você estiver apenas desperdiçando seu tempo?

Ele a puxou contra si novamente.

— Eu acho que posso convencê-la a mudar de ideia.

— Você acha que é tão bom assim?

— Eu sei que sou — disse ele, e riu. — Um passarinho me contou — ele brincou.

Ela lhe deu um leve soco nas costelas.

E logo em seguida, ouviu o barulho de novo. Ela se virou, levantou o nariz e sentiu o cheiro de outro vampiro. Um vampiro e sangue fresco. Muito sangue fresco.

Capítulo Cinco

— O que foi? — Steve perguntou, obviamente sentindo que a farejada rápida de Della significava problemas.

— Vampiro? — ela murmurou, e respirou fundo, esperando que fosse Chase, o tarado da calcinha.

Mas não era. O cheiro era diferente, e ela podia dizer isso com certeza, mesmo com o picante aroma de sangue fresco misturado. Sangue humano. B negativo e... outro tipo.

Della sentiu seus olhos ficarem mais brilhantes.

Ela olhou para cima e mal teve tempo de ver o vampiro sanguinolento passar voando sobre a cabeça deles. Pensou em ir atrás dele ou dela.

Antes que pudesse decidir, outro cheiro de vampiro a atingiu em cheio, e este ela reconheceu. Della se afastou de Steve.

Burnett apareceu ao lado deles. Vestia apenas jeans e o cabelo parecia amassado por causa do travesseiro. O homem era todo músculos e força.

— Está tudo bem? — perguntou.

— Tudo bem — disse Della e Steve ao mesmo tempo.

— Alguém pulou a cerca ao norte — disse Burnett, lançando-lhes um olhar desconfiado.

— Eu sei — disse Della, fazendo de tudo para não encarar o peito do vampiro.

O líder do acampamento podia ser velho, ou pelo menos muito velho para ela, mas ele poderia até fazer comerciais de Coca Diet.

— Eu o ouvi e farejei. Passou voando. Mas acho que já foi.

— É isso aí — confirmou Burnett. — Deu para sentir o cheiro?

— Sim — disse ela. — Sangue. Dois tipos diferentes.

Os músculos da mandíbula de Burnett ficaram tensos.

— Humano?

Ela assentiu com a cabeça.

Ele praguejou baixinho.

— O que vocês dois estão fazendo aqui a esta hora da noite?

Della se encolheu por dentro.

— Eu não conseguia dormir — disse ela, e como aquilo era verdade, seu coração não disparou.

Burnett olhou para Steve.

— Eu estava... — O coração de Steve oscilou com a mentira. Ele olhou para Della e disse: — Eu estava esperando que ela não conseguisse dormir.

Della lhe lançou um olhar frio, mas Steve encolheu os ombros. Burnett suspirou.

Logo em seguida o celular de Burnett tocou. Ele o tirou do bolso da calça.

— Merda! — praguejou quando olhou o número. Ele se virou e atendeu a chamada. — Agente James.

Pela forma como respondeu, Della adivinhou que o telefonema era oficial. Ela sintonizou a audição para ouvir o interlocutor.

— *Encontramos dois corpos nos arredores da cidade. Parece que o nosso assassino é um vampiro.*

— Maldição! — Burnett deixou escapar. — Ele passou por aqui. Qual é a sua localização exata? — Burnett anotou o endereço. — Estou a caminho. Ele desligou e encarou Della e Steve.

— Você quer que eu vá? — A possibilidade de participar de uma missão foi como uma injeção de adrenalina no corpo dela. Era isso que ela queria fazer, o que ela sentia que devia fazer.

— Não. Fique aqui e mantenha-se atenta. Chame Lucas, Derek, Perry e Kylie e os mantenha com você e Steve, e todos vocês fiquem de guarda. Me avisem se alguém passar por aqui de novo.

A decepção espiralou através de Della.

— Mas eu senti o cheiro, e só eu vou saber se era a mesma pessoa.

Burnett suspirou.

— Não vai ser uma cena bonita, Della.

— Não pensei mesmo que seria.

— Tudo bem. — Ele se virou para Steve. — Chame os outros e patrulhem a área.

Steve assentiu.

— Me encontre no portão, preciso pegar uma camisa. — Burnett decolou.

Della começou a alçar voo atrás dele, mas Steve pegou o braço dela.

— Tome cuidado — disse ele. Della podia ver a preocupação em seu olhar. Antes que ela adivinhasse sua intenção, ele se inclinou e beijou-a novamente. Ela deixou por alguns instantes. Por mais que fosse bom saber que Steve se importava com ela, esse era apenas mais um lembrete de que as coisas entre os dois já estavam indo longe demais.

Balançando a cabeça, ela decolou. Só tinha avançado alguns metros quando percebeu outro cheiro. Agora conhecido — Chase. Olhando para baixo, ela o viu entre as árvores. Havia quanto tempo ele estaria ali? Será que estava espionando ela e Steve? Della quase desceu para tirar satisfação, mas sabia que Burnett não toleraria atrasos. Então ela passou por Chase e foi ao encontro de Burnett no portão da frente.

Mas, mais tarde, ela e o Pervertido da Calcinha teriam uma conversinha, e não seria nada amigável.

Della disse a si mesma que poderia lidar com aquilo. Ela não era nenhuma criança. Sangue não a incomodava, só a deixava com fome. Na segunda em vez que vomitou, ela se perguntou como podia estar tão enganada.

Mas o sangue não era alimento quando vinha de cadáveres. Era feio. Emocional. Era morte e assassinato. E isso era tão errado!

Ela sentiu um toque no ombro. Sua audição devia estar falhando novamente. Rosnando, ela se virou, irritada e envergonhada ao perceber que alguém tinha testemunhado a sua fraqueza. Seu rosnado parou abruptamente quando seu olhar pousou em Burnett.

Ela tinha fugido da cena debaixo da ponte e se escondido atrás de algumas árvores. Obviamente, não tinha se escondido bem o suficiente.

— Eu estou bem. — Ela se afastou do toque dele. — Só comi comida humana demais quando estava na casa dos meus pais.

Ele arqueou uma sobrancelha, deixando pouca dúvida de que tinha ouvido o coração dela mentir, mas quando olhou em seus olhos, não foi condenação que viu, mas compreensão. Aquilo a irritou ainda mais.

— Estou bem — insistiu, agressiva.

Ele se inclinou e falou em voz baixa.

— Eu vomitava todas as vezes no primeiro ano em que trabalhei em casos como este. — A honestidade se destacava na voz dele em meio ao silêncio da noite. — Na verdade, se você não tivesse passado mal, eu teria ficado preocupado.

Suas palavras de conforto fizeram com que o nariz e a garganta de Della ardessem com as lágrimas que ela reprimia. Inesperadamente, a imagem do que ela tinha acabado de ver veio à sua mente. Duas vítimas caídas do lado de fora do carro. Gargantas rasgadas. Olhos abertos de horror. E todo aquele sangue — como se tivessem sido banhadas nele. O que elas devem ter sentido quando suas vidas lhes foram arrancadas?

— Como pôde... como alguém pôde fazer aquilo?

Ele suspirou.

— Às vezes é fome, nem sempre um vampiro recém-transformado tem alguém que o ajude na transição. Outras vezes é falta de respeito pela humanidade.

Della respirou profundamente e lutou contra a necessidade de vomitar de novo.

— Nós somos monstros — disse ela, sem intenção de expressar o pensamento em voz alta.

— Não, somos vampiros. E não somos mais monstruosos do que qualquer outra espécie. Inclusive os humanos. A bondade, a maldade e o mal não são exclusividade de nenhuma espécie. Nunca questione isso.

Ela piscou os olhos, odiando mostrar toda a sua insegurança para a pessoa que ela mais queria impressionar.

Ele estendeu a mão e lhe apertou o ombro. Ela assentiu com a cabeça e desviou o olhar.

— Você conseguiu uma pista do cheiro dele? — Burnett perguntou como se sentisse a necessidade de mudar de assunto. — Ou estava muito contaminado?

Della olhou para trás em direção à ponte, antes de olhar para o líder do acampamento. O brilho da lua crescente refletia no seu cabelo preto. Seus olhos castanho-escuros ainda tinham um toque de compaixão, mas ele já tinha voltado a ser o mesmo agente durão.

— Não posso afirmar com certeza, por causa do cheiro de todas aquelas pessoas, mas acho que era o mesmo vampiro que passou por Shadow Falls. Há vestígios de que se trata do mesmo cheiro.

Ele deu de ombros.

— O que significa que você vir aqui foi inútil. Lamento ter deixado que você...

— Eu não lamento ter vindo — disse ela. — Eu quero isso, Burnett. Quero fazer parte da UPF. Fui feita pra isso. Eu aguento. Pode acreditar. Mesmo que tenha dito que ficava enjoado a princípio.

Ele concordou com a cabeça.

— Acredito, mas... existem maneiras mais fáceis de se ganhar a vida, Della.

— Não quero nada fácil. Quero pegar criminosos. Quero fazer diferença. — As palavras saíam da sua boca com franqueza e sinceridade.

Ele arqueou uma sobrancelha.

— Tem certeza de que não quer simplesmente uma chance de extravasar sua raiva?

— Bem, quero, também — ela admitiu, e quase sorriu, esperando aliviar a tensão.

— É isso que me preocupa — disse ele com um tom tão sério que tirou o sorriso maroto dos lábios dela. — Você é durona, Della, eu sei disso. Mas vai se deparar com marginais ainda mais duros que você, e com o seu jeito de ser, vai acabar como a nossa vítima desconhecida lá atrás. Estar disposta e ansiosa para lutar não faz de você uma boa agente. Saber como evitar uma briga que vai perder e ser capaz de deixar o orgulho de lado são qualidades melhores. Qualidades que você não desenvolveu ainda.

Ela levantou o queixo e reprimiu a vontade de discordar da opinião de Burnett sobre a sua resistência e seu caráter.

— Vou aprender.

— Espero que sim. — Ele se virou.

Ela estendeu a mão e tocou o braço dele.

— Eu quero ajudar a investigar este caso. Quero fazer justiça para... eles. — Ela acenou para a cena do crime.

Ele suspirou.

— Vamos ver.

— Por favor — implorou ela.

— Eu disse, vamos ver. A investigação só vai começar depois que tivermos nas mãos os relatórios completos das autópsias.

Ele a deixou e voltou para onde estavam os outros agentes da UPF. Mas as palavras duras de Burnett — "qualidades que você ainda não desenvolveu" — ecoavam na mente dela e feriam seu coração. Na opinião dele, ela não tinha o que era preciso para ser agente da UPF.

De alguma forma, ainda não sabia como, ela provaria que ele estava errado.

E, para começar, ela se forçou para enfrentar a terrível cena do assassinato novamente. A cada passo que dava, prometia não vomitar de novo. Não importava que Burnett tivesse feito isso por um ano, com ela não aconteceria mais.

Ela provaria a ele que era talhada para o trabalho de agente. Então pegaria o filho da puta que tinha feito aquilo.

Eram quase quatro da manhã quando Della voltou para sua cabana. Kylie estava sentada à mesa, parecendo meio fantasmagórica ali no escuro, vestindo sua camisola branca. Seu cabelo loiro caía ao redor dos ombros e sua expressão era um misto de *O Exorcista* e *Sexta-feira 13*. Ou talvez Della estivesse exagerando um pouco depois de ver... a morte tão de perto.

— Ei, você está bem? — perguntou Della.

Kylie piscou.

— Sim, só não conseguia dormir.

Caramba! Era bem possível que Kylie tivesse companhia. E o tipo de companhia que Della não queria por perto.

— Estamos só eu e você aqui?

Kylie deu de ombros. Della gemeu. A camaleão era uma clarividente top de linha que falava com espíritos e, embora Della odiasse admitir, aquilo a deixava apavorada. Se Kylie não fosse uma de suas melhores amigas, Della teria chutado a ímã de fantasmas porta afora. Mas ser cruel com Kylie era o mesmo que ser cruel com um filhotinho faminto e com uma pata machucada. E, francamente, se alguém fosse cruel com Kylie, Della chutaria a bunda do cretino tão rápido que ele nem saberia o que o atingiu. Mas com certeza ficaria muitos dias com a lembrança do chute no traseiro.

— Não dê de ombros apenas. Diga a verdade, estamos sozinhas?

— Neste exato momento, estamos — disse Kylie como quem se desculpa.

— Mas alguém acabou de sair daqui?

— Alguém está brincando comigo.

— Brincando com você? Você fala como se isso fosse divertido.

Kylie franziu a testa.

— Não é divertido. Mas ele ou ela continua passando por mim a toda velocidade, sem dizer nada nem diminuir o passo para eu dar uma boa olhada. — Kylie fez uma careta. — Holiday diria que isso é um sinal. Quem eu conheço que passa zunindo e não diminui o passo o suficiente para ser reconhecido? — Ela inclinou a cabeça e, em seguida, apontou o dedo para Della. — Você.

— Desculpe, mas não estou morta.

— Não quero dizer que seja você exatamente. Quero dizer... um vampiro. Talvez o meu novo fantasma seja um vampiro.

— Mas que ótimo! Tem um vampiro morto e de mau humor perambulando por aí.

Kylie fez uma cara de frustração.

— Eu não disse que ele ou ela estava de mau humor.

Della andou até a mesa.

— Então, ele ou ela não está de mau humor?

— Sim, mas eu não disse. — Kylie sorriu.

Della revirou os olhos.

—- Sério, você está andando muito com Miranda. Está até usando a lógica dela.

— Às vezes eu gosto da lógica dela.

Della gostava, também, mas não estava num estado de espírito suficientemente animado para admitir. Ela voltou a olhar para a porta do quarto e pensou em dormir um pouco. Então olhou para a cadeira vazia em frente a Kylie e pensou sobre a possibilidade de ficar um pouco mais ali com a melhor amiga.

A cadeira venceu. Ela se sentou e tentou evitar que os ombros caíssem sob o peso da tensão.

— Onde você estava? — perguntou Kylie.

Della sentiu um aperto na barriga.

— Fui correr e encontramos um intruso voando sobre Shadow Falls. Captei o cheiro dele. Burnett apareceu um segundo depois e recebeu um telefonema da UPF. Fui com ele atender à chamada. — Ela mordeu o lábio, sem saber se conseguiria falar a respeito sem se sentir ainda pior.

— Que tipo de chamada? — perguntou Kylie.

Della hesitou, mas depois concluiu que, se queria mesmo fazer aquilo, ser uma agente — e era o que mais queria no mundo —, então precisaria aprender a lidar com aquele tipo de situação.

— Duas pessoas foram mortas aqui perto de Shadow Falls.

A expressão de Kylie era de pura compaixão.

— Uma delas era um vampiro?

Della entendeu aonde Kylie queria chegar. Ela achava que o fantasma que a procurara podia ser uma das vítimas. Della balançou a cabeça.

— Humanos.

Ela já tinha verificado. Por mais difícil que fosse olhar para eles diretamente, ela tinha feito isso.

— Mas parece que o assassino é um vampiro — Della se forçou a dizer.

Kylie fez uma careta.

— Burnett suspeita que sejam vampiros fora da lei?

— Eu não sei. Não estão suspeitando de ninguém ainda. Levaram os corpos para fazer a autópsia e depois vão acionar o código vermelho. — Código vermelho significava que iriam camuflar a morte, como se tivessem acontecido num acidente de trânsito, para que o mundo humano não investigasse.

Os olhos de Kylie mostraram uma emoção sincera.

— Foi... horrível de ver?

— Não — Della mentiu. Então sua respiração tremeu, junto com seu coração mentiroso. — Sim, foi pavoroso.

— Sinto muito. — Kylie colocou a mão sobre a da amiga. — Quer um refrigerante?

Della quase disse sim, então suspirou.

— Não, preciso tentar dormir um pouco. — Ela tirou a mão de sob a de Kylie e se levantou. Imagine se não sentiu o vazio deixado pela falta do toque de Kylie... Se fosse só um pouquinho mais fraca, pediria à amiga um abraço. Um daqueles bem longos, que ajudam a curar os piores sofrimentos. Mas ela não era tão fraca.

— Por que não fica dormindo amanhã? — Kylie perguntou enquanto Della abria a porta do quarto.

Della olhou para trás e considerou a hipótese. Então se lembrou de que Burnett já a via como alguém que não era forte o suficiente.

60

— Não, vou ficar bem. — Ela precisava convencer Burnett de que podia lidar com aquilo. Lidar com os assassinatos, o caos e as noites sem dormir que acompanhavam tudo isso. Convencê-lo de que ela era perfeita para trabalhar na UPF.

Ela entrou no quarto, em seguida, olhou para trás.

— Obrigada.

— Pelo quê?

Della encolheu os ombros.

— Sei lá. Por estar acordada.

Kylie sorriu.

— Você vai ter que agradecer ao fantasma por isso.

— Só me faltava essa. — Della olhou ao redor. Ela não tinha certeza do que estava procurando, especialmente considerando que não podia ver fantasmas, mas às vezes, quando Kylie dizia que eles estavam presentes, ela sentia um calafrio. Um calafrio que lembrava a morte.

E com a morte vinham também os anjos da morte, aqueles que julgavam todos os sobrenaturais. E cuja punição era rápida e definitiva. Pois queriam que a vida dos sobrenaturais fosse um livro aberto e livre de erros. Deus sabia que ela tinha cometido muitos.

Percebendo que ela estava olhando para o nada, voltou a olhar para a amiga.

— Ele não está aqui agora, está?

— Não — garantiu Kylie.

— Ótimo, que continue assim. — Della finalmente entrou no quarto. Um cômodo silencioso onde ela podia ficar sozinha com seus pensamentos. Pelo menos esperava que estivesse sozinha. Olhou ao redor, tentando perceber se o fantasma de Kylie havia retornado. Não sentiu nenhum calafrio antinatural.

Assim que se sentou na cama, sua mente se afastou do possível visitante de Kylie e passou a se concentrar na terrível cena que tinha presenciado aquela noite. Imagens pipocaram na sua cabeça novamente.

A mulher era só alguns anos mais velha do que Della, e o rapaz parecia ser seu namorado. Pelo visto tinham estacionado o carro ao luar, provavelmente para namorar, e enquanto trocavam beijos e carícias tinham sido atacados e arrancados do carro. Duas pessoas curtindo uma noite romântica e então brutalmente assassinadas. Talvez pensar no fantasma fosse melhor.

As palavras que Burnett dissera mais cedo encheram sua cabeça. *Nós não somos mais monstruosos do que qualquer outra espécie.* Seu coração palpitou e parecia em carne viva. Não importava o que ele dizia. O fato de que um vampiro tinha praticado aquele ato desprezível envergonhava sua espécie. Era uma vergonha que os vampiros precisassem de sangue para sobreviver.

Uma ova que não eram monstros! Se ela não estivesse com tanto medo de que seus próprios pais a vissem como um monstro, ela lhes contaria a verdade. Ainda poderia fazer parte da família. Ainda poderia ser a garotinha do papai. Em vez disso, era uma estranha forçada a visitá-los, apenas para perceber quanta coisa tinha perdido. Forçada a deixá-los pensar que ela provavelmente estava usando drogas, estava grávida e tinha se degenerado a ponto de roubá-los.

Ela tentou afastar as imagens dos dois corpos deitados de costas no chão molhado, o pescoço mutilado pelas mordidas, os olhos abertos, sem sinal de vida. Tentou, mas não conseguiu tirar a imagem da cabeça.

— Somos monstros — sussurrou no silêncio, com sorte, no quarto livre de fantasmas.

Sentiu lágrimas deslizando pelo rosto e as secou. O fato de que ela queria pegar o sanguessuga que tinha assassinado o casal inocente — de que queria fazê-lo pagar por isso — fazia com que se sentisse um pouco menos monstruosa.

— Eu vou pegar você — disse Della, jurando nunca esquecer o cheiro do assassino que tinha voado por ali aquela noite. Um dia, mais cedo ou mais tarde, ela iria encontrá-lo novamente. — E quando isso acontecer — ela falou no quarto escuro: — Eu não ligo para o que Burnett disse, vou adorar extravasar a minha raiva em você.

— Della?

A voz profunda ecoou em sua mente e penetrou no seu sonho. Um sonho familiar. Ela se levantou novamente naquele beco escuro vestindo seu pijama de Smurfs. O monstro, a gárgula rechonchuda e de tamanho extragrande, estava a cerca de cinco metros dela. Seus olhos com um brilho vermelho e maldoso. Sua intenção de atacá-la era clara pela baba de aparência gosmenta que escorria de suas mandíbulas.

Mas que diabos aquele verme horroroso, flácido e babão queria com ela?

— Della, você está bem? — A voz soou de novo, por trás da lata de lixo. O que era uma pena, porque era exatamente onde ela planejava lançar o monstro asqueroso, que começava a investir contra ela.

Ela se encolheu, preparou-se para lutar e instantaneamente a voz ficou mais coerente.

— Della? — Dessa vez a voz não tinha vindo de trás do lixo, mas do outro lado da cortina escura da sua mente. Do lado em que a vida real existia. Onde não havia gárgulas. Onde os monstros que andam sobre a terra eram simples vampiros.

Quando sentiu um toque na testa, ficou totalmente alerta. Com a velocidade e a força de um vampiro, e antes mesmo que seus olhos se abrissem, ela agarrou a mão e segurou-a longe do rosto.

Sua visão não estava nítida ainda quando ela reconheceu o metamorfo de cabelos e olhos castanhos em pé diante dela.

Ela afrouxou o aperto em seu pulso.

— O que você está fazendo aqui?

Steve franziu a testa.

— Bati na sua janela e como você nem se mexeu fiquei preocupado.

— Então você simplesmente decidiu invadir o meu quarto? — ela perguntou bruscamente, irritada com a constatação de que sua audição devia ter falhado novamente. Mas o que, afinal, estava acontecendo com ela?

— Vim para ver como você está. Você geralmente acorda assim que eu me aproximo da sua janela. Fiquei uns cinco ou dez segundos batendo e você nem se mexeu. Está se sentindo bem?

Steve estendeu a mão para tocar a testa dela de novo e ela interceptou a mão dele.

— Não me toque.

Ele franziu a testa para Della.

— Estou checando sua temperatura. Você não parece bem. — Ele colocou a mão na testa da vampira.

Della quase deu um tapa na mão dele novamente, mas percebeu que estava despejando a frustração com o sonho e seus problemas de audição em cima dele.

— Sou um vampiro. Meu corpo é frio, lembra?

Ele fez uma careta enquanto sua mão acariciava com ternura a testa dela.

— Eu sei, é por isso que tem algo errado. Você não está... tão fria. Acho que pode estar com febre.

— Estou bem. — Ela se sentou na cama. — Simplesmente não consegui dormir. — Seu olhar se desviou para a janela. O sol não tinha afugentado completamente a noite, no entanto o pedacinho do céu que ela podia ver através da vidraça estava tingido de rosa.

— Que horas são?

— Cinco e meia.

Ela voltou a deitar a cabeça no travesseiro.

— Isso significa que dormi uma hora inteira — ela murmurou.

— Desculpe acordá-la. Eu estava preocupado. Disse para você me ligar e você não ligou.

— Quando foi que você me disse para ligar? — Ela desviou os olhos para ele, agora sentado em sua cama, parecendo bem-disposto como se tivesse acabado de acordar. Ela detestava gente cheia de disposição pela manhã. Então tentou se lembrar do último encontro que tiveram, quando Burnett apareceu. — Você não me disse para ligar.

— No bilhete, eu disse para me ligar assim que você voltasse.

— Que bilhete?

Ele puxou um pedaço de papel de caderno de debaixo do ombro dela.

— Esse em que você está dormindo em cima. Depois que você foi embora, fiquei preocupado, então vim aqui e deixei um bilhete na sua cama. Eu dormi supermal, ficava acordando de dez em dez minutos, checando o telefone. Não me saía da cabeça que algo devia ter dado errado.

E tinha dado errado, Della pensou. Duas pessoas inocentes tinham sido assassinadas e, em seguida, ela descobriu que Burnett não achava que ela tivesse as qualidades necessárias para ser uma agente da UPF.

As imagens das vítimas surgiram em sua cabeça, e seu peito ficou tão pesado ela teve a impressão de que estava cheio de xarope. Do tipo mais espesso de xarope. Mas não havia nada doce na sensação de peso. Apenas pesar pelos dois jovens namorados.

— Eu então decidi vir aqui e ver por mim mesmo se estava tudo bem — justificou-se Steve. — Além disso, tenho que sair em dez minutos.

Ele estava preocupado. Ele estava de saída? A mente de Della girou para tentar entender o que ele dissera. Era segunda-feira, ele não ia brincar de médico numa segunda-feira — não que ele realmente brincasse. Assim como ela desejava ser uma agente da UPF, Steve desejava ser médico, um médico sobrenatural. Como não existiam escolas onde se pudesse estudar medicina para sobrenaturais, quem quisesse estudar esse campo tinha que se formar numa escola de medicina regular ou em medicina veterinária, e trabalhar sob a supervisão de outro médico paranormal. Steve, tentando se antecipar, era assistente do único médico sobrenatural da cidade.

— Eu não vi o bilhete. Eu... estava exausta.

Ele passou a mão pelo braço dela.

— Você está bem mesmo?

— Estou.

Os olhos dele brilharam.

— Você de fato parece bem. Gosto especialmente do pijama de Smurfs.

Viu? Não havia nada de errado com o seu pijama de Smurfs! Merda! Por que ela estava pensando naquele vampiro sem caráter?

— E se aquele novo vampiro mencionar seu pijama de novo, talvez eu tenha que dar uma lição nele.

Por que ele estava pensando...?

Steve endireitou a gola do pijama dela e depois inclinou-se um pouco mais.

— Eu sou o único que pode provocar você, dizendo com o que vai dormir ou não. — Ele arqueou as sobrancelhas e depois abaixou-se para dar um beijo nela.

Ela tinha toda intenção de afastá-lo, mas no momento em que os lábios dele roçaram nos dela, ela... Bem, ela não fez droga nenhuma. Mas não foi justamente assim que se meteu em apuros durante aquela missão? Deixou que ele a beijasse na cama, e quando viu suas roupas já começavam a se espalhar pelo chão.

Sim, foi isso que aconteceu, e ela ia parar aquilo agora mesmo. Colocou a mão sobre o peito dele para dar um empurrão de despedida. Não forte demais para machucá-lo, apenas... Então a mão dele escorregou por baixo da blusa do pijama dela e a palma deslizou com tanta suavidade pela curva da cintura... Bem, talvez ela não fosse parar com aquilo naquele *exato* instante, mas com certeza antes que suas roupas começassem a...

Justamente quando ela começava a sentir tudo formigar, ele se afastou, a expressão perplexa, os lábios um pouco molhados pelo beijo.

— Você está menstruada?

A boca de Della se abriu e ela bateu forte no peito dele com a palma da mão.

— Um cara nunca deveria fazer uma pergunta dessas a uma garota. E se pensa que eu ia...

— Não! — Ele balançou a cabeça e riu quando se sentou. — Eu não quis dizer... Estou perguntando como médico, não como namorado.

— Você não é meu namorado.

— Certo — ele disse, como se não acreditasse.

Ah, Deus, será que ele era mesmo namorado dela? Será que ela tinha marcado bobeira e deixado que as coisas saíssem do controle?

— Agora falando sério, você está menstruada?

Ela franziu o cenho para ele.

— Você também não é meu médico.

Ele balançou a cabeça como se ela estivesse bancando a menininha boba.

— Olha, às vezes, quando uma vampira está naqueles dias, sua temperatura fica ligeiramente mais alta. Você realmente está mais quente. — Ele colocou a mão na testa dela outra vez.

— Eu só não dormi o suficiente — disse ela, mas depois se lembrou da dor de cabeça e dos problemas de audição. Será que tinha pegado algum tipo de gripe?

— Está menstruada? — ele perguntou de novo.

Ela revirou os olhos e negou com a cabeça. Não era exatamente a verdade; ela ficaria nos próximos três dias. Ela se perguntou se a TPM poderia afetar sua audição também.

Sentou-se e olhou para ele sentado na beira da cama, como se tivesse todo o direito de estar ali. Então se lembrou de ele dizendo que estava de saída.

— Aonde você vai?

— Trabalhar com o doutor Whitman.

Ela balançou a cabeça.

— Mas você não vai às segundas-feiras.

— Agora vou. Ele perguntou a Holiday se eu poderia ir quatro dias por semana em vez de três e ficar lá durante a noite também. Metade da clientela sobrenatural vem depois do expediente. Ele tem uma sala onde eu posso dormir, na parte de trás da clínica. — Ele estudou a expressão dela. — Eu ia contar para você ontem à noite, se não tivesse fugido para brincar de agente da UPF.

Não tinha sido uma brincadeira, Della pensou, e então sua mente voltou para Steve e seus novos horários.

— E as aulas? — Della não estava gostando nem um pouco daquilo. Não gostava de saber que ele não estaria por perto à noite, quando ela saísse para correr e esfriar a cabeça. Então não gostou do fato de não ter gostado. Depender das pessoas é uma furada. Fala sério! Ela já estava começando a depender dele? Precisava admitir, com Miranda namorando Perry e Kylie com Lucas sempre a tiracolo, ela tinha bastante tempo livre.

Não que ela os culpasse... bem, ela meio que culpava, sim, mas também entendia. Quando estava namorando Lee, basicamente ignorava os amigos também.

— As aulas não são tão importantes — disse Steve. — Antes mesmo de vir para cá eu já tinha feito o teste para me formar no secundário antes do tempo.

— Eu sabia que você era esper... tinho — disse ela, na esperança de esconder o seu abalo emocional com humor. Mas que um raio a partisse ao meio se o seu coração não ficava apertado quando pensava em Steve longe dela.

— Como se você não fosse. — Ele sorriu. — Mas Holiday vai me aplicar provas todas as sextas-feiras para registrar minha presença aqui. Isso vai ser bom para o meu currículo quando eu começar a faculdade. — Ele afastou com ternura uma mecha de cabelo escuro do rosto dela.

— Vai sentir a minha falta?

Ela franziu a testa. Ele podia ler mentes agora?

— Não — ela mentiu.

Ele fez uma careta ao ouvir a resposta.

— Eu vou sentir a sua. Mas vamos nos ver às sextas, a cada quinze dias, e nos fins de semana. É claro que, se você parasse de fingir que não gosta de mim ou que não quer ser vista comigo em público, então poderíamos passar mais tempo juntos. Eu não teria que esperar até o meio da noite ou de manhã cedo para roubar um beijo.

Steve se inclinou para roubar um então, e ela levantou a mão e colocou o dedo sobre os lábios dele.

— É tarde, eu já devia estar me vestindo.

— Não seja por isso, pode começar. — Ele se jogou na cama e descansou a cabeça nas mãos como se estivesse pronto para vê-la trocar de roupa. Sua posição reclinada era uma maravilha para mostrar os músculos dos braços e do peito dele. Ele abriu aquele sorriso sexy e preguiçoso e ela quis torcer o pescoço dele.

— Fora daqui! — ordenou.

Ele se sentou.

— Só depois que você me der um beijo de despedida.

— Ah, tenha dó! Você é incorrigível. — Ela balançou o dedo para ele. — Atrevido. Arrogante.

— Pode me xingar do que você quiser, mas, se quiser que eu vá embora, vai ter que me dar um beijo.

— E impossível! — ela resmungou. — Você sabe que eu poderia pegar você pelo pescoço, girar no ar como um bastão e então te atirar pela janela, não sabe?

— Poder e querer são duas coisas bem diferentes, docinho.

Filho de uma mãe! Como é que aquele cara a conhecia tão bem? Quando é que ela tinha aberto a porta e o convidado para entrar na sua vida? No seu coração?

Ele se inclinou e roubou um beijo. De dois segundos, pois foi tudo o que ela permitiu. Mas muito mais do que deveria ter permitido. Logo em seguida ela percebeu que a ausência dele até que vinha a calhar. Ela precisava mesmo colocar uma certa distância entre eles. Precisava pôr o pé no freio.

— Vejo você na sexta-feira. Mas me prometa que vai me ligar.

— Eu não faço promessas. — Ela sentiu um pequeno nó na garganta ao ver a expressão no rosto dele. — Eu vou tentar. — *Tentar não ligar*, emendou mentalmente. Ela tinha que refrear suas emoções. Parar de sentir tudo aquilo antes que a situação saísse do controle.

Ele colocou uma perna para fora da janela e, então, olhou para trás.

— Fique longe daquele vampiro novato. Não vou com a cara dele.

Nem eu, ela pensou, mas não disse.

* * *

Della ficou sentada ali, abraçada aos joelhos, olhando pela janela aberta, tentando não se preocupar com aquele metamorfo engraçadinho, que tinha ido embora e levado com ele toda a sua animação. Uma lufada de vento frio serpenteou pelo quarto e ela estremeceu. Pulou da cama para fechar a janela, e foi quando, de repente, se deu conta. Ela estava com frio.

Desde que tinha sido transformada, ela percebia a temperatura, mas não sentia frio de fato. Lembrou-se de Steve insinuando que ela poderia estar com febre. Colocando a mão na testa, ela andou até a janela. Chegou lá a tempo de ver Derek observando Steve se afastar da cabana dela.

Ótimo. Agora o garoto-fada ia pensar que ela e Steve estavam se atracando em meio aos lençóis. Derek olhou para a janela, com um meio sorriso, e recomeçou a andar. O primeiro impulso de Della foi desejar bom-dia com o dedo do meio e bater a janela. Então se lembrou de que ele iria ajudá-la a procurar o tio. Será que estava ali por isso? Será que já tinha alguma novidade? Ela saltou pela janela e o encontrou no meio do caminho.

— Eu *não* estou dormindo com Steve — disse ela antes de mais nada, decidindo deixar tudo bem claro desde o início.

Ele revirou os olhos.

— E eu não estou nem aí. — Então seu olhar passeou pelo corpo dela. — Então você dorme com os Smurfs... — Ele riu.

— Ah, pelo amor de Deus, dá um tempo. Se querem fantasiar que as garotas só dormem vestindo lingerie sexy, problema de vocês. Usamos o que é mais confortável. O que mais gostamos. Então, é melhor sair dessa ilusão!

Ele coçou o queixo.

— Eu vou tentar.

Ela balançou a cabeça, os cabelos lisos e escuros se agitando na frente do rosto.

— Você usa calcinha e sutiã rendado quando vai para cama? — ela perguntou.

— Hã, não.

— Bem, as garotas também não. Então, se não gosta de sentir um fio dental enfiado no rabo, por que a gente ia gostar?

— Eu... — Ele gaguejou. — Eu não disse nada... Quer dizer, só não esperava encontrar um vampiro que gostasse de criaturazinhas fofas azuis.

— Por que não? Não sou preconceituosa — disse ela. — Gosto de pessoas de todas as cores, nacionalidades e espécies. Gosto até de você. Um pouco.

Ele pareceu surpreso.

— Você sabe que os Smurfs não existem, não é?

— Claro que sei. E você sabe que nem todas as garotas usam calcinha ou sutiã sexy pra dormir. E usar pijama dos Smurfs não é estranho. — Steve até gostava dele.

Derek teve a decência de corar, e levantou uma mão.

— Esqueça o que eu disse.

Ela percebeu que estava exagerando e sendo mal-humorada, especialmente se considerasse que ele provavelmente estava ali para ajudá-la.

— Desculpe. Não dormi o suficiente. — E o insulto do vampiro a respeito do seu pijama obviamente a afetara mais do que deveria. — Você achou alguma coisa sobre o meu tio?

Ele confirmou com a cabeça.

— É por isso que estou aqui.

Capítulo Seis

— O que conseguiu? — perguntou Della, sentindo que a resposta dele poderia mudar tudo. Se o tio estivesse vivo...

Derek deu de ombros, como se estivesse prestes a desapontá-la.

— Não muito, mas consegui encontrar o obituário dele em alguns jornais antigos que consultei na base de dados da biblioteca. — Ele puxou do bolso uma folha de papel. — Eu imprimi. Claro, isso não significa que ele tenha realmente morrido. Mas é um ponto de partida para investigar se a morte dele foi simulada. E eu ainda não desisti de pesquisar na internet. Se conseguir descobrir que escola ele frequentou, se houve uma festa para reunir os ex-alunos, os colegas podem ter postado alguma coisa.

Della pegou o papel dobrado e franziu a testa.

— Eu não sei para que escola ele foi, mas vou ver se consigo descobrir.

Ele assentiu.

— Só lembre que as chances nunca são muito boas quando se trata de algo que aconteceu há muito tempo.

A decepção sussurrou dentro dela.

— Ah! — ele disse. — Posso te pedir um favor em troca?

Bem, ela não podia dizer não, agora, poderia? Mas que raios Derek poderia querer que ela fizesse?

— O quê?

— Eu espero... que você possa ser simpática com Jenny.

Então era realmente verdade. Derek estava mesmo a fim de Jenny.

— Ser simpática com ela? — perguntou Della. — Mas eu não sou antipática com ela.

Della não poderia dizer o mesmo de todo mundo ali na escola, mas como Kylie gostava de Jenny e meio que a tratava como sua protegida, uma irmã mais nova, por assim dizer, Della evitava ser antipática com a garota.

— Eu não disse "não ser antipática" com ela, eu disse "ser simpática" com ela. Existe uma diferença, sabe?

Della balançou a cabeça.

— Para mim não ser antipática *é* o mesmo que ser simpática.

Derek olhou para ela com um ar de frustração.

— Olha só, Jenny na verdade... está meio insegura no momento. Ela vê o tipo de amizade que você, Kylie e Miranda têm e se sente meio de lado.

— Meio de lado? Kylie visita Jenny sempre que pode e fica com ela quase todos os dias na hora do almoço.

— Eu sei, mas vocês não se sentam com elas.

— Isso porque elas se sentam na mesa dos camaleões, seu besta!

Ele franziu o cenho.

— Não existem camaleões suficientes para que *exista* uma mesa de camaleões. Jenny quer sentir que está se entrosando. E por alguma razão, ela te admira. Acha você legal.

— Eu sou legal.

— Tá, tudo bem, mas você pode ser legal e um pouco mais simpática?

Della suspirou.

— Tudo bem, eu vou... tentar.

— Obrigado. E eu vou continuar tentando ver se consigo encontrar alguma coisa sobre o seu tio. E me avise se descobrir que escola ele frequentou no colegial.

Della observou enquanto o *fae* se afastava, olhou para o obituário em sua mão, imaginou como ela poderia descobrir qual tinha sido a escola do tio e se perguntou como ia ser simpática com Jenny. Não tinha nada contra a garota, mas não estava a fim de fazer novos amigos. Sua cota de amizades estava cheia. Kylie e Miranda eram tudo de que ela precisava.

Ela deu meia-volta com seu traseiro coberto de Smurfs e voltou a pular a janela. Virou-se para fechar a porta, e quando fez isso, sentiu o cheiro *dele* novamente.

Chase.

Aquele vampiro absurdamente irritante! Ela rosnou para o vento que carregava seu cheiro picante e lembrou-se de que ele estava na floresta na noite anterior, quando ela tinha ido ao encontro de Burnett. Será que o Pervertido da Calcinha estava apenas passando a caminho do refeitório, para tomar seu café da manhã? Será que a noite anterior só tinha sido mais uma coincidência? Ou por alguma razão desconhecida, ele estava de olho nela? De alguma forma, fosse qual fosse, ela precisava descobrir.

Cinco minutos depois, já vestida para o café da manhã e segurando na mão o papel dobrado do obituário, ainda não lido, ela olhou para a porta ao ouvir alguém bater.

— Quem é? — gritou.

Kylie abriu a porta com um olhar preocupado no rosto.

— Você está bem?

— Tudo bem, por quê?

— Várias razões — disse Kylie. — Primeiro, você está aqui. Não foi à reunião dos vampiros.

Della encolheu os ombros.

— Eu dormi até mais tarde. — Ignorou o fato de que Steve teve de acordá-la. Ignorou o fato de que, depois da noite anterior, só a ideia de beber sangue já a deixava enjoada.

— Imaginei. Está se sentindo melhor?

Toda a lembrança dos cadáveres e da decepção por saber que Burnett não confiava nela voltou novamente.

— Vou sobreviver.

Kylie abriu um sorriso de compreensão.

— Era disso que Derek estava falando?

— É. — Ela levantou o pedaço de papel dobrado. — Ele encontrou um obituário do meu tio.

— Então... ele está realmente morto?

— Não, necessariamente. As famílias geralmente colocam um obituário da pessoa, se acham que ela está morta.

— Entendi — disse ela, e mordeu o lábio inferior. Kylie sempre fazia isso quando estava nervosa. Mas estaria nervosa com o quê?

Della se lembrou de Kylie falando sobre as "várias razões" por que estava preocupada com Della.

— Qual é a outra razão... A razão por que você está preocupada comigo?

Kylie cravou os dentes superiores no lábio novamente.

— Eu... É sobre o fantasma.

Ok, lá vinha chumbo grosso.

— O que é que tem o fantasma?

— Lembra que eu te disse que achava que ele era um vampiro?

— Lembro.

— Bem, tenho certeza agora. Não que ele já tenha se manifestado completamente, mas... eu não acho que ele esteja procurando por mim. Não fica perambulando pelo meu quarto.

— Por onde ele fica perambulando, então? — Della perguntou... e, embora ela fosse inteligente o suficiente para adivinhar, estava torcendo muito para que estivesse errada.

Kylie hesitou.

— Pelo seu quarto.

— Ah, inferno, essa não... Não tenho a mínima vontade, nem em sonho, de ver um fantasma perambulando pelo meu quarto. Diga a ele para ir assombrar em outras bandas.

Kylie suspirou.

— Não é assim que funciona. E geralmente, quando um fantasma aparece, existe uma razão. Eu estava... Eu estava aqui pensando se não seria o seu tio.

O estômago de Della se contraiu.

— Por que você diz isso?

— Eu não tenho certeza, eu só... Você está procurando por ele e todo mundo diz que ele morreu, eu pensei que talvez...

— Ele não pode ter morrido. Preciso que ele esteja vivo. — E ela não percebeu quanto aquilo era verdade até que dissesse. Precisava de alguém, alguém da família, em sua vida. Alguém que não a olhasse como se ela fosse um monstro.

Ela balançou a cabeça.

— Não, não é ele.

Kylie concordou com a cabeça, mas não parecia convencida.

— Eu... vou me encontrar com Lucas para um piquenique no café da manhã. Então é melhor eu me apressar. E Miranda teve uma reunião do Conselho das Bruxas esta manhã. Receio que você vá ter que tomar café da manhã sozinha.

— Eu não me importo — disse Della, preocupada com a coisa toda do fantasma.

Kylie acenou com a cabeça e começou a se afastar.

— Ei! — chamou Della. — Ele não está aqui agora, está? O fantasma?

— Não. — Kylie estava séria. — Você tem certeza de que está bem? Até Miranda está preocupada com você.

— Claro que estou. — Della não precisava que ninguém sentisse pena dela, só precisava de um ambiente livre de fantasmas. E que o tio estivesse vivo. Por isso estava relutando tanto para ler o obituário.

As imagens da morte da noite anterior surgiram em sua cabeça outra vez.

— Pode ir. — Ela acenou para Kylie, despedindo-se. Quando a porta se fechou, olhou em torno da cabana silenciosa. Colocou o obituário no bolso, decidindo encarar ovos fritos com bacon antes de enfrentar a possibilidade de que o tio estivesse realmente morto.

Della entrou no burburinho do refeitório lotado. Estava decidida a se juntar a outros vampiros que tivessem obviamente desistido de tomar café da manhã cedo aquela manhã quando avistou Jenny. A garota estava sentada sozinha numa mesa e parecia solitária. Sabendo que era a coisa certa a fazer, ela pegou uma bandeja e ocupou um assento ao lado da pequena camaleão.

— Oi — cumprimentou Della, olhando para os seus ovos e a gosma amarela onde boiavam. Cruzes, ela não ia comer aquilo mesmo! Então viu que o bacon estava na verdade queimado.

— Olá! — respondeu Jenny, parecendo se animar, seus olhos castanhos se iluminando com um sorriso.

Della teve que se esforçar para não franzir a testa. Era cedo demais para alguém parecer tão animado, mas ela devia aquilo a Derek, por tê-la ajudado.

— Você viu Kylie esta manhã? — Jenny perguntou, como se simplesmente precisasse de algo para dizer.

— Vi — respondeu Della. — Ela e Lucas iam fazer um piquenique de café da manhã. — O que significa que estavam por aí, aos amassos, em algum lugar. E talvez até pelados. Embora Della não achasse que Kylie tiraria a roupa no meio do mato; ela era muito discreta e inteligente para fazer isso. Tirar a roupa no meio do mato era um convite para levar picadas de larvas e insetos em lugares bem desagradáveis.

— Que legal! — Os olhos de Jenny percorreram o refeitório. Della seguiu seu olhar e viu que ela estava com os olhos pregados na mesa dos *faes*.

Particularmente na ponta da mesa, onde Derek estava sentado. O *fae* de cabelo castanho estava rindo de alguma coisa que uma das garotas *fae* estava dizendo. Ele não parecia estar fazendo graça como se estivesse flertando, mas Della viu um toque de decepção nos olhos de Jenny.

— Então, o que está rolando entre você e Derek? — perguntou Della, espetando os ovos meio cozidos com o garfo.

— Não está acontecendo nada.

— Eu pensei que vocês estavam ficando. Quero dizer, você dormiu com ele quando chegou aqui.

O rosto de Jenny ficou vermelho.

— Não! Nós dormimos na mesma cama, mas não fizemos... não fizemos nada. Somos apenas amigos.

O coração da camaleão só acelerou um pouco quando ela disse a última frase, por isso não era totalmente mentira, mas também não era totalmente verdade.

— Não que isso seja da minha conta, mas acho que ele gostaria que fossem mais do que amigos. — Della viu que o bacon no prato de Jenny estava praticamente cru. Exatamente como Della gostava. Seu estômago roncou.

— É. Ele já sugeriu isso... — confirmou Jenny.

Della continuou com os olhos no bacon de Jenny.

— Você vai comer isso?

— Não. — Ela torceu o nariz. — Está muito malpassado.

— Quer trocar o meu bacon queimado pelo seu cru?

Jenny empurrou a bandeja para Della e a vampira roubou o bacon cru e deu uma mordida. Depois de engolir a primeira mordida, perguntou:

— Então o garoto fada não mexe tanto com você, hein? Isso me surpreende. Quero dizer, Kylie ficava de quatro por causa dele.

O olhar de Jenny perdeu toda a animação.

— É, eu sei.

Della de repente percebeu o que suas palavras davam a entender.

— Eu não quis dizer... de quatro tipo... Eles só ficaram juntos por um tempo.

Jenny pegou o garfo e mudou seus ovos de lugar no prato.

— É, eu ouvi dizer que ela estava indecisa entre Lucas e Derek.

Della percebeu algo mais no tom da menina.

— Você sabe que Kylie e Lucas estão namorando pra valer agora, não sabe?

Ela assentiu com a cabeça, mas não parecia convencida.

— É isso que está impedindo você de ficar com Derek? Está preocupada com ele e Kylie?

— Não — ela disse, mas seu coração disparou com a mentira.

Della lhe lançou um olhar gelado.

— Por que as pessoas tentam mentir para mim?

— Ok, talvez eu esteja um pouco preocupada. Gosto muito de Kylie e não quero que um lance entre mim e Derek possa causar problemas.

— Você precisa conversar com Kylie — sugeriu Della, enquanto mastigava outro pedaço de bacon. — Eu sei que ela ia dizer para você não desistir dele. Derek é um cara decente. Se ele faz seu tipo...

Jenny olhou novamente para a mesa dos *fae* e depois de volta para Della.

— Ele pediu para você falar comigo, não foi?

— Nããão! — respondeu, e não gostou de como a resposta soou. — Quero dizer, ele não me pediu para falar sobre ele.

— Sobre o que ele pediu para você falar comigo?

Ok, ela não tinha escapatória agora. Então enfiou o resto do bacon na boca. Depois de engolir, disse:

— Ele não me pediu para falar com você.

— Agora, quem está mentindo? — A descrença brilhou nos olhos verdes de Jenny, e por algum motivo Della pensou nos olhos verdes de Chase. — Só fale a verdade.

Por um instante Della não soube se deveria ser totalmente sincera ou não, então percebeu que o que tinha dito não era uma mentira.

— Eu não estou mentindo. Ele não me pediu para falar com você. — Ser simpática e falar eram duas coisas completamente diferentes. O olhar no rosto da garota dizia que ela ainda não estava convencida. *Ah, que se dane.* — Ele me pediu para ser simpática com você.

Os ombros dela caíram um pouco.

— E é por isso que você se sentou aqui comigo.

— Não! Ok, talvez, mas não porque eu não goste de você.

— Sei. É só porque eu sou diferente, um camaleão, e você me acha estranha?

— Por que você diz isso? Kylie é minha melhor amiga e ela é um camaleão. Eu não dou a mínima para o que você é.

Jenny olhou para ela.

— Então por que você está sempre assim... distante?

— Porque... esse é o meu jeito. Eu não faço amigos com muita facilidade. Jenny olhou ao redor do refeitório.

— Todo mundo aqui só fica olhando o meu padrão como se eu fosse uma aberração.

— Nem todo mundo. Mas o que eu posso dizer é que de fato existem alguns idiotas aqui. — Della olhou em volta do salão e encontrou Chase. Ela ainda precisava achar uma maneira de ter uma conversa com ele. Ele se virou e olhou para ela. Estaria ouvindo a conversa delas? Ela deu outra mordida no bacon e deu com Jenny olhando o próprio prato.

— Você não gosta daqui de verdade, né? — perguntou Della, quase num sussurro.

— Eu me sinto meio deslocada aqui. Mas me sentia deslocada em casa, também. — A emoção encheu a voz da garota.

As palavras de Jenny deram voltas na cabeça de Della e depois se esgueiraram até seu coração. E Della por acaso não sabia o que era se sentir deslocada em sua própria casa? Era como se alguém tivesse lançado uma bola de demolição contra os alicerces da vida dela. Simplesmente se sentia sem chão.

— Dê uma chance a Shadow Falls — ela aconselhou, com pena da camaleão. — Este lugar não é tão ruim assim.

— Eu não disse que era ruim. Simplesmente não me encaixo aqui. — Lágrimas rolaram dos olhos da menina. — Tenho que ir. — Jenny levantou-se e saiu.

Della assistiu Jenny se afastar e ficar invisível antes de sair pela porta. Della ouviu alguns campistas ofegarem ao ver aquilo. Aquela coisa de ficar invisível que os camaleões faziam — e que, assim como os próprios camaleões, era algo raro de ser ver na comunidade paranormal — ainda assustava algumas pessoas.

A decepção acabou com o humor de Della. Ela não tinha certeza se aquela tentativa de ser simpática com Jenny tinha ajudado muito. Poderia até mesmo ter piorado as coisas. Alguém parou ao lado de sua mesa, e o fato de ela não ter ouvido a pessoa se aproximar acabou de vez com o seu humor.

— Eu disse para ser simpática, não para ferir os sentimentos dela — disse Derek. — O que você disse?

Della bufou e olhou para o garoto. Por ser *fae*, ele podia sintonizar seu radar emocional para captar os sentimentos das outras pessoas. Della tinha ferido os sentimentos de Jenny? Mas não era essa a sua intenção. Ela sinceramente sentia muito por Jenny. *Eu me sinto deslocada aqui. Mas me sentia deslocada em casa, também.* Ela voltou a ouvir as palavras de Jenny.

— Eu não... Quer dizer, tudo o que eu fiz foi... Ah, mas que inferno, eu disse que não era boa em ser simpática.

Derek saiu às pressas como se quisesse alcançar Jenny, e Della jogou o último pedaço de bacon intocado na bandeja, com o coração dolorido pela garota camaleão. Adivinhe se ela não estava relacionando aquilo com o fato de também se sentir deslocada na companhia da própria família. Imagine ver pessoas que nunca pensou que virariam as costas para você fazendo justamente isso. Mas, que inferno!, ela já tinha problemas demais para começar a se preocupar agora com os problemas dos outros!

Viu? Era por isso que ela não queria começar a ser simpática com ninguém!

— Não deixe de comparecer ao sorteio da hora do encontro. — disse uma voz, surgindo do nada. A voz de outra pessoa em pé ao seu lado e que ela não tinha ouvido se aproximar. Que raios havia de errado com sua audição?

Della olhou para Chris, o vampiro loiro que coordenava a Hora do Encontro, basicamente uma tática para incentivar campistas de diferentes espécies a passar uma hora juntos. Os nomes eram sorteados e anunciados em duplas. E a única forma de garantir uma hora com alguém de sua escolha era doar um litro de sangue.

O garoto alto, de olhos azuis e pinta de surfista californiano estava de pé ali, sorrindo como um gato que tinha acabado de engolir um passarinho. Um passarinho dos gordos.

— Por quê? — ela perguntou ao vampiro com cara de quem se achava o tal e supergostosão.

— Por quê? Porque faz parte das regras que todos os vampiros comparecam à Hora do Encontro. É a nossa maneira de conseguir sangue. Verifique no seu livrinho de regras, Senhorita Esquentadinha.

Ele tinha falado a verdade. De fato, a regra era aquela, mas nunca tinha sido aplicada. Adicione a isso o fato de que os olhos azuis dele a fitavam com um brilho malicioso e ela começava a suspeitar de que ele estava escondendo alguma coisa. Algo que tinha a ver com ela.

Ah, droga! Será que alguém tinha doado sangue para poder passar uma hora com ela?

Capítulo Sete

— A curiosidade matou o gato — Della murmurou baixinho, de pé no meio dos outros alunos, tentando ignorar a leve dor latejante na parte de trás da cabeça. Ela tinha decidido não aparecer na Hora do Encontro, já tinha até começado a seguir em direção ao bosque para fazer uma longa caminhada e ler o obituário ainda enfiado no bolso. Não se importava em quebrar aquela regra nunca obedecida, mas no último momento se virou e voltou para o refeitório.

Ainda bem que ela não era um gato.

O pedido de Chris para que ela estivesse presente significava que alguém queria passar uma hora com ela, não é mesmo? E se ela estivesse certa, quem seria? Steve não estava em Shadow Falls.

Ela considerou que poderia ser Chase, mas por quê? Qual seria o objetivo dele? Sim, ela precisava ter uma conversa com ele, mas ele não sabia disso e nem ia gostar muito do que ela tinha a dizer. Ela se lembrou de ter pensado quanto era estranho ele ter roubado a foto do tio dela. Claro, ele alegou que ela tinha simplesmente caído da mochila, mas aquela história não convencia ninguém. Especialmente pelo fato de ela ter certeza absoluta de que seus caminhos já tinham se cruzado antes.

Della ouviu duas pessoas andando atrás dela. Ah, então sua audição estava de volta? E reconheceu os passos, também.

— Ei! — chamou Kylie, parando de um lado dela e Miranda do outro.

Della olhou para Kylie.

— Como foi o piquenique?

— Bom — disse Kylie, sempre evitando dar detalhes quando falava do seu namoro com Lucas. — Ele deveria me encontrar aqui — disse ela, olhando em volta.

— Você viu Perry por aí? — perguntou Miranda, colocando atrás da orelha o cabelo loiro com mechas cor-de-rosa, verdes e pretas.

Della nunca tinha entendido muito bem aquele cabelo psicodélico de Miranda, mas parecia ser sua marca registrada, e, talvez, uma vontadezinha de se destacar na multidão.

— Não — disse Della, pensando em sua manhã. — Acho que não o vi no café da manhã também. Lançou alguns feitiços no seu encontro de bruxas?

— Não. — Miranda revirou os olhos. — Não ficamos lançando feitiços o tempo todo.

— Por que não? — perguntou Della. — Se eu pudesse lançar feitiços, faria isso o tempo todo.

Miranda balançou a cabeça.

— O nosso lema é não causar nenhum mal.

— Isso não parece muito divertido.

— Ainda bem que você não é bruxa! — exclamou Miranda. — Esse seu jeito só lhe traria karma ruim.

— Não há nada de errado com o meu jeito — Della insistiu.

— Sejam boazinhas, vocês duas — disse Kylie, fitando as duas amigas com um olhar severo.

— Desculpe, mas ser boazinha é um pé no saco — disse Della, lembrando-se de Jenny.

Ela olhou ao redor para ver se a garota estava por ali. Não estava. Mas ela viu Chase a poucos metros dos outros, olhando para o bosque como se quisesse sumir dali. Como se não se sentisse muito entrosado. Della recordou sua primeira semana ali. Se não tivesse sido por Miranda e Kylie, ela teria se sentido perdida. De repente, Chase olhou para trás. Seu olhar encontrou o de Della e o prendeu.

Ela franziu a testa.

Ele sorriu.

Miranda bateu nos ombros de Della.

— Eu acho que ele gosta de você.

— Pois não deveria — Della rebateu e desviou o olhar.

— Por que não? — perguntou Perry, parando ao lado de Miranda e deslizando a mão pela cintura dela. Sempre que a bruxinha estava dentro do raio de alcance do metamorfo, os braços dele estavam à volta dela. — Ele parece um cara decente para mim. É claro que Steve vai matar o vampiro se ele começar a dar em cima de você.

— Steve e eu não... — Della parou de falar e ficou enfurecida quando Miranda ficou na ponta dos pés e lascou um beijo de desentupidor de pia no metamorfo.

— Eles são uns fofos, não acha? — Kylie sussurrou no ouvido dela.

Della olhou para Kylie e copiou a marca registrada de Miranda revirando os olhos de modo exagerado. Kylie deu uma risadinha.

Ela abriu a boca para avisar Kylie que estava dando o fora dali quando Chris começou a falar. Suspirando, Della olhou para a frente e sua curiosidade voltou a espicaçá-la.

— Bem-vindos! — disse ele, falando de um jeito que fazia a Hora do Encontro parecer mais um espetáculo circense. O cara realmente gostava de ser o centro das atenções. Como era da Califórnia, ela se perguntava se ele não teria um pezinho no mundo do cinema. Tinha aparência e personalidade para isso.

— Vamos ver o que temos aqui primeiro... — Seu olhar passeou pela multidão.

Della prendeu a respiração, esperando que estivesse errada em suas suposições. *Que ele não olhe para mim. Que ele não olhe para mim.*

Ele olhou para ela. *Droga! Droga! Droga!*

Chris puxou um pedaço de papel do seu chapéu idiota. Desdobrando-o lentamente, como se quisesse deixar tudo ainda mais dramático, ele nem sequer olhou para baixo antes de começar a falar. Não precisava; obviamente sabia o que iria dizer. Sorriu e fez uma pausa, apenas para aumentar a expectativa.

Deus do céu! Ela tinha vontade de ir até lá e puxar as orelhas daquele vampiro até ele falar de uma vez!

Chris finalmente limpou a garganta.

— Della Tsang, eu, Chris Whitmore, estou disposto a doar um litro de sangue ao nosso banco, para passar uma hora com você.

Chris?! O queixo dela caiu. Os olhos de todos estavam sobre ela.

Suspiros e exclamações jorraram da multidão.

— Olha só!... — murmurou Perry.

— Olha o quê? — perguntou Lucas, parando ao lado de Kylie.

— Chris acabou de doar um litro para passar uma hora com Della — respondeu Miranda à pergunta de Lucas.

Lucas olhou para Della.

— Eu não estou surpreso. Faz um tempão que ele está a fim de você. E agora que Steve está passando mais tempo ajudando o médico, Chris está tentando tirar vantagem disso.

— Um pouco ardiloso da parte dele, eu diria — comentou Perry.

— O que você esperava? — acrescentou Lucas. — Ele é um vampiro!

Kylie deu uma cotovelada nas costelas de Lucas. Ele resmungou e olhou para Della.

— Desculpa.

Normalmente, Della faria um comentário mal-humorado, mas não disse uma palavra. Estava... atordoada. Claro, ela se lembrava de uma vez em que tinha sentido certa tensão no ar entre Steve e Chris, e ouvido um boato de que os dois estavam a fim dela, mas... Bem, ela não tinha acreditado muito.

— Eu doo dois litros para passar uma hora com ela! — falou uma voz na multidão.

O olhar de Della procurou o dono da voz. Chase.

Ela prendeu a respiração e apertou as mãos em punho.

Chris olhou em torno, localizando Chase, e a expressão do vampiro loiro endureceu. Seus olhos azuis brilharam iridescentes.

— Talvez de onde você venha os vampiros bebam sangue uns dos outros, mas aqui não.

O queixo de Della caiu um pouco mais. Aquilo não ia acabar bem...

— Eu não vou doar o *meu* sangue — disse ele. — Estou oferecendo dois litros do meu estoque pessoal. Quando vim para cá, estava por conta própria. Não viajo sem um estoque de sangue. Então, trouxe um pouco extra.

— Não importa — Chris rebateu. — Não é assim que as coisas funcionam por aqui. Isso não é um leilão.

— Eu pensei que se tratasse apenas de doação de sangue. — A disputa se acirrou. — Quanto mais sangue melhor. Talvez vocês não precisem realmente de sangue.

Os olhos de Chris ficaram mais brilhantes.

— Tudo bem.

— Agora Steve vai ter que matar duas pessoas... — Perry comentou.

— Você está bem? — Kylie murmurou perto do ouvido de Della.

— Claro que não! — disse ela. — Isso é ridículo!

— Eu doo três — Kylie falou instantaneamente.

Todo mundo se virou e olhou para Kylie. Incluindo Della. Kylie sempre vinha em seu socorro.

— Eu cubro a sua oferta e doo mais um — rebateu Chase.

— Cinco! — Kylie disse, sem recuar e fazendo cara feia para Chase.

Chris abriu um sorriso com malícia para Chase. Mas, então, Peter, o assistente de Chris na Hora do Encontro, falou.

— Você não pode doar cinco litros. Não é permitido.

— Não sou eu quem vai doar todos os cinco — respondeu Kylie, e pareceu hesitar um pouco, enquanto pensava. — Eu vou doar um, Miranda vai doar um e Lucas e... Perry e...

— São apenas quatro — concluiu Chase.

Della viu Kylie olhar em volta como se procurasse outra pessoa. Só mais uma pessoa, que se disporia a doar para Della.

— E Derek... ele vai doar mais um — disse Kylie com confiança.

Os olhos de Derek se arregalaram. Della esperou que ele dissesse a Kylie que não toparia. Estava chateado com ela por ferir os sentimentos de Jenny, mas alguns segundos de clima pesado se passaram e ele não disse nada. Na verdade, os olhos dele encontraram brevemente os dela e ele concordou.

— Conte comigo.

— E eu vou doar um litro, também — uma voz feminina disse baixinho atrás deles. Della se virou e seu olhar encontrou o de Jenny.

A camaleão parecia nervosa com todos os olhos sobre ela, porém não recuou. Mas Della não tinha acabado de ferir os sentimentos da garota? Não intencionalmente, mas... Jenny não sabia disso.

— Meu sangue é tão bom quanto o de qualquer pessoa aqui — ela disse, com os ombros tensos, mostrando que tinha coragem.

Chris voltou a olhar para Chase.

— Você está fora da disputa? — Todo mundo fitou o novo vampiro, esperando para ver se ele faria o seu lance. A pergunta não formulada pairava no ar: *Quanto sangue extra aquele novato tinha?*

— Acho que eu perdi. Ou não. Parece que vamos ter muita comida por um tempo. — Ele olhou para Chris e sorriu como se esse tivesse sido o seu plano o tempo todo. — Aliás, é assim que se deve promover uma campanha de doação de sangue.

Enfiando as mãos nos bolsos do jeans, ele se afastou. Não como um derrotado, mas com uma confiança que beirava a arrogância.

Della ficou olhando para ele, ainda confusa. Era isso que ele estava fazendo? Apenas tentando garantir um bom estoque de sangue para os vampiros? Ou...?

— Ok, vamos seguir em frente. — Chris começou a anunciar o nome das duplas que passariam uma hora juntas na Hora do Encontro.

Kylie se aproximou de Della.

— Eu não sei se ele zoou com a nossa cara ou não.

Della rangeu os dentes.

— Nem eu. Sinto muito.

— Não sinta. É por uma boa causa. E... Eu não quero que você tenha que fazer algo que não queira.

— Obrigada — agradeceu Della, a cabeça ainda em parafuso com o que tinha acontecido. E não apenas por causa de Chase, mas pelos doadores de sangue que tinham se oferecido para salvá-la.

Jenny se aproximou.

— Onde é que eu preciso ir para doar?

Kylie sorriu para ela.

— Eu vou mostrar a você hoje à tarde.

Della encontrou os olhos castanhos de Jenny.

— Valeu.

— Não foi nada — respondeu a menina.

Della imediatamente se sentiu mal, como se não merecesse a gentileza. Ela olhou para as pessoas que estavam à sua volta. As pessoas que tinham se disposto a doar sangue apenas para poupá-la de passar uma hora com alguém com quem ela não queria estar.

Amigos. Todos eles. Ela dizia a si mesma que só tinha amizade com Kylie e Miranda, mas tinha se enganado. Cada uma daquelas pessoas tinha se disposto a ajudá-la e, com certeza, se elas precisassem ela faria o mesmo.

Sem aviso, seus olhos começaram a arder e lágrimas ameaçaram deslizar pelo seu rosto. Ela desviou o olhar, piscando a fraqueza aquosa dos olhos. Ok, aquilo era só uma prova de que suas suspeitas estavam certas. Ela tinha que estar doente; por que outra razão estaria tão chorona?

* * *

Como sua hora tinha sido paga com sangue e ninguém esperava mesmo que ela a passasse com eles, Della começou a voltar para sua cabana. Leria o obituário e talvez uma soneca antes do início das aulas.

A ideia de matar aula e dizer que estava doente era uma tentação, especialmente com a leve dor de cabeça que ainda persistia. Mas como não queria, de maneira nenhuma, parecer fraca diante de Burnett, desistiu de fazer o tipo "garota frágil" e disse a si mesma que podia ser durona.

Ela estava a meio caminho da sua cabana quando um som a fez parar. Água. Como um chuveiro ligado. Não, não era um chuveiro, era uma queda-d'água. Seria a cachoeira, o lugar assustador e misterioso que tinha dado nome à escola? O lugar que, segundo se dizia, era o ponto de encontro dos anjos da morte, os espíritos sobrenaturais responsáveis pelo julgamento dos sobrenaturais?

Ela inclinou a cabeça e escutou. Não poderia ser a cachoeira. Mesmo com sua superaudição, não poderia ouvi-la dali.

Compelida a ir vê-la, Della seguiu para a floresta, acompanhando o tilintar da água, que por alguma razão parecia mais sereno. Vários passos depois, deixou a luz do sol brilhante para trás e entrou na penumbra do bosque. O cheiro intenso de terra encheu o ar espesso. Algumas sombras provocadas pelo sol acima dançavam no chão da floresta. Não estava frio, na verdade, mas sob a égide das árvores o frescor do outono pairava no ar. Olhando para cima, ela observou as cores do outono: vermelhos, laranjas e tons de marrom-escuro tingiam as folhas. As cores da morte, lembrou a si mesma.

Ela continuou andando. Continuou ouvindo o som, sentindo-se quase fascinada, atraída pelo barulho suave de água jorrando. Depois de vários minutos, percebeu que devia ser a cachoeira mesmo que estava ouvindo, porque ela estava de fato indo na direção dela.

Della só tinha visitado o lugar uma vez. Kylie tinha implorado para que ela e Miranda fossem com ela. As duas tinham se recusado a ir, então se sentiram culpadas e foram atrás da amiga.

De repente parou de andar. Que diabos estava fazendo? Por que estava indo para a cachoeira? O lugar quase a matava de medo.

Ou pelo menos costumava ter esse efeito sobre ela.

Mas agora... ela não sentia tanto medo quanto antes... curioso. Ficou ali parada, remexendo a terra com a ponta da bota preta na tentativa de descobrir o que a fazia continuar em frente. Ah, mas que inferno, os anjos da morte ficavam na cachoeira. Diziam que eles dançavam nas paredes atrás da queda-d'água. Ela não tinha necessidade nenhuma de vê-los dançar ou de ser julgada por eles.

Della não achava que tinha cometido nenhum crime tão grave a ponto de quererem queimá-la viva — e de acordo com Miranda, isso poderia realmente acontecer —, mas de jeito algum ela poderia afirmar que sua alma era pura como um lírio branco. Droga, só naquela manhã ela tinha levado Jenny às lágrimas ao dizer a coisa errada. E seu fracasso parecia ainda pior quando Jenny a defendeu, oferecendo-se para doar sangue por ela.

Arrepios percorreram suas costas. Ela realmente devia dar meia-volta e retornar para sua cabana. Mas, então, o som ficou mais alto. Como música sendo tocada à distância. E se ela só chegasse mais perto, sem percorrer todo o caminho até lá?

Ela continuou avançando, mais assustada pela sua falta de medo do que pelo próprio medo.

Algo não parecia certo.

De repente, ansiosa para acabar logo com aquilo, começou a correr — um movimento rápido, tão rápido que as árvores tornaram-se apenas borrões à esquerda e à direita. Tão rápido que a respiração dela estava ofegante e seu cabelo voava para todo lado, chegando a pinicar um pouco quando batia em seu rosto. Mas ela seguiu em frente. Continuou esperando por aquele sentimento incômodo, aquela sensação de que não deveria chegar mais perto.

Ela não veio.

Della nem sequer pensou em que direção tomar, simplesmente seguiu o barulho da água. O som borbulhante e suave tornou-se hipnótico. Ela parou abruptamente na beira do lago. Uma fina cortina de água caía de uma altura de cerca de vinte metros, espalhando minúsculas gotas d'água sobre as pedras e uma variedade de plantas.

Embora a maior parte da floresta tivesse se transformado com a estação, estranhamente ali a cor verde predominava. A paisagem até exalava um aroma verdejante. Fresco, limpo. Um pouco como a primavera. Cheirava à vida, à vida renascendo.

O sol pulverizava a luz dourada através das árvores, fazendo com que todas as gotículas de água brilhassem como luzes de Natal. A vista parecia saída de um conto de fadas. Um mágico país das maravilhas que não existia.

Della se lembrava claramente de estar de pé quase no mesmo ponto, meses antes, e não sentir nada que não fosse o mais puro terror. Onde estava esse terror agora?

Era assim que Kylie via aquele lugar? Mas, uau!, por que ele parecia tão diferente agora? O que isso significava? Será que significava alguma coisa?

Ela queria entrar na água, entrar atrás da lâmina d'água, para absorver tudo, mas algo a deteve. Algo dentro dela disse: *Ainda não, e talvez nunca.*

De onde diabos vinha aquela voz?, perguntou-se, e, em seguida, sentiu-se um pouco ofendida.

— Por que não agora? Por que não já? — As perguntas escaparam de seus lábios e, por mais ilógico que parecesse, ela sentiu como se alguém a escutasse. Mas quem? Quando nenhuma resposta flutuou no ar, ela lançou no ar outra pergunta. — Quem é você?

Nenhuma resposta ainda. Ela teve, então, a impressão de que não deveria estar ali. De que não era bem-vinda. Deu um passo para trás, todo o seu ser imediatamente se enchendo do mesmo terror que sentira da última vez. A beleza do lugar subitamente desapareceu aos olhos dela, e somente o terror se manteve. Quando estava prestes a se virar e voar dali, ela ouviu. A pressão sutil de um galho. Havia alguém... ou algo... atrás dela.

A dor explodiu na parte de trás da sua cabeça, como se tivesse sido atingida por... por...

Ela caiu de joelhos, manchas negras apareceram diante dos seus olhos, e a última coisa que viu foi a figura sombria de algo dançando atrás da queda-d'água.

Capítulo Oito

O cheiro era medonho. A náusea começou a contrair sua garganta.

— Será que ela está acordando? — perguntou uma voz em algum lugar distante. Ela reconheceu a voz. Holiday.

Della sentiu a mão de alguém se movendo debaixo do seu nariz, aproximando dela o cheiro. Rosnando, ela estendeu a mão e pegou a outra para afastá-la do nariz. Só então abriu os olhos. Só então viu o dente de alho descascado.

Só então descobriu que estava bem diante de Steve.

— Sou eu — avisou ele.

— Isso fede! — ela rugiu, sacudindo a mão dele até que derrubasse o alho.

Ele olhou para ela com preocupação.

— O alho funciona como sais de cheiro para os vampiros. — Seu olhar saltou para a mão dela. — Você se importa de *não* quebrar o meu pulso?

Ela afrouxou o aperto e tentou recuperar o controle da situação. Tentou entender o que estava fazendo... ali. Tentou descobrir onde era "ali" e como, pelo amor de Deus, ela tinha ido parar... Ali.

— O que aconteceu? — Uma voz grave perguntou de repente. A pergunta deu várias voltas no seu cérebro dolorido.

Cérebro dolorido ou cabeça dolorida?

Seu olhar se moveu e ela viu Burnett em pé a vários metros de distância da maca em que ela estava deitada.

Mas que ótimo! Queria tanto parecer capaz aos olhos dele e agora isso! Mas exatamente o que tinha acontecido, isso ela ainda não sabia.

— Graças a Deus você está bem! — Holiday, com sua imensa barriga, correu até a maca.

— O que aconteceu? — perguntou Burnett novamente.

Della piscou e tentou encontrar a resposta à pergunta de Burnett, bem como a cerca de uma dezena de outras que pululavam na cabeça dela.

As palavras "não sei" formaram-se na sua boca, mas ela sabia que seriam mal recebidas por Burnett, então se esforçou para encontrar uma resposta melhor.

O problema era que ela não tinha nenhuma melhor.

— Eu... Eu... — Fragmentos de lembrança começaram a voltar à sua memória. Ela tinha ido dar uma volta e terminou na... Ela queria se sentar.

Steve, de pé perto dela, tentou ajudá-la. Ela não aceitou. Não precisava de nenhuma ajuda, muito obrigada.

Sentando-se, balançou os pés na borda da maca e olhou ao redor do cômodo. Em meio ao cheiro de alho e o aroma picante de Steve, ela sentiu o cheiro de... animais.

Um cartaz de dois gatinhos perseguindo uma borboleta chamou sua atenção, e, em seguida, seu olhar voou de volta para Steve. O preocupado Steve.

Ela se deu conta de que estava no consultório do médico veterinário. Que funcionava também como consultório médico para seres sobrenaturais. Pelo menos uma de suas perguntas estava respondida. Agora ela só precisava saber por quê.

Burnett limpou a garganta, o olhar fixo nela, como se esperasse que ela respondesse à sua pergunta. E ele não parecia estar com muita paciência.

— Saí para correr um pouco. — Ela se esforçou para pensar. — Acabei na cachoeira.

Lembrou-se de ouvir o barulho de água corrente, mas por alguma razão aquilo parecia loucura demais para dizer.

— Eu... Eu estava indo embora, mas ouvi alguma coisa, ou alguém, atrás de mim.

— Isso explica o galo na sua cabeça — disse Steve. — Alguém bateu em você com alguma coisa.

O olhar de Della voou para Holiday.

— Será que os anjos da morte fariam isso?

As sobrancelhas de Holiday se uniram.

— Por que eles iriam bater na sua cabeça?

— Porque não me queriam lá, porque são uns idiotas, porque a mãe deles os vestia com roupinhas ridículas quando eram apenas querubins de fralda. Sei lá! — A náusea voltou a atacá-la quando sentiu o cheiro do alho ainda no chão.

— Eu não acho que tenham sido os anjos da morte — disse Burnett. — O alarme tocou cerca de três minutos antes de Holiday encontrá-la.

Holiday inclinou-se um pouco na direção de Burnett.

— Poderia ter sido apenas alguém curioso para ver a cachoeira e que se assustou quando Della apareceu.

— Isso não dava a ninguém o direito de bater nela — rebateu Steve, a emoção endurecendo a sua voz.

Burnett fez uma careta e olhou para Steve.

— Você pode, por favor, tirar esse alho daqui?

Steve concordou a cabeça, em seguida olhou para Della.

— Fique longe da cachoeira de agora em diante.

Della lhe lançou um olhar duro. Já era ruim o suficiente ter que aguentar Holiday e Burnett. Steve não tinha o direito de ficar lhe dando ordens. Ele não era nada dela. O metamorfo pegou o dente de alho e saiu da sala.

Holiday se aproximou no seu andar gingado de grávida.

— Felizmente, eu estava indo para a cachoeira, ou você ainda poderia estar lá inconsciente.

Então Holiday a tinha encontrado.

— Por que alguém iria aparecer só para bater na minha cabeça? — Instantaneamente, a fúria de Della irrompeu. — Que tipo de covarde bate na cabeça alguém? Por que não me enfrentou e lutou?

— Talvez tenha algo a ver com a pessoa que matou o casal — disse Burnett. — Se você farejou o cheiro dele, quando sobrevoou Shadow Falls, talvez ele tenha sentido o seu também. Você sentiu o cheiro do intruso antes que ele batesse em você?

Della tentou se lembrar.

— Não, eu... não senti. — Ela se perguntou se o seu olfato ia e vinha assim como sua audição. Como ela estava num consultório médico, talvez devesse mencionar isso, mas lembrando-se da convicção de Burnett de que ela não era forte o bastante para ser uma agente da UPF, mordeu a língua. — Eu... acho que estava meio assustada por estar na cachoeira. — Não era mentira, mas...

Burnett assentiu como se entendesse. Della desejou acreditar também. Alguma coisa estava acontecendo com ela.

— Mas, se era o mesmo cara que matou o casal, por que ele iria se contentar em bater na minha cabeça? Nós já vimos do que ele é capaz.

Ela se encolheu por dentro ao recordar a imagem do casal banhado em sangue.

— Talvez os anjos da morte a tenham salvado — sugeriu Holiday, que por ser capaz de falar com fantasmas, tinha uma certa conexão com os anjos da morte também. — Talvez o tenham assustado. — Ela colocou a mão no braço de Della. O toque quente da *fae* afugentou o pânico que brotava no peito de Della. Pânico que provavelmente Holiday tinha captado com suas habilidades de *fae*.

Constrangida por se deixar dominar pelo pânico, ela afastou o braço do toque de Holiday.

— Eu estou bem.

— Deve ter sido perturbador — disse Holiday.

Perturbador? Foi irritante, isto sim.

— Eu estou bem — ela murmurou novamente.

Ficaria bem quando pegasse o desgraçado que tinha batido na sua cabeça.

Burnett olhou para Holiday.

— Se os anjos da morte a protegeram, você acha que poderia levá-los a nos dizer alguma coisa?

A ideia de realmente tentar se comunicar com os anjos da morte causou outro arrepio na espinha de Della.

— Eu acho melhor não incomodá-los com isso — disse Della. — Se foram eles que bateram na minha cabeça, podem decidir agora voltar para terminar o serviço.

Holiday balançou a cabeça.

— Eu não acho que os anjos da morte fizeram isso, Della. — Então ela olhou para Burnett. — Não é como se eu pudesse simplesmente pegar o telefone e perguntar a eles.

Burnett não parecia feliz.

— Mas você já recebeu mensagens e visões deles.

— Quando eles sentem que é necessário — disse Holiday, e então parou. — Francamente, o meu nível de comunicação não chega nem perto do de outra pessoa.

— Kylie — adivinhou Burnett, acenando com a cabeça. — Logo que eu voltar, vou falar com ela sobre isso.

Steve voltou para a sala, e dessa vez o doutor Whitman estava com ele.

— Olá. — O médico usava um avental branco e cheirava à anestesia e a cachorro. Sem dúvida, ele realmente cuidava também dos animais no consultório. Claro, ela devia ter adivinhado pelo pote de biscoitos de cachorro em cima do balcão. Della deu uma espiada no padrão do homem, metade *fae* e metade humano.

O olhar do médico recaiu sobre Holiday.

— Como está se sentindo? Lembra-se de que temos um encontro na próxima semana?

— Nós vamos estar lá — disse Burnett. Por alguma razão, ele agora parecia menos o sujeito durão e mais um marido amoroso. Pensando bem, ela já tinha chegado à conclusão de que ele não era o cara durão que fingia ser.

Holiday acenou para Della.

— Ela vai ficar bem?

— Ah, está falando desta vampirinha aqui? — O médico se aproximou de Della. — Eu acho que ela vai ficar bem — disse ele, mas pareceu aturdido quando levantou o queixo de Della para olhar nos olhos dela. — Você tem uma concussão. Mas... praticamente nunca se ouviu falar de concussões em vampiros. O vírus...

— Eu tenho um vírus? — Della perguntou, pensando que poderia ser a causa das falhas na sua audição.

— O vírus do vampirismo — disse Steve.

— Ah... — disse Della, pensando que o médico havia encontrado outra coisa.

O doutor Whitman continuou:

— O vírus V1 na realidade fortalece todos os vasos sanguíneos e promove a cura antes que ocorra qualquer inchaço real ou concussões.

— Então por que eu tenho uma concussão?

O médico acendeu uma luzinha em seus olhos.

— Bem, existe uma exceção. — Sua testa se franziu como se ele estivesse perplexo novamente. — Mas eu não teria notado se não tivesse...

— Não tivesse o quê? — perguntou Della, não gostando de ver que o homem não terminava suas sentenças.

Ignorando a pergunta de Della, ele andou ao redor da maca e começou a separar o cabelo de Della, tocando no galo da cabeça. Ela se forçou a não se encolher de dor.

— Dói? — o médico perguntou.

— Na verdade, não — ela mentiu.

— Dói, sim — desmentiu Burnett, o detector de mentiras ambulante, franzindo o cenho.

Della revirou os olhos para ele.

O médico continuou a examinar o galo.

— Você tem um galo do tamanho de um ovo de ganso. E...

— E o quê? — Della murmurou, sentindo-se como uma idiota por estar ali.

— E eu estava certo — disse o médico.

Della se virou e olhou nos olhos castanhos do homem.

— Estava certo sobre o quê?

— Ontem havia um artigo na revista *Supernatural Medical* dizendo que um golpe num ponto exato, um centímetro e meio atrás da orelha direita, pode causar uma ligeira hemorragia num ponto fraco do cérebro afetado pelo V1. Embora as chances de causar um dano real sejam poucas, pode deixar um vampiro inconsciente.

— O que poderia ser considerado um dano — Burnett concluiu.

— Não estou gostando disso — acrescentou Steve, olhando para Della, a preocupação ainda evidente em seus olhos.

O médico coçou o queixo.

— É quase coincidência demais.

— O que é coincidência? — perguntou Della.

— Ler sobre isso num dia e vê-la com um ferimento assim no dia seguinte. É quase como se...

— Você está sugerindo que alguém que tenha lido esse artigo fez isso de propósito? — Burnett perguntou, parecendo irritado com o diálogo inacabado entre Della e o médico. — Por que diabos alguém iria publicar uma coisa dessas? Por que revelar ao mundo o nosso ponto fraco?

— O artigo era sobre um estudo médico — respondeu o médico, como se isso o tornasse inofensivo. — E eu não estou dizendo que foi intencional, eu... Estou dizendo apenas que é uma coincidência.

— Eu não acredito em coincidências — afirmou Burnett.

Nem Della. Mas o tipo de cara que lê revistas médicas não costuma sair por aí golpeando as pessoas na cabeça, certo? Aquilo não fazia sentido nenhum.

Mas, por outro lado, nada em sua vida fazia muito sentido, não desde que tinha contraído o maldito vírus V1. Ela devia estar acostumada com coisas bizarras. Não estava acostumada era com gente golpeando sua cabeça. Gente fazendo com que ela ficasse mal na frente de Burnett. Desse jeito, ela nunca iria provar que podia ser uma agente da UPF.

Mas assim que descobrisse quem tinha feito aquilo com ela, o folgado iria pagar caro por isso. E ela iria garantir pessoalmente que ele pagasse. Assim talvez subisse no conceito de Burnett. Ela até esperava que ele fosse o assassino do casal, porque isso tornaria sua justiça ainda mais doce.

Poucos minutos depois, o médico tinha acabado de verificar sua pressão sanguínea e instruído Della para que pegasse mais leve nos próximos dias, quando escutaram alguém bater na porta.

Uma garota de uns 17 anos colocou a cabeça para dentro. Seus cabelos loiros iam até os ombros. Os grandes olhos azuis oscilaram entre o médico e Steve e, de repente, seu sorriso se alargou.

— Chegou um pessoal aqui. Amigos da paciente. — Ela olhou para Della. Seu sorriso desapareceu. — Ah, e pai, a senhora Ledbetter está aqui com seu gato. Eu a coloquei na sala dois.

— Tudo bem — disse o médico. — Já vou.

A garota deu um pequeno passo para trás, e Della viu Miranda e Kylie atrás dela. Miranda, sempre a mais impaciente das duas, se espremeu entre a garota e a porta e correu para Della.

— Você está bem? — perguntou Miranda, os olhos verdes cheios de lágrimas.

— Está tudo bem — disse Della, odiando parecer uma criancinha doente sentada num consultório médico. Um consultório médico que cheirava a cachorro.

Miranda soltou um suspiro profundo.

— Lucas disse que viu Burnett carregando você para o carro e trazendo-a para cá. Kylie e eu entramos em pânico.

— Ela vai ficar bem — tranquilizou Holiday.

— Estávamos preocupadas. — Kylie se dirigiu a Holiday enquanto entrava na sala.

— Por que não ligaram para nós?

— Porque eu não queria preocupá-las. Ia agora mesmo avisar vocês.

— Vocês deveriam ter me contado. Eu poderia ter... ajudado.

Por "ajudar", Della sabia que Kylie queria dizer "curá-la". Entre os vários talentos de Kylie, ela também era uma agente de cura. O único problema era que, toda vez que Kylie curava alguém, seu corpo começava a brilhar.

— Eu não preciso que ninguém me cure. Estou bem.

— Sempre há um risco quando se sofre um trauma na cabeça — disse Holiday. — Meus instintos diziam que eu precisava levá-la ao médico.

— Bem, seus instintos estavam errados. Eu estou bem — Della insistiu novamente. Ela olhou para cima e viu a loira, obviamente a filha do médico, ainda parada na porta. O olhar da menina estava fixado em Steve. Della verificou o padrão e viu que ela era em parte *fae*, em parte metamorfa. Um sentimento nada bonito se agitou dentro de Della quando ela sentiu o cheiro dos feromônios da garota poluindo o ar. Então ela tinha uma quedinha por Steve...

Não que Della tivesse algum direito sobre ele. Eles não eram namorados. Mas ainda assim...

— O que importa é que você está bem — disse Steve, falando como alguém que se importasse de verdade. Della também notou que ele não estava prestando atenção na loira. No entanto, a garota prestava atenção suficiente pelos dois...

Kylie foi até a maca e apertou a mão de Della.

— Não me assuste assim. O que aconteceu?

— Que tal sairmos deste consultório lotado e que ainda fede a alho? Podemos explicar mais tarde. — Burnett acenou em direção à porta.

Seguindo as ordens de Burnett, todo mundo começou a se dirigir para a porta como bons soldadinhos. Della deslizou o traseiro para fora da maca.

Seus pés ainda não tinham encostado no chão quando Steve foi até ela e a segurou pelo braço como se tivesse medo que caísse.

— Para com isso! — ela sibilou em voz baixa.

— Parar com o quê? — ele perguntou.

— De me tratar como se eu fosse de porcelana.

— Só estou te tratando como alguém que se preocupa com você. — Então ele sussurrou no ouvido dela. — Me ligue quando chegar em casa. — E correu a mão pelo braço dela. O toque provocou uma pontada de emoção no peito dela.

Ela fez que sim com a cabeça e então franziu a testa quando percebeu que Steve continuaria ali, no consultório. Ali com a loira que poluía o ambiente com feromônios.

Estavam todos no estacionamento de Shadow Falls. Depois de receber na marra mais alguns abraços de Miranda, Della ficou olhando enquanto as duas amigas se afastavam. Ela estava entre Burnett e Holiday, esperando para ver se ia levar bronca por ter ido à cachoeira sozinha — esperando para ver se teria uma chance para perguntar a Burnett se já havia alguma novidade sobre o caso do assassinato.

— Você precisa ir para a cabana descansar — Holiday a aconselhou.

— Não, estou bem — Della insistiu.

— Não, você não está bem — rebateu Holiday. — Vá descansar e eu te encontro lá daqui algumas horas para conversarmos.

Ah, então a bronca viria mais tarde...

— Mas...

Burnett rosnou.

— Não discuta com Holiday.

Della soltou um profundo suspiro de frustração.

— Você já soube alguma coisa sobre a autópsia?

— Ainda não — disse ele.

— Quando receber, por favor me ligue.

— Não se preocupe com isso agora — aconselhou-a Burnett. — Você vai fazer o que Holiday disse e descansar.

— Vai me deixar trabalhar no caso, não vai?

Ele grunhiu outra vez.

Percebendo que era melhor ficar de boca fechada, Della se virou e começou a voltar para a cabana. Ao fazer a primeira curva da trilha, olhou para a floresta. Será que o rastro de seu agressor ainda estaria na cachoeira? Provavelmente era tarde demais.

Ou será que não?

A lembrança do terror que sentira durante aqueles poucos segundos antes do ataque fez seu estômago se contrair. Não era medo do intruso, ela nem tinha visto quem a atacara, mas medo da cachoeira, dos anjos da morte e do que representavam: julgamento. Ter sua vida devassada e todos os seus pecados atirados na cara como pedras.

O medo revirou suas entranhas e, jurando nunca deixar que ele a detivesse, Della se embrenhou floresta, de volta ao lugar onde toda a encrenca tinha começado, naquela manhã.

A sensação desagradável de não ser bem-vinda cresceu no seu peito enquanto se aproximava, mas ela não deu bola e seguiu adiante, sem deixar que aquilo a intimidasse.

Os anjos de morte iam ter que engolir sua visita.

Ou tentar impedi-la. Mais uma vez. Será que eles poderiam ter feito aquilo?

O que a confundia era não entender por que diabos ela não tinha sentido o mesmo incômodo ao ir até lá pela manhã. E por que, por alguns instantes, a cachoeira tinha parecido uma espécie de paraíso, e não um ponto de encontro arrepiante de mortos-vivos.

Parando a poucos metros da borda da floresta, ela respirou fundo. O barulho da cachoeira ecoava alto demais, como se quisesse afugentá-la. A umidade parecia deixar as árvores pesadas. Sombras escuras dançavam no chão, aumentando a atmosfera sobrenatural.

Ela afastou o terror que rastejava pela sua espinha como uma aranha de pernas peludas, levantou o queixo e respirou, esperando sentir algum cheiro.

Apenas o cheiro de terra molhada permanecia no ar. Mas, se alguém tivesse tocado em algo, o cheiro teria ficado por mais tempo. Ela chegou mais perto de algumas árvores, supondo que alguém pudesse ter tocado um galho. Nada. Seu olhar se desviou e recaiu sobre uma pedra no chão. Não era justamente o ponto onde ela tinha sido atingida? Será que era a pedra com que tinham batido na cabeça dela? Ela a pegou. Aproximando a pedra do rosto, respirou fundo.

Quando o cheiro penetrou o seu nariz, sua respiração ficou presa. Fúria, pura e simplesmente, começou a se acumular dentro dela, borbulhando no peito. Ela deixou cair a pedra, soltou um grunhido e saiu para fazer justiça com as próprias mãos.

Capítulo Nove

Della se escondeu atrás de um abrigo, em frente ao prédio da escola, checando o celular a cada minuto. Holiday não tinha avisado a que horas planejava fazer sua visita, mas se ela chegasse e Della não estivesse "descansando", alguém pagaria caro por isso.

Della não planejava pagar nada, ela planejava cobrar.

E de uma pessoa em particular.

Olhava para uma das três salas de aula, mas sabia que não podia chegar perto o suficiente para sentir se ele estava lá... bem, pelo menos não sem ser vista. Mas as aulas acabariam em poucos minutos e, se ele não estivesse ali, ela teria que... A porta da sala se abriu e o vampiro novato foi o primeiro a sair; ela sentiu sua fúria aumentar um pouco mais.

Ele começou a caminhar em linha reta em direção à floresta.

Ótimo! Ela preferia não tirar satisfação em público.

Esperou alguns minutos até o amontoado de alunos se dispersar, então o seguiu.

Será que ele sabia que ela estava ali? Provavelmente. Como ela já tinha guardado na memória o cheiro dele, ele provavelmente tinha feito o mesmo.

Mas Della não se importava que ele soubesse. Era hora de terem uma conversinha. E ela não ia ser nada agradável. O inferno raramente era.

Ela viu a camiseta verde e a calça jeans desbotada movendo-se por entre as árvores. Della mal tinha passado a primeira fileira de arbustos, quando percebeu que ele tinha desaparecido. Ela rosnou, sentiu os olhos se incendiarem de raiva e ergueu o rosto na direção do vento para farejar o cheiro dele.

— Por acaso está me procurando? — Uma voz soou de cima.

Ela olhou para o alto. Ele estava sentado em cima de um galho, a cerca de quinze metros do chão, balançando descontraidamente as pernas, como se estivesse empoleirado ali o dia todo. Ou como se estivesse se exibindo.

Mas por quê? Então ele sabia trepar em árvores. Trepar em árvores bem rápido. Será que, só por fazer aquilo, ele se achava especial?

O sol espreitou por trás de uma nuvem e a fez piscar. Quando ela abriu os olhos, ele tinha desaparecido novamente.

Que tipo de joguinho ele estava fazendo?

— Eu vou encontrar você — ela resmungou. — E quando encontrar...

— Não vai ter que procurar muito. Estou bem aqui — veio a voz de trás de uma árvore.

Ela se atirou para a frente, pronta para esganá-lo, mas só encontrou espaço vazio.

— Atrás de você — disse ele, tão perto que ela pôde sentir seu hálito na nuca.

Ela deu meia-volta, agarrou-o pela camisa e deu um puxão.

— Pare com isso! — ela sibilou, esmagando entre os dedos um punhado de tecido de algodão verde.

— Parar com o quê? — ele perguntou, com os olhos claros de jade tão próximos que ela viu as pupilas dele se dilatarem.

Ela torceu o tecido na mão, quase a ponto de rasgá-lo, só para que ele soubesse que ela falava sério.

— Você me agrediu e vai se arrepender por isso.

— Agredi você? De onde tirou essa ideia?

— Seu cheiro estava naquela pedra perto da cachoeira.

— Sim, o senhor James, quer dizer Burnett, me pediu para ir até lá ver se alguém tinha deixado algum rastro, enquanto ele a levava ao médico.

Ela percebeu que o coração dele batia num ritmo normal. É claro que ele ainda poderia estar mentindo, mas... Por que mentiria se tudo o que ela tinha que fazer era perguntar a Burnett?

Um leve sorriso apareceu nos lábios dele, como se soubesse exatamente a que conclusões ela tinha chegado. Ele se inclinou um pouco na direção dela. Sua respiração agitou o cabelo de Della.

— Você fica uma gracinha quando está com raiva.

Ela o empurrou para trás.

Ele mal se moveu, dando a ela só uma folga de alguns centímetros, o que não era grande coisa. Ela ainda podia sentir a presença dele. Sentir o cheiro da sua pele. Ver o humor dançando nos olhos dele.

— Esta cachoeira é um lugar assustador, por sinal — comentou ele.

Ela quase perguntou se ele tinha conseguido sentir algum cheiro, mas não queria ficar devendo nada a ele.

Aposto que os anjos da morte estão loucos para pôr fogo nos fundilhos desse vampiro metido à besta. Ela lembrou a outra razão por que precisava ter uma conversinha com ele.

— Na noite passada, você estava me seguindo?

— Seguindo você?

Os caninos dela se projetaram um pouco.

— Eu vi você quando fui encontrar Burnett no portão para ir...

— Investigar o caso da UPF? — perguntou ele, terminando a frase por ela.

Ela apertou as mãos em punho.

— Você estava lá.

— Sim, mas não estava seguindo você. Eu não conseguia dormir e resolvi ir correr um pouco. Desculpe, não queria interromper o seu pequeno encontro.

Então o cretino tinha visto ela e Steve juntos. Será que ela tinha ao menos tentado detectar alguém? Della rosnou para o vampiro.

O sorriso dele se alargou, como se ele se deleitasse em saber que a tinha pego no flagra. O que significava que, a partir daquele momento, ela não podia deixar que ele a pegasse desprevenida. Tinha que ignorá-lo. Dar tanta atenção a ele quanto daria a um inseto perambulando furtivamente por uma folha morta.

— Tudo bem. — Ela se virou para ir embora, mostrando desinteresse; os saltos de suas botas pretas deixando sulcos na terra. *Adios, muchacho!*

— Ei, não tão rápido! — ele exclamou, aparecendo na frente dela e bloqueando o caminho.

Caraca, ele era rápido! Quase tão rápido quanto Burnett. Não era à toa que tinha conseguido se esconder dela nas árvores.

Della cruzou os braços e o fuzilou com seu melhor olhar "Vá pro inferno!". Ele não foi a lugar nenhum, só ficou ali encarando-a, como se esperasse ela pedir licença. Mas se Della reclamasse, isso significaria que ele estava levando a melhor, então ela ficou ali, como se a presença ou o olhar dele não a afetasse nem um pouco.

Mas afetava. E isso a irritava a ponto de querer arrancar os cabelos.

— Será que dá pra você fazer uma trégua? — ele finalmente perguntou.

— Trégua pra quê? Pra você fugir antes que eu te quebre ao meio?

Ele riu. E ela não tinha intenção de ser engraçada. Mas que maldição! O cara era como um pernilongo zumbindo no ouvido dela. Tudo o que ela queria era esmagá-lo entre as mãos e limpar os restos na calça.

Ela o contornou e continuou a seguir em frente.

— Será que não podemos conversar? — ele perguntou, como se estivesse bem atrás dela.

Sobre o quê? Que diabos ele tinha para conversar com ela?

— Sem chance! — ela rugiu, e continuou andando. Queria sumir dali, colocar a maior distância possível entre eles, e quanto mais rápido melhor, mas isso só iria fazer com que ele soubesse quanto a deixava irritada.

— Ah, fala sério. Eu quase acabei com o meu estoque de sangue só para você não ter que passar uma hora com aquele sanguessuga oxigenado.

Ela parou e se virou tão rápido que ele trombou com ela. Então Chase a pegou pelos braços e a segurou. Seus corpos estavam colados. Os peitos dela pressionados contra o peito dele. E como os peitos em questão não eram tão grandes assim, isso significava que estavam muito, mas muito próximos mesmo. Ela deu um passo para trás.

— Pensei que tinha feito aquilo só pra ajudar na doação de sangue. Quer dizer que foi pra me irritar?

Ele deu de ombros.

— Talvez tenha sido um pouco de cada.

— Por quê? — ela perguntou, agora curiosa e ainda mais desconfiada. Ela tinha quase certeza de que já tinha cruzado com aquele vampiro antes. Seu cheiro, seu rastro, estava em seu banco de memória. E isso despertou nela um vago sentimento de perigo.

— Por que o quê?

— Por que você iria desistir do seu sangue por mim?

— Para bater um papo. — Ele deu de ombros. — Acho que começamos com o pé esquerdo.

Ela ouviu novamente o coração dele bater firme e sincero.

— Eu sou novo aqui — continuou ele. — E vou te falar... este lugar não é exatamente um coração de mãe. Você é a única com quem me dei bem.

Como é que é? Quando é que eles tiveram...

— A gente não se deu bem porcaria *nenhuma*! — ela retrucou. — Se não se lembra, eu estava a ponto de quebrar a sua cara.

Ele sorriu.

— Mas não quebrou.

— Teria quebrado se Burnett não tivesse aparecido.

— Você teria tentado. Mas vou deixar isso passar batido.

Ela mal conseguiu abafar um grunhido frustrado.

— Sabe, se você não fosse tão insuportavelmente arrogante, conseguiria fazer alguns amigos por aqui.

— Eu não sou arrogante. Sou confiante. Sei que às vezes parece quase igual, mas não é.

Della tinha uma vaga lembrança de dizer quase a mesma coisa a Miranda. Mas ela não tinha que dizer a ele que concordava. Francamente, ter alguma coisa em comum com aquele bocó a deixava fula da vida.

— Ah, tá, vai sonhando... — Ela se virou e começou a voltar pelo mesmo caminho.

— O que foi? Tem medo que seu amiguinho metamorfo não goste de ver a gente andando junto por aí?

Ela parou e se virou novamente, mas dessa vez colocou as mãos na frente do corpo, para evitar que ele a tocasse. Não deu certo. Agora ele não estava tocando no corpo dela, mas ela sim. As palmas das mãos dela pressionavam firmemente o peito de Chase. O coração do vampiro batia contra o peito e a vibração derretia nas palmas dela. Ele podia sentir sua sólida massa muscular, sentir o toque gelado da sua pele de vampiro. Ela encolheu os braços.

— Eu não tenho medo de nada. — Era mentira. Ela tinha medos, sim, uma penca deles. Dos anjos da morte, de fantasmas, de perder as pessoas que amava, de vez em quando até de uma aranha, mas esperava que ele não estivesse ouvindo o ritmo revelador de seu coração mentiroso.

— Então vocês dois não têm um rolo? — ele perguntou, arqueando uma das sobrancelhas pretas.

O celular no bolso de trás da calça dela tocou. Usando-o como desculpa para não responder à pergunta, e talvez até para não pensar no assunto, ela pegou o celular cor-de-rosa. Sua mente foi imediatamente para o primo vampiro fora da lei, Chan, que ainda não tinha retornado a ligação dela. Mas e daí? Ela também não tinha retornado a ligação dele uma semana antes, embora na mensagem ele tivesse avisado que não era nada importante. Provavelmente tinha ligado de novo para tentar convencê-la a deixar

Shadow Falls. Ele parecia não entender por que ela gostava de morar ali em vez de fica nas ruas. E ela não conseguia entender como ele conseguia viver daquele jeito.

Seu olhar captou o número no visor do aparelho. Merda!

Não era Chan.

Era Holiday. Sem dúvida ela estava na cabana de Della e, provavelmente, aborrecida por a vampira não ter seguindo suas instruções e descansado. Mas, dane-se, ela não precisava de descanso. E nem que Holiday ou Burnett ficassem aborrecidos com ela...

— Tenho que ir — ela gemeu, e decolou.

— Vamos bater outro papinho um dia desses! — ele gritou.

— Claro, quando começarem a servir sorvete de graça no inferno! — ela gritou e continuou em frente, sabendo que provavelmente era para lá que Holiday a mandaria quando a encontrasse. E depois Holiday contaria a Burnett, que a mandaria para o inferno de novo, caso ela já tivesse voltado de lá.

Della avistou Holiday antes de aterrissar. A *fae* grávida de cabelo ruivo estava sentada na varanda da cabana, com os pés balançando e a mão na barriga, com uma expressão de ternura enquanto sussurrava palavras carinhosas para o bebê. Della tinha quase mandado uma mensagem em resposta para Holiday, mas ela teria levado o mesmo tempo para chegar à cabana.

Ao aterrissar, derrapou diante dos degraus. Holiday olhou para ela. A boca apertada numa curva de desaprovação. Fossem quais fossem as palavras de afeição que ela dizia ao bebê, não seriam endereçadas a Della.

— Você deveria estar descansando — repreendeu-a Holiday.

Della subiu os degraus da varanda.

— Desculpe, eu... Eu estava vindo para cá e de repente senti necessidade de voltar à cachoeira para ver se conseguia encontrar um rastro ou uma pista de quem fez isso.

— Sentiu necessidade de me desobedecer? — Holiday rebateu.

— Não, senti necessidade de pegar o otário que me nocauteou.

Holiday suspirou.

— Você desmaiou, Della. O médico disse para você ir com calma. Eu não queria que você saísse correndo por aí.

Della sabia que Holiday estava dando uma bronca porque se preocupava com ela, mas...

— Era importante para mim. Eu não gosto... — Sua garganta se apertou com a frustração e ela sentiu os olhos arderem, enquanto as lágrimas ameaçavam cair. Ignorando o sentimento, tentou explicar novamente. — Eu quero trabalhar para a UPF. Achei que se eu conseguisse descobrir quem tinha feito aquilo, Burnett veria que eu não sou fraca.

Holiday pareceu surpresa.

— Burnett não acha que você seja fraca.

— Ele acha, sim. Ele me disse que não acha que eu tenha capacidade para trabalhar para a UPF.

Ela fez uma careta.

— Eu não acho... Ele tem um grande respeito por você, Della.

— Não é suficiente para que ache que eu seria uma boa agente. E ainda disse que existem maneiras mais fáceis de se ganhar a vida. E isso porque sabe quanto eu quero ser agente.

O olhar de Holiday estava cheio de compreensão.

— Se ele estava tentando desencorajar você, e eu não estou dizendo que estava, provavelmente é porque é machista.

Della ficou chocada com a confissão de Holiday. Ela achava que a *fae* defenderia o marido.

— Foi isso o que eu pensei — disse Della. — É só porque sou uma garota, não é?

— Não me entenda mal, eu amo aquele homem mais do que a minha própria vida, e ele é do jeito que é porque se preocupa muito, mas, é verdade, ele é mais protetor com relação às mulheres. E, se esse bebê for uma menina, eu tenho um palpite de que ela e o pai vão travar uma batalha desde o primeiro dia para impor suas vontades.

— Não é justo! — exclamou Della.

— Eu sei que não. Mas... — Ela apontou o dedo para Della — se há uma coisa que Burnett procura num agente é obediência. Se não consegue acatar ordens, ele nunca vai confiar a você uma missão. E esse, senhorita, é o seu maior problema. A sua sorte é que eu decidi não telefonar para ele quando não a encontrei aqui.

Della quis argumentar, dizer que ir à cachoeira não tinha sido tanta desobediência assim, mais um desvio necessário às regras. Ela tinha as palavras na ponta da língua, mas as engoliu.

— Eu vou me esforçar para mudar isso — ela finalmente disse. Então se perguntou se o plano de Holiday não era levá-la a ver suas próprias falhas. Sim, Holiday era muito boa em manipulação... Bem, talvez não em manipulação, mas em incentivar a pessoa a ver que não estava agindo da maneira certa.

Holiday sorriu.

— Bem, e eu vou me esforçar para garantir que ele não deixe o machismo impedir você de realizar o seu sonho.

— Obrigada.

Holiday apoiou as palmas das mãos nas costas e se inclinou para trás. Sua barriga redonda era ainda mais evidente com as costas ligeiramente arqueadas.

— Agora que já resolvemos esse assunto, podemos falar sobre o que aconteceu este fim de semana na casa dos seus pais, e depois sobre a noite passada?

Della puxou as pernas contra o peito e passou os braços ao redor delas com força.

— Temos mesmo que falar sobre isso?

— Se temos? Não, mas eu gostaria que você se abrisse comigo. — Holiday olhou para Della. — Eu sei que você não gosta de falar dos seus problemas particulares. Respeito que seja um vampiro e que isso faz com que seja um pouco menos aberta. Sou casada com Burnett, que acha que pode resolver os problemas dele e do mundo sem a ajuda de ninguém. Mas até mesmo o meu marido está aprendendo que não é fraqueza nenhuma se abrir com alguém. — Ela olhou para o céu e depois voltou a olhar para Della. — Eu posso sentir a sua dor, e não estaria fazendo meu trabalho de conselheira se não tentasse ajudar.

Por um segundo Della pensou em dizer a Holiday sobre o tio, mas o medo de que, se ele estivesse vivo, não fosse registrado na UPF fez com que reconsiderasse. Holiday provavelmente contaria a Burnett, e ele podia se sentir obrigado a denunciá-lo.

— Não vai ajudar em nada eu falar dos meus pais — desabafou Della, decidindo que, embora não pudesse contar tudo a Holiday, talvez algumas coisas pudesse dizer.

— O que aconteceu?

— A mesma velha história de sempre. Eles veem todas as mudanças provocadas pelo vampirismo como uma espécie de rebelião da minha parte. Eu diria a eles a verdade se não soubesse que será mais difícil aceitarem isso do que qualquer coisa de que suspeitem que esteja errado. — O peito dela ficou pesado. — Eu odeio decepcioná-los. Eu odeio... — Ela engoliu em seco. — Odeio saber que estou magoando meus pais. — Lágrimas encheram seus olhos e ela desviou o olhar. — Sinto como se não pertencesse mais à minha própria família.

Ela secou as lágrimas que escorriam pelo rosto.

Holiday colocou a mão no ombro de Della. O calor do toque da *fae* aliviou a dor no peito de Della. Por mais que ela detestasse precisar daquele alívio, saboreou o toque reconfortante. Não é de admirar que Burnett tivesse caído de amores por Holiday. O toque da mulher era mágico!

— Eu sei que é difícil viver com um segredo entre vocês — disse ela. — E é tão injusto! Também sei que seria mais fácil fazer o que a maioria dos vampiros faz, deixá-los pensar que você morreu. É preciso coragem para fazer isso que você está fazendo. Admiro-a por isso. E por mais difícil que seja, vejo que acaba funcionando.

— Como pode funcionar se... acham que sou uma filha viciada e mentirosa.

Holiday suspirou.

— Assim que você atingir a idade adulta, eles vão reconhecer que você é um membro funcional da sociedade, presumir que sua fase de adolescente difícil já passou e vão superar tudo isso. Assim você vai poder manter o relacionamento com eles. Se seguir pelo outro caminho, vai perdê-los para sempre.

— Eu não tenho certeza se não vou perdê-los de qualquer maneira — disse Della. — Eu acho que já estão desistindo de mim. — O pai nem sequer falava sobre ela.

— Não, eles não desistiram — afirmou Holiday. — Eles te amam. Se não amassem, não se importariam. Sua mãe me liga pelo menos uma vez por semana apenas para saber como você está.

— Mas o meu pai, não — rebateu Della, e apesar de saber que tinha razão, ela prendeu a respiração esperando que Holiday dissesse que estava errada.

— Ele é homem. Os homens lidam com as coisas de forma diferente.

Sim, alguns homens simplesmente param de amar. Por alguma razão, ela se lembrou de Steve e da filha do médico. Será que Steve acabaria desistindo dela?

Della abraçou as pernas e deixou o silêncio pairando no ar. O fato de saber que a mãe estava ligando enviou uma onda revigorante de emoção ao peito dela... ou seria o alívio de saber que pelo menos um dos pais ainda a amava?

— Sobre ontem à noite e o que você viu... — disse Holiday.

— Está tudo bem — Della insistiu. — Se quero trabalhar para a UPF, vou ter que aprender a lidar com isso. E eu posso. — Pelo menos as imagens do crime tinham aparecido menos em sua cabeça.

— Sim, você vai ter que aprender, mas não tem que lidar com isso sozinha. Della, não diga a Burnett que eu contei, mas até ele precisa de alguém em quem se apoiar. Se você realmente quer trabalhar para a UPF, tem que aceitar que vai precisar de outras pessoas. Você tem que combater o mal com o bem. Senão, vai se perder na maldade de tudo isso. Ele pode obscurecer a sua alma e você vai perder toda a alegria de viver.

— Alegria será pegar o filho da puta que fez aquilo — sibilou Della, e logo em seguida a cena voltou a surgir na sua mente. Seu coração se encheu de vontade de fazer justiça. — Eu nem conhecia aquele casal, mas eles não mereciam aquilo.

— Eu sei. — Holiday segurou a mão de Della. — Mas antes que você comece a ajudar os outros, precisa começar a ajudar a si mesma. Eu tenho um palpite de que está procurando alguma coisa. Algo que você anseia. Mas também captei a sensação de que está adiando isso.

A verdade das palavras da *fae* causaram um baque em sua consciência. O tio dela. Encontrar algo para substituir o sentimento de família que ela sentia que tinha perdido. E o que ela estava adiando? Ler o obituário. Della desviou o olhar, não gostando de que Holiday pudesse ler os sentimentos dela de forma tão clara.

— Não se preocupe, não vou forçá-la a me contar nada. Só vou dizer uma coisa: seja o que for que esteja procurando, vá atrás, mas cuidado para não se arriscar demais. Eu conheço você, Della, e às vezes sei que age por impulso.

— Talvez eu só pense rápido. — Della sorriu, na esperança de deixar a conversa mais leve.

Holiday revirou os olhos como se soubesse exatamente qual a intenção de Della.

— Esse jeito de fazer as coisas faz parte da natureza dos vampiros, mas também faz parte da sua personalidade. Você tem mais coragem do que qualquer pessoa que eu já conheci. A coragem é uma qualidade admirável. Mas só receio que, mal utilizada, ela possa fazer mais mal do que bem.

Della assentiu.

— Vou tentar me lembrar disso.

— Faço questão — reafirmou Holiday, suspirando. Em seguida, a *fae* se sentou e colocou a mão em sua barriga de gestante.

Ainda querendo mudar de assunto, Della perguntou:

— O bebê está se mexendo muito?

— O tempo todo. Eu acho que vai ser impaciente como o pai. Quer sentir?

Della hesitou.

— Você não se importa?

— Nem um pouco. — Ela pegou a mão de Della e colocou-a sobre a barriga.

Della sentiu o movimento.

— Uau! Eu acho que o seu bebê acabou de me chutar. Isso é muito legal! — exclamou Della, com sinceridade. Ela não conseguia imaginar como era a sensação de ter uma pessoa crescendo dentro de si. — Estranho, mas legal. — Ela sorriu para a líder do acampamento. — E você está imensa. Tem certeza que não há dois desses aí dentro?

Holiday olhou para ela, carrancuda.

— Quer dizer que estou imensa? Muito obrigada...

Della franziu a testa.

— Desculpe, eu só quis dizer...

— Não se preocupe. — Holiday inclinou-se e bateu no ombro dela. — Eu estou imensa *mesmo*. E, não, não são gêmeos. Mas parece que meu bebê vai ser um vampiro dominante.

— Você fez um daqueles raios X? O que revela o padrão do bebê?

— Uma ecografia especial pode mostrar isso. Eu pedi para não me contarem. Quero que seja uma surpresa.

— Então, como tem certeza de que ele será um vampiro dominante?

— Os sobrenaturais só muito raramente têm uma gravidez de 40 semanas. Mas o ciclo gestacional de um vampiro pode realmente variar. Às vezes pode durar só uns quatro ou cinco meses.

— Uau! Então você pode ter o bebê a qualquer momento?

— Isso mesmo.

— Você está com medo? Do parto? — Della tinha visto um parto num documentário esquisito uma vez e tinha sido apavorante. Mostraram tudo. Até o bebê saindo. Depois disso Della passou a dar atenção redobrada aos métodos contraceptivos.

A *fae* olhou para a própria barriga.

— Eu estaria mentindo se dissesse que não estou um pouco apreensiva. Mas estou mais preocupada com o bebê do que comigo.

Ela tirou o cabelo do ombro e deixou que a mão descansasse sobre a enorme barriga. Então, de repente virou a cabeça e olhou para trás, depois para a direita. O movimento rápido lembrou Della de quando Kylie...

— O que foi? — perguntou.

— Nada — tranquilizou-a Holiday, mas a frequência cardíaca da *fae* revelou que ela tinha contado uma mentirinha.

— É o fantasma? — Della puxou os joelhos para mais perto do peito.

Holiday fixou os olhos verdes em Della e em sua testa franzida.

— Sim. Como você sabia?

— Kylie disse que havia um por perto. Ela acha que pode ser um vampiro.

Holiday assentiu.

— Eu acho que ela está certa. Ele passou por aqui a toda velocidade.

Della também se lembrou de Kylie suspeitar de que poderia ser seu tio.

— Você o viu?

— Não — disse Holiday, continuando a olhar para a esquerda e a direita.

— Ele está se movendo realmente rápido!... — Ela encolheu os ombros. — Ele fez contato com Kylie? Ela sabe o que ele quer?

Della balançou a cabeça.

— Não, a menos que ela o tenha visto esta manhã.

— É estranho — disse Holiday.

— O que é estranho?

— Eu não entendo por que ele está visitando Kylie e eu. Geralmente eles só escolhem uma pessoa para fazer contato. E não devia estar por aqui se está tentando fazer contato com ela.

Ela se lembrou de Kylie dizendo que achava que o fantasma estava ali por causa de Della. Um arrepio percorreu sua espinha. De jeito nenhum ela queria que um fantasma se apegasse a ela!

Endireitando os ombros, Della olhou ao redor e, em seguida, perguntou:

— Você pode pedir a ele que vá embora?

— Não funciona bem assim com fantasmas...

— Por que eu sabia que você ia dizer isso? — Provavelmente porque Kylie já tinha dito.

Holiday tirou o telefone do bolso.

— Ai, Deus! Eu tenho que atender Perry no escritório agora!

Algo no tom de Holiday lhe chamou a atenção.

— Tem alguma coisa errada com ele?

Holiday hesitou.

— Não. Na verdade, não. É melhor eu ir. — Ela lançou um olhar severo para Della e apontou para a porta da cabana. — Agora você vai dormir um pouco e, se eu encontrar você correndo novamente por aí, terá que se entender com Burnett da próxima vez.

Holiday, com aquela barriga enorme, lutou para ficar de pé. Della se levantou de um salto para lhe oferecer a mão.

— Não faça isso parecer tão fácil! — murmurou Holiday, mas ela aceitou a mão de Della.

Della assistiu Holiday descer os degraus gingando, a barriga roliça seguindo na frente. Della se lembrou de repente.

— Ei, e o fantasma?

— Tenho certeza de que vai atrás de mim — afirmou Holiday. — Um fantasma normalmente só fica em torno de pessoas que podem detectá-lo.

Della esperava que a amiga estivesse certa. Mas, enquanto atravessava a soleira da porta, ela podia jurar que sentiu uma lufada de ar frio contra o braço. Um ar frio como se alguém passasse voando. Como se um vampiro passasse voando. Ela parou e olhou ao redor. Nenhum vampiro, nem mesmo um vislumbre de um vampiro muito rápido.

Mas o sentimento, a sensação de que não estava sozinha não desapareceu.

— Ah, merda! — murmurou.

Um fantasma normalmente só fica em torno de pessoas que podem detectá-lo. As palavras de Holiday ecoaram na cabeça de Della. Se ela sentia alguma coisa, não era porque estava detendo a presença de um fantasma? Ou ela tinha só imaginado? Nesse exato instante, algo vibrou contra o seu quadril. Ela quase pulou de susto antes de perceber que era seu celular. Devia ter acidentalmente colocado o aparelho no modo vibrar.

Feliz por terem interrompido seus pensamentos assombrados, ela tirou o celular do bolso. Achando e de fato esperando que fosse Chan, olhou o visor. Não era ele.

Capítulo Dez

— Por que você não me ligou? — Steve perguntou antes de qualquer outra coisa.

— Tinha umas coisas pra resolver e fiquei ocupada — justificou Della, sabendo que não era totalmente verdade. A verdadeira razão pela qual ela não tinha ligado era o medo. O medo de acabar despejando em cima dele algum comentário desagradável sobre a filhinha toda fofa do médico que tinha poluído o ar com todo tipo de feromônios enquanto devorava Steve com os olhos e aquele sorriso de anúncio de pasta de dente.

Della não podia estar com ciúme. Bem, pelo menos não devia. Ela não mandava em Steve. Não tinha o direito de exigir que ele ficasse longe da sirigaita loira de peitos maiores do que os dela, e que estava babando pelo corpo dele.

Mas dizer isso a si mesma não adiantava nada. Só deixava o ciúme ainda pior. Porque ela na verdade não tinha pensado sobre os peitos da garota até então.

— Muito ocupada para me ligar? — ele perguntou, parecendo ofendido.

— Foi mal... — desculpou-se ela, entrando no quarto, fechando a porta e se jogando sobre a cama. — Eu queria voltar para a cachoeira assim que tivesse uma chance. Ainda poderia farejar o rastro da pessoa que bateu na minha cabeça.

— O doutor Whitman disse para você descansar.

Ela revirou os olhos.

— Steve, eu já ouvi um sermão da Holiday hoje, não preciso que você me passe outro.

Ele bufou.

— Eu não estou... Só estou preocupado. O médico estava examinando o seu prontuário que eu preenchi depois que você saiu notou que sua temperatura estava elevada. Lembra que eu disse que você estava quente esta manhã? De qualquer forma, ele queria saber se eu tinha perguntado sobre o seu ciclo menstrual. E eu disse a ele que você ia ficar menstruada, mas a preocupação dele só me deixou mais preocupado.

Della estendeu a mão e tocou a própria testa. Será que ela estava com febre?

— Eu particularmente não gosto de saber que alguém bateu na sua cabeça. Será que Burnett tem ideia de quem fez isso?

— Não, acho que não. — Ela quase contou a ele que o cheiro de Chase estava na pedra, mas decidiu não falar nada. Steve já tinha deixado claro que não ia com a cara do vampiro e ela não queria pôr mais lenha na fogueira.

— Será que tem algo a ver com o caso que você está ajudando Burnett a investigar e com o intruso que farejou na cachoeira?

Ela franziu a testa.

— Ele mencionou que existe uma possibilidade.

— Por acaso o casal de namorados que morreu tem a ver com esse caso?

A imagem surgiu na cabeça de Della.

— Como você sabe do casal?

— Eu li sobre o acidente no jornal. Sei que às vezes camuflam as mortes quando se trata de seres sobrenaturais, então só supus... — Ele fez uma pausa. — Droga, eu não gosto nem um pouco disso... Um assassino pode estar atrás de você!

— Não sabemos se foi ele. E se voltar, ele é quem vai precisar de um médico.

Um silêncio pesou na linha e no quarto. Della olhou em volta. A porta do quarto estava aberta. Ela não a tinha fechado?

— Você viu mesmo? — perguntou Steve. — Viu o casal morto?

Ela inspirou, afastando os pensamentos da porta e voltando a pensar nas mortes.

— Sim.

— Puxa, lamento muito, Della. Quero dizer, deve ter sido uma barra pesadíssima.

— Foi, mas só me deixou mais determinada e com a certeza de que é isso que eu quero fazer. Capturar filhos da mãe como aquele. Fazê-los pagar pelo que fizeram. Impedir que façam novamente.

— Sim, mas eu não gosto de pensar em você andando por aí atrás desses psicopatas desgraçados...

E eu não gosto que você ande por aí com loiras burras a tiracolo! O silêncio pairou do outro lado da linha.

— Sinto muito. — A linha ficou em silêncio novamente. Ela tentou pensar em algo para dizer. *Então me fale sobre a filha do médico e da paixonite aguda que ela tem por você.* Ela mordeu a língua e pensou em outra coisa para dizer. Algo que não desse tanta bandeira de que estava morta de ciúme. — Então, você examina todos os pacientes que chegam na clínica? Até os animais?

— Examino — ele confirmou, como se soubesse que Della estava tentando mudar de assunto.

— E você gosta? — ela perguntou. *Gosta de ficar esbarrando toda hora na filha do médico?*

— Gosto. O doutor Whitman sugeriu que eu faça Veterinária se quiser exercer medicina para sobrenaturais. Ele disse que os poucos médicos sobrenaturais que ele conhece e que passaram pela escola de medicina regular têm muito mais problemas. E disse que eu poderia trabalhar com ele, se entrasse na faculdade. Além disso, gosto de animais.

Ela não pôde deixar de se perguntar se o bom doutor estava pensando em Steve como um genro em potencial.

— Você não tem que trabalhar como veterinário. Médicos sobrenaturais trabalham em hospitais normais. Eu sei, porque quando me transformei fui tratada por uma enfermeira e um médico.

— Sim, mas com que frequência você acha que os sobrenaturais procuram um pronto-socorro? O que significa que eu iria atender principalmente humanos. Eu poderia abrir a minha própria clínica, mas ia enlouquecer como todas aquelas regulamentações do seguro saúde. Jessie me contou que o doutor Whitman e o sócio estavam conversando sobre a possibilidade de arranjar mais um sócio daqui a alguns anos, então quando eu me formasse não teria nem que abrir uma clínica e conseguir pacientes.

— Quem é Jessie? — perguntou ela, com medo de que já soubesse.

— A filha do doutor Whitman. Acho que você a conheceu. Aquela garota de sorriso bonito.

De sorriso bonito?

— Entendi... — disse Della.

E ela de fato entendia. A loira de sorriso bonito pelo jeito já estava com a vida toda planejada. E Steve fazia parte dela.

A pergunta era se Della estava pronta para se tornar um empecilho aos planos da garota. Ou melhor, se Della estava pronta para entregar seu coração.

Uma hora depois, quase às quatro da tarde, o conselho de Holiday para que Della fosse dormir ainda não tinha sido seguido. No entanto, não por falta de tentativa.

Depois de terminar a ligação com um certo metamorfo, Della ficou pensando nos peitos grandes de Jessie e no sorriso bonito da garota.

Cobrindo-se até o queixo, ela ficou praticando seu sorriso. Não tinha certeza se conseguiria sorrir tanto quanto Jessie nem se alguém lhe pagasse.

Quando não estava pensando nisso, estava pensando no fantasma. Peitos, sorrisos e fantasmas... aqueles pensamentos insanos não paravam de rodopiar na sua cabeça. Acrescente a isso uma visão ocasional da cena de horror da noite anterior, acompanhada da necessidade de fazer justiça pelo casal, e a cabeça de Della já estava girando e latejando. Assim como seu coração.

Ela poderia até jurar que sentia uma corrente de ar frio no quarto. Aconchegou-se mais nas cobertas e olhou para o teto. Um besouro de algum tipo andava pelo gesso branco. Até mesmo o inseto se movia devagar, como se estivesse com frio.

Quando Kylie via um fantasma aparecer, a temperatura do ambiente caía. Poderia ser isso? Ou será que a febre de Della estava subindo? Ela preferia que fosse a febre. Uma gripe ela poderia encarar, mas um fantasma, nem tanto.

Também tenho a sensação de que está adiando isso. As palavras de Holiday sussurraram em sua cabeça.

O obituário ainda estava dobrado e enfiado no bolso da calça jeans.

Sentando-se, ela o puxou para fora do bolso. Seu olhar se desviou para a porta novamente.

Ela não tinha fechado a porta? Tinha. Podia jurar que tinha.

Olhando ao redor do quarto, do teto ao chão, Della sussurrou:

— Quem está aqui? É você?

— Com quem você está falando? — Uma voz falou da porta.

Assustada, Della olhou para Miranda e Kylie, paradas lado a lado na entrada.

— Ninguém — Della se apressou em dizer, e viu Kylie franzir a testa e olhar para cima como se... como se estivesse olhando para um visitante indesejado.

— Está aqui? — Della perguntou, sem se importar que soubessem que ela estava assustada.

— Do que você está falando? — perguntou Miranda.

Kylie fez uma careta.

— Estava, mas já foi embora.

— O que foi embora? — Miranda voltou a perguntar.

Kylie olhou para Miranda.

— Um fantasma.

Os olhos de Miranda se arregalaram.

— Kylie, você está com outro fantasma?

Kylie deu de ombros.

— Eu não acho que esse esteja comigo.

A boca de Miranda se abriu e ela olhou para Della.

— Você está com um fantasma? Você não pode estar com um fantasma. Você não fala com fantasmas.

— Nem quero falar! — exclamou Della, e olhou para Kylie. — Então, como isso pode estar acontecendo?

Kylie entrou no quarto e se sentou na beirada da cama.

— Eu... Eu me lembro de Holiday dizendo que alguns fantasmas têm tanta energia que podem aparecer para pessoas normais.

— Sim, mas eu não sou uma pessoa normal. Já fui chamada de muitas coisas, mas nunca de uma pessoa normal.

— Você é normal o bastante para gostarmos de você. — Miranda se jogou na cama com um salto. Então seu olhar se desviou para Kylie. — Ele já foi, né?

Kylie confirmou com a cabeça e seu olhar se voltou para Della.

— Você sabe quem é agora?

— Não — disse Della, abraçando as pernas.

— Ele não apareceu para você? — perguntou Kylie.

— Não — Della repetiu.

— Não falou com você?

— Não — disse Della novamente.

— Então como você sabia que ele estava aqui?

— Porque sim... porque o quarto estava frio e... e eu meio que senti algo se encostar no meu ombro. Ah... e eu tenho quase certeza de que ele abriu a porta do meu quarto.

— Abriu a porta? — Kylie franziu a testa.

— É.

Kylie balançou a cabeça.

— Isso é improvável. Fantasmas geralmente só têm energia para mover objetos pequenos, como um celular.

— Bem, então me explique como é que eu fechei a porta e depois ela apareceu aberta?

Kylie olhou misteriosamente para a porta, mas a descrença brilhou em seus olhos azuis.

— Talvez você só tenha achado que fechou.

— Por acaso agora eu sou louca?

Kylie balançou a cabeça.

— Eu não disse isso.

— Eu não imaginei tudo isso. — Della cobriu os olhos com as mãos. — Tem alguma coisa errada. Muito, muito errada. Francamente, não entendo por que você não pode pedir para um fantasma dar o fora. O que eles têm de tão especial?

Miranda deu uma risadinha.

— Eu acho que eles sentem que o fato de estarem mortos dá a eles alguns direitos. Talvez esteja no contrato de morte. Sabe, quando a gente morre, não tem que seguir mais nenhuma regra. Pode fazer o que quiser.

— Não estou brincando — disse Della. — Não gosto disso.

— Foi mal — desculpou-se Miranda. — Mas essa pancada na cabeça fez você ficar ainda mais rabugenta.

Della rosnou para a bruxa.

— Se você tivesse um fantasma andando na sua cola, não ia sair por aí jogando beijinhos como a Miss Simpatia!

— Sem brigas! — Kylie exigiu, e logo em seguida o telefone dela tocou. Ela checou o visor.

— É Holiday. — A camaleão atendeu à chamada. — Oi.

Della continuou a franzir a testa para Miranda e se concentrou para tentar ouvir a voz de Holiday, mas não conseguiu. Sua droga de audição estava falhando novamente.

— Sim — disse Kylie, e olhou para Della. — Não, mas ela está na cama. Ok. — Kylie desligou.

Della olhou para ela.

— Ela queria saber de mim?

— Queria. Disse que você precisa ficar na cama e que ela vai trazer o jantar.

— Ela me disse que você foi à cachoeira de novo — disse Miranda. — E você devia estar dormindo. Por que foi até lá da primeira vez? Aquele lugar é sinistro! Você podia ter topado com um anjo da morte.

Quando Della não respondeu, os olhos de Miranda se arregalaram.

— Você viu mesmo um anjo da morte?

— Eu... não de fato — Della respondeu. — Eu vi algumas sombras, só isso. E aconteceu no instante em que bateram na minha cabeça, então provavelmente só... imaginei. — E era aquilo que Della continuava dizendo a si mesma.

— Que tipo de sombras? — perguntou Miranda. — Elas pareciam monstros ou... o quê?

Della viu os olhos de Kylie se acenderem de interesse. Pelo fato de também falar com fantasmas, Kylie tinha a mesma ligação de Holiday com os anjos da morte.

— Não — disse Della. — Só sombras. — Quando viu que a bruxinha não pareceu feliz com a resposta, ela acrescentou: — Ah, pergunte a Kylie. Ela é tipo... a melhor amiga deles.

Sentindo todos os olhos agora sobre ela, Kylie falou:

— Eles não são monstros. Imagine um ser espiritual.

Miranda balançou a cabeça.

— Eles me deixam apavorada.

O olhar da bruxa se voltou para Della.

— Eu ainda não entendo por que você foi lá.

Della rosnou.

— A segunda vez que fui, eu queria saber quem me bateu. A primeira... Eu... Eu não sei por que fui da primeira vez. Eu estava correndo e, quando vi, estava lá.

— Então, da próxima vez dê meia-volta e corra para o outro lado — aconselhou Miranda.

— Eu ia fazer isso, mas fui agredida antes que tivesse a chance. — Então Della se lembrou. — Burnett pediu para você ver se foram os anjos da morte que fizeram isso comigo?

Kylie assentiu.

— Eu perguntei em voz alta, mas não obtive nenhuma resposta. Talvez eles não estivessem lá.

— Parece que estavam, sim — disse Della. — Eu... Senti como se eu estivesse invadindo o lugar. Como se alguém ali fizesse eu me sentir assim. — Ela estremeceu levemente. — Ainda acho que foram eles que me acertaram...

— E ainda assim você voltou lá mais uma vez? — Miranda roubou um dos travesseiros de Della para se apoiar nele. — E eu que pensei que você fosse esperta.

Della fez uma careta para a bruxa irritante.

— Eu te disse, estava esperando encontrar uma pista do filho da mãe que me acertou.

— Conseguiu alguma coisa? — perguntou Kylie.

Della assentiu.

— Chase.

O queixo de Kylie caiu.

— O quê?

Miranda levantou de um salto da posição reclinada em que estava.

— Chase foi quem deu uma pancada na sua cabeça? — Os olhos dela se arregalaram. — E eu pensei que ele gostasse de você. Ah, Deus, Burnett vai chutar aquele vampiro daqui quando souber que ele mexeu com sua vampira favorita.

Della balançou a cabeça.

— Primeiro, eu não sou a vampira favorita de Burnett.

— Você é, sim! — insistiu Miranda.

Della olhou para Kylie, que acenou com a cabeça como se estivesse concordando com a bruxa. Se Della era a vampira favorita dele, por que queria impedi-la de entrar na UPF? Ela pôs de lado o pensamento para refletir mais tarde.

— Em segundo lugar, eu disse que senti o cheiro dele lá, mas em seguida o encontrei. Ele me disse que Burnett mandou-o lá para ver se conseguia encontrar o rastro de quem me acertou.

Kylie puxou um joelho até o peito.

— Você perguntou a Burnett?

— Não, mas não acho que Chase iria mentir descaradamente sobre algo que eu podia checar com facilidade.

Miranda cruzou as pernas.

— Talvez ele tenha achado que você iria pensar justamente isso e não perguntar.

— Talvez... — concordou Della, e tentou pensar como ela poderia formular a pergunta a Burnett.

Kylie se encostou na cabeceira da cama.

— Esse é o obituário?

Ela acenou para o papel dobrado, agora descansando ao lado da cama.

— É — respondeu Della.

— Obituário de quem? — perguntou Miranda.

— Do meu tio. — Della tirou as cobertas de cima dela, reparando que o frio tinha passado. — Derek encontrou alguns arquivos de jornais antigos.

Miranda fez um beicinho.

— Por que é que Kylie sempre sabe das coisas antes de mim?

Della desviou o olhar para Miranda e fez uma cara feia.

— Porque você está sempre por aí, com Perry, deixando que os glóbulos das suas orelhas sejam sugados...

Miranda pegou um travesseiro e atirou em Della.

Frustrada, Della pegou-o com as duas mãos e, acidentalmente, o rasgou em dois. Penas de pato explodiram no ar como neve e, então, caíram do alto.

Miranda começou a rir. Kylie se juntou a ela. Della, por fim, não conseguiu mais resistir e caiu na gargalhada também. As risadas eram contagiantes.

Elas riram por uns bons cinco minutos, jogando punhados de penas umas nas outras, até que as três estivessem cheias de penas no cabelo e no rosto. Miranda ainda teve que tirar algumas de dentro do sutiã. Quando pararam de rir, Kylie encontrou o obituário dobrado debaixo de uma pilha de penas.

A camaleão olhou para Della com compaixão.

— Você quer que eu leia pra você?

Della quase disse não, para que não pensassem que ela era muito fragilzinha para lê-lo por si mesma. Parte dela ainda se sentia culpada. O fato de querer tanto que o tio estivesse vivo não daria a impressão de que a sua família de Shadow Falls não lhe bastava? Mas se havia alguém que podia entender e tornar aquilo tudo mais fácil eram Kylie e Miranda.

— Sim. Mas acho que antes vou precisar de uma Coca Diet.

Elas começaram a se levantar, mas todas as três congelaram quando a porta do quarto bateu. O ar na sala se tornou instantaneamente gélido. As penas, principalmente sobre a cama, ergueram-se no ar e começaram a rodopiar.

O ar frio ficou preso nos pulmões de Della. Ela olhou para Kylie.

— Você ainda acha que estou louca?

— Caramba! — disse Kylie. — Isso não é nada bom...

Capítulo Onze

As penas voaram ao redor do quarto por mais alguns segundos. Encolhidas sobre a cama, com o medo pairando no ar frio, elas ficaram mudas até que a última pena caiu e o quarto ficou mais aquecido.

— Já foi? — Miranda puxou os joelhos até o peito, os olhos arregalados de pânico.

Kylie assentiu. As três se levantaram cautelosamente e foram para a cozinha, pegaram as bebidas e se acomodaram em torno da mesa. Ninguém falou nada, como se estivessem com medo de atrair o fantasma de volta.

— Ele ainda está aqui? — Della finalmente perguntou a Kylie.

— Não — Kylie girou a latinha de Coca-Cola na mão, em seguida olhou para Della. — Por que disse ele? Você acha que é um homem?

— Eu não sei. Você disse que achava que poderia ser meu tio.

— Era só um palpite. — Kylie mordeu o lábio. — Eu acho que é melhor chamarmos Holiday.

— Não!

— Por que não? — Miranda e Kylie perguntaram ao mesmo tempo.

— Porque ela vai querer saber quem achamos que é e depois acabaríamos falando do meu tio e, se não for ele, então, ela vai contar a Burnett e depois, se ele não estiver registrado...

— Você não sabe se ela contaria a Burnett — disse Kylie.

Della fez uma careta.

— Eles são casados. Contam tudo um para o outro. Aposto que você conta tudo para o Lucas.

Kylie suspirou e assentiu com a cabeça.

— Tem razão. Mas...

— Não é você quem sempre diz "nada de 'mas'"? — perguntou Della.

— Sim. Mas... Ela fechou a boca por um segundo e, em seguida, continuou: — No entanto, Holiday talvez saiba melhor como lidar com isso.

— Não! — insistiu Della. — Kylie, Holiday me disse que ela sentia que eu estava em busca de alguma coisa e entendeu que eu não queria falar a respeito. Disse para eu empreender essa busca, mas não correr riscos idiotas. E é isso que eu quero fazer. Lembra quando você estava lidando com aquelas aberrações que ficavam te perseguindo? Bem, você lidou com aquilo sozinha. Vocês duas têm enfrentado seus próprios problemas em vez de saírem correndo para pedir ajuda. — Ela viu certa compreensão nos olhos das amigas.

Miranda se reclinou na cadeira.

— Ela está certa. Temos todo o direito de cuidar dos nossos próprios problemas, às vezes.

— Tudo bem — disse Kylie. — Mas vamos pelo menos fazer o que Holiday disse e evitar correr riscos idiotas.

— Vamos? — perguntou Della? — Vocês duas não...

— Ah, pelo amor de Deus! — Miranda rebateu. — Imitando alguém que eu conheço, "Suas bocós!". Somos uma equipe. Trabalhamos juntas.

— Ela tem razão — concordou Kylie. — Com a gente é assim. Um por todos e todos por um!

Della sentiu novamente um aperto no peito.

— Ok, nada de riscos idiotas. — Della levantou a Coca Diet. Quando todas brindaram com as latas, Della acrescentou: — E um brinde aos grandes amigos! — Ela não queria parecer sentimental demais, mas podia jurar que não sabia o que seria dela sem as suas melhores amigas.

— Agora, como é que vamos descobrir se o seu tio está vivo? — perguntou Miranda. — Precisamos de um plano.

Sim, sem elas estaria perdida. Completamente perdida.

— Eu acho que temos que começar lendo o obituário — disse Kylie, ainda segurando a folha de papel.

Della assentiu.

— Derek também me pediu para ver se eu conseguia descobrir onde ele estudava quando morreu. Eu tenho certeza de que é a mesma escola que meu pai frequentou. Acho que eu poderia perguntar à minha mãe. Só não sei se ela vai falar.

— Por que não falaria? — perguntou Miranda.

— Ela estava uma fera quando me trouxe para Shadow Falls. Acho que não trocou uma palavra comigo durante todo o trajeto. — A lembrança disso ainda fazia o peito de Della doer.

— Sim, mas ela é sua mãe — racionalizou Miranda. — Não vai ficar com raiva de você a vida toda.

Della encolheu os ombros. Ela gostaria de poder acreditar nisso. Então novamente se lembrou de Holiday dizendo que a mãe dela costumava ligar uma vez por semana. Isso significava que ela se importava, mesmo que nem sempre demonstrasse.

— Você quer que eu leia agora? — Kylie perguntou, segurando o papel dobrado.

— Você acha que é seguro? — perguntou Della, apertando a lata de refrigerante. O frescor da bebida parecia estranho em suas mãos, lembrando-a de que ela ainda podia estar com febre. — É quase como se o obituário tivesse despertado o fantasma.

Kylie olhou ao redor da cozinha, como se procurasse fantasmas.

— Ele não está aqui agora. — As palavras de Kylie não tinham deixado completamente seus lábios quando uma pena solitária veio espiralando do teto, flutuando no ar, lenta e estranhamente, no centro da mesa.

— Tem certeza? — perguntou Miranda.

Elas ficaram sentadas ali em silêncio por alguns minutos, esperando que a pena se erguesse no ar e flutuasse novamente. Quando isso não aconteceu, Kylie falou em voz baixa, como se tivesse medo de que não estivessem sozinhas.

— Jenny me ligou duas vezes para saber se você estava bem. Eu acho que ela realmente gosta de você por algum motivo.

— Por que você fala como se isso fosse uma surpresa? — perguntou Della.

Miranda engasgou.

Della lançou para Miranda um olhar de "Vá para o inferno" e, em seguida, voltou a observar a pena para ter certeza de que não começaria a se mover outra vez.

— Eu não quis dizer isso — disse Kylie. — Só quis dizer que ela parece te admirar.

— A pobre garota está desorientada... — Miranda riu. — Brincadeira... — justificou ela quando a amiga vampira lhe fez uma saudação com o dedo do meio.

Della suspirou e olhou para Kylie.

— Eu gosto da Jenny, também. Ela... ela me lembra um pouco você quando chegou aqui.

— Eu não mudei — disse Kylie.

Miranda e Della fizeram caretas para Kylie.

— Você mudou para melhor — disse Miranda. — Você é... mais ousada.

— Ser ousada é bom — disse Della, e todas elas se voltaram para olhar a pena. Por fim, Kylie pegou o papel com o obituário.

— Preparadas?

Della e Miranda fizeram que sim.

Kylie começou a ler.

— Perdemos em 23 de dezembro Feng Tsang, um jovem dedicado, que já tinha um projeto de vida. Ele seria médico e se casaria com sua namorada de infância, Jing Chen. Leal à família, ele trilhava um caminho que deixaria sua família orgulhosa. Agora, seu caminho o leva em outra direção. Amado por...

— Espere! — disse Della. — O que isso quer dizer? A última frase.

Kylie olhou para o papel.

— "Agora, seu caminho o leva em outra direção."

Della balançou a cabeça, sem saber o que responder.

— Não é estranho para um obituário?

— O quê? — perguntou Miranda.

— Essa coisa de o caminho dele levá-lo em outra direção. Não dizem que ele está morto. É como se a pessoa que escreveu o obituário soubesse que ele não morreu.

— Eles usam a palavra "morto" em obituários? — perguntou Kylie. — Parece cruel.

— Cruel? — Della balançou a cabeça. — Eles estão mortos, então por que seria cruel?

— Eu acho que poderiam dizer outra coisa, como faleceu ou descansou.

— Sim, mas eles nem sequer usam a palavra "faleceu". — Ela suspirou. — Acabe de ler.

Kylie voltou a fitar o papel.

— Amado por muitos, a sua presença será sentida por todos. Feng deixou seus pais, Wei e Xui Tsang, suas irmãs Miao e Bao Yu Tsang...

— Espere! — pediu Della. — Meu pai tem apenas uma irmã.

Kylie deu de ombros.

— Só estou lendo o que está escrito aqui.

Della recordou a imagem de quatro crianças que tinha visto no velho álbum de fotografias.

— Ei, se você acha que seu tio é um vampiro, talvez sua tia também seja! — sugeriu Miranda.

Seria possível? A mente de Della fervilhava.

Kylie olhou para baixo novamente e começou a ler de onde tinha parado.

— ... e seu gêmeo, Chao Tsang, cujos laços com o irmão eram indissolúveis." — Kylie olhou para a frente e franziu a testa, como se soubesse quanto tinha sido difícil ouvir aquelas palavras, em seguida continuou: — "Embora longe de nós, a pessoa que ele era permanecerá em nossos corações. O velório será realizado na Funerária Rosemount."

— De novo! — disse Della. — Longe de nós. "De *nós*", como se ele não tivesse realmente longe de todos.

Kylie deu de ombros.

— Sei lá. Pode ser apenas um jargão dos obituários ou só uma coincidência.

Della lembrou-se de Burnett dizendo que não acreditava em coincidências. Perguntas corriam pelo seu cérebro como camundongos assustados. Será que seu tio estava realmente morto? O que teria acontecido com a outra irmã do pai dela?

Caramba! Será que Della tinha outra tia que tinha sido transformada também? As palavras de Kylie flutuaram na cabeça dela novamente. *Seu gêmeo, Chao Tsang, cujos laços com o irmão eram indissolúveis.*

A garganta de Della apertou quando ela pensou em como seria perder a irmã. Marla era um pé no saco às vezes, mas Della faria qualquer coisa por ela. Ela só podia imaginar quanto tinha sido difícil para o pai perder o irmão gêmeo, especialmente na adolescência. E o que teria acontecido com a outra irmã? A dor deve ter sido imensa. Não importava nem mesmo se a perda significasse apenas que o tio, e possivelmente até mesmo a tia, tivessem se transformado e simulado a própria morte. A dor seria a mesma.

Será que a pessoa que tinha escrito o obituário sabia que seu tio não tinha realmente morrido? Como ela poderia encontrar a pessoa que escrevera aquilo?

Della tomou o papel das mãos de Kylie e o releu em voz baixa. Outra coisa a incomodava, também. Mas ela não podia tocar no assunto.

Com a emoção fazendo seu coração martelar, ela se lembrou de ter pensado na possibilidade de simular a própria morte e logo em seguida ter constatado que nunca poderia fazer aquilo. Podia ser um martírio deixá-los acreditar no pior dela, sentir que vivia desapontando-os, mas Holiday estava certa. A morte era o fim — fosse uma morte forjada ou uma morte real. Ela levaria essa dor para quem soubesse que nunca a veria outra vez.

Olhando para o papel, ela releu as palavras, à espera de descobrir o que tanto a incomodava.

Kylie tomou um gole do refrigerante diet.

— Você precisa falar com Derek para ver se ele consegue descobrir algo sobre essa sua tia que você não conhece.

Della concordou com a cabeça e voltou a ler. Seus olhos pousaram no nome da funerária. *Rosemount*. O endereço ficava em Houston. Ela não tinha certeza, mas achava que o pai tinha morado do outro lado da cidade. Por que a família tinha escolhido uma funerária tão longe de casa?

Funerária Rosemount. Seu olhar voltou para o nome do lugar e uma lâmpada se acendeu em sua cabeça.

— É isso! — disse ela.

— O quê? — perguntou Miranda.

— Funerária Rosemount foi o lugar onde fizeram o velório do meu primo Chan. Seu velório falso. Os clientes dessa funerária devem ser os vampiros que fazem esse tipo de coisa.

Della suspirou e algo semelhante à emoção encheu seu peito.

— Meu tio está vivo. Ele forjou a própria morte como Chan.

— Você não sabe com certeza — ponderou Miranda.

Della fechou os olhos. Por mais que ela quisesse negar, não podia. Precisava de provas.

— Então quem é o fantasma? — perguntou Kylie.

Della encolheu os ombros.

— Talvez você esteja errada. Talvez ele não esteja aqui por minha causa, mas por causa de você. Ou talvez seja apenas um defunto qualquer perambulando por aí.

Kylie ergueu um ombro sem parecer nem um pouco convencida.

— Eu não acho.

Miranda se apoiou num cotovelo.

— Ok, digamos que você esteja certa. Se o seu primo usou a mesma funerária que o seu tio, como ele sabia que atendiam vampiros lá? Simplesmente descobriu por acaso? Os vampiros contratam seu próprio funeral? Geralmente é a família quem faz isso. Mas talvez os vampiros tenham que se virar sozinhos.

— Eu não sei. — A mente de Della estava a mil por hora, imaginando onde ela poderia obter aquela informação. Não poderia perguntar a Burnett ou Holiday sem que eles pensassem que ela queria forjar a própria morte. Ou sem que fizessem perguntas. E nenhum dos vampiros ali tinha falsificado a própria morte. Apenas alguns tinham sido transformados na adolescência; a maioria tinha nascido com o vírus ativo — o que significava que os pais eram vampiros no momento em que tinham concebido um filho.

Kylie ficou olhando para Miranda.

— Mas essa é uma boa pergunta. — Kylie pegou o papel e analisou-o. — Sabe, se Chan deu um jeito de providenciar o próprio velório, será que ele não sabia do tio? Ei, espere! — Os olhos de Kylie se iluminaram como se tivesse acabado de chegar a uma conclusão. — Se Chan foi quem causou a sua transformação, Della, será que foi o seu tio quem transformou Chan? Talvez tenha sido assim que ele soube da funerária.

— Chan não quis me transformar — disse Della. — Eu tinha um ferimento aberto...

— Eu sei — disse Kylie —, mas talvez a mesma coisa tenha acontecido com Chan e seu tio.

Tudo o que Kylie e Miranda tinham dito dava voltas na cabeça de Della, criando um turbilhão de pensamentos que se transformavam em perguntas. E só havia alguém que poderia respondê-las, se ele fizesse o grandessíssimo favor de retornar a ligação dela. Ela sacou o celular do bolso e ligou para Chan.

Capítulo Doze

O telefone do primo tocou, tocou... então a ligação caiu na caixa postal.

— Me liga, droga! — Della murmurou, então desligou o telefone. Com a frustração se avolumando dentro de si, ela pegou a lata de refrigerante, bebeu o último gole, então a apertou e amassou até transformá-la numa bola de alumínio.

Será que Chan estava com raiva porque ela não tinha retornado a ligação que ele lhe fizera na semana anterior? Não, ele tinha dito que não era importante.

— Uau! — exclamou Miranda, olhando para a nova versão que Della criara de uma bolinha antiestresse. — Você é poderosa, hein?

Della não estava nem aí com seu poder de amassar latinhas.

— Eu quero respostas.

— Então vamos atrás delas! — sugeriu Kylie. — Eu tenho uma ideia. Minha mãe vive me dizendo para convidar vocês duas para passar o fim de semana lá em casa. A funerária é a uns dez quilômetros de casa. Se formos até lá e constatarmos que ela é dirigida por sobrenaturais, é provável que você esteja certa. Além disso, vai ser divertido ter vocês duas na minha antiga casa. Antes que a minha mãe a coloque à venda.

A esperança começou a encher o peito de Della.

— Se eles forem sobrenaturais, eu posso conversar com o dono.

Kylie parecia insegura.

— Lembre-se da regra de Holiday. Nada de correr riscos idiotas.

Della teve uma ideia.

— Vamos procurar a funerária na internet. — Ela se levantou e foi para a mesa do computador, do outro lado da cozinha. A página da funerária logo apareceu. Havia até mesmo um link chamado "conheça o dono". Uma foto de um tal Tomas Ayala, um homem latino-americano com uma cara de Matusalém mas parecendo respeitável, apareceu.

— Ok, vamos dar uma olhada nesse cara. — Della olhou para as duas amigas ainda sentadas à mesa. — Você vai me dizer que é arriscado conversar com ele? É só um velhote.

— Tudo bem — disse Kylie. — Agora a questão é: você acha que seus pais vão deixá-la ir à minha casa?

— Os meus vão! — respondeu Miranda no mesmo instante.

Della apertou a bola de alumínio até transformá-la quase numa bola de pingue-pongue.

— Eu não sei se minha mãe vai concordar com isso — disse Della. — Talvez se eu implorasse...

— Você vai implorar? — Miranda deixou escapar. — Eu adoraria ver isso.

Della rosnou para a bruxa, então olhou de volta para Kylie.

— Vou falar com a minha mãe amanhã.

— Ótimo! — disse Kylie.

Ótimo? Aquilo não tinha nada de ótimo. Della odiava a ideia de implorar. Ela odiava a ideia de esperar até o fim de semana para obter respostas, mas não tinha escolha. Pelo menos agora tinha um plano.

Holiday apareceu na cabana por volta das seis da tarde e trouxe para Della um copo de sangue e um prato de canja com macarrão estrelinha. Com a bandeja na mão, a líder do acampamento a despachou de volta para a cama. Graças a Deus Della tinha varrido as penas do travesseiro.

Della grunhiu ao ouvir a ordem de ir para cama, mas, na verdade, não tinha intenção nenhuma de grunhir. O barulho vinha de seu estômago... que estava completamente vazio. Ela não tinha percebido que estava morrendo de fome até que sentiu o cheiro do sangue. Apoiada em três travesseiros, saboreou cada gole, mas a certo ponto teve que afastar o pensamento da cena do assassinato.

No fundo, ela sabia que beber sangue não a tornava um ser maléfico; matar para conseguir sangue é que tornava um vampiro imoral e perverso. O que ela nunca teria que pensar em fazer, graças às reservas de sangue doado de Shadow Falls. Como Kylie tinha dito uma vez, as pessoas doam sangue para ajudar a salvar vidas, que diferença faz doar sangue para manter um vampiro saudável?

Com certeza, não havia nada como as palavras de sabedoria de Kylie, mesmo meses depois de terem sido ditas, para ajudar Della a passar por uma fase difícil.

Com Holiday vigiando, Della até tomou a sopa. Tinha um gosto horroroso, mas havia algo de nostálgico na visão de macarrõezinhos em forma de estrela boiando no caldo de galinha. A mãe sempre fazia aquela sopa quando ela estava doente.

Mas Della não estava doente. Ou estava?

— Estou contente de ver que está comendo — disse Holiday, e fez uma pausa, como se precisasse dizer alguma coisa. A *fae* tinha o dom de captar as emoções das outras pessoas, mas não conseguia esconder as próprias.

— O que foi? — perguntou Della.

— Eu tive que ligar para a sua mãe para contar sobre o seu pequeno acidente.

— Ah, droga! Por quê?

— Porque eles ainda são seus pais — justificou a líder do acampamento. — Eu não contei que você desmaiou, só disse que tinha caído e batido a cabeça. Garanti que estava tudo bem.

— E ela? — Della perguntou, preocupada com a possibilidade de a mãe ter falado que não se importava. Apesar de Holiday ter garantido que ela ligava uma vez por semana, Della ainda se lembrava do silêncio e do ar decepcionado da mãe, no trajeto para Shadow Falls no domingo.

— Ela está preocupada. Pediu para você ligar.

Della suspirou.

— Eu precisava falar com ela de qualquer maneira.

— Sobre o quê?

— Kylie convidou Miranda e eu para irmos à casa dela neste fim de semana.

Holiday sorriu.

— Parece divertido. Mas também vai ter que convencer Burnett.

— Por que diz isso?

— Se ele achar que a agressão que você sofreu era algo pessoal, pode ficar preocupado em deixar você sair.

— Por que se preocupar comigo? Eu vou ficar bem. Além disso, estou com Kylie, uma protetora. De que mais preciso?

Holiday encolheu os ombros.

— Eu concordo, mas ainda terá que pedir autorização a Burnett. Eu nunca o vi tão assustado como quando carregou você para fora daquele bosque.

Della revirou os olhos.

— Eu estou bem. E vou ficar bem na casa de Kylie.

— Eu sei que você acha que está tudo bem. Mas, esta manhã, você estava inconsciente. E o médico me ligou querendo confirmar se está menstruada. Você aparentemente estava com uma temperatura um pouco elevada. Está menstruada, não está?

— Nossa! Shadow Falls inteiro está querendo saber do meu ciclo menstrual? Será que algumas coisas não podem ser simplesmente particulares?

— Não se trata de invadir sua privacidade, mas de cuidar da sua saúde.

— Tudo bem — Della suspirou. — Sim, eu estou praticamente naqueles dias.

— Praticamente? — questionou Holiday.

— Vai vir a qualquer momento. Como um reloginho. O tio Chico nunca me deixa na mão. — De jeito nenhum Della iria dizer a Holiday sobre a possibilidade de estar gripada. Ela nunca concordaria em deixar Della ir à casa de Kylie se estivesse doente.

Holiday foi embora logo depois disso, mas não sem deixar muitas recomendações. Della tinha que ligar para a mãe e ir para a cama cedo. Ela não tinha permissão para sair para uma corrida até que conseguisse dormir um pouco. Como Holiday sabia das corridas noturnas de Della, isso era um mistério. Pensando bem, Holiday provavelmente sabia muito mais sobre ela do que deixava transparecer.

Sentada na sala silenciosa, Della pegou o telefone na mesa de cabeceira. Seu estômago doía só de pensar em falar com a mãe. E em como iria convencê-la a deixar que passasse o fim de semana na casa de Kylie.

Ela ainda estava olhando para o celular e pensando num método convincente quando o apaelho tocou. Torceu para que fosse Chan. Ela olhou o visor. Não. Estivesse preparada ou não, chegara a hora de falar com a mãe.

135

Della teve uma ideia: incorporar a antiga Della, aquela que não era insegura com relação ao amor materno. Aquela que costumava saber exatamente como convencer a mãe a ceder. Aquela que ainda não era um vampiro.

— Oi, mãe! — Della fez uma careta com a falsa jovialidade em sua voz.

— Você está bem?

— Estou bem. De verdade.

— Holiday disse que bateu a cabeça.

— Não foi nada. Holiday está grávida, e anda preocupada demais ultimamente. Sério, eu não consigo nem sentir onde foi a batida. — Ela estendeu a mão e se encolheu quando descobriu o enorme galo, o que fazia das suas palavras uma grande mentira.

— Você parece bem — concordou a mãe, e Della deu parabéns a si mesma por fingir tão bem. Talvez a mãe estivesse fingindo, também. Um relacionamento de mentira não era melhor do que o que elas tinham ultimamente?

— Eu *estou* bem. — Della mordeu o lábio, em dúvida se deveria trazer o assunto à baila. — Sinto muito — ela deixou escapar. — Desculpe... pelo que aconteceu.

— Você estava tomando o conhaque do seu pai, não estava?

Maldição. Por que ela não tinha dito nada? Deveria apenas dizer sim, admitindo algo pelo qual não tinha culpa? Ela abriu a boca para dizer sim, mas em vez disso falou:

— Eu não toquei no precioso conhaque dele! Nunca faria isso. Eu estava... Eu estava pensando em Chan e queria ver uma foto dele. Lembrei que o papai tinha um álbum de fotos lá.

O silêncio encheu a linha. Ah, merda! Ela realmente tinha posto tudo a perder agora. A mãe provavelmente iria folhear o álbum e ver que faltava uma foto.

— Por... por que você não disse? Por que não disse a seu pai que era isso que estava fazendo?

— Papai não parava de me acusar. Ele está... ele está tão decepcionado comigo, eu só... Fiquei sentida. — Ainda estava.

— Você deveria ter falado — disse a mãe.

— Vou tentar me lembrar disso. — Della percebeu que a conversa parecia estar minguando, e ela ainda precisava falar duas coisas. — Ah, mãe. Eu... Eu queria saber se você se importaria se eu passasse o próximo final de semana com uma amiga. Kylie, minha colega de alojamento, você já a conheceu, ela convidou Miranda, a minha outra colega de alojamento, e eu para irmos à casa dela.

— Para fazer o quê? — perguntou a mãe, desconfiada.

— Para passarmos o final de semana juntas. Sabe, como eu costumava fazer com a Chelsea. Fazer a lição de casa juntas. — A mãe costumava ser menos rígida quando se tratava de qualquer coisa envolvendo estudos em grupo. Em todos os encontros com o ex-namorado, Della costumava levar seus livros de escola, e ela de fato chegou a abri-los pelo menos uma vez, então não tinha que mentir quando dizia que tinham passado "um tempo" com o nariz enfiado nos livros.

— Você não pode fazer isso na escola?

— Não é tão divertido.

A mãe ficou quieta.

— Posso falar com os pais dela?

— Tenho certeza de que a mãe dela teria o maior prazer em falar com você. — Era o que Della esperava.

— Se a mãe dela vai falar comigo, então... então...

— Obrigada! — disse Della, não querendo dar à mãe a oportunidade de voltar atrás. — Ah, mais uma coisa. Estamos fazendo uma redação, e uma das coisas que temos que mencionar é onde os nossos pais estudaram. Em que escola o papai estudou?

— No Colégio Klein. Você não quer saber onde eu estudei? — a mãe perguntou, lembrando Della de que a mãe antigamente tinha um pouco de ciúme do relacionamento dela com o pai.

— Eu sei onde você estudou — disse Della. — No Colégio Freemont. Você já me disse. — E Della se lembrava. Lembrou-se de que costumavam conversar muito. Ela costumava conversar muito com ambos os pais. No entanto, só agora percebia que o pai mal falava sobre o seu passado. Ele estava sempre focado no futuro.

Silêncio do outro lado da linha novamente.

— Eu me lembro da história que você me contou de quando você e outras duas meninas foram pegas soltando os sapos que seriam usados nos experimentos de laboratório.

A mãe riu.

— Não pensava nisso há muito tempo. — Ela suspirou. — Eu sinto sua falta, Della.

Lágrimas encheram os olhos de Della. Será que a mãe estava fingindo, também? Ou elas estavam sendo verdadeiras?

— Eu sinto sua falta, também. — Deus, o que ela estava dizendo? A última coisa de que precisava era que a mãe tentasse fazer com que ela voltasse para casa. — Não que eu não goste daqui. — Della limpou uma lágrima solitária que tinha escapado. — Mais tarde eu te envio uma mensagem com o número da senhora Galen.

— Tudo bem — concordou a mãe.

Della estava prestes a desligar.

— Della? — chamou a mãe de repente.

— Sim?

— Eu sei que seu pai é bem rígido com você, mas ele...

Vocês dois são rígidos comigo, Della pensou, lembrando-se de quando ela flagrou a mãe revirando suas bolsas, com medo de que a filha tivesse trazido drogas para casa e pudesse passá-las à irmã. Mas Della não disse nada.

— Ele o quê? — perguntou Della.

— Ele ama você.

— Eu sei — disse Della. Parte dela quase acreditava.

Quase.

Por volta das oito da noite, Miranda tinha saído para encontrar Perry. Kylie tinha dado a Della o número da mãe e então ido ao encontro de Lucas. Sozinha, e exausta, Della apagou as luzes. Surpreendentemente, ela conseguiu dormir. Bem, até as quatro da manhã. Ela não tinha certeza do que a fez acordar. Enfiou os pés sob as cobertas para evitar que os dedos congelassem. Ok, talvez ela soubesse o que a tinha acordado e apenas não quisesse admitir.

Ela ficou na cama, coberta até o queixo, desconfiada do frio. Um frio que não sentia havia muito tempo. Seria o fantasma ou a febre?

Ela temia que fosse o fantasma. Tentando afastar o pensamento, outro igualmente preocupante lhe ocorreu, e dessa vez com imagens. Ela viu a garota morta. Em seguida, sua mente criou imagens de sua luta com um agressor sombrio. Luta que acabou perdendo.

A tentação de acordar as amigas bateu forte. Mas o medo de parecer covarde bateu mais forte ainda.

Rastejando para fora da cama, ela colocou um jeans e uma blusa de manga comprida e pulou a janela. Como já tinha dormido algumas horas, não estava quebrando as regras de Holiday. A única desvantagem era que não poderia ter esperança de encontrar Steve por acaso. Os pensamentos em Steve a levaram a pensar em Jessie, a filha do médico, e ela correu mais rápido ainda.

Querendo sentir o ritmo de seus pés batendo no chão, ela não chegou a alçar voo. Mas correu o mais rápido que pôde. O vento frio varreu a maior parte de seus sentimentos negativos. A corrida naquela velocidade oferecia uma sensação de liberdade e uma fuga dos estresses do dia a dia. Não, não resolvia os problemas, mas lhe dava a chance de adiar o momento de enfrentá-los.

Em questão de minutos, tinha dado duas voltas pelo perímetro de Shadow Falls. Seu coração batia contra o peito, a pele vibrava no ar de outubro e ela sorvia o oxigênio com dificuldade, em grandes goladas.

Diminuindo o ritmo da corrida, colocou as mãos nos joelhos e esperou que seu coração desacelerasse. Quando foi se levantar, viu uma figura atrás das árvores, logo depois da cerca. Seu primeiro pensamento foi Steve. Apesar do olhar sedutor da filha do médico, apesar da insistência dela de que precisava instituir uma "operação tartaruga" entre eles, um sorriso caloroso encheu seu peito.

Ela ergueu o rosto para sorver um pouco de ar, na esperança de identificar o cheiro dele. Não sentiu nenhum cheiro. Mas viu a pessoa se mexer de novo. Dessa vez, isso não a fez se lembrar de Steve.

Ela inspirou novamente. O cheiro do mato e das árvores, adornadas pelas cores de outono e se preparando para perder as folhas, encheu suas narinas. No entanto, nenhum outro aroma se destacou.

Então seu olfato estava falhando como sua audição, hein? Mas não os seus olhos. Por entre as árvores, ela podia ver a figura. Não o suficiente para enxergar o rosto, mas o suficiente para saber que era do sexo masculino.

Seria Chase?

Ela começou a correr novamente, quase até chegar à cerca, e farejou o ar mais uma vez. Ainda não sentia nenhum cheiro.

— Apareça! — ela exigiu, sem saber se era amigo ou inimigo.

Achou que poderia ser o vampiro que tinha matado o casal ou talvez o culpado por bater na cabeça dela. Seus músculos ficaram tensos. Ela ficou em dúvida se pulava a cerca e ficava frente a frente com o canalha. Mas sabendo que isso aborreceria Burnett, obrigou-se a não agir.

— Então você se esconde como um covarde, não é? — ela disse num tom de desafio, segurando a cerca e sacudindo-a.

O intruso se embrenhou na floresta, escondeu-se por um segundo e depois foi embora. Rápido. Mas não rápido o suficiente para ela não reconhecê-lo.

Capítulo Treze

Seu andar. Seu cabelo preto retinto, típico dos orientais. Suas pernas esguias.

— Chan, pare! Eu preciso falar com você! — gritou Della.

Ele não parou; correu para a floresta e tornou-se nada mais que um pontinho no meio da noite.

— Me ligue! — ela gritou. — Eu preciso...

Por que diabos ele teria fugido dela? Ou melhor, por que ele tinha vindo até ali? Ela lhe dissera várias vezes que Burnett tinha instalado um alarme. Mas, pensando bem, ele não estava na propriedade. Ainda não, mas sem dúvida estava prestes a saltar a cerca. Ele tinha vindo para vê-la, certo? Então por que não tinha falado com ela?

Logo em seguida, ela ouviu o som revelador de alguém voando por perto. Tinha companhia. Por isso Chan tinha dado o fora. Ela virou a cabeça e farejou o cheiro. Dessa vez o nariz funcionou. Aquele cretino do Chase ia impedi-la de obter informações.

— Quem é Chan? — perguntou a voz grave do Pervertido da Calcinha, atrás dela.

Ninguém, ela queria dizer, mas teria sido mentira. E ele saberia.

— O meu primo. — Ela se virou para encará-lo. — Eu pensei tê-lo visto, mas ele desapareceu, então existe uma possibilidade de eu ter me enganado. — Ela formulou a resposta de modo que não parecesse uma mentira. O fato de ela não acreditar nessa possibilidade era outra história.

Chase levantou o rosto, em busca de um rastro. Della sentiu o estômago se contrair.

— Eu não sinto o cheiro de ninguém — disse ele.

— É, como eu disse, acho que estava enganada. — Ela escolheu as palavras para que ele não pudesse ler suas inverdades, mas voltou a olhar para o bosque, aliviada por Chan ter fugido e levado seu cheiro com ele.

— Você sentiu algum cheiro? — perguntou Chase.

— Não — ela disse, outra verdade. O fato de sua capacidade de sentir cheiros ter falhado novamente devia preocupá-la, mas isso era uma vantagem agora. O que quer que estivesse interferindo em seus sentidos, porém, tinha que passar rápido... O olfato e a audição eram parte de seu mecanismo de defesa. Ela precisaria deles se quisesse trabalhar para a UPF.

— Não deu pra ver alguma coisa? — ele perguntou.

Della fez uma careta sem que ele visse. Será que Chase a estava testando? Tentando ver se estava mentindo?

— Eu vi, mas apareceu e sumiu muito rápido. E como não estava na nossa propriedade, poderia ter sido qualquer um. — Ela olhou para o outro lado da cerca e torceu para Chan não voltar. Caramba, por que ele tinha vindo, afinal de contas? Tudo bem, ela tinha ligado para ele, mas nenhuma vez tinha pedido para que ele viesse a Shadow Falls.

Sentindo Chase às suas costas, Della torceu para que o vampiro fosse logo embora. A presença dele a incomodava. Seu cheiro a incomodava. Por alguma razão, ela recordou o encontro anterior entre eles: *Você fica uma graça quando está brava.* Ela continuou a olhar para a floresta escura. À distância, podia ouvir os animais do parque de vida selvagem. Um elefante. Um leão.

Na verdade, Chase tinha se aproximado um pouco mais. Ela podia senti-lo a apenas alguns centímetros de suas costas. Podia ouvir o som do coração dele batendo ainda mais rápido. Seu cheiro ficou mais forte.

— Tem certeza de que não era o mesmo vampiro que atacou e matou aquele casal?

Ela virou e olhou para ele com os olhos apertados. Estava tão perto que deu um passo para trás.

— Como você sabe sobre isso?

— Estou trabalhando no caso com Burnett e a UPF.

Ele estava trabalhando com Burnett? Ela não tinha dito ao líder do acampamento que queria fazer justamente isso?

— Burnett não permitiria. Ele mal conhece você. — Além disso, aquele caso era dela. Ela já estava investindo nele. Tinha encontrado um rastro. Fazia dias que estava com a imagem dos cadáveres na cabeça.

— Eu acho que algumas pessoas aqui são mais confiáveis do que outras.

Ela olhou para ele e saiu a toda. Eram quase cinco da manhã agora. Se Burnett já não estivesse de pé, estava prestes a se levantar.

Della pousou na varanda da cabana de Holiday e Burnett. A porta da frente se abriu e Burnett, com o cabelo desgrenhado e parecendo sonolento, estava lá, vestindo apenas uma cueca. Ele tinha uma calça jeans nas mãos, como se tivesse planejado se vestir e constatado que não tinha mais tempo.

— Algum problema? — perguntou, o tom firme, mas a voz rouca de quem acabara de acordar.

Então, num movimento rápido, ele vestiu o jeans. Della viu suas pernas musculosas desaparecerem dentro da calça.

— Você designou Chase para o caso recente da UPF? — ela perguntou.

Burnett passou a mão pelo rosto como se ainda estivesse tentando acordar.

— Você... você veio aqui a esta hora para me perguntar isso?

— Designou?

Ele suspirou.

— Você não podia ter esperado mais uma hora?

Ela poderia, mas não quis.

— São quase cinco horas, achei que já estaria de pé. Você está evitando a minha pergunta? — Ela levantou o queixo, ofendida e determinada a fazê-lo ver o erro que tinha cometido. Ela queria trabalhar naquele caso. Depois de ver a barbaridade que aquele canalha tinha cometido, ela queria ajudar a colocá-lo atrás das grades.

— Não, estou optando por não responder a *nenhuma* pergunta neste momento.

— Está tudo bem? — Holiday saiu vestindo um roupão e com uma expressão sonolenta.

Della não se importava em acordar Burnett, mas acordar Holiday grávida, parecendo duplamente cansada, pesou na sua consciência.

— Desculpe, mas eu... encontrei Chase e ele me disse que Burnett o tinha designado para trabalhar no novo caso. O caso em que eu disse a Burnett que queria trabalhar. Agora ele não quer nem me dizer se isso é verdade.

Holiday olhou para Burnett como se estivesse esperando que ele respondesse à acusação.

— Você estava doente — justificou Burnett.

— Eu levei uma pancada na cabeça. Mas estava bem, eu disse que estava bem. Eu me lembro que o médico teve que vir aqui uma vez cuidar de você quando foi nocauteado por um um fantasma. Ninguém tirou o seu direito de trabalhar no caso por causa disso.

— Eu não designo uma pessoa para um caso só porque ela quer trabalhar nele. E eu não fui nocauteado.

— Eu consegui um rastro do suspeito.

— Assim como Chase. Ele estava fora aquela noite quando o vampiro disparou o alarme.

— Eu fui com você até a cena e vi o que ele fez com aquele casal. Eu disse que queria trabalhar no caso. E, além disso, você mal conhece Chase. Ele não está aqui nem há uma semana. Você confia mais nele do que em mim?

— Eu nunca disse que não confio em você. Ele tem certos talentos que vêm a calhar.

— O quê, como um pênis? — Della cruzou os braços.

— O que disse? — perguntou Burnett, o choque arregalando seus olhos.

— Eu fiz tudo o que você recomendou para trabalhar na UPF. E você me enviou só para um caso. Um! — Della tentou manter a voz estável. — Você está sempre me ignorando e enviando Derek ou Lucas. E agora é Chase. Por que está tentando barrar o meu caminho?

Burnett olhou para Holiday quase como se pedisse ajuda.

Ela não abriu a boca e isso fez Della se lembrar do que a *fae* tinha dito antes.

— É porque sou uma mulher? Você acha que não posso fazer isso porque tenho peitos? Bem, só vou te dizer uma coisa, meus peitos não são tão grandes e o que me falta em força nos membros superiores, eu compenso em inteligência e coragem.

— Não é porque você é uma mulher. — Ele olhou para Holiday de novo e, quando ela não saiu em sua defesa, ele rosnou.

— Não é por causa disso!

Della ouviu o coração dele perder uma batida, indicando a ligeira mentira. Não era uma grande mentira, mas...

144

— Seu coração acabou de dar uma cambalhota, amigão!

Burnett olhou para Holiday de novo, como se pedisse para ela intervir, mas a esposa permaneceu em silêncio. A *fae*, obviamente, sabia que Della estava certa. Burnett não estava sendo justo. Ele estava sabotando Della e escolhendo rapazes para fazer o trabalho.

— Por que você não acha que eu seja capaz de fazer isso? — ela perguntou de novo. — Se não é porque você é machista, então me diga por quê. Diga o que eu preciso fazer para atender aos seus padrões!

— Eu não sou... É porque não quero que acabe ferida.

— E você acha que vou acabar me ferindo só porque sou uma garota — disse ela.

Ele passou a mão pelo cabelo.

— Eu me importo, droga! Eu me importo com todo mundo aqui, mas você é... diferente. Você é especial. E talvez, apenas talvez, seja um pouco porque você é uma garota, mas isso nem conta, na verdade. Eu só porque eu me importo com você.

As palavras dele tocaram o coração de Della. Seu peito ficou apertado. A parte fraca dela queria abraçá-lo. Mas, mais do que a afeição de Burnett, ela queria seu respeito.

— Mas isso não está certo.

— E você é teimosa — acrescentou ele. — Tenho medo de que a sua teimosia coloque você em perigo. E eu sei que isso pode acontecer porque eu era exatamente como você quando jovem.

Holiday balançou sobre os calcanhares e sorriu como se estivesse completamente satisfeita com o rumo que as coisas tinham tomado.

Della teve de engolir em seco para desfazer o nó na garganta. Todos sempre diziam que Burnett era parcial com ela, mas tudo o que ela via era o lado agressivo dele. Pensando bem, talvez fosse só um modo mais rude de amar. Mas ele ainda estava sendo rude e Della não gostava nem um pouco disso!

— Eu não sou tão teimosa quanto você — ela disse ao vampiro. — E se importar comigo não é razão para me impedir de realizar o meu sonho. Você não acha que Holiday se importa com você? E nem por isso ela fez você parar de trabalhar para a UPF.

Burnett entrelaçou as mãos atrás do pescoço e o apertou. E sem camisa, o movimento só deixou mais em evidência os músculos e o peito largo.

Holiday era uma garota de sorte por tê-lo. Claro, Della também sabia que ele tinha ganhado na loteria ao conquistar a *fae*.

— Vamos fazer um acordo — sugeriu ele. — Você reflete sobre a sua teimosia e eu vou refletir sobre a minha relutância. Ok?

Ela concordou com a cabeça.

— Mas eu quero trabalhar nesse caso. Eu continuo vendo a garota, a vítima, na minha cabeça. Morta. Preciso achar quem fez isso com ela.

Ele franziu o cenho.

— "As vítimas", eram duas.

— Eu sei — disse Della. — Mas, por alguma razão, eu continuo vendo a garota. Me deixe ajudar nesse caso, por favor.

— Eu vou pensar.

Ela queria dizer que isso não bastava, mas um olhar de advertência de Holiday a fez mudar de ideia. Della se virou para sair e então se voltou novamente para Burnett.

— Obrigada por... — *se importar...* — pelo acordo.

Holiday esfregou as mãos, um sorriso brilhante nos olhos verdes.

— Por que vocês dois não se abraçam e acabam logo com isso? O momento é perfeito! Não há nada de errado em demonstrar emoções.

— Tudo bem... — Burnett e Della responderam ao mesmo tempo.

Os dois riram e, embora não tenham se abraçado, Burnett chegou mais perto e segurou o ombro dela. *Foi*, Della pensou enquanto ia embora, *tão reconfortante quanto um abraço.*

Quando ela se aproximou da sua cabana, o céu ainda estava escuro. Apenas algumas estrelas piscavam acima, como se já fosse hora da aurora afugentá-las. À distância, os sons do novo dia. Alguns grilos cantando, um pássaro batendo as asas, preparando-se para fazer o seu voo matinal. A sensação quente de afeição provocada pela visita a Burnett enchia o seu peito. Pelo menos até que o Pervertido da Calcinha surgisse voando e aterrissasse bem na frente dela.

— Então, acredita em mim agora? — ele perguntou, o sorriso confiante deixando Della fula de raiva.

Ela deu um passo para trás, percebendo que ele estava perto demais.

— Acredito que você é mais irritante do que um mosquito tentando pousar no meu jantar.

— Ah, fala sério. Você gosta um pouco de mim. Eu sinto.

— Você é pirado. Não bate bem da cabeça. Vive na terra do faz de conta. Eu não gosto de você, nem um pouco!

— Então me dê uma chance de fazê-la mudar de ideia.

Ela sentiu o queixo cair.

— Por quê?

— Porque não sou tão ruim assim. Porque acho que temos mais em comum do que você pensa.

— O que temos em comum? Ah, espera... você se acha um pé no saco também?

Ele sorriu, mostrando os dentes brancos sob os lábios.

— Olha só, isso é parte do que temos em comum.

— Eu não tenho nada em comum com você! — insistiu ela, tentando não olhar os lábios do garoto.

— Eu quis dizer, nós dois somos metidos a espertos — disse ele. — Nós dois somos vampiros. Nós dois somos resistentes como aço.

O elogio a pegou de surpresa e ela não conseguiu pensar em nenhum comentário debochado para fazer.

Ele se aproveitou da perplexidade momentânea dela. Deu um passo para a frente e deixou seu olhar pairar sobre ela. Della sentiu também. Lento e fácil como um sopro suave contra a pele.

— Nós dois somos meio *calientes* — ele disse, a voz profunda e baixa.

— Eu não acho... — *Você é caliente*. Ela parou no meio da frase, sabendo que teria sido uma mentira e que Chase teria ouvido o coração dela. Teve que pensar rápido. — Você "acha" que é *caliente*. Por que não estou surpresa? E só para registrar, eu não me considero...

Ele pressionou um dedo nos lábios dela.

— Você é *caliente*. E tem esse jeito "não mexe comigo". O que só atiça um cara a querer mexer com você.

— Eu aconselho você a não fazer isso... — Ela tirou o dedo dele dos lábios e soltou-o antes que ficasse tentada a parti-lo em dois. Que tipo de joguinho ele estava tentado fazer? E por que ela o deixava ir em frente?

— Ei! — Ele estendeu a mão para tocar nela.

Della levantou uma mão.

— Faça o favor de ficar fora do meu caminho ou vou esmagar você como o inseto insuportável que você me lembra. — Ela bateu as mãos como se matasse um pernilongo. — E vou gostar disso.

*   *   *

Della teve outra dor de cabeça durante a aula de matemática. Tio Chico finalmente tinha resolvido aparecer para a sua visita mensal. Entre as aulas, as têmporas latejando, Della voltou à cabana para pegar absorventes. Enquanto caminhava, pensou na visão de Chan na noite anterior. Ela tinha imaginado? Se não tinha, o que ele estaria fazendo no Texas? Sim, ele tinha vindo a Shadow Falls muitas vezes, mas geralmente ligava antes. Pensou nas razões que ele teria para não retornar sua ligação. Estaria muito ocupado? Em apuros? Mas por que viria até ali se não quisesse falar com ela? Ela tirou o celular do bolso. Encontrou a mensagem do primo da semana anterior e ouviu-a novamente.

Oi... só pensei em te ligar. Não tenho notícias suas há um tempo. Você não está cansada dessa prisão ainda? Quer sair comigo e se divertir um pouco? De qualquer forma, isso não é importante, mas me ligue quando tiver uma chance.

Decidida a tentar novamente, ela discou o número do primo.

A ligação foi para a caixa postal. De repente, lembrou-se de uma mensagem que Chan tinha enviado meses atrás do telefone de um amigo. Ela procurou um pouco e encontrou a mensagem e o número. Com raiva de si mesma por não ter se lembrado disso antes, ligou para o cara.

O telefone tocou duas vezes.

— Alô? — respondeu uma voz grave.

— Oi, aqui é Della Tsang, prima de Chan Hon. É Kevin que está falando?

— Eu não conheço ninguém chamado Chan Hon.

Sim, ele conhecia. Ela podia ouvir a mentira. E ele não negou que era Kevin.

— Aqui é a prima vampira dele — disse Della, pensando que ele poderia achar que ela era humana. — É Kevin Miller? Ele usou seu telefone uma vez para me enviar uma mensagem.

O silêncio encheu a linha. Por fim, ele falou.

— Você é a que frequenta aquela escola de araque? Eu estava aí com Chan, no Texas, quando você pegou o vírus e Chan cuidou de você. Você é a mestiça, não é?

Parecia que ele iria usar isso contra ela. Com um nome como Kevin Miller, ele não deveria ser branco em vez de oriental?

— É, estou tentando entrar em contato com Chan e não consigo.

— Ele se mudou para o Texas.

Então era Chan no portão. Ela sabia.

— Vários do grupo dele se juntaram à gangue Sangue Rubro. Estão na área de Houston.

Della gemeu por dentro. Chan teria entrado para uma gangue? Até agora, ele tinha evitado fazer isso, porque sabia que poderiam lhe causar um monte de problemas.

Della nunca tinha ouvido falar da Sangue Rubro. Nem todos os grupos eram ruins, mas a maioria deles era composto de marginais. E com um nome como Sangue Rubro, ela não poderia esperar muito daquela.

— Você sabe onde é a sede dessa gangue? — perguntou Della, imaginando se seria por isso que Chan tinha ligado na semana anterior. A culpa se agitou em seu peito. Se ela tivesse retornado a ligação, talvez tivesse conseguido falar com ele.

— Não, porque, como já estou numa gangue, não fiz questão de saber.

— Você poderia perguntar por aí? — pediu Della. — Eu ficaria grata — ela acrescentou, percebendo quanto aquilo pareceu idiota no momento em que disse. Os vampiros não estão nem aí com a gratidão, especialmente os membros de gangues.

Ele riu.

— O que eu vou fazer com a sua gratidão?

Ok, talvez ela pudesse usar aquilo a seu favor.

— Nunca é demais ter alguém lhe devendo um favor. Se você um dia vier ao Texas.

Ele hesitou.

— Eu vou muito ao Texas.

— Então, talvez você saia ganhando assim como eu.

— Você sabe que isso pode sair caro pra você, não sabe? — perguntou ele.

— Sei. — Mas para encontrar Chan ela estava disposta a pagar qualquer preço.

Ele suspirou.

— Eu vou ver se consigo alguma coisa.

— Obrigada. — Ela desligou, agora mais confusa do que nunca. Se Chan tinha ido a Shadow Falls na noite anterior, ele obviamente queria vê-la. Então, por que não atendia aos telefonemas dela?

Todos os tipos de resposta se formaram em sua cabeça. Ele tinha perdido o celular. Ele não tinha grana para pagar a conta de telefone. Ela teria que achar uma maneira de encontrá-lo. Mas como?

Quarta-feira pela manhã, na Hora do Encontro, todo mundo estava na frente do refeitório. Della, na verdade, tinha dormido muito bem. Os flashes da garota morta que pipocavam em sua cabeça tinham diminuído e não havia mais penas nem a sensação da presença de fantasmas. Isso só lhe deu a certeza de que a coisa toda não estava ligada a ela própria, mas a Kylie. Era a amiga, afinal de contas, que falava com fantasmas.

Talvez Della só quisesse acreditar nisso, mas até que se provasse o contrário ela iria continuar acreditando.

Chris apareceu com seu chapéu idiota.

— Bem, não temos encontros especiais hoje.

O que significava que ninguém tinha doado sangue para escolher alguém em particular.

— Que surpresa! — Chris lançou a Chase um olhar gelado. O vampiro só olhou de volta, como se não desse a mínima para o que Chris estivesse sentindo. Como os dois eram vampiros, supunha-se que se entenderiam com mais facilidade.

Esse pensamento lembrou Della do que Chase tinha dito sobre terem muito em comum. Não que isso fosse verdade.

O vampiro louro limpou a garganta e tirou dois sacos do chapéu. Então retirou um nome de cada um deles e começou a procurar com os olhos os campistas sorteados. Della ficou tensa, esperando para saber com quem passaria a hora seguinte. Sessenta minutos podiam ser uma eternidade caso você fosse obrigado a passá-los com um otário. O olhar de Chris parou nela.

O vampiro suspirou, acrescentando um pouco de drama à ocasião.

— Della, você vai passar uma hora com Jenny Yates, nossa nova campista camaleão.

Della relaxou. Ela não tinha tido mesmo chance de conversar com Jenny desde que a garota contribuíra com um litro de sangue para livrá-la do encontro com Chase.

Quando ela se preparava para ir ao encontro da garota, Derek parou ao seu lado.

— Seja gentil, ok? — ele murmurou.

Della fez uma cara feia. Ultimamente, o fato de parecer que todo mundo a achava rude começava a aborrecê-la.

— Mas que droga! — ela exclamou, mal-humorada. — Acho que isso significa que não posso sugar todo o sangue dela e depois atirá-la aos lobisomens para servir de brinquedinho de morder...

Derek balançou a cabeça.

— Você sabe o que quero dizer.

Ela tinha passado uma hora e pouco conversando com Derek no dia anterior sobre o tio e a tia. E implicar com ele não iria ajudá-la em nada no momento, mas não conseguiu se conter.

— Sim, eu sei — ela disse. — Você acha que sou uma lambisgoia capaz de magoá-la de propósito. — Ela se afastou de Derek e foi até onde Jenny a esperava, tentando não deixar que a opinião das pessoas a afetassem. Ela se lembrou de novo do antigo ditado que a mãe costumava repetir: "paus e pedras podem quebrar meus ossos, mas palavras nunca podem me ferir".

A mãe estava errada. As palavras podiam machucar, sim. E, depois que eram ditas, não adiantava voltar atrás.

— Foi Derek quem armou isso? — Jenny perguntou quando Della se aproximou.

— Armou o quê?

— Este encontro?

— Não. Você só foi azarada. — Ela começou a andar para longe do tumulto, ainda chateada com o comentário de Derek.

Jenny só arqueou uma sobrancelha e a seguiu.

— Está tudo bem com você? — Jenny perguntou quando pareceu que Della não ia falar mais nada.

— Está. Vamos para a minha cabana?

— Claro. — Jenny olhou para trás, na direção de Derek. — O que ele te disse?

Della fechou a cara.

— Para eu ser gentil.

Jenny fez uma careta.

— Não sei por que ele acha que tem que cuidar de mim.

— Ele gosta de você — disse Della. *E acha que eu tenho a delicadeza de um trator ao lidar com as pessoas.*

Elas pegaram a trilha, afastando-se dos outros campistas. O ar da manhã estava claro e fresco. Jenny chutou um pedregulho e olhou-o enquanto ele caía no meio dos arbustos.

— Steve gosta de você e ele não fica por aí pedindo que as pessoas a tratem com gentileza — disse Jenny.

— Eu não estou aqui porque Derek pediu. — De repente, Della se deu conta do outro comentário que Jenny tinha feito. Então parou de andar. — Como você sabe que Steve gosta de mim?

Jenny deu de ombros.

— Todo mundo sabe que ele gosta de você. É totalmente óbvio pelo jeito como ele te olha. Como se tudo a seu respeito fosse fascinante, uma coisa impressionante que ele não cansa de contemplar. Eu já o peguei simplesmente ouvindo a sua voz no corredor e se desligando de tudo à volta só para olhar para você. É muito fofo.

Della soltou um suspiro e desejou que ela não achasse aquilo muito fofo.

— Você não gosta dele? — Jenny perguntou.

— Você não gosta do Derek? — Della rebateu, achando que a garota captaria a mensagem de que algumas coisas eram pessoais demais para se perguntar.

— Eu gosto, mas estou meio assustada. E você?

Della não esperava que a outra fosse responder, e agora a gentileza tinha que ser recíproca.

— Idem.

— Uau! Não pensei que você se assustasse com alguma coisa.

Della se arrependeu da confissão, mas já era tarde demais. Ela chegou à cabana e se sentou no chão da varanda.

— Acho que não sou tão durona quanto você imagina.

— Não, você é só humana. Ah, quer dizer, não humana, mas simplesmente... normal.

Della olhou para Jenny.

— Ser normal é chato. Eu quero fazer sucesso. Realizar alguma coisa. — *Quero mostrar a Burnett que sou boa o suficiente para trabalhar na UPF.*

— Eu adoraria ser normal — disse Jenny, sentando-se ao lado de Della. — Pelo menos todo mundo pararia de olhar para mim.

— Você vai acabar se acostumando. Kylie se acostumou. — Della se reclinou para trás e se apoiou nos cotovelos. — Mas eu concordo, é um saco. Não podemos escolher o que somos ou como nos parecemos.

— O que é que você *não* quer ser? — Jenny perguntou.

— Eu não estava falando de mim. — Mas a palavra "vampira" pipocou na sua cabeça. E quantas vezes ela não quis se parecer mais com o pai, só por achar que assim ele seria mais feliz? Mas esse era só um dos motivos.

— Sei — Jenny respondeu, sem acreditar.

Della bufou. Então, sem saber por quê, decidiu baixar um pouco a guarda.

— Eu não quero ser fraca, e não quero depender das pessoas. Quero ser capaz de cuidar de mim mesma e de me sentir bem comigo mesma. — Uma leve brisa soprou e algumas folhas de um bordo prateado flutuaram no ar. — Mas não é tão fácil assim. Às vezes é duro estar tão distante dos meus pais, e eu não estou falando da distância física.

Outra brisa soprou mais algumas folhas para longe.

— Derek me disse que está ajudando você a encontrar seu tio e talvez uma tia. É por isso que você está à procura deles?

Della franziu a testa ao pensar em Derek conversando sobre seu assunto particular, mas achou que não podia se queixar.

— Por isso também, mas não conte essa história a ninguém.

— Ah, não precisa se preocupar. — Jenny fez uma pausa. — O que você vai fazer se encontrá-los? Vai embora daqui e morar com eles?

— Não — respondeu Della. — Só vai ser bom ter alguém da família que me entenda.

— Eu sei o que quer dizer — disse Jenny, fazendo-a se lembrar de que nem tudo eram rosas no relacionamento de Jenny com os pais. Della supôs que Jenny e ela tinham muita coisa em comum.

O silêncio ficou pairando no ar.

— Derek me beijou... — confessou Jenny de repente.

Della olhou para ela, feliz por afastar seus pensamentos de Steve e dos pais.

— E aí?...

— E aí o quê?

— Um beijo sempre vem com uma história. Um beijo nunca é apenas um beijo. Você gostou? Virou um tapa na cara dele? Foi de língua? Sentiu um arrepio? Você que se afastou primeiro?

Jenny deu um sorrisinho.

— Não acha errado beijar e sair por aí contando?

— Isso só vale para os garotos — disse Della. — As garotas podem contar. — Ela sorriu de volta. — E não se preocupe, não vou sair por aí contando.

Jenny fez uma pausa.

— Eu disse a ele que não devia ter feito aquilo, mas não tentei detê-lo enquanto estava fazendo. Então acho que gostei. — Ela suspirou. — E quando ele me beijou foi como se... tudo ficasse diferente. Mais bonito.

Dela já tinha ouvido aquilo antes, de Kylie, mas não achava que Jenny lhe daria ouvidos se falasse.

— Se gostou, por que falou que ele não deveria ter te beijado?

— Não sei... pareceu estranho. Fiquei me perguntando se ele não gostava mais de beijar Kylie. Se ele só gosta de mim porque eu lembro Kylie, por também ser camaleão. Mas não sou tão especial quanto ela.

— Por que simplesmente não pergunta a ele?

— Se eu começar a fazer perguntas, ele vai achar que estou com ciúme.

Agora, aquilo era uma coisa que Della podia entender. E era exatamente a razão por que ela não perguntava a Steve sobre sua enfermeirazinha assistente.

— Você está com ciúme?

— Não. Talvez. Mas não devia.

Idem, Della pensou. Ela também não devia ter ciúme. Especialmente porque não tinha nenhum compromisso com Steve.

Jenny tirou o cabelo castanho do rosto.

— Acho que ela já não está mais apaixonada por Derek, mas será que ele já a esqueceu?

— Você deveria conversar com ele. — respondeu Della. — E com Kylie também. Acho que ela poderia ajudá-la com isso.

Jenny fez uma careta.

— Seria muito estranho.

Della rolou o corpo até ficar de bruços no chão da varanda, levantou os pés e olhou para Jenny.

— Às vezes a gente tem que deixar de lado a pose de durona e fazer o que é preciso. — Mas quando Della pensava em perguntar a Steve sobre Jessie, não parecia tão fácil. Ela sentia que ainda não estava preparada para deixar de lado a sua fama de mau.

Jenny olhou para Della.

— E o que vai fazer sobre você e Chase?

O queixo de Della caiu.

— O quê?

— Ele ofereceu o próprio sangue para passar uma hora com você e fica te encarando quando você não está vendo. Não com o mesmo carinho de Steve, mas dá pra ver que sente alguma coisa por você.

— Ele só ofereceu sangue para pressionar outras pessoas a doarem mais. E ele não olha pra mim do jeito que você está pensando.

— Ele tentou beijar você?

— Não. — Mas Della se lembrou de Chase dizendo que ela era *caliente* e tocando os lábios dela. Ele provavelmente só estava tentando irritá-la. E tinha conseguido. — Eu não gosto dele.

— Porque gosta de Steve?

— Simplesmente não gosto dele. — Ela não queria contar que o cheiro do vampiro não lhe era estranho. Não queria admitir que o achava... atraente. Ou que tinha pensado na sensação do dedo dele sobre seus lábios. Não, ela não queria levar aquilo adiante, porque não significava nada.

— Acho que você está certa de desconfiar dele.

Foi o modo como Jenny disse aquilo que chamou a atenção de Della.

— Por quê? O que você sabe?

O breve silêncio de Jenny era sinal de que a garota sabia alguma coisa.

— O que é, Jenny? Desembucha! Ou vou precisar te sacudir pra você falar? — E lá se fora a promessa de Della de ser gentil com a garota...

Capítulo Catorze

— Por favor — pediu Della.

Jenny franziu a testa.

— Só se você prometer não contar a ninguém.

— Meus lábios estão selados.

— Eu costumo fazer caminhadas. Não saio de Shadow Falls, mas ainda assim tenho que sair escondido porque meu irmão acha que não devo sair sozinha por aí. Mas não estou fazendo nada, só dando uma volta pelo bosque. Pensando.

— Eu saio também quase toda noite — confessou Della. — E nunca vi você.

— Nem daria. Eu fico invisível. Só me sinto melhor quando sei que ninguém pode me ver. Mas vi você uma vez. Eu ia aparecer, mas você estava indo rápido demais.

Della puxou um joelho até o peito para afastar um arrepio pouco natural. Olhou em volta, rezando para não ver nenhuma pena de ganso, depois se concentrou outra vez em Jenny.

— E o que isso tem a ver com Chase?

— Às vezes eu vejo esse cara andando por aí à noite, também. Sempre bem tarde. E uma vez o ouvi conversando com alguém. Uma pessoa que estava do lado de fora da cerca. Eles estavam conversando bem baixinho. Não sei por quê, mas parecia... que conversavam em segredo.

Dela se lembrou de ver Chan do lado de fora da cerca. Será que Chan conhecia Chase? Será que era por isso que sentia já ter encontrado Chase antes? Por que Della se lembrava do cheiro dele?

— Esse cara com quem ele estava falando era oriental? — Della perguntou.

— Eu não vi direito. Chase estava na frente.

Della pensou a respeito.

— Foi ontem à noite?

— Não. Terça-feira à noite.

Então não tinha sido na mesma noite. Mas não seria coincidência demais se uma coisa não tivesse nenhuma ligação com a outra? A mente de Della estava a mil por hora. O que, pelo amor de Deus, Chase tinha a ver com Chan? E se Chase conhecia Chan, por que não tinha contado a ela?

— Espere aí! — disse Della. — Você não podia vê-lo, mas podia ouvi-lo. O que Chase e esse cara estavam conversando?

— Eu não sei, tentei não ouvir. É errado ouvir a conversa dos outros e Burnett me avisou, muitas vezes, que eu não devo usar a minha invisibilidade para fazer isso. Então eu me afastei. Mas, quando estava indo embora, vi Chase olhar ao redor, como se estivesse com medo de que alguém o visse. Acho que ele estava fazendo algo que não devia. Agia como se estivesse com medo de ser pego.

Depois das aulas, Della se deitou em sua cama, lutando contra uma leve dor de cabeça e sentindo que não estava fazendo nenhum progresso. Ainda não tinha descoberto nada de importante com relação ao tio. Ainda não sabia quem a tinha golpeado na cabeça. Burnett ainda não tinha autorizado que ela trabalhasse no caso dos assassinatos. Ela não conseguia entrar em contato com o primo e agora tinha o mistério de Chase e sua visita enigmática para investigar.

Não que ela não quisesse confrontar o Pervertido da Calcinha.

Mas ainda não era hora.

Queria primeiro conversar com o primo. Da próxima vez que acusasse Chase de algo, não queria que ele pudesse encontrar um jeito fácil de se safar. Ela queria provas. Só precisava que Chan retornasse sua ligação.

Sua frustração com Chase tinha se tornado frustração com o primo. Ou talvez não chegasse a ser frustração, só preocupação. Se Chan tinha entrado para uma gangue, eles poderiam não permitir que ele retornasse ligações. Ela tinha ouvido falar que algumas gangues forçavam seus membros a desistir de todo mundo que fazia parte da sua antiga vida. Será que era isso que estava acontecendo com Chan? Ela torcia muito para que ele não tivesse se transformado num delinquente. Delinquentes faziam coisas perversas às vezes. Muitas gangues de foras da lei se alimentavam de seres humanos. Será que Chan fazia isso?

Fechando os olhos, ela se lembrou de que Chan a ajudara a enfrentar a parte mais difícil da sua transformação. Ele só saía do lado dela quando a mãe dela ou outra pessoa entrava no quarto. Ou quando eles a levaram para o hospital. E mesmo assim ele a visitava para ver como Della estava. Ele poderia tê-la abandonado. Deixado-a sozinha. Largada à própria sorte. Ela poderia ter acabado matando alguém. Muitos vampiros recém-criados supostamente faziam isso.

Mas Chan não tinha deixado. Ele não era ruim. Podia ter se juntado a uma gangue, mas certamente não era nenhuma que tolerasse matar seres humanos.

Mais uma vez, ela lamentou não ter retornado a ligação do primo. Lamentou não ter tentado com mais afinco ser uma parte mais importante da vida dele. Deus do Céu, ela não só era uma megera, como também uma péssima prima!

Mas não tão péssima a ponto de acreditar que Chan poderia matar pessoas inocentes. A imagem da garota morta apareceu em sua cabeça novamente. Ela a tirou da cabeça e voltou a pensar no primo.

— Me ligue, Chan, por favor... — murmurou, como se ele pudesse ouvi-la.

O telefone tocou. Della se sentou num salto e pegou o telefone, olhando o visor. Mais uma vez, não era Chan. Era a mãe dela.

— Oi, mãe! — cumprimentou Della, tentando parecer alegre.

— Falei com a senhora Galen. Eu acho que não há problema em você ir, mas... não conte para o seu pai.

Por quê? Della queria perguntar, embora já soubesse: o pai dela não concordaria. Só pelo prazer de *não* ver Della feliz, porque ele provavelmente ainda achava que ela tinha roubado o conhaque dele.

— Obrigada — agradeceu Della, e depois, como a conversa começou a ficar meio esquisita, ela perguntou: — Como foi seu dia?

— Tudo bem.

De repente, Della não conseguiu mais reprimir a curiosidade.

— Mãe, posso perguntar uma coisa?

— Pode.

— Por que o papai nunca fala do passado? Da infância dele? — *Do irmão gêmeo morto e da irmã desaparecida?*

— Que pergunta mais estranha! — exclamou a mãe.

— Eu sei — Della admitiu. — Mas é simplesmente esquisito que ele não fale da vida dele como você. Você conta da época em que fazia colegial. — Se sentindo com mais coragem, ela acrescentou: — E fala até sobre o seu irmão que morreu de câncer. Mas papai não fala nada... de nada.

— Ele... ele não teve uma infância muito fácil — disse a mãe, mas Della podia perceber pelo tom de voz que ela já sentia que estava traindo o marido só por ter falado aquilo.

— O que fez com que fosse tão difícil? — Della perguntou. Então ouviu vozes ao fundo, do outro lado da linha. A voz do pai.

— Tenho que desligar. — Então a linha ficou muda.

O som solitário ecoou no peito de Della.

Bem, a breve conversa não a tinha levado a lugar nenhum. Só servido para deixá-la mais deprimida. Era muito triste saber que a mãe tinha que esconder que estava falando com ela.

Não querendo chafurdar na autopiedade, decidiu que era hora de enfrentar Burnett e contar que passaria o fim de semana na casa de Kylie. Se tivesse sorte não seria tão difícil.

Por que ela não perdia a mania de esperar que algo fosse fácil?

— Por que não posso ir? — insistiu. — Até a minha mãe disse que eu posso.

Della olhou primeiro para Holiday e depois para Burnett.

Holiday deu um passo para trás como se quisesse ficar fora da discussão. Mas como poderia, se Burnett estava sendo completamente irracional? Della não tinha nem terminado a pergunta quando ele balançou a cabeça numa negativa.

— Se esqueceu de que há chance de você ainda ser alvo de um assassino?

— Como pode dizer isso? Se o cara quisesse me matar ele já poderia ter feito isso. Eu estava desmaiada, pelo amor de Deus! Será que é tão difícil assim me matar? — Ela correu um dedo pelo próprio pescoço.

Os olhos de Burnett ficaram um pouco mais brilhantes de irritação.

— É como Holiday disse, os anjos da morte podem tê-lo afugentado.

— Afugentá-lo uma ova! Eu ainda suspeito que os anjos da morte é que me acertaram. E, francamente, não acho que você ainda acredite que tenha sido o assassino ou estaria em pé de guerra.

A expressão de Burnett revelou a Della que ela tinha acertado na mosca com a observação.

— Eu não disse que acreditava, eu disse que havia uma chance.

— E há uma chance de um asteroide se chocar contra a Terra e matar todo mundo amanhã!

— Eu sou responsável pela sua segurança! — ele sibilou. — E não posso ficar de olho em você se não estiver no acampamento.

— Mas eu não vou sozinha. Miranda e Kylie vão estar lá e, eu não sei se você se esqueceu, mas Kylie por acaso é uma protetora e provavelmente poderia dar um chute num asteroide se ele tentasse pousar em mim.

Quando viu que a expressão de desaprovação não deixou o rosto de Burnett, ela resolveu chutar o balde e dizer o que realmente pensava. Era um argumento antigo, mas o melhor que tinha.

— Eu sei do que se trata. É porque somos garotas, certo? Se Lucas, Derek e Perry quisessem ir a algum lugar, você não teria questionado. Quer saber? Você não passa de um porco chauvinista. Ah, e só para lembrar, é por isso que não quer que eu trabalhe nesse caso, não é? Eu sou uma garota.

— Não é isso! — Burnett retrucou e olhou para Holiday como se pedisse para ela intervir, mas, mais uma vez, a esposa não disse uma palavra.

O que significava que ela ainda concordava com Della. E isso aumentou o fogo nas entranhas da vampira.

— Então você vai me deixar trabalhar no caso? — ela perguntou, decidindo que, se já o irritara, poderia muito bem ir até o fim.

— Nós não avançamos no caso ainda.

— Você não respondeu à minha pergunta — Della ressaltou.

Aparentemente, o grande vampiro mau não gostava de ser pressionado. Ele resmungou.

— Você é uma vampirinha teimosa e irritante. Além disso, precisa aprender a respeitar autoridades.

— Vou respeitar a autoridade, quando a autoridade me respeitar! E isso inclui os meus peitos!

Burnett olhou novamente para Holiday.

— Você não pode dar um jeito nela?

Holiday encolheu os ombros.

— Eu acho que os dois têm razão.

Agora Burnett olhava para Holiday com raiva.

— Ela não está sendo razoável.

— Eu acho que ela só está acusando você da mesma coisa — argumentou Holiday.

Isso mesmo, o clima afetuoso e acolhedor entre Della e Burnett, que quase tinha valido como um abraço na outra noite, não passava agora de uma vaga lembrança. Eles estavam de novo dando cabeçadas como dois touros furiosos.

Della continuou, porque Burnett não era o único cabeça-dura.

— Se você puder me dizer, sem que o seu coração denuncie, que se fosse Lucas ou Chase pedindo um fim de semana fora você não autorizaria, vou calar a boca.

Ele não podia dizer isso a ela. Ele nem tentou mentir. Então ela não se calou. E depois de mais alguns minutos de falatório e alguns toques da mão de Holiday, o vampiro turrão concordou em deixá-la ir à casa de Kylie.

Ela já estava voltando para sua cabana quando se deu conta de que ele nunca concordaria em deixá-la trabalhar no caso. A tentação de voltar bateu forte, mas seus instintos diziam que ela deveria travar aquela batalha outra hora.

O que importava era que, no sábado, Della poderia ir até a funerária que tinha ajudado a forjar a morte do tio e de Chan. E, embora ela estivesse fora de casa, esperava obter uma vantagem sobre a gangue Sangue Rubro. Se o dono da funerária atendia vampiros que queriam forjar a própria morte, ele poderia ter alguma informação sobre as gangues locais. Caramba, talvez o velhote tivesse contato com Chan!

Mas mesmo que ela descobrisse onde ficava a sede da gangue Sangue Rubro, não sabia se conseguiria encontrar um jeito de ir até lá. Lembrou-se da regra de Holiday sobre não correr riscos.

Della suspirou. Ela só tinha que esperar e ver o que conseguiria na funerária; só então decidiria se seria muito arriscado.

Mas sentindo-se mais produtiva, depois de levar a melhor na discussão com Burnett, ela decidiu não parar por aí. Em vez disso, foi procurar Derek e ver se ele tinha descoberto alguma coisa com relação à tia e ao tio. Naquele mesmo dia, Della tinha dado a ele o nome da escola e Derek dissera que iria pesquisar na internet.

Respostas, Della pensava. Seria muito bom se descobrisse alguma coisa. Algo que pelo menos lhe desse a certeza de que o tio e a tia estavam realmente vivos.

Zero. Nada. Essa tinha sido a resposta de Derek. Bem, quase nada. Ele tinha encontrado um antigo colega de classe do Colégio Klein que estava pensando em vender seu anuário. Della concordou de bom grado em entregar a Derek cinquenta dólares para pagar a maldita coisa. O *fae* entrou na internet logo em seguida e disse ao sujeito que eles tinham o dinheiro, mas então o cara começou a dar pra trás. Talvez quisesse vendê-lo, talvez não.

Francamente, Della não sabia muito bem por que o bendito livro era tão importante. Ela já tinha uma foto do tio, mas Derek explicou que um anuário poderia dar a eles os nomes das pessoas com quem o tio dela andava, os interesses fora da escola e outras dicas como aquelas. Mas Della não queria mais dicas, queria respostas.

Chan teria respostas. Agora, de volta à cabana, deitada na cama, ela olhava para o celular sobre a mesa de cabeceira, torcendo para que tocasse.

Quando o telefone tocou, ela quase deu um pulo da cama.

Com o coração acelerado, pegou o telefone, achando que poderia ser Chan, e olhou o visor.

Não era Chan.

Era Steve. Ela tinha falado com ele na noite anterior e mal conseguido desligar o telefone sem bombardeá-lo com perguntas sobre Jessie, a peituda sorridente. A última coisa que queria era bancar a namorada ciumenta.

Ela olhou para o telefone tocando. E atendeu.

— Oi — disse ela.

— Oi, achei que você não fosse atender.

— Desculpe, eu estava ocupada fazendo... uma coisa. — *Decidindo se devia ou não atender ao telefone.*

— Está tudo bem?

— Sim, tudo bem. Como estão as coisas com você? — *Está se divertindo com Jessie?*

— Sentindo sua falta. Acordei durante a noite e só conseguia pensar em você.

Mas não durante o dia, quando Jessie está por perto, hein? Ela mordeu o lábio para não expressar seus pensamentos em voz alta.

— Lamento muito — ela disse em vez disso.

— Por quê? Eu gosto de pensar em você.

Ela fechou os olhos.

— Não é saudável... Ficar sem dormir assim. — Ela mesma não tinha dormido muito bem.

Ele fez uma pausa.

— Você não pensa em mim às vezes? Em quando nos beijamos? Quando estamos quase...

— Às vezes — admitiu ela abruptamente, sem querer que ele a fizesse se lembrar daquelas coisas.

— O que exatamente você pensa?

— Para com isso!

— Parar com o quê?

— De falar como quisesse fazer sexo pelo telefone.

Ele começou a rir.

— Eu nunca disse nada sobre fazer sexo pelo telefone.

Ela sorriu. Della gostava da risada de Steve — gostava de saber que ela o fazia rir. Será que Jessie o fazia rir também?

— Bem, é o que parece. Com essa sua voz grave e sexy de caipira sulino.

— Você acha que minha voz é sexy?

— Para de falar sobre sexo! — ela cortou.

— Você que começou.

— Bem, estou parando, então!

— Só mais uma pergunta — ele implorou. — E então vou calar a boca.

— Tudo bem — disse ela, sabendo que Steve não era alguém fácil de se convencer. Às vezes o cara parecia mais um vampiro do que um metamorfo. Não que ele realmente tivesse alguma coisa de vampiro. Ele era apenas teimoso, às vezes. Por mais irracional que aquilo parecesse, ela admirava aquilo nele.

— Você já fez sexo por telefone?

— Não, só vi num filme.

— Que tipo de filme? — ele perguntou, parecendo intrigado.

— Não do tipo que está pensando. Era uma comédia romântica. Um filme água com açúcar.

— Hmm... Como é que foi?

— Não vou dizer. Você disse só uma pergunta.

— Tudo bem. — Ele fez uma pausa. — Ah, me lembrei de algo que você disse e que nunca me explicou. Disse que tinha algo para falar com Derek. O que era?

Ela não tinha dito a Steve sobre suas descobertas de fim de semana, e parte dela não sabia se deveria, mas de repente teve vontade de contar.

— Eu... acho que tenho um tio que é vampiro. E talvez até mesmo uma tia.

— O quê? Como... O que a faz pensar assim?

Ela contou a Steve sobre o que a irmã tinha dito e, em seguida, sobre a foto. E sobre Derek ter encontrado o obituário. E que tinha lido a respeito de uma tia que ela não sabia que existia.

— Caramba! E agora? Você vai pedir a Burnett para ajudá-la?

— Não, eu não quero deixá-los em apuros, se não forem registrados.

— Mas se não forem registrados, então podem ser deliquentes.

— Ou podem apenas fazer parte do grupo de vampiros que não confia na UPF. Só porque alguém não está registrado não significa que seja ruim. Meu primo Chan não é ruim. Ele é apenas um não conformista.

— Eu sei, é só que... Eu fico preocupado.

Eu também. Sobre você e Jessie.

— Você não tem que se preocupar. Eu posso cuidar de mim. — Os resquícios da raiva que restara da conversa com Burnett reacenderam. — Fica preocupado porque sou uma garota e você acha que não posso cuidar de mim?

— Não. É... porque quando um cara gosta de uma garota, tanto quanto eu gosto de você, ele quer protegê-la.

— Então pare de gostar tanto de mim! — disse ela, esfregando a têmpora para amenizar a dor.

— É um pouco tarde para isso. — O silêncio encheu a linha. — Você precisa que eu ajude em alguma coisa?

— Não, acho que está tudo sob controle. — Ela já tinha aceitado a ajuda de Kylie e Miranda. Já eram duas pessoas que podiam ter problemas se as coisas não corressem bem. Ela não queria acrescentar uma terceira na equação.

— Tem certeza? — ele perguntou.

— Tenho! — exclamou, esperando que no sábado ela pelo menos tivesse algumas respostas.

Uma batida soou do outro lado da linha.

— Só um segundo — pediu Steve. — Jessie está na porta.

Jessie estava na porta do quarto dele? Para quê?

Della podia adivinhar o que ela queria. Apertando as mãos, tentou escutar alguma coisa.

— Vou colocá-la na sala dois — disse a voz feminina. Della quase podia ouvir a adoração na voz sedutora e suave da garota.

— Eu já vou — respondeu Steve.

— Talvez seja melhor pôr uma camisa primeiro — disse Jessie com uma voz provocante. — Desse jeito você pode provocar um ataque cardíaco nela.

Della rosnou, lembrando-se claramente de que Steve, sem camisa, era de arrancar suspiros. Logo em seguida sua antipatia pela filha do médico aumentou um pouco mais. Ok, bem mais do que um pouco mais.

— Mas, pensando bem, ela provavelmente morreria feliz... — acrescentou Jessie.

Steve riu.

— Não se preocupe, vou me vestir.

Então Jessie riu. E ela sabia flertar. Jessie estava flertando com o namora... com Steve, que nem sequer percebia. Ou será que percebia?

— Ei, Della, tenho que desligar. Temos uma paciente. Mas eu mal posso esperar até amanhã. Precisamos conversar.

— Conversar sobre o quê?

— Sobre nós.

— Nós?

— Desculpe, mas tenho que ir — disse ele. — Vejo você amanhã, ok? Talvez você me conte sobre aquele filme do sexo pelo telefone.

Della rosnou novamente.

Steve riu.

Ela franziu a testa. E foi só quando desligou que percebeu que não tinha contado a ele que passaria o fim de semana fora. Ele não ficaria nada feliz. Mas ela também não estava feliz. Pensar nele brincando de médico com Jessie não a enchia de alegria.

*   *   *

Seria melhor pedir permissão ou pedir perdão? A pergunta pairava na cabeça de Della, pesando na sua consciência.

Ela sentou-se em frente ao computador na quinta de manhã, vestida de preto, enquanto perdia a primeira aula e olhava um rosto na tela do monitor. O cabelo castanho de Lorraine Baker descia em cachos sobre os ombros. Seu sorriso era... magnético. Seus olhos verdes, brilhantes e cheios de vida. Mas aquela luz não existia mais.

Ela estava morta.

Della não tinha conseguido dormir na noite anterior, depois do telefonema de Steve, de modo que tinha se levantado e começado a navegar na internet, procurando algo suficientemente entediante para deixá-la com sono. Em vez disso, encontrou uma história sobre Lorraine no jornal da cidade. Uma estudante universitária de 19 anos, com um futuro promissor, que tinha morrido tragicamente num acidente de carro com o noivo.

Tudo mentira, Della pensou. Lorraine e o noivo haviam morrido tragicamente nas mãos de um vampiro.

E naquele dia seria o enterro dos dois. Della não tinha a menor ideia de por que se sentia compelida a ir. Mas a compulsão era forte dentro dela.

Num canto da sua mente, ela já podia ouvir Burnett fazendo uma lista das razões pelas quais ela não deveria ir. Razões que não significavam nada para Della.

Permissão ou perdão?

Ela pegou o celular para ver as horas. Tinha que resolver.

Capítulo Quinze

— Burnett está aqui? — perguntou Della, enfiando a cabeça pela fresta da porta do escritório de Holiday.

— Não, ele foi chamado e vai passar o dia fora.

— Pela UPF? — Della deu mais um passo para dentro quando Holiday assentiu. — É sobre o caso do assassinato recente? — perguntou Della, prestes a ficar furiosa porque ele não a tinha levado junto.

— Não, é um caso em Dallas. — Holiday ergueu o barrigão da cadeira.

A barriga da *fae* estava ficando maior a cada dia. Della não podia deixar de se perguntar qual seria a sensação. Ter uma vida crescendo dentro de você.

De repente, Della reparou no vestido preto de Holiday. Ao contrário de Della, a *fae* nunca se vestia de preto. As cores vivas eram sua marca registrada.

— Algum problema? — perguntou Holiday, ao ver Della olhando fixamente para ela.

— Não, eu só... você está vestida de preto.

Holiday assentiu.

— Estou indo a um velório.

Eu também.

— De quem? — perguntou Della.

Holiday franziu a testa como se estivesse preocupada.

— Você não deveria estar na aula?

E foi então que Della pressentiu, instintivamente.

— Você está indo ao velório de Lorraine Baker, não é?

Holiday se encostou na mesa e confirmou com a cabeça.

— Ela me fez uma visita, mas ainda não se comunicou. Achei que, se fosse ao velório, poderia conseguir ajudá-la.

— Ajudá-la a fazer o quê? — perguntou Della. — O que ela quer de você?

— Eu não sei. Eles geralmente querem alguma coisa. Mas, em alguns casos, especialmente em mortes repentinas, o espírito só precisa ser consolado e saber que não há problema em fazer a passagem.

— Ou talvez ela queira saber algo sobre o assassino. Talvez queira que você ajude a pegar aquele monstro.

— É uma possibilidade, também — concordou Holiday.

Della hesitou por um segundo.

— Eu também quero ir — afirmou.

Holiday tirou o cabelo do ombro e o torceu.

— Não sei se esse é o protocolo para uma candidata a agente.

— Eu não estou nem aí com o protocolo. Olha, vou dizer a verdade. Eu já tinha decidido ir — avisou Della. — Só que ia sair de fininho, então resolvi convencer Burnett a me deixar ir. Era isso que eu queria falar com ele. Encontrei o artigo sobre ela na internet ontem à noite, e eu... Eu quero ir.

— Eu sei que foi desagradável para você ver a cena do crime, mas...

— Eu preciso fazer isso, Holiday. Não sei por quê, mas simplesmente preciso dizer que lamento muito. Por favor, não tente me deter.

Um sentimento de compreensão encheu os olhos verdes de Holiday.

— Que lamenta muito? Por acaso acha que a morte dela pode ser culpa sua, Della?

— Não, mas... o assassino era um vampiro e... Eu quero fazer a coisa certa. — Mesmo quando dizia isso, sabia que não poderia fazer a coisa certa. Não havia como trazer Lorraine de volta. Mas algo dentro dela dizia que ir ao velório era o melhor que podia fazer.

A atmosfera de dor era tão pesada que Della mal conseguia respirar. Apesar do fato de não conhecer a vítima, o sentimento de perda oprimia seu peito.

Homens de terno escuro arrumavam buquês e coroas de flores em volta do caixão. O cheiro doce de flores também impregnava o ar. Embora estivessem frescas, seu cheiro combinado com o da morte fazia Della questionar o costume de se usar arranjos florais em enterros.

Ela e Holiday tinham chegado dez minutos antes e se sentado nos fundos da igreja, que eram os últimos lugares vagos. A multidão ficava cada vez maior. As pessoas foram se aproximando até que todos estivessem praticamente ombro a ombro. Della lutou contra a necessidade de gritar para que lhe dessem espaço para respirar. Mas ela sabia que a sensação de asfixia em meio à aglomeração era mais psicológica do que física.

Emoções demais — por causa de todos os seus problemas. Embora, no momento, o mais importante em sua mente fosse a pessoa no caixão. A culpa que de alguma forma ela carregava pela morte do casal... culpa só por pertencer à raça dos vampiros.

O burburinho da multidão parecia reverberar no teto. Obviamente Lorraine tinha muitos amigos e entes queridos.

Della ficou ali em silêncio, ouvindo os murmúrios tristes. Algumas pessoas choravam. Outras simplesmente suspiravam — a compaixão impregnada naquele som baixo. Outras falavam sobre ela, pequenos detalhes. *Ela adorava sorvete de menta com chocolate. Detestava álgebra. Ela bufava quando ria muito alto.* Diziam coisas como se o fato de fazer isso de alguma forma mantivesse Lorraine viva.

Della inclinou-se na direção do ombro de Holiday e perguntou:

— Ela está aqui?

Della devia ter ficado assustada com a ideia de um fantasma rondando por ali, mas estranhamente não estava. Se Holiday conseguisse alguma pista relacionada à morte da garota, ela poderia encontrar o filho da puta responsável pela morte de Lorraine. E realmente queria encontrá-lo.

— Não a vi nem senti — Holiday sussurrou de volta. — Mas há outro espírito aqui. Acho que pode ser o mesmo que está acompanhando Kylie. Ele fica passando rapidamente. Com certeza é um vampiro.

Della fechou os olhos por um segundo, sem querer acreditar que se tratasse do espírito do seu tio ou tia, mas fazia sentido.

— Eu, na verdade, estava esperando que Lorraine estivesse aqui — sussurrou Holiday.

— Se ela aparecer, não esqueça de perguntar sobre o assassino.

Della deixou os olhos vagarem pela sala e por fim pousou-os no caixão, colocado na frente dos bancos e cercado de pessoas.

— Ela parece bem — uma mulher na frente disse a outra, ao lado. — Nem parece que morreu num acidente tão grave.

Parece bem? Ela está morta, Della queria gritar.

Em seguida, uma visão de Lorraine, ensanguentada e machucada, surgiu na cabeça de Della. A visão continuou mostrando os dedos da garota cheios de sangue. Della piscou e se encolheu.

— Você está bem? — perguntou Holiday, sem dúvida captando as emoções instáveis de Della.

— Tudo bem — mentiu.

Holiday descansou a mão sobre a de Della. Um pouco do peso que sentia desapareceu.

Fragmentos de diálogo ecoavam ao redor da igreja.

Tão triste. Ela estava apenas começando a viver. Você sabia que ela tinha adotado um cachorrinho?

Della fechou os olhos. Por que sentira o impulso de vir ao velório? Como sua presença ali iria ajudar a pobre garota assassinada ou o noivo dela? Como isso iria ajudá-la encontrar o assassino?

Não iria, Della constatou. De alguma maneira inexplicável ela estava ali pela culpa que sentia. Culpa porque alguém da sua espécie tinha feito aquilo.

Funerais não são para os mortos, são para os vivos. Della se lembrou das palavras do pai, quando ela lhe implorou para que não a obrigasse a ir ao enterro de Chan. Ela não queria ver a tia chorando ou vê-los colocar o caixão do primo na terra. De certa forma, sentia que, se não fosse forçada a ir ao enterro, poderia fingir que ele ainda estava vivo. Mal sabia ela que ele estava vivo de fato.

Um soluço escapou de alguém ao lado do caixão.

— Você vai amanhã ao velório de Jake? — Uma jovem perguntou a outra garota sentada duas fileiras à frente. O diálogo soou como uma música distante. Música sobre uma vida perdida. Della se obrigou a escutar.

— Provavelmente. Eu só fico me perguntando se isso teria acontecido se Phillip não a tivesse deixado.

— Ela amava Jake.

— Eu acho que amava mais Phillip.

— Phillip a magoou muito quando foi embora.

Então Lorraine tinha problemas com os garotos como todo mundo, Della pensou.

— Pelo menos ela e Jake morreram juntos.

Como isso pode tornar a coisa toda melhor?, Della se perguntou, sem querer pensar em como tinham sido aterrorizantes os últimos momentos da vida de Lorraine. Diante de um monstro. Temendo por sua vida e temendo pela de alguém que amava.

A música começou a tocar. O pastor subiu ao púlpito e falou sobre o amor de Lorraine pela vida e pela vontade de ajudar os outros. Após uma cerimônia de dez minutos, a multidão se levantou e fez uma fila diante do caixão. Della quase quebrou a corrente humana para não ter de ver o corpo. Em seguida, percebendo que isso poderia ser um insulto, ela lentamente, com Holiday atrás, fez a peregrinação até o caixão.

Disse a si mesma que não iria olhar, que não era necessário. Mas, quando estava em frente a ele, seu olhar foi atraído pela garota imóvel, trajando um vestido cor-de-rosa. O cabelo preto era a única coisa nela que não parecia morta. As mãos — não mais ensanguentadas como apareciam nos pensamentos de Della — estavam unidas. Os olhos, fechados. A garganta não mais mutilada.

Della ficou parada em frente ao caixão de madeira polida apenas por tempo suficiente para fazer uma promessa.

Vou pegá-lo. Vou pegar o monstro que fez isso com você.

Logo antes de Della se afastar, uma pequena pena veio flutuando de cima e pousou suavemente no rosto da garota, quase como uma lágrima. Della lutou contra a necessidade de tirá-la dali, mas hesitou em tocar o corpo e seguiu a multidão para fora da igreja.

— Então, você não a viu nenhuma vez? — Della perguntou a Holiday enquanto a *fae* dirigia de volta para Shadow Falls.

— Não — negou Holiday —, mas talvez ela volte mais tarde. Às vezes... — O telefone de Holiday tocou e ela o tirou da bolsa e verificou o visor. Franzindo a testa, aceitou a ligação. — Está tudo bem?

Della tentou ouvir a chamada, mas não conseguiu identificar a voz do outro lado da linha. Sua audição estava falhando novamente, mas observou a expressão da amiga. E sabia que as notícias não eram boas.

— Estamos a cerca de dois minutos — disse Holiday. — Leve-o para o escritório. Diga que a filha está na cabana e que você vai chamá-la. — Quando Holiday desligou, ela olhou para Della com os olhos cheios de preocupação.

— O que foi? — perguntou Della, preocupada que um dos pais de suas amigas estivesse causando problemas. Tanto Kylie quanto Miranda tinham problemas em casa.

Mas, que droga!, poderia ser até Jenny.

A expressão de Holiday exprimia compaixão.

— É o seu pai, Della. Hayden disse que ele está muito aborrecido. Disse que você pegou alguma coisa em casa que ele quer de volta imediatamente.

O coração de Della gelou e ela sentiu um nó no estômago.

Holiday olhou para ela com perguntas nos olhos.

— Você tem ideia do que ele está falando?

Della foi direto para a cabana pegar a foto. Com cuidado para não amassá--la, guardou-a num envelope branco imaculado e foi para o escritório. A única coisa que dissera a Holiday é que tinha pego uma antiga fotografia da família. Embora a *fae* esperasse que Della explicasse por que tinha pegado a foto, ela não deu nenhuma explicação. Apenas olhou pela janela do carro. Percorreram os quilômetros que faltavam em total silêncio, enquanto o burburinho caótico da mágoa que corroía o coração de Della soava mais alto.

Agora, enquanto caminhava em direção ao escritório de Holiday, com a foto nas mãos, todo o seu corpo tremia de nervoso diante da ideia de enfrentar o pai. Ou melhor, de enfrentar a decepção que sabia que veria nos olhos dele. A lembrança da expressão nos olhos do pai quando a pegou no seu gabinete ardia como uma queimadura. A acusação de que ela roubara seu conhaque vibrava em seus ouvidos.

Ela subiu os degraus do escritório, mas parou na porta. Que diabos iria dizer a ele? Ela não podia dizer a verdade, que Marla tinha ouvindo a conversa sobre o irmão gêmeo. O pai valorizava a privacidade, ele ficaria furioso. E Della não iria colocar a irmã em maus lençóis. Preferia assumir a culpa e ficar ela própria em maus lençóis. Além disso, no que dizia respeito aos pais, ela já estava em maus lençóis — e já tinha sido acusada várias vezes.

Perguntas rodopiavam em sua cabeça enquanto ela dava os últimos passos até o interior da cabana. Como o pai tinha descoberto que a foto não estava no álbum? Será que ele tinha o hábito de ver aquelas fotos? De repente Della se lembrou da conversa ao telefone com a mãe, quando ela tinha negado que bebera o conhaque do pai e contara que estava olhando as fotos de Chan. Tinha sido uma mentira, mas estava mais perto da verdade.

A mãe devia ter contado ao pai e aquilo o fizera procurar o álbum. Ela quase podia imaginá-lo folheando-o com raiva, suspeitando de que ela tinha pegado alguma coisa. E, dito e feito, ele viu que estava certo. Pelo menos dessa vez, ela era realmente culpada pelo crime do qual ele a acusava.

Ela entrou na sala de reunião, o estômago contraído de nervoso. O pai estava sentado à mesa, de frente para a porta. Ele franziu o cenho quando ela apareceu na porta. Não que Della esperasse algo diferente, mas aquilo doeu — uma dor profunda que feria sua alma.

Houve um tempo em que os olhos dele se iluminavam de amor. Agora tudo o que ela via eram carrancas, desaprovação e decepção.

Onde estava o amor que ele sentia por ela? Será que tinha acabado tão depressa? *E não é culpa minha, pai. Eu peguei um vírus, não queria isso para mim.*

Ela respirou fundo e sentiu sua respiração falhar.

As sobrancelhas dele estavam unidas numa expressão que parecia de raiva, decepção. Ela preferia a raiva. Ele apontou um dedo para a filha.

— Essa por acaso é a minha fotografia?

Ela se aproximou e colocou o envelope sobre a mesa. O grande nó na garganta quase impediu-a de falar.

— Eu... a encontrei sem querer e pareceu que... você tinha um irmão gêmeo. Fiquei curiosa.

— Você não tinha o direito de mexer nas minhas coisas pessoais.

Por que você me odeia, papai? Ela respirou fundo para reprimir as lágrimas e assentiu.

— Sinto muito — disse ela, sabendo que argumentar não adiantaria.

— Você disse à sua mãe que não estava bebendo — disse ele. — Por que não me disse na hora?

— Você estava com tanta raiva... Eu não achei que fosse acreditar.

— O que estava procurando? — ele perguntou, o tom ainda hostil. Ela suspeitava que a mãe já tinha lhe contado o que ela dissera, então repetiu a mentira.

— Eu estava pensando em Chan e imaginei que talvez você tivesse uma foto dele.

Ele se levantou.

173

— Chan está morto. Que descanse em paz.

Mas ele não estava morto, Della pensou. E talvez o tio não estivesse também. Ela viu o pai começar a se afastar. Ele não a abraçava desde que ela tinha sido transformada.

— Papai? — chamou.

Ele se virou e olhou para trás. Por um segundo, pelo tempo de um piscar de olhos, ela poderia jurar que viu tristeza nos olhos dele. Tristeza por tudo que tinham perdido.

— O quê?

Ela correu para ele, querendo sentir seus braços protetores ao redor dela. Querendo ter certeza de que ele não a odiava.

Antes que ela chegasse até ele, o pai estendeu a mão para detê-la. Seu coração se apertou num grande nó de dor.

Ela respirou e engoliu. Se não iria ganhar um abraço, talvez pelo menos obtivesse respostas.

— É seu irmão gêmeo na foto?

Os lábios dele se apertaram. Ela pensou que o pai fosse simplesmente sair sem responder, mas ele finalmente falou.

— Eu vim pegar o que é meu, não vim dar respostas.

— Por que você nunca falou dele? — Della perguntou, não querendo desistir tão facilmente.

— Por que trazer à tona lembranças dolorosas? Algumas coisas é melhor esquecer.

Como eu, Della pensou. Ele estava tentando esquecê-la.

Ele se virou para sair.

— Eu ainda te amo — disse ela, com a voz baixa e cheia de mágoa.

Os passos dele vacilaram por um, talvez dois segundos. Então ele continuou a andar. E não olhou para trás. Não disse que a amava. Por que diria? Ela não importava mais. Era só uma lembrança dolorosa.

— Já está pronta para ir? — Kylie perguntou enquanto ela e Miranda se aproximavam apressadas, na sexta-feira após as aulas. Kylie estava sorrindo. Desde que ela e Lucas tinham começado a namorar, a camaleão sorria muito. — Mamãe disse que estará aqui por volta das quatro.

— Minha mala já está pronta, mas preciso fazer uma coisa primeiro.

— Uma coisa apenas, no entanto Della se sentia puxada em mil direções diferentes. O velório tinha lhe dado determinação para convencer Burnett de que era digna de trabalhar para a UPF. A visita de seu pai tinha lhe dera determinação para encontrar o tio e a tia. E, de alguma forma, ela tinha que encontrar Chan e convencê-lo a sair da gangue. E então havia Steve.

— O quê? — perguntou Miranda. — O que você tem que fazer? — A bruxa recusava-se a deixar que alguma coisa ficasse no ar. Na noite anterior, quando Burnett tinha chegado em casa e convocado Della para uma visita, a bruxa a teria deixado maluca se Della não contasse tudo. Ela dissera às amigas que o vampiro não tinha ficado feliz com o fato de ela ter ido ao velório de Lorraine.

Della ainda podia ouvir as palavras do vampiro zumbindo nos ouvidos. *Um agente tem que manter certa distância emocional.* Sim, ela tentaria se lembrar daquilo assim que seu coração parasse de doer.

Ele também tinha perguntado a ela sobre a visita do pai. Della contou o mesmo que dissera a Holiday quando seu pai havia partido. Ela tinha pegado uma fotografia antiga dele e de seus irmãos e ele descobrira que ela não estava no álbum. Diferentemente de Miranda, Holiday e Burnett não se intrometeram. Ah, Della suspeitava que os dois líderes do acampamento sabiam que havia mais nessa história, mas eles obviamente respeitaram seu direito à privacidade.

Algo que Miranda precisava aprender. Não que Della guardasse muitos segredos das duas melhores amigas. Ela até contara sobre a visita do pai.

— O que poderia ser mais importante do que a nossa viagem? — perguntou Miranda.

Mas, Santo Deus!, aquela garota não ia desistir nunca?

Della soltou um rosnado baixo. Ela quase tinha sido malcriada com a bruxa e dito que não era da conta dela. Mas antes que as palavras saíssem de seus lábios, percebeu que não estava realmente irritada com Miranda ou com as perguntas dela. Ela estava irritada com a situação. E embora Della tivesse muitas situações complicadas acontecendo em sua vida, o que a deixava mais sobrecarregada naquele instante era a sua situação com Steve.

Ele tinha aparecido para as aulas naquele dia, como disse que faria. E como sabia que ela não queria assumir diante dos olhos de todos que estavam juntos, ele não tinha se aproximado muito. Mas ela podia jurar que, toda vez que olhava para ele, o metamorfo estava olhando para ela através dos seus cílios espessos e escuros, com um sorriso sexy no rosto. Ela apostaria seu melhor sutiã que ele estava pensando nos dois se beijando. Sobre como seria quando fossem bem além dos beijos.

E ver o metamorfo e seu sorriso de tirar o fôlego a fez pensar naquilo também. Era como se seu cérebro precisasse de um jeito de fugir dos problemas, por isso a fazia pensar nele. Ele a levou de volta à lembrança dos lábios de Steve sobre os dela, da sensação do seu toque.

Mas, dane-se, ela não queria pensar naquilo! Especialmente no meio da aula de matemática, com vários alunos capazes de farejar seus feromônios.

Tampouco queria pensar em ter que dizer a ele que iria viajar logo depois das aulas. Mas ela tinha que dizer. Não podia simplesmente ir embora. Isso seria muito rude. Della podia não ser uma miss simpatia, mas se esforçava para não ser rude. Bem, pelo menos a maior parte do tempo.

Miranda limpou a garganta e trouxe os pensamentos de volta ao problema que tinha à frente: a bruxinha intrometida.

— Não vai demorar muito — disse Della, bufando.

— O que você tem que fazer? — Miranda perguntou, o tom cheio de impaciência.

Della quase quebrou a regra de não ser rude.

— Eu tenho que falar com Steve! — ela quase gritou.

— Meu Deus, e qual o problema em nos dizer isso? — Os olhos de Miranda se arregalaram. — Ah, espera aí. Você vai tirar satisfação com ele sobre a filha do médico?

Kylie deu uma cotovelada forte nas costelas de Miranda.

Della franziu a testa.

— O que você sabe sobre isso?

A expressão de Miranda assumiu um falso ar inocente.

— Eu não sei de nada.

Miranda olhou para Kylie e, em seguida, se pôs atrás da camaleão como se Della pudesse atacá-la.

Della estava pensando nessa possibilidade...

— Desembucha! — Della esfregou a testa quando a dor latejante na têmpora direita ficou um pouco mais forte.

Kylie suspirou.

— Ela... não sabemos de nada. — Ela puxou Miranda para trás de si. — Olha, nós duas percebemos que a garota não tirava os olhos de cima de Steve. Ela parecia ter uma quedinha por ele.

Elas não disseram nada que Della já não tivesse concluído, mas doía saber que não era a única a perceber.

— Eu... Eu tenho que ir. Vou estar aqui antes das quatro. — Della saiu, sem nem saber direito para onde estava indo, exceto que queria encontrar Steve. Droga, não sabia o que iria dizer a ele, a não ser que iria passar o final de semana fora. Mas a mágoa e o ciúme que irradiavam dela feriam seu coração. Lembravam-na do modo como se sentira quando o pai tinha ido embora no dia anterior.

Capítulo Dezesseis

Della terminou indo à cabana de Steve. Em vez de bater na porta, espiou pela janela. Com o coração pesado ainda, ela o observou. O metamorfo estava deitado na cama, numa posição confortável. Sua camiseta laranja jogada num canto da mesa de cabeceira. Toda aquela pele dourada cobrindo o peito e as costas parecendo tão macia ao toque... Os músculos dos ombros e dos braços fazendo-a se lembrar da sensação de encostar o corpo no dele. O jeans desbotado caindo perfeitamente — não muito apertado a ponto de parecer vulgar, mas justo o suficiente para delinear o corpo firme sob o tecido.

Minha nossa, a vontade que tinha era de pular pela janela e deitar naquela cama junto com ele. E sentir todo o corpo dele contra o dela. Queria esquecer seus problemas e apenas deixá-lo fazê-la se sentir... viva e amada.

Não era só porque se sentia muito atraída por Steve. Ela gostava de como ele a fazia se sentir com relação a si mesma. Fazia com que se sentisse normal. E sexy. Um sorriso apareceu nos lábios dela novamente, enquanto se permitia apreciar a vista um pouco mais.

Instantaneamente se lembrou de quando Jessie tinha batido na porta do quarto dele, enquanto conversavam pelo telefone, e comentado que ele estava sem camisa. O fato de não ser a única que gostava de ver Steve seminu fez o peito de Della se contrair de ciúme. E aquele sentimento confirmou seu medo.

Ela estava muito perto de se apaixonar pelo metamorfo afetuoso e atraente deitado naquela cama. Mas será que ela realmente queria se apaixonar de novo? O amor já não a decepcionara uma vez?

Steve olhou para a frente e um sorriso sexy e preguiçoso se espalhou pelo seu rosto. Então ele saltou da cama e abriu a janela.

— Eu estava esperando você aparecer. — Ele ofereceu a mão a ela.

Ela pensou em lhe dizer para ir ao encontro dela ali fora, e assim evitar qualquer comentário sobre ter sido pega em flagrante no quarto dele. Pensando bem, ele já tinha sido surpreendido saindo do quarto dela. Claro que Derek não era do tipo que espalhava fofocas, mas, de acordo com Jenny, todos já sabiam que Della e Steve tinham "uma coisa".

Defina "uma coisa", seu coração gritou quando ela colocou a mão na dele. A palma quente aqueceu a dela. O toque foi suficiente para fazer todo o seu corpo vibrar com a eletricidade. O toque de Steve era como um fio desencapado, e ainda assim, apesar de sua intensidade, ela ainda queria mais.

Sua respiração ficou presa. Ela iria deixar aquilo continuar? Ou era melhor cortar o mal pela raiz antes que... antes que fosse tarde demais?

Pode já ser tarde demais, sussurrou uma voz dentro de sua cabeça.

Ela deixou que Steve a ajudasse a escalar a janela, mesmo que não precisasse da ajuda dele.

Seus pés ainda não tinham tocado o chão quando ele a puxou para si e a beijou.

Ela espalmou as mãos no peito dele para protestar, mas nada dentro dela queria protestar. Então, ela... não protestou. Deixou acontecer, como tinha deixado todos os outros beijos acontecerem. Será que algum dia conseguiria se afastar de um beijo dele? Achava que não. Quando se tratava de Steve, sua vontade era fraca. Era errado não odiar aquilo?

O beijo tinha um gostinho de hortelã. Um gostinho de Steve.

E ela adorava aquele gosto.

A língua dele deslizou lentamente pela dela. As mãos quentes encontraram sua cintura e ele a puxou um pouco mais contra si. De todos os lugares do mundo, aquele, os braços de Steve, era onde ela mais queria estar...

Ela se deixou apoiar no corpo dele só um pouquinho, e só por um instante.

Desde que tinha sido transformada, tinha jurado que não precisaria mais de ninguém. Nem dos pais, nem de Lee, nem mesmo dos amigos de sua antiga vida. Mas, quando Steve a abraçava, ela já não tinha tanta certeza se aquilo continuava sendo verdade.

— Senti sua falta... — disse ele, afastando-se um pouco.

Também senti sua falta. As palavras estavam na ponta da língua, mas ela não as pronunciou. Olhando para cima, viu que as pupilas dele estavam dilatadas. Seu hálito quente roçou no rosto dela.

Ela engoliu em seco e tentou pensar em como dizer a ele que iria passar o final de semana fora. Tentou descobrir se tinha o direito de questioná-lo sobre Jessie.

Ele se aproximou para beijá-la de novo e ela colocou os dedos nos lábios dele.

— Steve, eu... Eu preciso... precisamos conversar.

— Eu sei. — Ele sorriu. — Minha mãe e meu pai estão vindo amanhã e eu queria que você fosse jantar com a gente. Eles querem conhecer você.

Conhecer os pais dele? Eles queriam conhecê-la? Sentimentos ruins começaram a fervilhar em sua cabeça. Sentimentos que a levavam de volta ao relacionamento com Lee e à lembrança de que os pais dele não tinham gostado dela.

— Por quê?

— Por quê?

— Por que seus pais querem me conhecer?

— Porque eu falei de você e eles ficaram curiosos. Porque acho que sabem que você é importante para mim.

Importante para ele? Ela balançou a cabeça.

— Não acho uma boa ideia.

— Por quê?

Porque, se eu conhecer seus pais, a coisa passa a ser oficial. Vou ser oficialmente sua namorada. E eles podem não gostar de mim.

— Porque eu não vou estar aqui.

Não era uma mentira completa. Era reconfortante saber disso.

Ele franziu a testa.

— Este não é o fim de semana dos pais.

— Eu sei, mas estou indo para a casa de Kylie. Miranda e eu. Foi isso que eu vim dizer.

Ele fez uma cara decepcionada.

— Meus pais quase nunca saem nos finais de semana. Você não pode ir à casa de Kylie depois?

Ela balançou a cabeça.

— Não, porque eu vou... Não estou indo só para uma visita, vou até à funerária onde foi o velório do meu tio. Lembrei que o velório do meu primo Chan foi no mesmo lugar. Então talvez eles possam me dar alguma informação sobre o meu tio e minha tia.

Com um ar infeliz, ele balançou a cabeça, compreensivo.

— Como você descobriu isso?

— Pelo obituário. Lembra que eu disse que Derek o encontrou?

— Sim, mas você não me contou sobre a funerária. Ou sobre os seus planos. — Ele franziu mais a testa e estreitou os olhos. — Entrar numa funerária que forja a morte de pessoas pode ser perigoso. Você contou a Burnett?

— Ele permitiu que eu fosse para a Kylie — respondeu. — E Kylie é uma protetora. — Steve não precisava saber que só tinha conseguido a autorização por causa do poder de persuasão de Holiday. Ou que eles não sabiam nada sobre...

Steve andou pelo quarto e, então, confrontou-a novamente.

— Della, eu não gosto disso.

— Eu vou ficar bem — garantiu ela, sabendo que ele realmente se importava, mas percebendo que ter pessoas que se preocupavam com ela tinha um preço alto. Como o ex-namorado. Como o pai.

Ela encontrou o olhar de Steve. Ele parecia chateado, os músculos da mandíbula contraídos.

— Por que você não me contou isso antes?

Ela esperava que ele ficasse chateado, mas não tanto.

— Desde quando eu tenho que pedir permissão a você para...

— Eu não disse permissão, eu só quis dizer...

— Eu sei exatamente o que você quis dizer — disse ela. — Olha, eu... — Ela tentou deter o enxame de emoções que fervilhava no seu cérebro. Mas depois de tudo o que tinha acontecido, o velório, a breve visita do pai, a descoberta de que Chan podia estar envolvido com uma gangue, ela já estava no limite. — Eu provavelmente teria dito quando estávamos conversando, mas você foi convocado por... Jessie e...

— O quê? Convocado por Jessie? — ele perguntou, obviamente percebendo a emoção reprimida na voz dela com relação à garota de peitos grandes e sorriso bonito.

— Fomos interrompidos no telefone por ela — explicou Della, tentando não deixar transparecer suas emoções. *Quando você estava sem camisa, aliás, e ela fez questão de comentar sobre isso, também!* Naquele instante, Della se perguntou se Jessie sabia que Steve estava conversando com Della.

Será que Jessie tinha feito o comentário de propósito? Droga, Della ainda não tinha pensado nessa hipótese e agora a coisa tinha ficado ainda pior.

Steve ficou lá com uma expressão intrigada no rosto, como se estivesse tentando acompanhar a conversa.

— Tinha chegado uma paciente — disse ele. — Não era nada pessoal.

— Tem razão. Você não fez nada de errado. — Pelo menos Della esperava que não. — Isso não importa. — Ela olhou pela janela, realmente querendo sair antes que dissesse mais alguma coisa. Algo como: *Esqueça a ideia de me apresentar aos seus pais. Isso não está acontecendo. De qualquer maneira, eu aposto que eles gostariam mais da filha do médico.* — Olha, eu só vim aqui para dizer que estou de saída. A mãe de Kylie deve chegar a qualquer momento. Eu preciso ir.

— Droga, Della! Por que está agindo assim? Está contrariada porque estou trabalhando com o doutor Whitman? Mas é a minha formação. É importante.

— Encontrar a minha família também é — rebateu ela.

Ela se virou para a janela.

Ele a segurou pelo braço.

— Espere. — Ela podia ouvir na voz dele que estava tentando conter a frustração.

— Esperar por quê? — ela perguntou, os olhos apertados de raiva.

— Eu não posso acreditar que você não me disse isso antes — ele deixou escapar, seu tom agora era mais amargo, mais profundo.

— Bem, se você tivesse me contado que os seus pais viriam, eu teria dito antes que não poderia jantar com vocês. — *Não teria ido mesmo que não tivesse que passar o fim de semana fora.*

Ele soltou o braço dela e entrelaçou os dedos atrás do pescoço. Os olhos castanhos dele brilhavam num tom âmbar.

— Eu não estava me referindo só a isso. Estava falando dessa coisa do seu tio e da funerária. E me contaram que você foi ao velório da garota assassinada. E você já estava conversando com Derek sobre o seu tio, pedindo a ajuda dele, e nem tinha me dito nada. Você não me conta as coisas. Não confia em mim?

— Eu não tive chance de te contar porque você estava ocupado.

— Então você está contrariada *mesmo* por eu estar trabalhando com o doutor Whitman?

É a filha do médico que me incomoda.

— Eu só estou dizendo que você não estava aqui.

— Não me venha com essa, Della. Fiquei aqui o domingo todo e a segunda-feira de manhã. Vi você na clínica e nos falamos pelo telefone quase todas as noites. — Ele suspirou alto e fitou o teto. Então olhou para ela. — Está acontecendo de novo, como sempre acontece. Sempre que me aproximo um pouco mais, você começa a se afastar. Por que diabos faz isso?

Ela sentiu a garganta apertar. Abriu a boca, mas as palavras não saíram.

Seu celular tocou. Ela o tirou do bolso, grata por ter uma razão para desviar os olhos da mágoa no semblante de Steve. O nome de Kylie encheu a tela e então ela viu as horas. Eram quatro e cinco da tarde. Estava atrasada.

— Eu tenho que ir.

— Tudo bem, então vai!

Ela pôs uma perna para fora da janela e olhou para trás.

— Sinto muito — ela disse. Então saiu antes que ele visse o brilho das lágrimas nos olhos dela.

Mas por que diabos ela estava se desculpando? Por afastá-lo dela? Por não querer afastá-lo? Por ir à casa de Kylie? Por não querer conhecer os pais dele? Por ter medo de amar? Caramba! Ela era uma confusão!

— Você está bem? — perguntou Kylie a Della, trinta minutos depois, dentro do carro.

— Sim — Della mentiu. Mais tarde, poderia contar a verdade a ela e a Miranda. Embora não tivesse certeza de qual era realmente a verdade, a não ser que ela e Steve haviam tido a primeira briga. Claro, eles já tinham brigado antes, mas aquela briga tinha sido diferente. Era como... como se pudesse significar o fim.

— Você ainda está chateada com seu pai? Ou é sobre você e Steve? — perguntou Kylie.

— Eu estou bem — ela insistiu, perguntando-se se a insistência de Miranda tinha contagiado Kylie. Ela não podia simplesmente deixá-la em paz? Não via que era difícil para ela falar a respeito?

A dor que pesava em seu peito era um lembrete nada sutil da razão por que não deveria ter deixado a "coisa" entre ela e Steve ir tão longe. Por que não devia deixá-lo seguir em frente.

Talvez fosse melhor se tudo acabasse. Seu peito apertou e um grande *"não!"* pareceu soar no coração dela. Ela não queria que tudo acabasse. Mas também não queria que fosse adiante, queria? Não queria conhecer os pais de Steve ou começar a confiar nele.

Ela apertou as mãos no colo. A confusão envolvia seu coração dolorido e a cabeça latejava.

Engolindo as lágrimas antes que entupissem seu nariz e enchessem seus olhos, ela olhou para Miranda, sentada no banco da frente, tagarelando com a mãe de Kylie sobre como era ser uma bruxa. A mãe da amiga tinha acabado de descobrir os talentos sobrenaturais de Kylie — e sobre os seres sobrenaturais em geral — e era evidente que ainda estava digerindo os detalhes da vida da filha.

— Nós na verdade não voamos em vassouras — explicava Miranda à senhora Galen. — Isso é lenda. E a primeira regra que aprendemos é não fazer mal a ninguém. Não que todas as bruxas sigam essa regra. Mas, se forem pegas em flagrante... bem, vou apenas dizer que o crime não compensa. E se fizerem um estrago realmente grande, os anjos da morte não vão deixar barato.

A mãe de Kylie olhou pelo espelho retrovisor e seus olhos verdes se fixaram em Della. Era pelo menos a sexta vez que Della surpreendia a mulher olhando para ela com um ar de... suspeita ou desconfiança. O que estava acontecendo?

Uma possível razão para aqueles olhares desconfiados ocorreu a Della.

Ela se inclinou na direção de Kylie e sussurrou:

— A sua mãe sabe que eu sou um vampiro?

A expressão da camaleão respondeu à pergunta antes que ela abrisse a boca.

— Ela me perguntou de repente. Eu tinha que contar. Espero que você não se importe.

— Que ótimo! — disse Della. — Agora ela está morrendo de medo de mim.

— Não, ela não está — Kylie sussurrou. — Está só... tentando se adaptar. Eu, pessoalmente, acho que está indo muito bem. Eu estava com medo que ela se arrependesse do convite. — Kylie se encolheu como se percebesse que tinha dito a coisa errada. — Ela vai ficar bem, eu prometo. Lembre que também desconfiei de você no começo.

Porque sou um monstro. Porque a minha espécie sai por aí se alimentando de pessoas.

— Dê uma chance à minha mãe, por favor — Kylie sussurrou.

Della soltou um suspiro profundo.

— Você tem certeza que ela não vai cravar uma estaca no meu coração enquanto eu estiver dormindo?

Kylie riu.

— Não, mas pode tomar um banho de alho. — Quando viu que Della não iria fazer nenhum comentário bem-humorado, Kylie perguntou: — Você e Steve brigaram?

Della concluiu que negar não adiantaria nada. Ela iria acabar contando, como sempre fazia.

— Sim.

— Ele não gostou de saber que você viria conosco?

— Ele não gostou de um monte de coisas. — Della olhou pela janela para as árvores passando, o coração pesado.

— Que tipo de coisas?

Della olhou para a frente e viu a mãe de Kylie olhando para ela pelo retrovisor. Mais uma vez.

— Conversamos mais tarde, ok?

— Ok. — Kylie apertou a mão de Della. A camaleão devia ter se transformado em *fae*, porque seu toque foi extraquente e reconfortante.

Della sentiu a dor no peito diminuir, mas tão logo relaxou outro pensamento causou novamente um aperto em seu peito. Chan. Será que ele estava envolvido com alguma gangue? Se estava, será que Chase também estava? Ela precisava descobrir o que estava acontecendo. E rápido.

— Merda! — Kylie murmurou baixinho.

— Merda o quê? — Della murmurou de volta.

Kylie estendeu a mão até o cabelo de Della e tirou algo dali. Ela levou um segundo para perceber o que era. Outra pena.

Ah, mas que inferno! O fantasma estava de volta.

Della engoliu o pânico.

— Eu ainda acho que ele está aqui por causa de você ou de Holiday — ela sussurrou para Kylie. — Ele apareceu quando Holiday e eu estávamos no velório.

— Sim, mas você também estava lá — Kylie sussurrou de volta. — E eu só o vi perambulando perto do seu quarto, e não acho que Holiday o tenha visto sem você por perto. Então, ainda acho que é seu tio ou talvez sua tia.

Quase como se o fantasma a ouvisse, mais duas peninhas brancas caíram numa espiral, passado pelo nariz de Della e pousando em seu colo, e não no de Kylie.

Della esmagou-as no assoalho do carro. Será que ela já não tinha o suficiente em que pensar?

Capítulo Dezessete

O maldito fantasma não havia se mostrado ainda, mas, de acordo com Kylie, tinha ficado no carro com elas a maior parte do trajeto. A senhora Galen ficava o tempo todo mexendo no aquecedor do carro e reclamando que o clima estava esfriando cada vez mais cedo. Quando estavam a cerca de cinco quilômetros da casa de Kylie, a temperatura dentro do carro subiu e ainda estava quente quando pararam em frente à garagem.

— Isso significa que ele não sabe onde estamos? — perguntou Della quando desceram do carro.

— Lamento, mas, quando um fantasma está ligado a você, ele parece que tem um GPS embutido. Se quer achar você, ele acha.

— Isso parece mais uma perseguição.

— É mais ou menos isso — confirmou Kylie. — Desculpe.

— Eu adorei a sua casa! — exclamou Miranda à senhora Galen, quando a bruxinha saltou na calçada em frente.

Enquanto Della admirava o sobrado, ela estendeu a mão e esfregou a têmpora. Estava fazendo muito isso ultimamente. A dor leve mas persistente na cabeça não passava por nada nesse mundo. Ela queria culpar sua menstruação, mas ela já tinha acabado.

— Obrigada — respondeu a senhora Galen. — Estou tentando vendê-la, mas não consegui ainda. — Ela olhou para Kylie. — Sei que Kylie não quer que eu me mude, mas esta casa é grande demais para mim.

— Não é que eu não queira que você se mude — justificou Kylie. — Eu só... vou sentir falta dela.

Della pensou em como se sentiria se os pais vendessem a casa em que moravam. Ela ficaria triste, mas nada comparado ao que sentiu ao perder a família. E depois da visita do pai, Della realmente se sentia como se a tivesse perdido. Por um segundo se perguntou se não teria sido mais fácil se ela tivesse forjado a própria morte. Então, aquela pequena centelha de esperança de que pudesse ter um tio e até uma tia cintilou dentro dela.

Ela começou a andar pela calçada até a varanda da frente. O sol estava baixo, tingindo o céu ocidental de uma variedade de cores, enquanto a escuridão tentava afugentá-las. Um vento frio passou e agitou as árvores. Uma cascata de folhas mortas espalhou-se no chão, lembrando Della das penas.

Ela se inclinou para trás, aproximando-se de Kylie.

— Quanto tempo geralmente leva para que um fantasma apareça ou diga o que ele quer? — perguntou Della, apegando-se à esperança de que o tio ou a tia estivessem vivos.

— Isso depende do fantasma — respondeu Kylie.

Della suspirou. Ela detestava esperar. Mas talvez não tivesse que esperar muito. A visita à funerária poderia esclarecer algumas coisas. Ela olhou para o céu escuro, que parecia refletir o seu humor. Bem que precisava de um pouco mais de luz.

Luz que não vinha com nenhum tipo de problema. Se ela metesse Kylie e Miranda em apuros ou, Deus do céu, se elas se machucassem, ela iria se sentir muito mal. Muito mesmo!

Uma hora depois, Miranda, Della e Kylie estavam no sofá, cortando uma pizza na mesinha de centro e examinando o menu do Netflix à procura de um bom filme. Della tinha conseguido comer uma fatia de pepperoni, e estava tentando deixar de lado a sua preocupação com a futura visita à funerária. Mas a pontada de preocupação continuava com ela.

Levantando do sofá, foi até a cozinha para pegar outro refrigerante, na esperança de tirar da boca o gosto da pizza. Ela tinha tomado um grande copo de sangue no almoço, para que não precisasse ingerir mais até que estivesse de volta a Shadow Falls no domingo. A última coisa que queria era que a mãe de Kylie a visse bebendo sangue. Quem gostava de ser encarado com repugnância?

Quase como se seus pensamentos a houvessem conjurado, a senhora Galen entrou na cozinha e parou abruptamente na porta quando se deparou com Della.

— Ah... hã, precisa de alguma coisa? — perguntou ela, tropeçando nas palavras.

O medo brilhou nos olhos da dona da casa e ver essa cena magoou Della. *Alguns litros do seu sangue*, Della quase deixou escapar com sarcasmo, porque podia perceber pela expressão da mulher que era isso que ela esperava que Della dissesse. Forçando-se a ser educada, disse a verdade.

— Eu só estava pegando outro refrigerante.

— Eles estão ali — disse ela, apontando para baixo, com os pés firmemente plantados na porta, como se estivesse com medo de chegar mais perto. — No fundo da gaveta.

Della pegou uma bebida diet, então voltou a olhar para a mãe de Kylie. O medo em seus olhos parecia mais forte e, antes que pudesse se conter, Della disse:

— A senhora sabe que não vou machucá-la, não sabe?

O rosto da senhora Galen adquiriu um constrangedor tom vermelho tomate.

— Sinto muito. Acho que estou sendo muito transparente, não é?

— Receio que sim. — Della abriu a lata, o som efervescente enchendo seus ouvidos, e lamentou sua franqueza. — Mas entendo que seja difícil aceitar. E agradeço por ter confiado em mim o suficiente para me convidar. — Sem saber mais o que dizer, ela começou a sair da cozinha.

— Sua mãe me pareceu uma boa pessoa — a senhora Galen deixou escapar, como se estivesse tentando se conciliar com Della.

Della se virou. Se a mulher estava disposta a tentar, por que ela não deveria fazer o mesmo?

— Obrigada. E obrigada por falar com ela.

A senhora Galen brincou com a barra da blusa, obviamente ainda nervosa.

— Ela não sabe, não é? Quero dizer, sobre você ser uma vampira.

Della se encolheu.

— A senhora não disse nada, não é?

— Oh, não. Burnett deixou muito claro que eu nunca deveria falar a ninguém sobre nada disso, a menos que ele já tenha dito. Eu... fiquei apenas curiosa, acho.

— Curiosa com o quê?

— Para saber como isso acontece... Você foi mordida por outro vampiro?

— Não. Quer dizer, algumas pessoas são transformadas dessa forma. A maioria dos vampiros que não nasceram com o vírus ativo, ou seja, que não têm pais vampiros, passa a ter o vírus ativo quando têm uma ferida aberta e entram em contato com outro vampiro.

— Como é que uma pessoa normal sabe se é portadora do vírus? — ela perguntou, como se estivesse assustada com a possibilidade de ser uma delas.

— Elas geralmente não sabem. Mas a UPF divulgou estatísticas de que menos de um por cento da população é portadora. Então eu não acho que a senhora precise se preocupar.

A senhora Galen assentiu como se estivesse envergonhada de novo.

— Então acho que isso faz de você alguém especial — ela concluiu com um sorriso. Este de fato parecia verdadeiro.

— É, pode-se dizer que sim — respondeu Della, mas sem muita certeza de que concordava. Ser "especial", como a senhora Galen tinha falado, tinha um preço alto. A família dela. Sua vida como a conhecera antes.

Della então se perguntou por que os pais não podiam aceitar isso se a mãe de Kylie tinha aceitado. Será que um dia ela poderia contar aos pais a verdade?

A senhora Galen se aproximou e encostou a mão no ombro de Della como se para mostrar que não estava mais com medo. Mas Della ainda sentiu um leve tremor no toque. Não que ela não tivesse apreciado o gesto; ela apreciou. Tanto que seu coração se contraiu com uma emoção indesejada.

— Kylie me contou quanto você e Miranda significam para ela — a senhora Galen continuou. — Ela disse que vocês duas foram amigas dela quando ninguém mais queria aceitá-la. Eu quero que saiba que sou muito grata por isso.

— Ela tem sido uma boa amiga para mim, também — disse Della.

A mulher chegou um pouco mais perto, como se quisesse abraçar Della. Para evitar isso, e não ver o choque nos olhos dela quando sentisse a temperatura fria de Della, a vampirinha deu um passo para trás.

— Obrigada pelo refrigerante. — *Obrigada por tentar me aceitar.*

— Pode ficar à vontade. Pegue o que quiser.

Quando Della voltou para a sala de estar, Kylie olhou para ela com uma cara preocupada, como se tivesse ouvido a conversa.

— Está tudo bem?

— Sim — confirmou Della. — Agora acho que ela não vai mais cravar uma estaca no meu coração hoje à noite.

— Eu não teria deixado, de qualquer forma — disse Miranda, e ambas riram.

— Eu falei que ia ficar tudo bem — disse Kylie. — Minha mãe tem os seus defeitos, mas não é de todo ruim.

— Você tem sorte. — Della se sentou no sofá do outro lado de Kylie.

Miranda se inclinou para a frente e sorriu para Della.

— Por que acha que ela tem sorte? Porque não podia ter duas amigas mais bacanas?

— Não. — Della revirou os olhos. — Porque ela tem uma mãe legal. — Della recordou o olhar no rosto do pai quando tentou abraçá-lo. Ele nunca iria aceitá-la. Ela estava se enganando se achava que um dia isso iria acontecer.

— Bem, isso também. — Miranda olhou para Kylie. — Sua mãe é bem simpática.

— Eu acho que tenho sorte de ter todas vocês. — A camaleão sorriu. — Adoro que estejam aqui na minha casa. É como se eu finalmente pudesse incluir vocês nesta parte da minha vida. — Kylie estendeu a mão e apertou o braço de Della e de Miranda.

— Abraço coletivo! — Miranda saltou do sofá, ficou em frente às duas amigas e colocou os braços ao redor delas. Della suspirou e tolerou a proximidade. Pensando bem, não foi tão difícil tolerar. A cada dia o vínculo entre as três parecia ainda mais especial. O sentimento terno de carinho encheu o peito de Della, fazendo-a reconsiderar a decisão de levar as amigas com ela à funerária.

E se alguma coisa ruim acontecesse?

— Sabe de uma coisa, garotas? — disse Della, afastando-se do abraço. — Eu acho que amanhã é melhor eu ir sozinha à funerária. É só vocês me deixarem...

— Não! — disseram Kylie e Miranda ao mesmo tempo.

Kylie franziu a testa.

— Você prometeu a Holiday que não faria nada arriscado. E embora eu não ache isso perigoso, ir sozinha é um risco. E isso significaria que você não está mantendo sua promessa. Sério, e se alguma coisa acontecer e você correr algum perigo?

Era exatamente por isso que Della não queria as duas lá.

— Eu acho que há mais chance de eles falarem comigo, uma vampira, se eu estiver sozinha.

— Eu posso me transformar numa vampira — disse Kylie.

— Mas se entrarmos juntas, eles podem se sentir ameaçados. Me deixe entrar sozinha.

— Não! — Kylie disse de novo, e sua voz soou firme como se ela tivesse se transformado numa protetora.

No entanto, protetora ou não, ela ainda poderia ser ferida. E Miranda era tão indefesa quanto um cachorrinho. Além disso, o perigo não era só que as duas se machucassem. Elas poderiam ser pegas e levar uma bronca enorme de Burnett. Se Della fosse pega e arranjasse problemas, não importava, mas ela não queria envolver as amigas.

Della suspirou, frustrada.

— Eu pensei a respeito. Se entrar sozinha, tenho duas opções. Se o velhote estiver disposto a cooperar, só vou fazer perguntas. Se eu sentir que ele não vai falar, posso fingir que estou lá para providenciar o meu próprio funeral. Se ele engolir, então pelo menos vamos ter certeza de que fazem funerais falsos e estão por trás do de Chan e provavelmente do funeral do meu tio, que ainda pode estar vivo.

— Você não vai sozinha! — insistiu Miranda.

— Espere aí. Ela pode ir sozinha. — Kylie sorriu. — Ou pelo menos é o que vai parecer. Eu posso ficar invisível e segurar a mão de Miranda; então eles não vão saber que estamos lá. Assim, se houver algum problema, eu posso entrar em ação. E Miranda vai... — Kylie olhou para Miranda como se soubesse que a bruxa não gostava de se sentir como se não pudesse contribuir. — Ela vai transformá-los em cangurus — completou Kylie, sorrindo.

— Eu poderia fazer isso só com o dedo mindinho — disse Miranda, erguendo a mão.

— Isso só pode funcionar — disse Della, gostando do plano de Kylie. Gostando muito. Se Della fosse cuidadosa e não criasse problemas, então ninguém iria saber que Kylie e Miranda estavam lá. E Della iria se empenhar muito para evitar qualquer encrenca.

— Ou eu poderia fazer nascer espinhas neles — Miranda deixou escapar. — E algumas erupções e coceiras desagradáveis nas partes íntimas. E nós sabemos como os caras se preocupam com suas partes íntimas.

Della não pôde evitar: ela riu. Como tinha sorte de ter encontrado aquelas duas!

Capítulo Dezoito

— Dirija com cuidado! — A mãe de Kylie acenou da porta na manhã seguinte, quando as três entraram no carro de Kylie.

Cuidado era a palavra-chave, Della pensou, e entrou no banco de trás.

Ela ainda achava o plano de Kylie muito bom, mas não tinha conseguido parar de imaginar o pior.

Miranda se sentou no banco da frente. Na noite anterior, antes de ir para a cama, ela tinha anunciado que iria no banco da frente. As três tinham se deitado na cama *queen* de Kylie e falado sobre a vida e os garotos. Kylie tinha tentado fazer Della falar sobre Steve, mas a dor que sentia por causa da briga ainda era muito recente, por isso ela evitou tocar no assunto.

Della não tinha dormido bem na noite anterior, preocupada justamente com aquele assunto e a palavra "segurança". E, ocasionalmente, se preocupando com a possibilidade de que penas voltassem a aparecer.

Mas nenhuma pena apareceu. Em vez disso, ela tinha ficado remoendo tudo sem parar, racionalizando que aquilo não era muito arriscado. Tudo o que tinham a fazer era ir à funerária para fazer algumas perguntar a um velhote que maquiava pessoas mortas.

— E divirtam-se! — a senhora Galen acrescentou quando Kylie saiu com o carro da entrada de automóveis.

Um velhote e gente morta. Esse passeio vai ser superdivertido! Della acenou para ela, os pensamentos voltando para a questão da segurança. O velhote era provavelmente um vampiro e, se ele não gostasse de perguntas, isso poderia significar problemas. Mas o lado racional do cérebro de Della rebatia, dizendo que ele estava ajudando vampiros, então não poderia ser de todo ruim. Mas quanto aquilo poderia ser arriscado?

— Me ligue e fique com o celular ligado! — a mãe de Kylie gritou mais alto.

Tinham falado a ela que estavam indo fazer compras. E como Kylie não queria que fosse mentira, ela insistiu para que realmente fossem a uma loja. Só Kylie mesmo para se preocupar em não mentir quando havia tantas outras coisas em jogo.

Enquanto Kylie dirigia, Miranda digitou o endereço da funerária no GPS. A bruxa devia estar cometendo algum erro ortográfico ao digitar o nome da rua ou digitando os números da rua de trás para a frente. Como era disléxica, tinha problemas com esse tipo de coisa. Por mais tentador que fosse apenas lhe dizer para passar o maldito GPS, Della não disse nada. Para Miranda, ser disléxica era um assunto tão delicado quanto era para Della o fato de seu corpo ser frio.

Della esperou até que o GPS desse as instruções para começar a pôr seu plano em prática.

— Pare na rua a alguns quarteirões e vamos a pé. Você não pode abrir portas quando está invisível, certo?

— Não — confirmou Kylie.

— Então, quando vocês duas ficarem invisíveis, fiquem perto de mim. Eu não quero ter que me preocupar com vocês enquanto estiver tentando obter informações.

— Você não vai ter que se preocupar. Estaremos bem atrás de você.

O GPS anunciou que estavam chegando ao destino. Kylie passou em frente à funerária e estacionou no meio do quarteirão seguinte.

Saíram do carro. O sol da manhã estava brilhante; o ar de outubro, muito claro. A sensação de frio em sua pele lembrou Della de que ela ainda podia estar com uma ligeira febre. Quanto tempo podia durar uma gripe?

Kylie se moveu e ficou atrás do carro, olhando ao redor como se verificasse se não vinha ninguém para que ela pudesse ficar invisível.

Della fez o mesmo. Um carro passou zunindo, um quarteirão abaixo, algumas pessoas caminhavam pela rua, mas não havia ninguém por perto que pudesse realmente perceber o que estava acontecendo.

— Tudo pronto? — Kylie olhou para Della.

Della assentiu e seu coração disparou com a ideia de encontrar respostas.

Em poucos minutos ela realmente poderia saber com certeza se tinha um tio e uma tia em algum lugar.

Kylie pegou a mão de Miranda e perguntou:

— Você está pronta?

— Sim — garantiu Miranda. — Vamos nessa. Já treinei meu feitiço de micose na virilha. — Ela mexeu o dedo mindinho. E, diante dos olhos de Della, as duas ficaram invisíveis.

Della começou a descer a calçada em direção à funerária. Por causa da insistência de Burnett para que Kylie usasse seu dom da invisibilidade com extrema cautela e nunca invadisse a privacidade de ninguém, Kylie não o praticava com muita frequência. Era estranho saber que Kylie e Miranda estavam atrás dela, mesmo sem poder ouvi-las, vê-las ou farejá-las. Ela farejou o ar de novo, mas não sentiu nada. Pensando bem, ultimamente seus sentidos estavam falhando tanto que ela poderia nem ter percebido que estavam lá. A tentação de falar com as amigas aumentou, mas ela decidiu que era melhor resistir.

A cada passo dizia a si mesma que era bobagem se preocupar. Tudo o que ela queria era fazer algumas perguntas.

A tensão ainda contraía seu estômago enquanto ela olhava ao redor. Menos da metade de um quarteirão acima, dois homens de aparência rude corriam pela avenida de quatro pistas. Mesmo à distância, Della sentiu que olhavam para ela. Respirou fundo para ver se sentia algum cheiro. Seu nariz finalmente funcionou.

— São apenas humanos — sussurrou para Kylie e Miranda.

Os dois homens atravessaram a avenida e começaram a andar perto dela. Um deles tropeçava nos pés como se estivesse bêbado. Ela foi mais para o lado, dando espaço a eles. Ignorou-os, mas verificou seus padrões para se certificar de que seu nariz não a tinha enganado. Para garantir que eram seres humanos. Humanos babacas, emendou mentalmente quando viu a forma como os dois homens pareciam despi-la com os olhos.

Sem querer arranjar problemas, ela se afastou e começou a andar pela faixa de grama na calçada, esperando que finalmente a ultrapassassem.

Suas esperanças foram em vão. Eles saíram da calçada, bloqueando seu caminho.

— Ei, gata, quer ganhar uma grana? — perguntou o primeiro, com cara de bêbado, ostentando um rabo de cavalo sujo. Ele arqueou os quadris.

Ela lutou contra o impulso de pegar o canalha por aquele rabo de cavalo sujo e girá-lo no ar até arrancar o cabelo pela raiz, em seguida chutar a bunda dele e fazê-lo voar até o outro lado da avenida. Em vez disso, ela simplesmente foi para o outro lado da calçada.

Olha só, Burnett, pensou, *eu consigo me controlar*.

Ela não pensava só em dar porrada.

— Estou ignorando — Della murmurou, tranquilizando a si mesma e a Kylie, caso a protetora que existia dentro da amiga sentisse a necessidade de quebrar a cara de alguém.

Os dois safados fizeram mais alguns comentários rudes, mas não a seguiram. Nem a tocaram. Ela deu graças a Deus, porque o cheiro azedo dos dois ainda estava poluindo o ar.

Ela passou por uma loja de bebidas e por outra de penhores antes de chegar à funerária. O prédio de tijolinhos brancos tinha uma aparência malconservada e a placa que dizia "Funerária Rosemount" precisava urgentemente de uma nova camada de tinta. Olhando ao redor, ela percebeu que toda a vizinhança precisava de uma reforma.

Enquanto se aproximava da porta da frente, ela se lembrou do pai reclamando porque sua irmã tinha escolhido aquele lugar para fazer o velório de Chan. Mas será que tinha de fato sido escolha da tia? Della não sabia como funcionava quando alguém forjava a própria morte.

Com sorte, em questão de minutos teria as respostas. Abriu a porta, segurando-a aberta por um segundo para Kylie e Miranda poderem entrar também.

O cheiro da funerária incomodou seu nariz. Aquilo era formaldeído? Não era o que usavam em cadáveres? Ela inspirou novamente para ver quem poderia estar ali, mas o primeiro odor impediu-a de sentir qualquer outro rastro.

Será que aquilo não era de propósito? Ela afastou o pensamento e olhou ao redor.

A iluminação era suave, fazendo com que tudo parecesse cinza e pesado. Della olhou para os lados, observando o piso de madeira não muito polido e uma escrivaninha vazia, adornada com um vaso de flores murchas.

A tensão pesou sobre os ombros dela. Tentou não prestar atenção no ambiente sem atrativos. O que ela procurava era um vampiro esquisitão. Não localizou nenhum. Não localizou ninguém.

Ela deu uma volta completa, observando duas portas que levavam para a entrada. Será que havia alguém ali? Pensar que nos fundos provavelmente havia defuntos aninhados em caixões lhe causou um arrepio. Lembrou-se do velório da garota assassinada em que estivera apenas alguns dias atrás.

Sua promessa de encontrar o assassino de Lorraine não tinha sido da boca pra fora, só que...

— Posso ajudar? — A voz grave num tom irritado saiu do nada, e ela quase deu um pulo.

Caramba! Como não tinha ouvido ninguém se aproximar?! Sua audição devia estar em pane novamente. Ela se virou e tentou disfarçar o pânico em seu rosto. O homem estava numa das portas e não era um homenzinho qualquer.

Era um cara gigantesco, ou um vampiro gigantesco, nem perto de ser um velhote qualquer. Cabelos castanho-escuros e pele cor de oliva, ele lembrava Burnett, um pouco mais velho, mas tão ameaçador quanto.

Ela o viu verificar seu padrão. Sua sobrancelha esquerda se arqueou ligeiramente e ele quase sorriu, como se estivesse feliz em vê-la. A tensão em seu estômago piorou um pouco mais.

— Na verdade, eu estava procurando o dono.

— E você o encontrou!

— Eu pensei... O site mostrava um...

— Meu padrasto morreu recentemente. — Ele não parecia chateado.

— Então nesse caso... Sim. Você pode me ajudar. — O coração dela disparou. Tinha chegado a hora decisiva. Pedir informações a ele sem rodeios ou fazer perguntas como se estivesse interessada em forjar a própria morte.

— Eu estava... O velório do meu primo foi feito aqui.

— É mesmo?

Ele não parecia ser do tipo que dava informações.

— Meu primo não estava realmente morto — disse ela.

O vampiro brutamontes assentiu.

— Devo supor que você esteja querendo seguir os passos dele? Há quanto tempo foi transformada?

— Eu pensei em forjar minha própria morte — ela respondeu, grata por aquilo ser verdade. Mas ela se negou a responder à segunda pergunta. — Também tive um tio que foi velado aqui... anos atrás.

— O vírus que sua família carrega deve ser forte.

— Eu estava com esperança de encontrar a minha família. Você... você guarda os registros?

— Eu? Não chego a tanto. Mas meu padrasto, que Deus guarde sua pobre alma, fazia questão disso. — Seu sorriso frio revelou quão pouco ele se importava com o padrasto. — É claro que o negócio agora não é mais dele. As regras e tudo mais mudaram.

— Você ainda tem os registros? — perguntou ela.

— Você tem sorte de eu ainda não ter jogado tudo fora. Mas, como eu disse, o negócio não é mais do meu padrasto. Eu... não ofereço meus serviços de graça. Ofereço o início de uma nova vida. E em troca peço alguns anos de contribuição para mim ou para os meus clientes que precisam de serviçais.

— Serviçais? — ela perguntou, achando que "escravos" era uma palavra melhor. Esse tipo de coisa não acontecia no passado e eles não eram chamados de servos contratados?

Os olhos dele passearam pelo corpo dela com o mesmo tipo de olhar repulsivo que o do bêbado na rua. Tinha a sensação de que sabia a que tipo de serviços ele se referia.

— Se você quiser, podemos ir à minha sala e discutir os assuntos legais do contrato. — Ele acenou para que ela o seguisse.

— Existe um contrato? — Ela não se moveu, sem ter muita certeza se entrar com ele ali era uma atitude sensata. Mas, pensando bem, precisava ver aqueles arquivos. Decisões, decisões...

— Oh, sim. Temos o cuidado de não violar as leis que possam nos causar problemas. Como é uma recém-criada, você pode não saber, mas há autoridades que controlam os sobrenaturais. Idiotas que acham que deveríamos ser registrados e regulamentados.

Sim, eu meio que ajudo esses idiotas.

— Sério? — ela perguntou, sem mentir novamente. Mas era uma pena que ele não quisesse problemas. Porque, assim que fosse embora, ela iria entrar em contato com Burnett e a UPF para contar sobre aquela pequena operação. Ele lhe passaria o maior sermão da vida por ter ido até lá, mas valeria a pena. Seus instintos lhe diziam que aquele cara precisava ser detido.

Ela sentiu que alguém andava atrás dela. E não era Kylie ou Miranda. Os passos pesados lhe diziam que era alguém grande. Ela realmente precisava que sua audição parasse de deixá-la na mão, de modo que pudesse se preparar melhor para lidar com surpresas como aquela.

— Por que não fazemos como o senhor Anthony sugeriu e vamos atrás dele?

O cara atrás de Della deu um cutucão nas costas dela — um cutucão bem forte. O que a deixou com uma forte suspeita de que a assinatura daquele contrato não era realmente uma escolha.

Ela deu mais alguns passos, depois hesitou, rezando para que Kylie e Miranda a acompanhassem. Quando o grandalhão a cutucou novamente, ela continuou a seguir o senhor Anthony.

Ele a levou a um enorme escritório, com uma parede inteira forrada de arquivos. Ela acenou para eles.

— Aqueles são os registros do seu padrasto?

Ele olhou para trás.

— Por acaso, são. — Ele sorriu. — Deixe-me explicar como isso funciona. — Ele fez um gesto para que ela se sentasse numa cadeira de espaldar reto diante da grande mesa de carvalho.

— Por que você não aumenta a possibilidade de fazermos negócio me deixando primeiro dar uma espiada nos arquivos do meu tio e do meu primo?

Ele se apoiou na lateral da mesa e riu.

— Você é bem petulante. Mas tenho vários clientes que, na verdade, preferem serviçais com um pouco de coragem.

Ele não fazia ideia de quanta coragem ela tinha.

— Sente-se — ele ordenou.

Ela se perguntou se não ganharia mais fazendo o que ele dizia e então decidiu tentar. Sentou-se. Seu cotovelo tocou em algo grudento. Olhando para baixo, notou uma fita adesiva pendurada no braço da cadeira, como se alguém tivesse sido preso ali.

Tentando não demonstrar nenhuma emoção, especialmente a ponta de medo que crescia em seu peito, ela o encarou novamente.

— E agora? — perguntou. Seu olhar se desviou para trás do homem, onde havia cerca de seis rolos de fita adesiva em cima de um dos arquivos. O negócio dele devia ser prender gente com fita adesiva.

Ele se levantou, estendeu a mão até a escrivaninha e entregou a ela uma folha de papel.

— O contrato é simples. Você concorda em trabalhar durante dois anos, exclusivamente para a pessoa que eu designar como seu guardião. Seu título e o tipo de trabalho exigido de você dependerão do que o seu guardião... precisa.

A maneira como ele disse "precisa" fez a pele dela arrepiar.

— E se eu não gostar do trabalho?

— Se optar por não cumprir as tarefas atribuídas a você, seu guardião vai tentar convencê-la de outra forma.

— Me convencer? Me batendo, por exemplo?

Ele arqueou uma sobrancelha.

— Seu guardião é muito parecido com um pai. Se você seguir as regras, não vai ter por que receber uma punição.

Sim, ela acreditava nisso.

— Tenho certeza de que, sendo uma recém-criada, você sabe das dificuldades que é encontrar comida. Você já matou?

Ele disse aquilo friamente, como se quisesse ver a reação dela. Ela decidiu não responder e deixá-lo concluir o pior.

— Então já. Você precisa de ajuda, senhorita...?

— Tsang.

— Oriental? — perguntou ele, estudando-a como se não acreditasse.

— Mestiça. — A palavra deixava um gosto ruim em sua boca.

— Muitos dos meus clientes gostam de orientais.

Ela tinha certeza que ele não queria que ela notasse o tom sórdido em sua voz, mas ela notou. Apertou as mãos até que suas unhas ferissem as palmas.

— Pelo seu espírito de lealdade, é claro — acrescentou.

Ah, ela era leal com certeza. E agora sua lealdade iria mandar aquele cara para o quinto dos infernos.

— As estatísticas comprovam que, sem ajuda, um recém-criado pode matar dez pessoas em seis meses. Não é culpa deles, pois são simplesmente incapazes de se conter. Isso se conseguirem viver mais seis meses, é claro. Veja só, existem outros sobrenaturais, como os lobisomens. Para eles, a tarefa de encontrar e matar as vítimas é quase um esporte.

Della sabia que a maior parte do que ele estava dizendo era mentira, mas ela não conseguiu deixar de se perguntar se não engoliria as mentiras caso não tivesse Chan, caso não tivesse encontrado Shadow Falls. E quantos novos vampiros tinham agora que servir aquele cretino e seus clientes? Esse pensamento revirou seu estômago.

Ele tirou uma caneta do bolso e entregou a ela.

— Tudo o que eu preciso é que você assine na linha pontilhada e depois vamos tentar encontrar os arquivos que você quer e preparar seu funeral.

Quando viu que ela não começava imediatamente a assinar seu nome no papel, ele continuou:

— Acredite, se seus pais souberem o que você é, ficarão gratos se tiver preferido forjar a própria morte para que eles não tenham que vê-la assim.

Ela olhou para o papel, tentando descobrir quando colocar um ponto final naquele papo absurdo.

— Dois anos parece um tempo muito longo.

— Não é nada. Para dizer a verdade, eu vinha fazendo isso na minha outra funerária havia anos. Existem muitos serviçais que optam por não deixar seus guardiões. Depois que você aprende a satisfazer as expectativas deles, é fácil viver a vida que seu guardião estabeleceu para você. Você recebe comida e proteção. Não é uma vida ruim.

E eu aposto que os donos de escravos diziam a mesma coisa no século XVII.

Ela balançou a cabeça.

— Sinto muito incomodar, mas acho que gostaria de ver esses arquivos antes de tomar uma decisão.

A mão do brutamontes, em pé atrás dela, desabou sobre o seu ombro.

— Não vamos chatear o senhor Anthony. Ele não é nada agradável quando está irritado.

Ele começou a apertar o ombro dela com força, e depois mais forte ainda. A dor tornou-se quase insuportável.

— Isso é realmente necessário? — Della perguntou com os dentes cerrados, tentando não parecer aliviada quando o aperto diminuiu. Ela olhou de volta para o senhor Anthony, que já tinha pegado a fita adesiva.

Ela já tinha ouvido dizer que era possível prender quase tudo com fita adesiva, mas será que realmente conseguiria segurar um vampiro? Ela não queria ter que testar.

Deixou a caneta cair.

— Ops! — Ela se inclinou e sussurrou para Kylie: — Eu acho que posso resolver isso sozinha.

— O que você disse? — perguntou o senhor Anthony.

Quando Della se pôs de pé, o brutamonte atrás dela agarrou seu braço. Ela não hesitou. Virou-se e com toda a força e enterrou a caneta no braço dele. O homem rugiu.

O senhor Anthony, rolo de fita na mão, pulou por cima da mesa. Quando começou a desenrolar a fita, Della chutou-o com tudo no rosto. Ele caiu para trás contra a mesa. Ela sorriu com orgulho. Ou pelo menos até a porta se abrir e três vampiros com cara de Poderoso Hulk invadirem o lugar.

— Agora é que a coisa ficou interessante... — Della sibilou.

Kylie então apareceu, de pé em frente a eles, em toda sua glória. Tudo nela brilhava com o poder. O cabelo, os olhos, a pele. Ela agarrou um cara grande e, usando-o como bola de boliche, derrubou os outros dois capangas.

Mas um deles ficou de pé num instante; os olhos, verdes de fúria, e os caninos, projetados.

Della estava prestes a ajudá-la a derrubar o brucutu quando o senhor Anthony se recuperou do chute na cara e saltou sobre ela.

A vampira se abaixou quando o punho veio na direção de sua mandíbula, e ao mesmo tempo golpeou-o com outro chute certeiro nas costelas.

Kylie saltava ao redor da sala, distribuindo chutes, socos e excedendo em força os dois outros vampiros. Della continuava atacando o senhor Anthony.

— Que diabos é você? — um dos bandidos que brigava com Kylie gritou.

— Seu pior pesadelo! — respondeu ela.

— Olha o que eu encontrei! — gritou o capanga que ainda tinha uma caneta enterrada no braço.

Della, ainda concentrada no senhor Anthony, não queria olhar, mas quando ouviu o grito de Miranda não teve outro jeito.

O vampiro com a caneta cravada no braço pegou Miranda pelo pescoço. O peito de Della quase explodiu de fúria. Ela sentiu as presas se projetarem e ouviu e sentiu o rugido de Kylie pela sala.

— Só mais uma passo e eu quebro o pescoço da bruxinha! E vou gostar de fazer isso.

Capítulo Dezenove

Della viu o olhar no rosto do brutamontes. Ele falava sério. Mataria Miranda.

Della lançou um olhar rápido para Kylie. Seus olhos se encontraram brevemente e a decisão foi tomada. Kylie ergueu as duas mãos, como se avisasse que não queria arriscar a vida de Miranda. Della fez o mesmo. Medo e pânico cresceram no peito dela. Ela tinha que encontrar uma forma de dar um jeito naquilo.

Voltou a olhar para Miranda, esperando ver completo terror nos olhos dela. Em vez disso, a bruxinha estava fitando as mãos. Della seguiu o olhar de Miranda e a viu remexer o dedo mindinho.

Ela não tinha se dado conta completamente do que a bruxa estava fazendo quando aconteceu. Os cinco vampiros robustos se transformaram em cangurus. Cangurus enormes, muito irritados e confusos, mas cangurus.

E era muito bom que estivessem confusos. Isso deixava Della e Kylie em vantagem.

O canguru brutamontes que apertava a garganta de Miranda começou a agitar os bracinhos, como se tentasse alcançar o pescoço da bruxa. Della saltou no ar e chutou com os dois pés o focinho do animal. Ele levantou no ar suas patolas de canguru e desabou no chão, desacordado.

Sem perder tempo, Della se virou para ajudar Kylie. Para sua decepção, a camaleão já estava parada diante de quatro cangurus desmaiados.

— Todo mundo bem? — Kylie perguntou, a voz mais grave agora que estava no seu modo protetor.

— Sim. — Della olhou para Miranda, parecendo em pânico com os braços abraçando a própria cintura. — Tudo bem?

A garota assentiu.

Della sorriu para a bruxinha.

— Nunca pensei que diria isso, mas você salvou nossa pele.

Miranda ergueu o olhar e a expressão de pânico desapareceu. Os ombros se endireitaram e um leve sorriso surgiu nos seus olhos.

— Salvei, não foi mesmo?

O canguru com a caneta enterrada no braço acordou e saltou sobre os pés como se já estivesse pronto para mais uma rodada. Sem perder tempo, Della acertou seu nariz cor-de-rosa horroroso, fazendo-o desmaiar outra vez. Então olhou de volta para Kylie e gesticulou para algo sobre os arquivos.

— A fita adesiva. Vamos acabar com esse problema agora mesmo.

Della arrastou o canguru de pelo avermelhado para perto dos outros quatro, jogando-o sobre a pilha. Era meio embaraçoso que Kylie tivesse derrubado quatro e ela só um, mas ela, afinal de contas, era uma protetora. Della ainda podia sair dali de cabeça erguida.

Kylie passou dois rolos de fita para Della. Elas grudaram a ponta das fitas na pilha de marsupiais e então começaram a dar voltas ao redor deles, enrolando os cinco numa grande bola de fita adesiva de dois metros e meio de largura. Quando quatro rolos acabaram, Miranda deu a elas outros quatro, que tinha encontrado num canto.

— Muito simpático da parte deles deixarem a fita para nós, não é mesmo? — Miranda sorriu.

Della voltou a fitar a cadeira com a fita adesiva ainda grudada num dos braços. Não podia deixar de imaginar o destino da última pessoa que se sentara ali.

— É, muito simpático.

Elas acabaram com os oito rolos. Na realidade, à exceção de um focinho farejando que ficara de fora, mal dava para ver pelo de canguru através do bolo de fita.

Quando a bola gigantesca começou a se mexer, Miranda sorriu.

— Eles devem estar tentando coçar o saco. Joguei um feitiço para que tivessem micose de virilha também.

Della soltou uma gargalhada. Quando parou de rir, tirou o celular do bolso.

— Tenho que ligar para Burnett.

Kylie concordou com a cabeça.

— Era o que eu ia dizer. Mas o que você vai falar para ele? Vai contar sobre o seu tio e a sua tia?

Della hesitou. Ela teria que contar tudo a Burnett?

— Tem razão. Primeiro, vou checar os arquivos.

Ela começou a vasculhar os arquivos o mais rápido que pôde. Encontrou o de Chan primeiro. A bola de fita adesiva sacudiu ainda mais e ela se apressou até encontrar a pasta T, de Tsang.

Seus dedos pararam na pasta com o nome Feng Tsang.

— Encontrei a do meu tio — Della disse, e continuou a procurar os arquivos. — Mas não a da minha tia. — Ela puxou a pasta do tio e leu só o suficiente para saber que era verdade. Seu tio não estava morto. Ele tinha sido transformado e forjado a própria morte.

Uma emoção inesperada encheu seu peito. Lágrimas umedeceram seus olhos. Ela tinha um tio vampiro. Bem, a menos que ele fosse um fantasma.

— A bola está se mexendo bastante... — disse Kylie. — Eu acho...

— Já sei! — Della disse. — Meu plano é o seguinte: vou dizer a Burnett só uma parte da verdade. Eu vim aqui para ver se conseguia encontrar Chan. Ele não vai saber que estou mentindo se eu disser a verdade. — Ela pegou o celular para ligar para o vampiro.

Mas, antes que pudesse apertar o primeiro número, ouviu um estrondo vindo da frente do prédio e então passos rápidos, como se uma pessoa, ou mais de uma, estivesse correndo bem na direção da sala onde estavam.

— Merda! — Della soltou as pastas sobre a mesa, a pele arrepiada com a sensação de perigo. Saltou em direção à porta, mas Kylie chegou antes.

Della inspirou, preparando-se para lutar quando o barulho de passos ficou mais próximo. Então três figuras vieram pelo corredor a toda. Ela encontrou o olhar do líder e o medo foi embora. O metamorfo teimoso com seus lindos olhos castanhos parou de correr. Alívio se estampou nas feições de Steve. Então o alívio se tornou raiva.

Atrás de Steve, Perry e Lucas estacaram. Então os três entraram na sala, parecendo furiosos.

— O que vocês estão fazendo aqui? — Della inquiriu.

— Mas que droga é essa? — Perry perguntou, apontando para a bola gigante de fita adesiva se mexendo no chão.

— Só uns marsupiais... — respondeu Miranda, e correu para Perry, apoiando as mãos no peito dele. — Salvei Della e Kylie transformando estes brutamontes em cangurus.

— Eu te disse que isso podia ser perigoso — Steve grunhiu.

Della franziu a testa para ele.

— E eu disse que ia ficar tudo bem. E estou bem, todas nós estamos.

— E pegamos os bandidos. — O sorriso de Miranda tinha uma pontinha de orgulho. — E ele é mesmo um bandido.

— Vocês não deviam ter tentado fazer isso sozinhas — repreendeu-as Lucas, os olhos ainda com um brilho laranja; mas ele olhava para Kylie, não para Della.

Kylie deu um passo na direção dele.

— Não estávamos tentando fazer nada, não achamos que ia ser perigoso. Mas não importa, porque demos conta da situação.

— Você podia ter se machucado — disse Lucas. — Todas vocês podiam. Por que não contaram para nós? Teríamos dado um jeito.

Della ainda tinha a testa franzida. O que Lucas tinha contado a eles? Droga, ele tinha que ter contado quase tudo para que estivessem ali.

— Foi burrice — acusou-as Lucas.

Por alguma razão, as palavras de Lucas a lembraram da atitude machista de Burnett e o resquício de raiva em seu peito se reacendeu.

— Por que burrice? — quis saber Della. — Por que a gente devia correr para chamar vocês em vez de dar conta do recado? Por que somos garotas? Vocês acham que são superiores só porque têm um pênis?

Perry riu.

— Não é o pênis, é a força.

— Força? — Della repetiu, fumegando. — Quer que eu te mostre quem tem mais força?

Perry soltou uma risada como se ela não estivesse falando sério. E, tudo bem, talvez o idiota fosse capaz de se transformar num dragão gigantesco e fazer mais flexões de braço ou levantar um automóvel com mais facilidade do que ela, mas Della tinha velocidade.

— Força não é tudo! — rebateu Miranda, a voz denotando orgulho enquanto franzia a testa para o seu amado metamorfo. — Não sou muito forte, mas salvei o dia.

— Isso podia ter terminado muito mal. — Lucas olhou para Della.

Della o encarou de volta.

Lucas olhou para Kylie como se esperasse que ela o defendesse.

— Todas vocês poderiam ter se machucado.

— Poderíamos — concordou Kylie, não com raiva, mas demonstrando confiança e firmeza. — Assim como você em qualquer uma das suas missões para o Conselho dos Lobisomens.

— Minhas missões são completamente diferentes. — Lucas apontou a massa de fita adesiva se remexendo no chão. — Nós teríamos mais condições de lidar com isso.

Kylie ergueu o queixo e Della percebeu que a camaleão não iria recuar.

— Detesto admitir, mas acho que Della tem razão. Vocês — ela passou os olhos por Steve e Perry —, vocês três acham que, por sermos garotas, somos fracas. Mas não somos. E não estávamos fazendo nada perigoso. Viemos fazer algumas perguntas a um vampiro idoso. Um vampiro idoso que, como sabíamos, costumava ajudar outros vampiros. Só não tínhamos ideia de que íamos dar de cara com uma quadrilha de traficantes de vampiros.

— Caramba! É isso que é esse lugar? — Perry perguntou.

Miranda assentiu, novamente parecendo orgulhosa. Não que Della se importasse. Miranda realmente salvara a pele delas.

Kylie continuou.

— Como dissemos, demos conta da situação. E com classe, devo dizer. — Ela fez um gesto indicando a bola de cangurus presos com fita adesiva. — E, se isso não é ter capacidade, eu não sei o que é.

— Não se trata de quem tem mais capacidade, droga! — criticou Steve. — É o fato de que nos preocupamos com o que acontece a vocês. É claro que você — ele apontou para Della — tem mais medo de que alguém se importe com você do que de qualquer encrenca em que possa se meter! — ele explodiu.

Della ficou ali parada, constrangida com o jeito como Steve tinha deixado escapar uma coisa tão pessoal. A pior parte era que ela não podia negar. Preferia enfrentaria criminosos do que confiar seu coração a alguém.

Kylie, parecendo meio zangada, ergueu a voz.

— Olha só, vamos ligar para o Burnett e resolver isso de uma vez. Se ele surtar, é melhor que vocês não estejam envolvidos nisso.

Lucas soltou um suspiro longo e frustrado. Mas, quando Kylie indicou a porta, ele não discutiu. Começou a andar em direção a ela. Perry dirigiu a Miranda um olhar quase de desculpas e o seguiu.

— Porcos machistas! — Della esbravejou, ainda fervendo de raiva, o coração ainda apertado.

— É mais forte do que eles — justificou Kylie. — Holiday diz que está no DNA dos homens. Acham que estão neste mundo para nos proteger. Mas isso não quer dizer que temos que gostar, ou aceitar.

— Eu também não gosto — Miranda disse, então sorriu. — Mentira. Eu gosto um pouquinho. Adoro quando ele se preocupa comigo. Acho que isso faz de mim uma fracote, não é?

— Não, não faz, não — garantiu Kylie. — Eu gosto que Lucas queira cuidar de mim também, só não gosto quando ele age como se eu não soubesse tomar conta de mim mesma.

Elas olharam para Della como se quisessem saber a opinião da amiga, mas tudo o que ela fez foi balançar a cabeça. *É claro, você tem mais medo de que alguém se importe com você do que de qualquer encrenca em que possa se meter.* As palavras de Steve martelaram na cabeça dela, fazendo seu coração doer. E que Deus a ajudasse, pois ela só conseguia pensar que, se Steve estava tão preocupado com ela, era porque talvez não estivesse tudo acabado. Então outro pensamento desconcertante cruzou sua mente. Como Miranda, ela gostava um pouco que Steve fosse protetor. Mas, ao contrário do que Kylie dizia, via isso como uma fraqueza. Uma fraqueza que ela precisava vencer.

Kylie olhou para a bola de cangurus enrolados com fita adesiva.

— É melhor ligar para o Burnett antes que eles deem um jeito de sair dali.

— Eu adoraria vê-los tentando... — murmurou Della. Ela começou a discar o número de Burnett e então parou. — Por que vocês duas não vão embora também? Digo a ele que saí escondido e fiz isso sozinha.

Kylie fez uma careta.

— Você acha que ele vai acreditar que conseguiu fazer tudo isso sozinha?

Della franziu a testa. Kylie tinha razão. Ela poderia ter derrubado dois brutamontes, mas cinco era demais.

— É, e como você vai explicar o fato de terem sido transformados em cangurus? — Miranda perguntou.

Della deu um sorrisinho.

— Bom, achei que você podia transformá-los em homens outra vez antes de sair, mas, pensando bem, quando um deles contar que ficou dando pulos de raiva, Burnett vai ver dedinho seu aí.

Della fez uma pausa e olhou outra vez para a bola de pilantras.

— Mas vocês sabem que ele vai ficar furioso. Detesto a ideia de ver vocês duas se metendo em encrenca por minha causa.

— Não vai conseguir ficar mais furioso do que no dia em que *ele* foi transformado em canguru... — Miranda disse.

— Não pode ficar furioso — Kylie garantiu. — Nós pegamos uma quadrilha. E não sofremos nem um arranhão.

Kylie estava errada. Burnett pareceu furioso desde o instante em que atendeu ao telefone. Della contou a ele a dose de verdade que tinha decidido compartilhar. Ela tinha ido à funerária ver se conseguia descobrir alguma coisa sobre o primo Chan e acidentalmente cruzara com uma quadrilha que forçava vampiros recém-criados a se tornarem quase escravos. Como a parte sobre Chan não era mentira, Burnett não tinha como saber se ela estava omitindo alguma coisa.

Ele se acalmou um pouco quando ela garantiu que estavam bem, sem nem um arranhão. Ainda ao celular com ela, ele usou o telefone do escritório e ligou para algumas autoridades da UPF em Houston. Eles garantiram que estariam na funerária em cinco minutos. Burnett chegaria em mais ou menos meia hora. O fato de Burnett conseguir chegar lá em tão pouco tempo a deixou impressionada. Será que ele era tão rápido?

Quando desligou, ela saiu do prédio rapidamente para esconder os arquivos do tio no carro de Kylie. Assim que escondeu a pasta no porta-malas e o fechou, um falcão-peregrino pousou sobre o capô do carro.

Della fitou o pássaro.

— A UPF vai chegar a qualquer momento. É melhor ir embora ou vai se dar mal.

Ela observou o pássaro virar a pequena cabeça para a esquerda e então para a direita, como se checasse se havia alguém por perto. Então centelhas mágicas, carregadas de eletricidade, começaram a surgir em torno dele.

— Não estou nem aí se me meter em encrenca — disse Steve, saltando para o chão e aterrissando a poucos centímetros dela.

Della balançou a cabeça.

— Bem, eu não quero que você se meta em encrenca, então vá embora.

Ele fechou os olhos por um segundo, então voltou a abri-los.

— Eu só queria... Sinto muito, ok? Sinto muito por ter exagerado ontem e agora há pouco também. Eu só... me preocupo com você. — Havia honestidade e emoção na voz grave do metamorfo.

Ela sentiu um aperto no peito.

— Eu estou bem. Veja, não estou machucada.

— Então por que está sangrando?

— Não estou sangrando

— Seu nariz. — Ele puxou a barra da camiseta e a levantou até o nariz dela.

Quando baixou a mão, Della viu a mancha vermelha. Ela tocou o nariz.

— Eu nem me lembro de terem me acertado.

— Você não se lembraria mesmo — ele disse. — Tenho certeza de que estava mais preocupada com as suas amigas do que consigo mesma. — Ele soltou a barra da camiseta e roçou o dedo pela bochecha dela. — Estou perdoado?

O toque suave provocou em Della uma torrente de emoção de tirar o fôlego e que foi direto para o seu coração.

— Não era eu quem estava com raiva.

— Eu sei, mas também não foi você quem perdeu a calma. E eu só vim aqui hoje porque... Surtei com a possibilidade de você estar machucada e só conseguia pensar em como eu tinha te tratado.

Ela engoliu o nó que se formou em sua garganta.

— Não posso prometer nada, Steve.

— Isso veremos — ele disse, e sorriu.

Essa era a maneira dele de dizer que provaria que ela estava errada. E parte dela quase desejava que estivesse.

— Você descobriu alguma coisa sobre o seu primo e o seu tio?

Ela assentiu.

— É verdade, o meu tio foi transformado em vampiro.

— Você sabe onde procurá-lo?

— Não, mas pelo menos tenho certeza agora. — Era um começo, Della disse a si mesma, e sabia que não iria parar até ter todas as respostas. Mas agora ela precisava investigar sobre a tia.

— Vou ajudar de todas as formas que puder. — Ele se inclinou e beijou a bochecha dela. Um beijo doce e suave. As pálpebras fechadas dela estremeceram e ela teve vontade de se inclinar um pouco mais e chegar mais perto. Ansiava por estar nos braços de Steve, sentir sua força em torna dela.

Quando ele recuou, estava com uma expressão séria.

— Você ainda está quente. — Ele estendeu a mão para tocar a testa dela. Della interceptou o braço de Steve.

— Eu devo estar com um resfriado ou coisa assim. Agora vá embora antes que te peguem aqui.

— Um resfriado?

— Vai! — ela insistiu.

— Tudo bem. Mas me ligue assim que puder.

— Ela assentiu, e as centelhas apareceram à volta de Steve quando ele voltou a assumir a forma de pássaro. Então, sem querer deixar Kylie e Miranda sozinhas com a bola de cangurus por muito tempo, ela se virou para a porta da funerária.

Antes que pudesse entrar, ouviu dois sedãs de cor escura cantando pneus até parar em frente à funerária e seis agentes da UPF disparando para fora do carro, com as armas apontadas para ela. Antes que Della pudesse dizer alguma coisa, ela já estava cercada. Dois vampiros, um lobisomem, um bruxo e dois metamorfos. E, pelo jeito que a olhavam, pareciam não saber se ela estava do lado deles ou não.

Um deles agarrou seu braço direito e outro segurou o esquerdo. Fantástico. Primeiro ela era atacada pelos bandidos e agora pelos mocinhos.

— Me larguem! — ela sibilou. — Fui eu quem chamou vocês.

Um metamorfo com cara de esquentadinho parou bem na frente dela. Inclinando-se sobre o ombro de Della, agarrou seu cabelo e puxou sua cabeça para trás.

— Você só fala quando falarem com você — disse numa voz ameaçadora.

Antes que pudesse questionar a sabedoria dessas palavras, ela dobrou um joelho e acertou o imbecil bem no meio das pernas.

Capítulo Vinte

Os agentes da UPF se acalmaram assim que Della lhes disse seu nome e repetiu que tinha sido ela quem chamara Burnett. Bem, todos eles se acalmaram, exceto um, que gemia no chão. Quando ele conseguiu ficar de pé, investiu contra ela como se quisesse agredi-la. A única agente do sexo feminino, uma lobisomem, colocou-se entre Della e o metamorfo contundido.

— Saia da minha frente! — sibilou o agente furioso, com a mão ainda entre as pernas.

A agente olhou para Della, como se estivesse refletindo, em seguida voltou a fitar o agente irritado.

— Ela é uma das alunas de Burnett James, e a última pessoa que afrontou uma delas está agora atrás de uma mesa de escritório em alguma cidadezinha desconhecida de Montana. Você realmente quer isso pra você?

— Eu não estou nem aí pra...

— Qual é o problema? — Burnett aterrissou com um baque surdo ao lado do grupo.

— Ela me agrediu! — vociferou o metamorfo.

Com a voz entrecortada e muito poucas palavras, Della contou sua versão da história. A agente confirmou quando Burnett perguntou se tinha sido aquilo mesmo.

Os olhos de Burnett ficaram vermelhos com a fúria que sentiu contra todos os agentes por serem hostis depois que ele já os tinha informado da situação.

Infelizmente, ele reservou um pouco da sua ira para Della, Miranda e Kylie. Ou, pelo menos, foi o que pareceu três minutos depois, quando as fez se sentarem no sofá, na parte de trás do escritório da funerária, e ameaçou fazê-las em pedacinhos se qualquer uma delas se atrevesse a fazer mais do que respirar. Ele não disse mais nada, nem fez nenhuma pergunta. Ele e os outros seis agentes ficaram de pé ao redor da bola de cangurus embrulhados em fita adesiva, cada um parecendo mais intrigado que os outros.

— Que tipo de animal é esse? — um deles perguntou, apontando para o focinho projetado de uma pequena abertura no bolo de fita adesiva.

A agente virou a cabeça e analisou o focinho.

— Parece um... canguru. — Burnett fulminou Miranda com os olhos.

A bruxinha sorriu, mas então franziu a testa quando viu a expressão de Burnett.

— Como ele pode ficar zangado?

— Ficar zangado, para Burnett, é como piscar. É um reflexo natural — explicou Kylie. Burnett virou a cabeça e olhou para Kylie. — Mas não se preocupe, ele sempre acaba mudando de ideia — ela acrescentou com uma voz confiante.

— Espero que sim — Della sussurrou, fitando a equipe e pensando que um dia ela estaria fazendo aquilo. Bem, ela esperava não topar com uma bola de cangurus, mas estaria resolvendo outros casos. Lidando com bandidos. Caramba, era muito bom saber que ela tinha ajudado a impedir o senhor Anthony de escravizar vampiros recém-criados. Será que Burnett via isso como uma vantagem para ela? Ou será que iria acusá-la de ter feito uma loucura? Conhecendo Burnett, a segunda opção era bem mais provável.

O grupo de agentes começou a discutir se seria melhor que os criminosos voltassem à forma de vampiros antes de serem libertados da fita adesiva. O agente que mais chamava a atenção de Della era a mulher. Ela parecia experiente, mas dura como um prego. Sem maquiagem ou joias, nada naquela mulher era feminino. Até o cabelo era curto.

Será que eram assim as mulheres que trabalhavam na UPF? Era preciso deixar de lado qualquer coisa feminina e fazer o tipo "é melhor não mexer comigo"? Seriam todos os agentes do sexo masculino como Burnett, e uma agente feminina tinha que ficar constantemente com a guarda levantada, temendo ser considerada fraca?

Burnett e o agente bruxo foram até o sofá.

— Por favor, me diga que você pode transformá-los em seres humanos novamente — pediu Burnett diretamente a Miranda.

Ela fez que sim com a cabeça.

— Que tipo de feitiço é esse? Sangue ou ervas? — o bruxo perguntou.

Miranda fez uma cara preocupada.

— Mente para mindinho. Não foi planejado nem resultado de um comando.

O agente franziu a testa e voltou a olhar para Burnett.

— Ela está mentindo. Só uma alta sacerdotisa poderia lançar de improviso um feitiço de transformação de cinco partes.

— Ela é uma alta sacerdotisa — disse Della, contendo-se para não chamar o homem de idiota. Como ele ousava questionar Miranda quando a prova estava enrolada em fita adesiva.

— Eu não sou uma alta sacerdotisa — disse Miranda, parecendo envergonhada. Ela tocou o braço de Della, como se dissesse que estava tudo bem. — Minha mãe é, ou foi. Ela já renunciou.

Burnett olhou para Miranda.

— Você está mentindo sobre o feitiço? — perguntou, ouvindo o coração da bruxinha. Della se sintonizou também. Não porque duvidasse de Miranda, mas para verificar se sua audição estava funcionando bem.

— Não — ela disse. O coração da pequena bruxa não vibrou.

Burnett olhou para o agente.

— Mas ela não poderia...

— Você ouviu o que ela disse — disse Burnett com rispidez.

O bruxo não parecia convencido.

— Mas para lançar uma maldição como essa seria preciso ter muito poder.

— Então eu não recomendo que você irrite Miranda chamando-a de mentirosa — Della despejou. — Às vezes, ela tem dificuldade para se controlar. Pergunte a Burnett.

Burnett soltou um rosnado baixo e fez sinal para que o agente se afastasse. Então ele olhou para Miranda.

— Como você conseguiu fazer isso?

Miranda deu de ombros.

— Eu não sei. — Os olhos verdes da menina se encheram de lágrimas. — Eles iam machucar Della e Kylie. Entrei em pânico, só isso.

Della sentiu seu peito se enchendo de emoção. Kylie estendeu a mão e segurou a mão de Miranda.

— E você fez um ótimo trabalho — disse Kylie. — Estou tão orgulhosa de você!

— Eu também — acrescentou Della.

— Abraço coletivo! — exclamou Miranda, estendendo os braços.

— Nada desses malditos abraços agora! — Burnett esbravejou. — Você pode desfazer isso, certo?

— Acho que posso.

— Ah, droga! — Ele passou a mão pelo rosto. — Então tente. Tente com todas as suas forças. Eu não acho que as nossas celas estejam preparadas para receber cangurus.

Dez minutos depois, os seis agentes — sete com Burnett — já tinham algemado os cinco vampiros e estavam na porta, esperando o camburão para transportá-los para a prisão da UPF. Eles passariam o dia no tribunal, mas as provas que tinham encontrado no telefone do senhor Anthony praticamente os condenavam.

Miranda conseguiu transformá-los de volta, sem problemas. E Della, Miranda e Kylie permaneceram no sofá a que Burnett as tinha confinado, assistindo tudo isso acontecer.

O bruxo ficou de olho em Miranda. Della não tinha certeza se ele estava impressionado ou com medo da bruxa. De qualquer maneira, isso fez muito bem para o ego da amiga.

O camburão devia ter chegado, porque os cinco suspeitos foram conduzidos para fora.

— Ah, droga. — Miranda deu uma risadinha.

— Droga por quê? — Della e Kylie perguntaram ao mesmo tempo.

— Notei que eles estão andando de um jeito esquisito. Esqueci de tirar o feitiço da micose na virilha...

— Ah, cara! — exclamou Della. E todas riram.

O bom humor desapareceu no ar quando Burnett fez uma parada rápida na frente delas.

— Agora, vou cuidar de vocês três.

— Não, você vai resolver isso comigo — disse Della. — Eu praticamente as obriguei a me ajudarem. Elas não queriam vir. — Era uma mentira deslavada, mas ela tinha que tentar.

— Ela não nos obrigou! — Kylie desviou os olhos do celular, onde parecia estar verificando seus e-mails.

— Não! — disse Miranda. — Se punir uma de nós, vai ter que punir todas.

Della fitou a bruxinha com um olhar frio. Por que raios ela estava encorajando Burnett a puni-las?

— Quem diabos vocês pensam que são, garotas? As Panteras? Por que eu iria...?

— Nós até que parecemos as Panteras, não acha? — Miranda sorriu.

— Do que vocês estão falando? — perguntou Kylie.

— Do filme. — Miranda olhou para Della. — Você é Lucy Liu e eu sou Drew Barrymore e você é... — Ela olhou para Kylie — Aquela tal de Cameron... qual é mesmo o sobrenome dela?

— Parem! — Burnett rosnou. — Vocês três têm alguma ideia de como isso podia ter acabado mal?

— Sim, nós temos — disse Kylie. — Mas não sabíamos que ia dar no que deu. Por isso não é culpa nossa.

— Como, pelo amor de Deus, vocês puderam pensar que podiam vir até aqui...?

— Olha aqui! — Kylie ergueu o celular para Burnett ver. — Aqui está uma foto do dono da funerária. Tomas Ayala tem pelo menos 90 anos aqui. Não tínhamos ideia de que ele tinha morrido e seu enteado, assumido a direção.

Burnett olhou para a tela do telefone, mas não parecia convencido.

— Vocês vieram a um estabelecimento comercial clandestino, dirigido por um vampiro.

— E por que isso é errado? — perguntou Della. — Daqui a um ano, vamos estar todas nos formando em Shadow Falls e passaremos a viver no mundo normal. Num mundo onde outros seres sobrenaturais vivem. E, surpresa, nem todo mundo é registrado. O que você espera que a gente faça? Nunca saia de casa? Shadow Falls serve justamente para nos ensinar a sobreviver no mundo normal. E o mais incrível é que a gente não só sobreviveu, como pegamos alguns marginais.

— Você deveria ter me contado suas preocupações com o seu primo — disse Burnett.

Della balançou a cabeça.

— A última vez que toquei no nome dele, você me perguntou quantos anos ele tinha. E eu sei por que fez isso. Porque, se ele fosse maior de idade, você teria que investigar se ele não era um delinquente.

Burnett cerrou os dentes antes de falar.

— Se ele é adulto, precisa ser registrado.

— Num mundo perfeito, sim, mas este mundo não é perfeito.

— Eu sei, droga!, e é por isso que eu me preocupo com você andando por aí metendo o nariz em coisas que poderiam ser fatais.

Della se levantou do sofá.

— Eu sei que você se preocupa com a gente. Mas exagera. E não é nem de longe tão severo com os alunos do sexo masculino. Nós não somos fracas. Acabamos de provar isso, e você ainda se recusa a considerar a bola de cangurus como prova.

Ele cerrou os dentes outra vez, os músculos da mandíbula se contraindo. Mas Della viu algo em seus olhos. Compreensão. Ela podia não ter ganhado a guerra com ele, mas tinha ganhado essa batalha. E considerando-se que a batalha era com Burnett, isso era algo de que ela tinha que se orgulhar.

Ele suspirou.

— Vocês três vão voltar comigo para Shadow Falls.

— Não! — disse Della. — Nós vamos ficar na casa de Kylie o final de semana todo. Você já concordou com isso.

Os olhos do vampiro ficaram incandescentes, mas ele soltou um profundo suspiro frustrado.

— Tudo bem. Mas tenham cuidado, pelo amor de Deus!

— Nós vamos ter. — Della sorriu, sentindo-se vitoriosa. — Obrigada — disse, e Miranda e Kylie se levantaram.

Elas estavam quase na porta quando Burnett acrescentou:

— Vocês se saíram bem. Todas vocês. Esse sujeito, Craig Anthony, estava no radar da UPF havia alguns anos, mas ainda não tínhamos conseguido provas que o ligassem a nenhum crime.

As três se viraram e olharam para Burnett. Tinham a impressão de que lhe custara muito dizer aquilo. Custara para ele admitir que três garotas tinham feito algo que os agentes da UPF não tinham conseguido realizar. E, no entanto, ele tinha dito de qualquer maneira. Como Kylie dissera, Burnett geralmente mudava de opinião.

— Obrigada — agradeceu Della.

— Amo você, cara! — Miranda correu e o abraçou. Burnett enrijeceu, mas não a afastou.

— Por favor, tomem cuidado! — recomendou para as três quando Miranda finalmente o largou.

Della começou a sair com Kylie e Miranda, mas Burnett a deteve.

— Della, posso falar com você um segundo?

Ah, céus. Será que ela ainda estava encrencada? Ele fez um gesto para que Kylie e Miranda continuassem andando.

— Pois não? — Della perguntou.

— Eu obtive informações sobre o casal assassinado. Na semana que vem, mando você para um trabalho externo relacionado ao caso.

Della assentiu, sorrindo com orgulho.

— Eu agradeço. É melhor eu voltar para Shadow Falls hoje?

— Não, isso pode esperar até amanhã.

Ela ficou parada ali sorrindo, pensando que naquele dia não só tinha conseguido informações sobre o tio como recuperado a confiança de Burnett.

— Pode ir agora.

— Ok. — Ela se virou para a porta, mas olhou para trás. — Obrigada.

Ele assentiu.

Enquanto Della se dirigia para o carro de Kylie, Burnett ficou no meio-fio, observando-a como um pai preocupado.

Quando elas pararam no primeiro semáforo vermelho, Miranda, que dessa vez tinha ido no banco de trás, se inclinou para a frente.

— Vocês conhecem mais alguns bandidos que poderíamos pegar? Acho que eu poderia entrar nesse negócio de capturar criminosos. Você viu como o bruxo ficou chocado ao saber que transformei todos aqueles cinco caras ao mesmo tempo? Sou boa ou não sou?

Della lançou um sorriso para a bruxinha. Ela merecia se vangloriar um pouco.

— Você foi demais! — disse Della.

— Sua mãe teria ficado orgulhosa — acrescentou Kylie.

Os olhos de Miranda brilharam.

— Ela ficaria, não ficaria? Eu gostaria de conseguir fazer o mesmo nas competições.

Quando Kylie começou a falar sobre correrem para o shopping, os pensamentos de Della se voltaram para a segunda chance que ela tinha conseguido de trabalhar no caso da UPF. Fazer justiça por Lorraine.

Enquanto Della refletia mentalmente sobre os detalhes do caso, Kylie se virou para ela.

— Tome.

— O quê? — perguntou Della, olhando para a camaleão, dirigia com uma mão e segurava algo com a outra.

— O seu nariz está sangrando. Pegue o lenço de papel.

Antes que Della levasse o lenço ao nariz, duas pequenas penas flutuaram na frente de seu rosto e ficaram presas em seu lábio superior.

Quando ela as tirou dali viu que estavam sujas de sangue. E aquilo parecia duplamente estranho.

Um arrepio percorreu-lhe a espinha.

De repente, Kylie pisou no freio. O carro derrapou e parou com um solavanco.

— O que foi? — Della perguntou, olhando para a frente, sem ver nenhum carro ou qualquer outro motivo para a freada brusca.

— O fantasma! — Kylie parecia em pânico.

— Você o viu? — Della prendeu a respiração.

— Eu... passei em cima dele. — Kylie mordeu o lábio. — Não gosto de passar em cima das coisas, nem mesmo de fantasmas.

Todas se viraram em seus assentos e olharam para trás. Não havia nada na estrada. Claro que não havia nada na estrada. Um carro azul parou atrás delas.

— Mas você o viu? — Della se voltou para Kylie.

— Não deu tempo de dar uma boa olhada, ele apareceu logo antes... de eu passar em cima dele. — Kylie recomeçou a dirigir, mas suas mãos tremiam no volante.

A camaleão respirou fundo, em seguida, olhou para Della.

— Eu não sei se era homem ou mulher, mas... Vi algo preto.

— Preto?

— Cabelo preto. Bem preto. E brilhante.

— Podia ser oriental?

Kylie assentiu.

— Sinto muito, Della, mas deve ser sua tia ou seu tio.

Della olhou pela janela, vendo as lojas passarem num borrão, suas emoções tão distorcidas quanto a paisagem do lado de fora. Era estupidez sofrer por alguém que ela nem conhecia?

— Como podemos fazer com que o fantasma fale conosco?

— Não dá! — lamentou Kylie. — Eles falam quando estão prontos. Você pode falar com um fantasma quando senti-lo ou, no seu caso, quando as penas aparecerem, mas esse aí não fica parado por tempo suficiente para deixar você falar.

— Então não posso fazer nada para descobrir que droga ele quer ou quem ele é?

— Acho que não — disse Kylie. — Lamento.

Capítulo Vinte e Um

Naquela noite, Della deitou-se na cama de Kylie, prensada entre as duas amigas.

Mais cedo naquele mesmo dia, elas tinham parado num shopping e entrado e saído, só para Kylie poder dizer à mãe que tinham ido lá. Quando chegaram em casa, a mãe de Kylie levou-as para jantar fora. Della pediu uma sopa de cebola, o seu prato favorito quando se tratava de comida humana. Enquanto comiam, a senhora Galen bombardeou Miranda e Della com perguntas sobre os pais. A intenção da mãe de Kylie não era fazê-la sofrer, mas até engolir a sopa ficou mais difícil com o nó na garganta que a conversa sobre a mãe, o pai e a irmã tinha provocado nela.

— Estou surpresa que a sua mãe não tenha ligado para saber se chegaram bem — ela disse a Della. — Quer dizer, desde que falei com ela pela primeira vez.

Della não estava surpresa.

Quando chegaram em casa, a senhora Galen se recolheu em seu quarto.

— Desculpe o interrogatório — disse Kylie.

— Todos os pais fazem — disse Miranda.

— Tudo bem, não me importo — mentiu Della. Em seguida pegaram refrigerantes e foram para o quarto de Kylie assistir a um filme antigo, *Como Perder um Homem em Dez Dias*. Um filme com alguns conselhos aos quais Della provavelmente deveria prestar atenção. Mas, por outro lado, ela não queria perder Steve, queria?

Apagaram a luz um pouco depois das onze, mas nenhuma delas tinha sono. Sem dúvida o dia as tinha deixado com muitas coisas em que pensar.

Especialmente Della.

Ignorando a ainda presente dor de cabeça, ela fixou os olhos no ventilador de teto. A mente de Della dava voltas, cheia de perguntas. A maior delas era como diabos iria encontrar Chan? Ela adoraria saber se ele sabia alguma coisa sobre o tio e a tia. Saber se ele estava bem. Ela até tentou ligar para o amigo dele, Kevin Miller, novamente. Ele não havia atendido ao telefone, então ela tinha deixado uma mensagem. Disse que estava em Houston e perguntou se ele tinha descoberto alguma coisa sobre a sede da Sangue Rubro. Ele não ligou de volta.

O olhar de Della desviou-se para a janela. Ela podia sair pela noite e fazer a sua própria investigação sobre a gangue Sangue Rubro. Não seria tão difícil farejar outro vampiro. Certamente algum vampiro desgarrado saberia algo sobre a gangue. Mas então ela realmente estaria quebrando a promessa de Holiday de não correr riscos. Uma coisa era tentar falar com um vampiro velhote... outra bem diferente era sair em busca de uma gangue da qual ela não sabia quase nada.

Della estaria tão desesperada a ponto de quebrar a promessa que fizera a Holiday? A ponto de passar por cima de um Burnett já furioso e fazê-lo reconsiderar a promessa de permitir que trabalhasse no caso? Ela realmente queria muito trabalhar naquele caso. Sua mente conjurou a imagem de Lorraine novamente, deitada no caixão, tão fria, tão morta! O pensamento lhe provocou um calafrio. Ela se cobriu um pouco mais para se proteger do frio e tentou pensar em algo mais agradável.

Infelizmente seus pensamentos se voltaram para Chan e para o modo como ele a ajudara na transformação. E ele ainda não tinha retornado seu maldito telefonema. Talvez valesse a pena contrariar Holiday e Burnett se isso lhe desse uma chance de ajudar o primo. Mas sozinha desta vez. Não queria arrastar Kylie e Miranda com ela.

Fechando os olhos, ela ouviu os batimentos cardíacos das duas amigas. Elas ainda não estavam dormindo. Teria que esperar um pouco mais para sair de fininho.

Miranda se virou na cama. Deixou escapar um profundo suspiro e sentou-se.

— Posso perguntar uma coisa a vocês?

Della piscou quando a amiga acendeu o abajur.

— Se disséssemos "não" você desistiria?

Kylie deu uma cotovelada nela.

— Brincadeira — reconsiderou Della.

— Pergunte de uma vez — disse Kylie.

A bruxa puxou os joelhos contra o peito.

— Como é que é?

— Como é que é o quê? — perguntou Della, embora já soubesse do que a bruxinha estava falando.

— Ah, já sabem, sexo.

Sim, era isso que Della temia que ela dissesse.

— Não me diga que quer falar de sexo, por favor! — Della deixou cair o braço sobre os olhos. O que lhe rendeu outra cutucada de Kylie nas costelas.

Kylie se sentou.

— Eu tenho toda uma gaveta de panfletos se você quiser ver.

— Eu não quero ler sobre sexo. Quero que vocês me contem como é.

Della se sentou.

— Ok, aqui vai o básico. Vocês tiram a roupa e conectam o plugue azul na tomada rosa.

Kylie riu e Miranda resmungou.

— Estou falando sério. Vai acontecer em breve e eu só quero estar preparada.

— O que você quer saber? — perguntou Kylie.

— É verdade que no começo dói?

— Doeu da primeira vez — disse Kylie.

Miranda olhou para Della como se precisasse da opinião das duas. Della concordou com a cabeça.

— Valeu a pena? — perguntou Miranda.

— Valeu — garantiu Kylie. — É incrível. Quando estamos juntos, é emocionante e romântico e eu me sinto tão perto dele... — Ela suspirou. — Admito que foi constrangedor no início. E às vezes ainda é. — Ela sorriu. Eu ainda fico vermelha quando ele me vê sem roupa, mas tudo bem. Eu realmente acho que é a mais pura forma de compartilhar o amor que a gente sente. Mas eu tinha certeza de que ele era o cara certo antes de acontecer.

Valeu a pena? A questão rolava no cérebro de Della, e ela sabia que Miranda esperava que Della respondesse. Era uma pergunta que ela tinha feito a si mesma recentemente. A pergunta que ela ainda tinha que responder.

Miranda olhou para Della.

A emoção encheu seu peito. Ela tinha se entregado totalmente ao ex-namorado, Lee, e ele tinha desistido dela. Em menos de três meses, ele já tinha assumido compromisso com outra pessoa. Como poderia ter valido a pena dar seu coração e seu corpo a ele?

— Não, não valeu a pena — disse Della. — Mas não me entenda mal. Eu não estou dizendo para você não transar com Perry. Só acho que você precisa ter certeza de que o cara para quem você vai entregar essa parte de você é o cara certo.

— Eu acho que Perry é o cara certo — assegurou Miranda. — Estou apaixonada por ele.

— Eu achava que Lee era o cara certo, também — disse Della. — E não estou dizendo que o cara certo tem que ser o único da sua vida ou o cara com quem você se casar. Mas ele não deve ser alguém que poderá simplesmente virar as costas e ir embora. Ele me fez sentir que eu não era tão especial para ele quanto ele era para mim. Ainda me sinto traída e com raiva. Gostaria de poder voltar atrás. — Sua voz estava embargada e ela engoliu em seco.

Kylie tocou o braço de Della e o conforto quente do seu toque indicava que a camaleão tinha se transformado em *fae*.

— Holiday disse mais ou menos a mesma coisa — acrescentou Kylie. — Ela disse que dormiu com vários caras e algumas lembranças eram como tatuagens que ela não podia apagar. Então acho que o conselho de Della é bom. Só tenha certeza de que, não importa o que aconteça, Perry é de fato especial e você não vai se arrepender. Mesmo que o pior aconteça e vocês não fiquem juntos.

— Como você sabe que não vai se arrepender? — perguntou Miranda.

— Eu... Eu apenas sinto — disse Kylie. — Eu sabia que Lucas era o cara certo. Mas... se você pergunta isso, então é porque não tem certeza.

— Não é isso que eu queria ouvir... — disse Miranda, deitando-se outra vez na cama.

— Sinto muito — disse Della. — Eu devia ter ficado de boca fechada.

— Não, você foi sincera — disse Miranda.

Della suspirou.

— Às vezes a verdade é uma droga... — E ela não estava falando só de Lee, mas da possibilidade de o fantasma ser o tio ou a tia dela. E sobre o fato de não saber onde Chan tinha se enfiado.

— Tem razão — concordou Kylie. — É por isso que temos umas às outras.

* * *

O ligeiro zumbido do celular fez Della entrar em alerta total. Ela não tinha dormido ainda, porque não parava de analisar os prós e contras de sair no encalço de uma gangue.

Cuidadosamente, saiu da cama, pegou o telefone e foi até o banheiro. Quando fechou a porta, viu que eram duas da manhã.

Ela checou o número. Seu primeiro palpite era de que era Chan.

O segundo era de que era... Kevin Miller. E era Kevin.

— Alô? — disse ela, esperançosa.

— Della?

— Sim.

— É Kevin.

— Eu sei, você encontrou Chan?

— Onde você está?

— Eu te disse na mensagem, estou em Houston. — De jeito nenhum ela iria dar o endereço de Kylie. Della apostava que a senhora Galen só aguentaria um vampiro por vez sob o seu teto.

— Houston é perfeito. Que região?

— Por quê?

— Estou aqui sozinho. E tenho... notícias.

— O quê?

— Acho que a gente devia se encontrar.

— Por quê?

— Você quer informações ou não?

Hora da decisão. Merda. Merda. Merda. Lembrou-se de Chan tomando conta dela quando ela se transformou, umedecendo sua testa com um pano úmido, dizendo que ela não podia morrer. Ela tinha que fazer isso por ele.

— Onde você quer se encontrar?

Della aterrissou no parque, a noroeste de Houston, onde Kevin tinha sugerido. Estava a apenas uns dez quilômetros da casa de Kylie, mas já era tarde da noite. Miranda tinha se mexido na cama quando ela foi trocar de roupa, então esperou alguns minutos para que a bruxinha voltasse a cair no sono.

Estava escuro no parque. As folhas dos pinheiros escondiam a meia-lua. Ela respirou fundo, tentando farejar se ele estava por ali. Não sentiu nenhum cheiro. Olhando em volta, ela reafirmou seu objetivo: obter informações sobre Chan e dar o fora. Com sorte, sem que Kylie ou Miranda ficassem sabendo que ela tinha saído — especialmente sem que Holiday ou Burnett soubessem da sua escapadinha.

Ela tirou o celular do bolso e checou as horas. Será que ele já tinha chegado e ido embora? Ela ouviu a noite. Silêncio. Tudo muito silencioso.

Ela esperaria mais cinco minutos e então daria o fora dali.

— Você demorou. — A voz veio de trás dela e ecoou na escuridão da noite.

Ela quase perdeu o fôlego. Caramba! Seus sentidos estavam falhando novamente. Ela tinha pensado em dar uma volta no parque antes, para ver se via alguém. Mas como estava atrasada, acabou confiando nos seus sentidos. Um erro.

O que aquilo iria lhe custar?

Tentando disfarçar a expressão de choque, ela se virou, os saltos das botas abrindo sulcos na terra molhada sob uma camada de agulhas de pinheiro. Ela olhou na direção em que tinha ouvido a voz. Não viu nada a não ser um bosque de pinheiros altos, pairando sobre a terra como vigilantes do parque.

A partir dali ela tinha que ser extremamente cuidadosa. Poderia dar de cara com uma emboscada. Ou talvez isso já tivesse acontecido. Com pelo menos oito pinheiros à distância, e mais alguns em torno dela, ela poderia estar cercada de maus elementos. Ela respirou fundo outra vez, tentando farejar o ar da noite para detectar algum cheiro.

Só detectou um. Ou pelo menos era isso que seus sentidos revelavam. Mas ela ainda podia confiar neles?

Claro que não. Della ficou tensa, pronta para brigar se necessário.

O estalido súbito de um galho se quebrando encheu a escuridão. O vento devia ter soprado uma nuvem, porque o brilho da lua surgiu e tocou o chão coberto de agulhas.

Outro passo quase imperceptível veio da mesma direção.

Por sorte, apenas um sujeito saiu de trás de uma árvore. E com o brilho da lua ela o viu. Loiros, olhos claros. Ele lembrava Chris, de Shadow Falls. Em tamanho menor. Magro e provavelmente com um pouco mais de 1,70. Ela poderia dar conta dele se fosse preciso.

Enquanto o avaliava, notou que ele fazia o mesmo. O mais provável, no entanto, era que ele a subestimasse. Ela era mais forte do que parecia.

— Você não se lembra de mim, não é? — ele perguntou.

Della inspirou uma grande lufada de ar outra vez, e então reconheceu o cheiro.

— Vagamente. Deve ter sido logo depois que me transformei.

Ele continuou a encará-la.

— Chan trouxe você. Estava meio fora de si. — O olhar dele desceu pelo corpo dela, dess a vez avaliando-a de um modo diferente, mais masculino.

Será que ela tinha agido de maneira imprópria quando se encontraram pela primeira vez? Deus, ela esperava que não.

Ele se aproximou um pouco mais. Ela ergueu um pouco o queixo.

— Agora não estou mais.

— Pode relaxar, não estou aqui pra causar problemas.

— Certo — ela disse, como se tivesse acreditado nele. — Você está aqui para me dar informações sobre Chan. Onde ele está?

Ele olhou para o chão e chutou uma pilha de agulhas de pinheiro. O cheiro da terra verde levantou no ar e chegou ao nariz dela. Ao longe ela ouviu o chamado de um pássaro. O som solitário pareceu ecoar nas árvores, e Della sentiu o vento frio de outubro através da camiseta preta de mangas longas.

— É por isso que eu trouxe você aqui — disse ele.

— Como assim? — Ela tentou ignorar o frio e o que aquilo significava: a temperatura dela ainda estava alta.

— Eu sabia que você não iria acreditar. Eu não queria acreditar.

Ela começou a ficar com um pressentimento muito ruim.

— Acreditar no quê?

— Eu sabia que você ia ter que vê-lo, então eu...

— O quê? — Ela deu um passo ameaçador para a frente.

Ele não recuou. Olhou diretamente para ela, mas seus olhos não expressavam desafio ou ameaça. A compaixão brilhou nos seus olhos azuis.

— Chan está morto.

— Não! — Della ofegou. — Eu o vi, uma noite dessas.

— Não, você não viu. Não poderia ter sido ele. Ele morreu há dez dias. Eu só descobri esta noite.

— Isso só pode ser um engano. Eu... — A dor, uma dor amarga e crua, inundou seu coração; então algo roçou em sua bochecha. Ela levantou a mão para pegar o mosquito. Mas, quando abriu o punho, o que viu foi uma pena.

A dor latejante dentro dela aumentou e ficou difícil respirar.

Chan estava morto.

Chan tinha ido embora.

Ela tinha deixado que se fosse. Ele a ajudara quando ela precisou e ela tinha falhado com ele.

Capítulo Vinte e Dois

— Eu sabia que você não iria acreditar em mim, então tive que desenterrá-lo. — Kevin deu um passo e, em seguida, olhou para trás. — Quer vê-lo, não quer?

Não. Eu não quero vê-lo. Della o seguiu de qualquer maneira. Talvez para punir a si mesma. Talvez porque ainda houvesse um pouco de descrença dentro dela.

Ele a levou para trás das árvores até uma clareira. O luar incidiu sobre uma lona que encobria algo. Algo que poderia ser um corpo. Ao lado da lona havia um buraco no chão.

O peito de Della ficou mais apertado e sua visão nublou.

Kevin se abaixou e puxou o plástico.

Ela deveria ter sentido o impacto do cheiro da morte. Mas nenhum cheiro tocou suas narinas. Nem mesmo o cheiro de Chan. Ela esperava ver um corpo inchado, se deteriorando. Talvez uma ferida que indicasse como ele tinha morrido. Nada disso.

Ela piscou para afastar as lágrimas dos olhos. Era Chan. Chan, nem um pouco inchado. Chan nem um pouco deteriorado. Chan sem feridas abertas ou sinais que revelassem como ele tinha morrido. Mas o corpo dele estava deitado ali, sem respirar. O rosto sujo. As roupas sujas.

Chan... morto.

— Como... quem fez isso? O que aconteceu? — Ela mal conseguia falar, a emoção fechando suas amígdalas.

— Ninguém fez isso — disse ele. — Quando ele foi para o Texas, não estava se sentindo bem. Disseram que ele ficou doente, teve uma erupção de pele estranha nas costas, e, então, cerca de dez dias atrás, morreu. Simplesmente morreu. É uma loucura. Vampiros quase nunca ficam doentes.

— Mas como... — Ela não conseguiu terminar a pergunta.

— A gangue o enterrou aqui — Kevin concluiu. — Eles sabiam que ele tinha forjado a própria morte, por isso não acho que tenham avisado alguém da morte dele.

O nó na garganta de Della dobrou de tamanho junto com a dor em seu coração. Chan nunca tinha ficado doente. Ele tinha ligado para ela e Della não havia retornado a ligação. Que tipo de prima fazia aquilo?

Sua mente evocou a visão do corpo impecável de Lorraine no caixão. Ela ficou de joelhos e espanou a terra do rosto do primo; depois encostou o queixo no peito e soluçou. Ela não se importava que Kevin ouvisse ou a achasse fraca. Seu coração estava dilacerado e ela não estava nem aí com o que pensavam dela.

Della parara de chorar, mas ainda não tinha saído do lado de Chan quando Burnett apareceu. Ela tinha mandado Kevin embora e chamado Burnett para lhe dizer que tinha encontrado o primo e que ele estava morto. Ela queria que Chan fosse enterrado na sepultura onde estava sua lápide — aquela onde seus pais achavam que tinham colocado o filho havia quase dois anos. E como ela não achava que poderia fazer aquilo sozinha, chamou alguém que podia.

Claro, Burnett provavelmente ficaria possesso por ela estar ali, podia até impedi-la de trabalhar para a UPF um dia, mas agora ela não se importava. Tinha deixado Chan na mão, então o mínimo que podia fazer era colocar o corpo dele onde realmente deveria estar.

Burnett não falou nada; simplesmente se aproximou e se ajoelhou ao lado de Della. Colocou a mão no ombro da vampira e ela ofegou.

— O que aconteceu? — perguntou ele, sem demonstrar raiva na voz, apenas preocupação.

Demorou um segundo para ela engolir as lágrimas presas na garganta e responder.

— Ele veio para cá e se juntou a uma gangue, a Sangue Rubro. Dizem que ele morreu. Morreu de repente. — Ela piscou. Disseram que foi há dez dias, mas pode não ter sido. Ele não parece... como se estivesse morto há dez dias. — E ela o vira. Viu-o do outro lado da cerca de Shadow Falls. Seria possível que...?

— Eles podem estar dizendo a verdade. O vírus V-1 torna mais lenta qualquer forma de deterioração em nós. Pode levar até duas semanas para que o corpo de um vampiro comece a entrar em decomposição. Mas vamos fazer uma autópsia. Se alguém estiver mentindo, você sabe que vou fazer o máximo para capturar os responsáveis.

Ela assentiu com a cabeça. E de repente não conseguiu mais conter as lágrimas.

— Ele me ligou. Ele me ligou algumas semanas atrás e eu não retornei a ligação.

— Você não poderia adivinhar que isso ia acontecer — disse Burnett e, em seguida, levantou-se. — Venha, vou te levar de volta para Shadow Falls. Holiday está preocupada com você.

Ela também se levantou e depois parou.

— Não, eu... Kylie e Miranda nem sabem que eu saí.

— Vou ligar para elas e avisá-las do que aconteceu e que você está bem. Uma equipe vai chegar a qualquer minuto para levar o corpo. Precisamos fazer isso antes que amanheça.

Della olhou pela última vez para Chan, sabendo que ela nunca mais veria seu rosto novamente. Nunca mais veria aquele sorriso bobo, bem dele, novamente.

Mas quando começou a andar com Burnett, percebeu que estava errada. Chan estava olhando para ela de detrás de uma árvore. E não estava sozinho. Alguém estava com ele, meio escondido. Chan acenou. Ele tinha um sorriso triste no rosto. Della perdeu o passo.

Desculpe. Eu sinto muito, Chan.

— Você está bem? — perguntou Burnett.

— Sim — disse ela. — Eu só pensei... — Quando ela olhou para trás, o primo tinha desaparecido.

— Pensou o quê?

Pensei ter visto um fantasma.

— Deixa pra lá, só estou cansada.

Mas ela não estava tão cansada. Estava vendo fantasmas. Como aquilo era possível?

Às dez da manhã, Della sentou-se sozinha à mesa da cozinha na cabana. Depois de várias horas sem dormir e sentindo-se como se estivesse morrendo por dentro, ela descobriu que até mesmo respirar doía. Mais cedo, havia falado com Kylie e Miranda brevemente e prometido que explicaria tudo mais tarde. Elas estariam lá depois do almoço, o que lhe dava algumas horas para se preparar para contar a história novamente.

Ela também descobriu que Steve tinha voltado no dia anterior para o consultório veterinário. O que explicava por que ele não estava ali quando ela chegou. Ela apostava que Jessie tinha ficado feliz.

Holiday havia passado várias horas ali consolando Della e oferecendo toques quentes e reconfortantes. Mas o seu conforto não durou muito. Até Holiday admitiu que a dor pela morte de uma pessoa querida era o único sentimento que o toque de um *fae* não conseguia amenizar.

Mas Della não sabia muito bem que sentimento era maior. A dor ou a culpa.

E a líder do acampamento percebeu isso também. Disse a Della mil vezes que a culpa não era dela por não falar com Chan.

Della não se convenceu. Talvez Steve e seu amigo médico pudessem ter feito alguma coisa. Ou talvez ela pudesse ter pedido a Kylie para curá-lo. Se tivesse retornado a ligação.

E se? E se? E se? Por que raios ela não tinha ligado de volta para ele?

Ela quase havia contado a Holiday que vira Chan no portão e novamente aquela noite, mas no último minuto decidiu esperar e perguntar a Kylie sobre isso. O fato de que ela poder ver fantasmas devia deixá-la morta de medo, e talvez deixasse mesmo se ela não estivesse mergulhada em outras emoções.

Depois que Holiday foi embora, Jenny veio fazer uma visita. Ela queria entrar e oferecer suas condolências, mas Della não deixou.

— Eu só preciso ficar sozinha.

A menina balançou a cabeça, com um olhar de quem se sentia rejeitada, e se virou para ir embora.

A culpa espicaçou a consciência de Della.

— Jenny? — A garota se virou como se esperasse que Della tivesse mudado de ideia. É claro que ela não tinha. — Obrigada por compreender.

A menina balançou a cabeça novamente, subiu as escadas correndo e abraçou-a.

— Eu sei que não sou tão legal quanto Kylie, mas considero você minha amiga. E sei que deve estar sofrendo e gostaria que você soubesse que me importo com você. Gostaria de poder me transformar numa *fae*, como Kylie, e tirar toda a sua dor. Mas ainda não consigo fazer isso.

— Está tudo bem, mas obrigada. — Della se forçou a dizer a coisa certa. Não só porque seria rude da parte dela se não dissesse, mas também porque ela realmente gostava de Jenny. E ela observou a garota se afastar em meio a uma cortina indesejada de lágrimas. Finalmente sozinha outra vez, Della voltou a entrar e se sentar na cadeira da cozinha. Ela ouviu a mensagem de Chan mais uma dezena de vezes e, a cada vez, doía mais.

Olhou para o telefone sobre a mesa. Parte dela dizia que deveria ligar para Steve. No dia anterior ela tinha prometido a si mesma que faria isso. Mas, se ligasse para ele agora, poderia começar a chorar. E ela não queria chorar mais.

O que queria era abrir o peito e arrancar a dor dali. Queria voltar no tempo e fazer as coisas de modo diferente. Retornar a ligação de Chan. Nunca ter se entregado a Lee. Fazer seu pai amá-la um pouco mais para que ele não virasse as costas para ela.

Ouviu passos em direção à cabana. Será que Steve tinha ouvido a notícia e ido visitá-la? Seu coração doía com a vontade de tê-lo ali.

Ela respirou fundo. Não era Steve.

O cheiro de Chase entrou pelas suas narinas — um cheiro que mais uma vez ativou a sua memória. Ela com certeza não queria ter de lidar com ele agora. Logo em seguida se lembrou de sua teoria de que Chase tinha conhecido Chan. Ela obviamente estava errada.

Uma batida soou na porta da cabana. Por que ele viera até ali?

— Vá embora! — disse ela, de cabeça baixa, olhando para as mãos entrelaçadas. Ela podia ouvir a Coca-Cola Diet efervescente que tinha aberto, mas não tinha bebido ainda. Ela quase sentia a mesmo efervescência na cabeça, dentro do coração.

A porta da cabana se abriu e ela farejou e ouviu o vampiro de cabelos castanho-escuros dar alguns passos para dentro.

Ela não tirou os olhos das mãos.

— Eu disse...

— Eu sei, ouvi o que você disse.

Ela finalmente olhou para ele. Ele ficou ali, olhando para ela, com os braços cruzados, numa postura que expressava rebeldia.

E ainda assim você entrou de qualquer maneira. Era por isso que o cara a tirava do sério.

— Vá embora! — ela sibilou. Já tinha muita coisa em que pensar, não queria ter que lidar com ele também.

— Eu ouvi sobre seu primo. Só queria dizer que... Sinto muito.

O peito dela apertou.

— Tudo bem, você já disse. Pode ir embora agora.

Ele deu mais alguns passos para dentro.

— Você não precisa ficar aqui. Precisa correr, se mexer um pouco. Gastar um pouco de energia. Vai ajudar... em tudo isso.

— Você não sabe do que eu preciso! — ela retrucou, e era bom ter um alvo que não fosse ela mesma para concentrar a raiva.

— Sim, eu sei. Eu sei... — Ele fez uma pausa. — Eu sei como você está...

— Estou o quê? Não se atreva a dizer que sabe como estou me sentindo. Você não tem a menor ideia do que estou sentindo. Você não me conhece, você é apenas... — *Um vampiro pirado e mentiroso que sei que já conheço, mas não me lembro de onde.* — Cai fora daqui! — Ela rosnou, mostrando os caninos.

Ele ainda assim não se moveu. Será que ela teria que chutá-lo dali?

— Olha só, eu perdi toda a minha família num único dia. Meu pai, minha mãe, minha irmã. Droga, tudo que eu tinha era Baxter, meu cachorro. Então, sei como você se sente. E sei que apenas ficar sentada nessa mesa, se consumindo de tristeza, não vai ajudar em nada. O que *vai* ajudar é se mexer. Gastar um pouco de energia. Isso vai ajudar você a enfrentar a dor. Então vamos dar uma corrida. Venha.

Ela não se moveu. Sua mente ruminou o que ele disse. Ele tinha perdido toda a família. Seria mentira?

Ela não achava que fosse.

— Não me faça ter que arrastá-la para fora daqui — disse ele.

Ela franziu a testa.

— Você não conseguiria me arrastar.

— Ah, sim, eu conseguiria. — Ele deu um meio sorriso, como se fosse gostar do desafio.

— Venha. Prometo que vai te ajudar.

Engolindo seu orgulho, ela balançou a cabeça.

— Tudo bem. — Ela se levantou da mesa de repente e saiu da cabana. Ele saiu atrás dela.

A princípio, ela manteve os pés no chão. Os passos duros contra a terra sólida lhe faziam bem. Ela começou a correr cada vez mais rápido, mais rápido, até que estava em pleno voo. Mas a força que precisava fazer para manter o movimento, e cada vez mais rápido, era extrema. Sua intenção não era que aquilo se transformasse numa corrida, mas acabou se transformando. Ela iria ficar na frente dele, e ele teria que correr mais rápido. A energia carregada de emoção alimentava sua velocidade.

Mas não importava quanto ela fosse rápida, nunca ficava mais do que alguns centímetros na frente dele. Cada vez que Chase a ultrapassava, olhava para trás como se jogasse uma isca. E toda vez ela mordia a isca.

A que velocidade aquele cara podia correr? Tão rápido quanto Burnett?

Eles não chegaram a sair do terreno de Shadow Falls. Ela perdeu a conta de quantas vezes deram a volta na propriedade. As copas das árvores pareciam borrões enquanto ela se movia. Não sabia direito havia quanto tempo estava correndo, apenas continuava em frente. Todo o seu foco passou a ser voar, e a dor no seu coração, a tristeza e o pesar finalmente diminuíram.

Droga, Chase tinha razão. Aquilo a estava ajudando.

Mas por quanto tempo conseguiria continuar? Quanto tempo conseguiria levar seu corpo até o limite? *Quanto pudesse*, ela pensou. Mas depois de mais cinco minutos, diminuiu a velocidade e admitiu que ele tinha ganhado. Foi perdendo altura, até pousar à beira do lago. Sua descida não foi bonita. Ela bateu no chão, perdeu o equilíbrio e rolou.

Antes que pudesse parar completamente, ele a pegou pelo braço e a levantou.

— Está tudo bem — tentou dizer, mas não conseguiu pronunciar as palavras, enquanto ainda tentava respirar.

Ela se dobrou para a frente, os pulmões se esforçando ao máximo para sorver o oxigênio. Só quando finalmente recuperou o fôlego, seu estômago se rebelou. Incapaz de evitar, ela se levantou e despejou no chão todo o conteúdo do estômago. Tudo nos pés de Chase.

Por alguma razão desconhecida, ela achou engraçado. Limpou a boca e endireitou as costas. A expressão no rosto dele, olhando para as botas cobertas de vômito, deixou tudo ainda mais divertido. A risada irrompeu da sua boca antes que ela pudesse contê-la.

Ele levantou os olhos.

235

— Mas que nojo! — exclamou ele. Os olhos verdes tinham um brilho bem-humorado, enquanto um sorriso se abria em seus lábios. — Você está melhor? — ele perguntou, parecendo genuinamente preocupado.

— Sim — admitiu ela, dando-lhe o crédito que merecia. Ah, ela ainda não gostava dele, nem confiava nele, mas era justa o suficiente para concordar que ele estava certo.

Chase começou a limpar os sapatos, esfregando-os na grama. Quando parou, olhou para cima.

— Você devia correr assim duas vezes por dia. Correr até ficar enjoada. É do que você precisa agora.

Todo o humor foi sugado do momento. Della se lembrou do que ele tinha contado a ela sobre sua família.

— O que aconteceu? — perguntou ela, antes que pudesse se conter.

— Quando você vai além do seu limite, muitas vezes põe tudo pra fora. — Ele sorriu, mas o sorriso saiu meio forçado. — Só que você simplesmente pôs tudo pra fora em cima das minhas botas.

— Não, estou falando da sua família — disse ela, mas tinha uma suspeita de que ele sabia a que ela se referia e só não estava disposto a falar a respeito.

Ela devia entender. Ela mesma tinha sua caixinha de segredos. Mas se ele não queria que perguntasse, não deveria ter dito nada. Então, por que contou a ela?

Ah, sim, para fazer com que ela fosse correr. Mas por quê? Por que ele se importava? Não fazia nenhum sentido.

— Eu já disse — ele falou, enquanto fitava o lago. — Eles morreram.

— Como? — perguntou ela.

— Dê mais trinta voltas comigo e eu conto.

— Tudo bem — disse ela, percebendo que não deveria ter perguntado. Ela não apenas deveria respeitar sua necessidade de privacidade, como também não queria saber mais sobre ele. Saber mais sobre uma pessoa só abria espaço para amizades e relacionamentos. Jenny era um exemplo disso. Della não queria cultivar nenhum laço de amizade com ela, e ainda assim ele tinha se formado de qualquer maneira. Ela até deixara a pequena camaleão abraçá-la. Mas Della não tinha espaço em sua vida para mais uma pessoa. Não mais alguém com mania de abraços e, especialmente, não uma pessoa em quem não confiava.

De repente, o som da água encheu seus ouvidos. Ela olhou em direção à floresta. Estava ouvindo o som de água corrente ou seria... a cachoeira de novo? Não deveria ser possível ouvir a cachoeira dali.

— Eu preciso voltar para a cabana — ela disse, e começou a decolar.

— Então vai voltar a se lamentar e sentir pena de si mesma?

Irritada ao ver que ele fazia a sua dor parecer autopiedade, ela se virou, deu dois passos na direção dele e rosnou.

Chase não se moveu, fazendo do destemor uma mensagem. Não que isso importasse. Ela não estava com medo dele também.

— Não! — ela sibilou. — Eu vou voltar porque Kylie e Miranda chegarão à cabana a qualquer momento.

— Ótimo, então você não vai ficar sozinha.

O que havia com ele? Desde quando ele se importava com ela?

Della continuou a olhar para o vampiro como se o paradoxo do que ele era de repente fosse se tornar mais claro. Mas nada ficou mais claro. Exceto que a proximidade intensificou seu cheiro no nariz dela. E ela mais uma vez percebeu a familiaridade — familiaridade de alguma forma ligada ao medo. Mas que droga! Ela queria saber onde encontrara antes o Pervertido da Calcinha. Queria saber por que seus instintos lhe diziam que ele estava tramando alguma coisa.

— Você quer correr novamente esta noite? — ele perguntou.

— Não. — *Não com você. De onde diabos eu te conheço? Com quem você estava conversando na cerca no meio da noite?* Havia um monte de perguntas na ponta da sua língua, mas ela já tinha feito a maioria delas, então por que se preocupar? Não que ela fosse parar de procurar respostas. Mais cedo ou mais tarde, iria chegar ao fundo de tudo aquilo.

— Vamos lá, vamos correr juntos. Ali por volta das três da manhã.

— Por que eu faria isso?

— Porque, como eu disse, você precisa correr, gastar energia para poder... enfrentar as coisas...

— Por que você se importa com o que eu estou enfrentando?

Ele se apoiou nos calcanhares e enfiou os polegares nos passantes do cinto.

— Você ainda não percebeu? E eu pensei que fosse inteligente.

— Percebi o quê? — Será que ele ia finalmente contar a verdade?

— Que eu gosto de você, Della Tsang.

— Não é tão fácil assim gostar de mim.

Ele sorriu.

— Tenho que admitir que você torna tudo mais difícil.

Capítulo Vinte e Três

Quando saiu do bosque, Della viu Steve sentado na varanda. Ele começou a andar em direção a ela e, pela expressão no rosto dele, ela podia dizer que ele sabia sobre Chan.

Por um segundo, um breve segundo, ela se sentiu culpada pela corrida com Chase. Mas afastou a culpa. Não tinha feito nada errado. E se Chan tinha feito alguma coisa por ela, ela, por outro lado, tinha basicamente só mandado ele embora.

Quando Steve chegou perto o suficiente, ele a puxou para si.

Della se apoiou contra seu peito, esperando que ninguém estivesse por perto para vê-los.

— Pensei que você já tivesse ido para o consultório do doutor Whitman — ela disse, se afastando. Mas um pouco antes de afastar o nariz do ombro dele, cheirou sua camiseta. Perfume feminino. Uma garota tinha chegado muito perto de Steve. E ela apostava que sabia que garota era. Quando o ciúme começou a tomar forma dentro dela, esmagou o sentimento como esmagaria um mosquito. Já tinha muita coisa com que lidar; simplesmente não conseguiria lidar com aquilo agora. E, além disso, Jessie podia ter esbarrado acidentalmente nele. Ela queria acreditar nisso.

— Eu já estava lá, mas planejava voltar para vê-la esta tarde. Então liguei e quando você não atendeu...

— Não recebi nenhum telefonema. — Ela enfiou a mão no bolso de trás. Droga. Onde estava o telefone dela? — Devo ter deixado o celular aqui. — Mas ela sempre o colocava no bolso.

— Quando você não atendeu, eu liguei para o telefone de Kylie. Ela me contou o que aconteceu. — Ele ergueu o queixo dela um centímetro para olhá-la nos olhos. — Por que você não me ligou? Eu teria vindo na mesma hora.

Ela viu a decepção em seu olhar. Parecia que estava sempre decepcionando Steve. Isso só não era tão ruim quanto ter decepcionado Chan.

— Eu... Eu sabia que se ligasse eu ia começar a chorar de novo. — Por que Steve sempre trazia à tona o seu lado mais fraco? Ela não sabia. Nem gostava.

Como se para provar que estava certa, lágrimas brotaram nos olhos dela. Ela começou a andar em direção à cabana. Steve seguiu ao lado, tão perto que ela sentiu o calor do corpo dele contra seu quadril.

Quando fechou a porta, ele estendeu a mão para Della novamente.

— Talvez você precise chorar.

— Não. — Ela evitou o abraço dele e enxugou os olhos. — Eu já chorei. E isso não vai mudar absolutamente nada. — Ela foi até a mesa da cozinha verificar se o celular estava lá. Não estava. Ela provavelmente o perdera quando estava voando como uma maluca, tentando correr mais do que Chase.

Seus pais iriam matá-la se ela não conseguisse encontrá-lo. Não, eles não iriam matá-la, simplesmente ficariam desapontados com ela. Mais uma vez.

Steve franziu a testa.

— Me conte o que aconteceu.

Então ela se tocou de que o celular era o menor de seus problemas. Ela o procuraria mais tarde e poderia encontrá-lo ou não.

Ela desabou no sofá. O estofamento suspirou, um lamento baixo e triste. Ou talvez tudo parecesse triste para ela naquele dia.

Steve sentou-se ao lado e colocou o braço ao redor dos seus ombros. O cheiro de perfume na camisa dele encheu suas narinas novamente. Será que ela iria perder Steve para aquela loira sorridente?

Della afastou o pensamento e contou a ele o que tinha acontecido a Chan. Apesar de não querer, quando chegou à parte em que viu Chan com o rosto parcialmente coberto de terra, sentiu uma lágrima deslizar pelo rosto.

— Eu estava tão obcecada com a ideia de encontrar meu tio e minha tia que não percebi que estava sendo negligente com o membro vampiro da família que eu já tinha. Como pude ser tão cega?

O braço de Steve se estreitou um pouco mais ao redor dela.

— Primeiro, você não estava sendo negligente com Chan. Você me disse dezenas de vezes que quase implorou para que ele viesse para Shadow Falls.

Você tentou, Della. Além disso, você me contou que ele disse ao telefone que não era importante. E, procurar pelo seu tio, que era irmão gêmeo do seu pai era... Você queria muito se reconectar com seu pai. É compreensível que sentisse mais necessidade de se reconectar com ele.

As palavras de Steve faziam sentido. Ela queria encontrar o tio para preencher o vácuo deixado pelo pai. Mas fazer sentido não tornava sua atitude correta.

— Ele não deveria ter sido mais importante do que Chan. Eu poderia ter me esforçado mais. Poderia ter retornado a ligação dele. Cinco minutos. Isso é tudo que teria me custado.

Os dedos de Steve passaram a acariciar o cabelo dela, como se ele quisesse confortá-la.

— Não é culpa sua.

— Mas é o que parece, droga!

— Isso é porque você gostava dele e está com raiva porque ele morreu. O mais incrível é que geralmente, quando você é mesmo culpada, tende a pôr a culpa em outras pessoas. Quando não é culpada, joga a culpa em si mesma.

Ela descansou a cabeça no ombro dele, ouvindo seus batimentos cardíacos. Então escutou ao fundo outro som rítmico. Passos. Alguém estava se aproximando da cabana. Ela ouviu os passos pararem, em seguida começarem a se mover novamente. Ela farejou o ar.

Ah, droga, era Chase.

Ouviu uma batida na porta. Ela se levantou e foi atender, pronta para despachá-lo dali no mesmo instante e preocupada que Steve ficasse chateado.

— Sim?

Ele olhou para ela e, em seguida, olhou por cima do ombro. Para Steve. Não que Chase pudesse ficar surpreendido ao ver Steve ali. Ele já deveria ter farejado o metamorfo. Será que o vampiro tinha vindo só causar problema? Ela podia sentir o olhar de Steve em suas costas.

— Oi — disse Chase, dirigindo-se a Steve.

— Oi — Steve respondeu, mas de alguma forma a palavra saiu como um "Vá pro inferno".

O olhar de Chase voltou a se concentrar nela.

— Espero não estar interrompendo nada.

Ela fez uma cara feia para ele.

Chase não pareceu nem um pouco preocupado.

— Você deixou cair isso quando estávamos no lago. — Ele estendeu o celular dela

— Obrigada. — Um sussurro de alívio deixou seu peito mais leve por um segundo. Mas a tensão que irradiava dos dois fez com que o alívio durasse bem pouco. Ela pegou o celular da mão de Chase e fechou a porta.

Ela se virou para Steve, percebendo que ele não estava nada feliz. Ele se sentou, apoiou os cotovelos nos joelhos e olhou para ela. Sua expressão tinha se alterado para decepção. Mais uma vez.

De pé no mesmo lugar, ela ouviu enquanto os passos de Chase se afastavam da cabana.

— Você estava com ele? — Steve se levantou.

— Eu estava correndo — disse ela.

— Com ele?

A palavra "não" se formou em sua língua. Mas, dane-se, ela não iria mentir. Não estava fazendo nada errado.

— Sim. Ele ouviu sobre a morte de Chan e veio sugerir uma corrida para que eu me sentisse melhor. Então corremos em torno da propriedade.

— Então vocês dois estão correndo juntos, como dois bons amigos, hein? — Os olhos dele adquiriram um tom dourado, indicando seu mau humor.

— Nós não somos amigos — disse ela com firmeza.

Steve olhou para o chão, como se tivesse encontrado algo fascinante ali, mas Della sabia que ele estava perdido em pensamentos. Finalmente olhou para ela.

— Eu vim correndo para cá pensando que você poderia precisar de um ombro amigo, mas parece que já encontrou um.

— Não é nada disso — assegurou ela.

Ele suspirou.

— Como você mesma disse, mas é o que parece, droga!

— Não faça disso algo que não é — disse ela.

— Chase gosta de você! — ele acusou, como se fosse culpa dela.

— Tudo que fizemos foi correr. Passamos menos de três minutos falando um com o outro. Nada aconteceu.

— Não minta pra mim — disse ele.

— Eu não estou mentindo! — Steve não costumava ser tão acusador. Por que ele estava tão certo de que ela tinha feito algo? Então a resposta, a mesma que ele tinha acabado de dar, tornou-se dolorosamente clara. *O mais incrível é que geralmente quando a culpa é sua, tende a pôr a culpa em outras pessoas.*

— E Jessie gosta de você, certo? — perguntou ela.

Um lampejo de culpa cruzou a expressão dele. Uma nova onda de dor atravessou-a. Exatamente pelo que ele estava se sentindo culpado? Algo estaria realmente acontecendo entre os dois?

Steve fechou os olhos por um segundo, em seguida abriu-os.

— Eu disse a ela que não ia acontecer nada entre nós.

— Antes ou depois de se beijarem? — Della perguntou, agora sabendo que o perfume na camisa de Steve não tinha sido um esbarrão acidental. Jessie estava nos braços dele, provavelmente tinha descansado a cabeça ali, perto do ombro que Della tanto adorava. A dor que sentia com a lembrança de perder Lee voltou a assombrá-la.

Steve passou a mão no rosto como se estivesse tentando se livrar da culpa.

Sentiu o peito apertando ainda mais, com a culpa e a dor por perder Chan. Ela balançou a cabeça.

— Sabe de uma coisa? Eu não posso lidar com isso agora. Já tenho coisa demais na minha cabeça. É melhor você ir embora.

— Olha, Della, me desculpe — disse ele. — Ela me beijou. Eu não... eu sei que provavelmente deve parecer... Caramba! Sinto muito.

Ela ouviu o remorso na voz dele e sabia que estava sendo sincero, e por alguma razão, aquilo só fez doer mais.

— Por que você sente muito? Pelo que está se desculpando? Você e eu não estamos namorando nem nada.

E ela precisava se lembrar disso também. Quantas vezes disse a si mesma que precisava colocar freios naquele assunto? Bem, os freios estavam puxados agora.

— Eu não tenho nenhum direito sobre você. Não estamos juntos.

Ela ouviu vozes e passos do lado de fora. Vozes familiares.

— Miranda e Kylie estão chegando. Você precisa ir.

— Não, nós precisamos conversar.

— Não dá — disse ela. — Vá embora. É muita coisa para eu enfrentar num dia só.

Ele ficou ali e apenas olhou para ela.

— Por favor.

— Della, eu não quis... Eu não vou desistir de nós.

Ela fechou as mãos em punhos.

— Não existe "nós", Steve. Não existe nem nunca existiu.

A decepção brilhou nos olhos dele, e ela percebeu quanto detestava desapontar as pessoas. Chan, os pais dela e agora Steve. O nó na sua garganta dobrou de tamanho.

— Vá embora.

Kylie e Miranda apareceram minutos depois de Steve partir. Della já tinha colocado três Cocas Diets sobre a mesa. Elas a forçaram a suportar abraços de condolências, e então se sentaram à mesa para ouvir o que aconteceu. A última coisa que Della queria era ter que descrever a morte de Chan novamente, mas ela tinha prometido explicar. Não ia faltar com a palavra — nem mesmo se isso a machucasse.

Contou às amigas sobre o telefonema do amigo de Chan. Mal conseguiu descrever como encontrou o corpo do primo. Não disse nada sobre Steve. Francamente, ela se sentia uma idiota por ficar chateada com algo tão trivial quanto uma briga, não que fosse mesmo uma briga, quando tinha a morte do primo em que pensar.

Mas doía. Seu coração estava pesado com a consciência de que tinha perdido mais uma pessoa. Nem sequer importava que, pela lógica, Steve nunca tivesse sido realmente dela para que pudesse perder.

— Você já o viu de novo? — perguntou Kylie.

Della hesitou, achando que Kylie soubesse de Steve.

— Viu quem?

— Chan? Mais alguma pena apareceu? Quer dizer, parece que ele poderia ser o fantasma. Você não acha?

Della assentiu.

— Sim, eu o vi. Lembra que eu contei que tinha visto meu primo no portão semana passada? E, então, quando Burnett e eu estávamos saindo do parque, eu o vi de novo.

Os olhos de Miranda se arregalaram.

— Você realmente viu um fantasma? Isso não é inédito para um vampiro?

— Nem tão inédito assim — Kylie respondeu a Miranda. — Burnett vê fantasmas às vezes. — Em seguida, a camaleão olhou para Della. — Então, ele se mostrou a você. Disse o que quer?

Della balançou a cabeça, sentindo a emoção apertar a garganta.

— Não. Apareceu e, no segundo seguinte, já tinha sumido. E havia alguém com ele. — E ele tinha olhado para Della com olhos tristes.

— Talvez só quisesse dizer adeus — disse Miranda. — Não que isso torne tudo melhor. É mais assustador ainda.

— Ele está bem. — Kylie colocou a mão sobre a de Della. — Mas é mais provável que ele quisesse mais do que apenas lhe dizer adeus. Então ele não disse nada?

Della negou com a cabeça.

— Provavelmente queria me dizer que eu o decepcionei. — E ia doer demais ouvir isso, mas ela merecia. Ela tinha de fato decepcionado o primo.

— Eu não posso acreditar nisso — disse Kylie. — Você não o decepcionou coisa nenhuma.

— Sim, todo mundo não para de me dizer a mesma coisa, mas eu não vejo da mesma forma.

— Então, você não está vendo direito — disse Miranda com a voz severa. — Della Tsang não decepciona as pessoas. Quero dizer, olhe para nós. Brigamos o tempo todo. Eu sei que você não me suporta às vezes, e ainda assim nunca me decepcionou. Mesmo quando está com raiva de mim, você sempre supera a raiva. É por isso que eu te amo. — Lágrimas encheram os olhos da bruxa.

A emoção no peito de Della tornou difícil para ela respirar.

— Obrigada. — Mas ela não tinha certeza se Chan seria da mesma opinião.

Miranda secou as lágrimas do rosto.

— Talvez o seu primo soubesse do seu tio e quisesse te contar.

— Poderia ser isso — disse Kylie, e então olhou para Della. — Você contou a Holiday que viu Chan?

— Não. Eu não disse nada a ela sobre o fantasma. Ainda não.

— Você deveria — disse Kylie. — Ela poderia ajudá-la a enfrentar toda essa coisa do fantasma.

— Primeiro tenho que enfrentar a morte de Chan.

— Eu sei — Kylie esticou o braço para colocar a mão sobre a de Della. — Sei como é difícil. Quando perdi Nana, isso quase me matou.

— Eu não perdi ninguém, mas posso imaginar como dói — disse Miranda. — E nós duas, Kylie e eu, estamos aqui para apoiá-la. Eu não vou nem ficar com raiva de você quando perder a cabeça. Você tem passe livre para perder a cabeça comigo.

— Passe livre para perder a cabeça com você? — Della repetiu e, embora achasse graça naquilo, sentiu o ar em seus pulmões tremer de emoção.

— Isso mesmo — disse Miranda com convicção.

— Ah! — exclamou Kylie. — Eu trouxe os arquivos do seu tio. — Ela tirou uma pasta da bolsa sobre a cadeira e entregou-a a Della. — Você contou a Derek sobre isso? Ele pode ajudá-la a encontrar alguma coisa.

— Não, ainda não. — *Estive muito ocupada rompendo com Steve.* Della abriu a pasta e leu o que estava escrito. A culpa por se preocupar mais em encontrar o tio do que em telefonar para o primo fez seu coração pesar novamente.

— Você parece exausta — disse Kylie. — Dormiu um pouco?

— Ainda não. — Della massageava as têmporas novamente. A dor de cabeça tinha voltado com tudo. Puxa, a vida dela era uma confusão! Estava tudo desmoronando, peça por peça. Seu pai a odiava. Ela tinha sido golpeada na cabeça por um assassino ou pelos anjos da morte. Steve tinha beijado Jessie. Seu primo estava morto. E ela estava vendo fantasmas. Será que mais alguma coisa poderia acontecer?

Sim, poderia. Ela descobriu na segunda-feira à tarde. Burnett tinha ligado e pedido a Della para encontrá-lo em seu escritório. Ele começou dizendo que a autópsia de Chan tinha sido adiada e que seria só uma semana antes de poderem colocar o primo dela no túmulo com a lápide que registrava sua morte falsa.

— Por que tanto tempo? — Pensar no corpo de Chan esperando em algum necrotério frio a deixava arrasada.

— Como não há sinais de crime, a autópsia vai demorar um pouco mais do que eu esperava.

Della assentiu.

— Eu quero estar lá. — O peito dela ficou pesado.

— Na autópsia? — ele perguntou, confuso.

— Não, no enterro.

Ele suspirou como se não concordasse.

— Vai ser feito no meio da noite e rapidamente.

— Não me importo. Eu não quero que ele seja enterrado sozinho. — Ela não tinha visto Chan na forma de fantasma novamente e, embora talvez ele já tivesse feito sua passagem, pelo menos ela estaria lá quando seu corpo fosse colocado na terra. Lembrou-se da multidão que tinha ido ao velório de Lorraine. As pessoas que estavam lá para mostrar o amor que sentiam por ela. Della não suportaria pensar em Chan largado numa cova sem ter ninguém — nem uma única pessoa ali para chorar por ele.

Burnett olhou para ela com um ar desafiador e Della suspeitou do que ele estava prestes a dizer.

— Com tudo o que você passou, não acha que seria mais sensato não trabalhar no caso recente de assassinato?

As suspeitas dela se confirmaram.

— Não! E não use isso como uma desculpa para me impedir.

Ele ergueu a mão, apertando os olhos.

— Eu só acho que você já tem muito em que pensar.

É claro que tinha muito. Ela sentia como se estivesse morrendo por dentro, mas não fazer nada seria muito pior.

— Não importa. Não só quero trabalhar nesse caso, como preciso de algo em que pensar que não seja a morte do meu primo. — Outra coisa que não seja o ódio do pai dela e toda a esperança de que ela e Steve ficassem juntos. — Por favor. Eu, com a ajuda de Kylie e Miranda, não mandei bem na funerária ontem? Pegamos aquele cara.

— Você mandou bem. Mas ainda não acho que tenha sido uma boa ideia vocês três irem àquela funerária sozinhas.

— Mesmo assim tudo acabou bem — ela insistiu.

Quando os ombros dele caíram, ela percebeu que ele tinha aceitado.

— Tudo bem. Então você começa esta noite. Tenho algumas informações sobre o ponto de encontro de uma gangue da região. Eu quero que você e Chase deem uma passada lá para ver se...

— Chase? — Della perguntou, o pânico formando uma bola na boca do seu estômago. — Vou trabalhar com Chase?

Burnett assentiu.

— Você tem alguma coisa contra Chase?

— Talvez — disse ela. Deus, claro que sim, ela tinha alguma coisa contra Chase. Sabia que, quando ele trouxe seu celular, tinha feito isso com a intenção de criar problema. E tinha conseguido.

Não que a culpa fosse dele que Steve tivesse trocado saliva com Jessie, mas a participação de Chase no problema irritou-a ainda mais. Ela estava com tanta raiva que tinha até mesmo evitado fazer contato visual com ele durante as duas aulas que assistiram juntos. Ah, sim, ela sentiu o olhar de Chase sobre ela, mas não tinha olhado para ele nem de relance.

E a questão do celular era apenas uma parte do problema. Havia também o fato de ela já tê-lo encontrado antes e, depois, o que Jenny havia dito sobre ele ter encontrado alguém no portão. Ela quase contou a Burnett sobre a descoberta de Jenny, mas então se lembrou de que Jenny lhe pedira para não dizer nada.

— Qual é o seu problema com Chase? — perguntou Burnett.

Ela não podia mentir descaradamente, mas omitir a verdade não era nenhum pecado.

— Por que não manda Lucas no lugar dele?

Burnett franziu a testa.

— Você prefere trabalhar com um lobisomem e não com outro vampiro? Isso é estranho.

— Na verdade, não. Eu conheço Lucas. Confio em Lucas. Além disso, não é disso que se trata Shadow Falls? Aprender a se dar bem com outras espécies? Eu posso me virar bem com Lucas.

Burnett recostou-se na cadeira, e o móvel gemeu com a sua nova posição.

— Por que você não gosta de Chase? — ele perguntou sem rodeios, como se soubesse que ela estava evitando falar a verdade.

Capítulo Vinte e Quatro

Della ainda não tinha desistido de evitar dizer a verdade.

— Ele parece cheio de segredos.

— Que tipo de segredo? — perguntou Burnett.

— Se eu soubesse, não seriam segredos. — Sim, ela poderia estar deixando de ver o maior deles.

Burnett franziu a testa.

— Chase já está trabalhando nesse caso.

Della se inclinou para a frente na cadeira. Foi a vez de ela colocar Burnett na berlinda.

— Por que você confia em Chase? Ele não está aqui nem há uma semana e você já o recrutou. Voce não costuma agir assim. Por acaso já o conhecia?

— Não — respondeu ele e, embora Della tentasse ouvir o coração do vampiro, ela não conseguiu. Sua audição estava falhando. Que raios havia de errado com seus sentidos?

Burnett continuou:

— Acho que mencionei que ele tem me impressionado com as suas habilidades.

— Que habilidades? — Della tinha notado a velocidade de Chase, mas...

— Todas elas — ele respondeu, mas parecia incomodado com a curiosidade dela.

Ela suspeitava que havia coisas que o líder do acampamento não estava lhe dizendo, mas, se ela continuasse a interrogá-lo, ele poderia decidir que ela não deveria trabalhar no caso. A última coisa que queria era que ele a deixasse de fora.

Burnett se inclinou para a frente, colocando os cotovelos sobre a mesa.

— Se você não se sente à vontade para...

— Não, tudo bem — concordou Della antes que ele pudesse dizer mais alguma coisa.

— Mas se você não confia nele...

— A melhor maneira de eu começar a confiar em Chase é trabalhar com ele, certo? — Ela sentiu o estômago se contrair ao pensar que Burnett poderia tirá-la do caso.

Ele continuou a olhar para ela. Fixamente. Mas não disse nada. Ela podia ver a dúvida nos olhos dele. Dar-lhe o caso ou tirá-lo dela. E a balança não parecia estar pesando a seu favor.

— Eu quero pegar esse assassino — disse ela. — É o mínimo que posso fazer.

A expressão de Burnett ficou mais séria ainda.

— Della, existe uma linha tênue que os agentes têm de respeitar. Essa linha fica entre o desejo de fazer justiça e o sentimento de ser de alguma forma responsável pelas coisas horríveis que veem. Há casos que nunca são resolvidos. As pessoas morrem. As pessoas que amamos morrem, como Chan, e eu sei que você se sente responsável, mas...

— Eu sei que não causei a morte dele.

— Mas você ainda se sente responsável, não é? — perguntou ele com firmeza.

Era uma pergunta direta. Ela não podia mentir.

— Se eu tivesse atendido à ligação dele ou voltado a ligar, poderia ter evitado que ele morresse. Mas a morte de Chan não tem nada a ver com o meu trabalho nesse caso.

— O estado emocional de um agente sempre afeta a sua capacidade de trabalhar num caso.

— Eu posso dar conta disso, Burnett.

Ele colocou as duas mãos sobre a mesa. A luz que entrava pela janela incidiu sobre o cabelo preto dele, tornando-o quase azul. Ele pegou uma caneta e girou-a nas mãos.

E continuou a analisá-la.

— Quando eu tinha 14 anos, havia uma garota de quem eu gostava. Metade humana, metade *fae*. Nós costumávamos ir para o lago e nadar o dia todo.

Ele fez uma pausa e pôs a caneta na mesa como se a lembrança o levasse de volta ao passado.

— Uma tarde, ela ligou e queria que eu fosse nadar com ela. Um amigo meu tinha me pedido antes para ir correr com ele, e eu não queria desapontá-lo. Ela foi para o lago com outros amigos. E se afogou naquele dia. Eu fiquei arrasado e por cerca de um ano me culpei. Se eu estivesse lá, ela ainda poderia estar viva. Demorou muito tempo para eu perceber que, às vezes, coisas ruins acontecem e não é culpa de ninguém.

Della olhou para ele.

— Talvez com o tempo eu mesma chegue a essa conclusão. Mas só se eu ficar ocupada com outras coisas. — Como a captura de um assassino.

— Bem. Você pode trabalhar no caso com Chase, mas não me faça me arrepender dessa decisão.

— Eu não vou. Prometo.

O olhar dele se encheu de compaixão.

— O tempo é sempre nosso amigo — ele disse. — Mas, enquanto isso, tente pegar leve consigo mesma. Nosso coração fica muito pesado se carregamos muita culpa e tristeza por aí o tempo todo.

Ela sentiu o peso em seu peito naquele momento. Assentiu com a cabeça.

— Você está começando a falar como Holiday.

— Ela de fato tem o dom de me incutir suas ideias. — A expressão preocupada dele se suavisou.

Amor, Della pensou. Burnett e Holiday eram loucos um pelo outro. Assim como Kylie e Lucas, Miranda e Perry. Até mesmo os pais dela. Será que ela nunca mais seria capaz de amar novamente?

Os pensamentos de Della se desviaram do amor e se concentraram no caso.

— Você suspeita de uma gangue de vampiros assassinos?

— Não temos uma pista muito boa ainda — disse ele. — O relatório da autópsia é um pouco confuso. O assassino se alimentou do sangue das vítimas, era fisicamente mais violento do que o normal, o que é quase uma certeza de que o assassino tinha uma motivação, a raiva. A vítima do sexo masculino sofreu ainda mais do que a do sexo feminino.

— Você acha que o vampiro os conhecia?

— É uma possibilidade, mas é mais provável que ele fosse um recém-criado e estivesse simplesmente fora de controle.

— Ele? — perguntou Della, se perguntando como ele sabia que não era uma mulher.

— Normalmente os homens são menos violentos com as mulheres. E o tamanho da marca da mordida é mais condizente com a mandíbula de um homem. Também encontraram um fio de cabelo. O resultado do exame de DNA não chegou ainda, mas o fio era castanho e curto.

— Não poderia ser o cabelo de outra pessoa?

— Tinha sangue de ambas as vítimas nele — disse Burnett com naturalidade. — Então, é improvável. Mas ainda assim é possível.

Ela quase estremeceu com o pensamento.

— Então, um homem de cabelos castanhos curtos.

Burnett assentiu.

— Talvez um recém-criado. — Ele hesitou. — Temos esperança de que, se você e Chase passarem algum tempo com membros da gangue, acabem ouvindo alguma coisa que possa ajudar. E como tanto você quanto Chase sentiram o cheiro do assassino, se ele estiver por lá, vocês vão saber. Por outro lado, a minha maior preocupação é que, se vocês sentiram o cheiro *dele*, ele pode muito bem ter sentido o de vocês.

— Eu acho que não — disse Della, que já tinha pensado nisso. — Ele estava fugindo, correndo. Não acho que seus sentidos estivessem em alerta. Eu só senti o cheiro dele porque era tarde da noite e eu sabia que ele só podia ser um intruso.

— Talvez. Mas eu ainda quero que você fique de olhos bem abertos. E enquanto estiver fora de Shadow Falls, sob nenhuma circunstância você pode se afastar de Chase. — Burnett apontou um dedo para ela, e sua expressão era severa. — Se você desobedecer a essa regra, suas chances de trabalhar em outro caso da UPF são nulas. Está claro?

Ah, estava claro, mas ela não gostou. A última coisa que queria era ter que ficar na barra da saia do Pervertido da Calcinha. Mas, se era isso que era preciso para que pegassem o vampiro vil que matara Lorraine e o namorado, ela teria que se acostumar com a ideia de tê-lo como parceiro.

— Está claro, Della?

— Claríssimo! — ela garantiu.

Gostasse ou não, ela e Chase eram uma equipe. Como Steve iria se sentir quando soubesse disso?, pensou com seus botões.

Não que precisasse se preocupar. Qualquer coisa que tivesse acontecido entre eles já era passado. Ela tinha que aceitar isso.

Quando Della entrou na cabana, Miranda e Kylie estavam sentadas à mesa da cozinha com três Cocas Diet fechadas. Um sinal claro de que alguém estava com um problema e elas precisavam conversar. De repente, ela se lembrou de Miranda se perguntando se deveria ou não transar com Perry. Teriam surgido problemas no paraíso?

— Algo errado? — perguntou Della, olhando para a bruxinha, esperando que ela e seu metamorfo não estivessem com problemas. Da última vez que tinham brigado, Miranda chorara durante 24 horas e devorara um caminhão de sorvete. Tinha deixado Della quase louca.

— Esta é uma intervenção — disse Miranda. — Sente-se. — Ela pegou um lápis e se sentou sobre uma almofada.

— Uma intervenção? Que intervenção?

Miranda continuou a olhar para ela.

Ah, não!

— A minha intervenção? O quê? Agora você quer que eu faça um teste de doping ou de gravidez como meus pais exigiram?

— Não é esse tipo de intervenção — disse Miranda, como se fosse algo sério.

Della fez uma careta e olhou para Kylie, a amiga mais sensata.

— O que está acontecendo?

— Miranda está dramatizando um pouco — disse Kylie. — Mas... Perry disse que Steve contou a ele que vocês dois tiveram uma briga.

— Uma briga daquelas, envolvendo aquela garota do consultório do veterinário — Miranda acrescentou.

Della quase caiu da cadeira.

— Ah, mas que inferno! Será que nada pode ser particular neste lugar?

— Isso não deveria ser particular — rebateu Miranda. — Nós somos as suas melhores amigas e supostamente contamos tudo umas para as outras. Você precisa de nós, mas nem nos deixa ajudá-la. Então precisamos fazer uma lista de coisas que a ajudarão a lidar com isso. — Ela pegou um papel. Eu já tive algumas ideias.

Della gemeu.

— Neste momento, Steve é o menor dos meus problemas.

Ela dizia isso para si mesma desde que ele tinha saído por aquela porta, e talvez se repetisse várias vezes conseguisse se convencer de que era verdade. Claro, aquilo não era nada comparado à morte de Chan ou à captura do assassino a quem ela queria dar uma lição, mas ainda assim doía como uma unha encravada.

— É por isso que estamos preocupadas — disse Kylie. — Você anda sofrendo golpes duros ultimamente. O caso da UPF, seu pai, Chan, a tentativa de encontrar sua tia e seu tio, e agora Steve. Nós só queremos ajudar.

— Ajudar como? — perguntou Della. — Não há nada que possam fazer. Nada que qualquer pessoa possa fazer. — Seu peito imediatamente ficou pesado. — Além disso, essa briga provavelmente foi a melhor coisa que podia ter acontecido. Não estávamos realmente juntos. Eu não quero que a gente se torne um casal. Eu nem sei por que deixei que isso fosse tão longe.

— Você gosta dele, é por isso — disse Miranda. — Não sabe como seus olhos brilham quando olha pra ele! Steve te faz feliz. Agora você não está feliz. E desde a última semana, a sua aura tem ficado bem escura. É uma cor turva meio estranha. Eu disse a Kylie alguns dias atrás que algo estava errado. Agora parece ainda pior.

— Minha aura é sempre meio escura. Eu sou um vampiro, lembra? Você me disse isso uma vez.

— Sim, mas não escura desse jeito. Agora ela está de uma cor que até assusta.

— Então faça algum feitiço para tingi-la de outra cor — sugeriu Della. E quando a bruxa fizesse o feitiço, talvez ela pudesse dar um jeito na sua audição também, que estava com defeito. Della tinha tentado sintonizar os sons distantes no caminho até lá e não tinha conseguido.

— Se eu pudesse clarear a sua aura, faria isso. Mas só você pode deixá-la mais clara. O que podemos fazer é dar ideias. Coisas que você pode fazer para ficar mais feliz e que podem iluminar a sua aura. Eu já fiz uma lista. — Ela começou a ler: — Contemplar um pôr do sol. Fazer uma caminhada em meio à natureza. E, o melhor, observação de aves. Alguma coisa nos pássaros sempre clareia a nossa aura. — Miranda sorriu como se estivesse muito orgulhosa de si mesma.

Della roubou a caneta e o papel de Miranda.

— Espera aí, eu tenho algumas ideias melhores. — Ela começou a rabiscar o papel e ler enquanto escrevia: — Encontrar o meu tio e a minha tia, encontrar um assassino, fazer o meu primo ser enterrado, esquecer que o meu pai me odeia, parar de sentir falta de Steve. Droga, parece que não vai dar tempo de admirar nenhuma droga de pássaro! — Della jogou o lápis longe e disparou pela cozinha até seu quarto.

Dez minutos depois, bateram à porta de Della. Dez minutos inteiros que Della tinha aproveitado para perceber que ela estava descontando seus problemas nas amigas.

— Pode entrar! — Ela se sentou, pronta para assumir a culpa.

Kylie entrou no quarto.

— Oi.

— Nem precisa gastar saliva. Eu sei que fui uma mocreia e vou pedir desculpas à bruxa. — Ela fez uma careta. — Mas observação de aves já é demais!

Kylie riu.

— Pessoalmente, achei que contemplar um pôr do sol fosse tirar você do sério. Mas... — O sorriso de Kylie desbotou. — Miranda anda mesmo preocupada. Essa coisa de aura a deixou apavorada.

Della suspirou.

— As auras não têm a ver com o nosso humor?

— Eu acho que sim. Mas não entendo muito de auras.

— Bem, meu estado de espírito de fato anda meio sombrio. Então é compreensível.

— Mas Miranda acha que uma aura muito escura pode trazer mais escuridão, como se coisas ruins atraíssem coisas ruins. É por isso que ela quer que você... encontre alguma coisa que a deixe feliz.

— O que vai me deixar feliz é encontrar um assassino e fazer Chan ser enterrado devidamente na sua sepultura.

Kylie deitou-se na cama.

— É sobre isso que Burnett queria falar com você?

— É. Vai levar uma semana para que possam concluir a autópsia de Chan, e não vão poder enterrá-lo antes disso. E eu começo no caso em... menos de uma hora.

— Menos de uma hora? Vai fazer o quê?

— Vou a um lugar em que gangues de vampiros costumam ir. Ah, e o pior é que vou trabalhar com Chase.

Kylie fez uma careta.

— E você ainda não gosta dele.

— Não é óbvio?

Kylie fez uma cara engraçada.

— Eu não sei, você que me diz.

Della balançou a cabeça.

— Eu não gosto dele. Eu não confio nele.

— Ele é um gato — disse Kylie, a voz cheia de humor. — Será que não é por isso que você não quer passar muito tempo com ele?

Della balançou a cabeça.

— Não é por isso. Ele é muito... irritante.

A testa de Kylie agora estava franzida com desconfiança. Della finalmente deixou escapar a verdade.

— Tudo bem, ele é um gato. Mas isso não quer dizer nada. Não é como se ele fosse...

— Steve? — perguntou Kylie.

— É — Della admitiu, embora odiasse ter que fazer isso.

Ficaram ali sentadas em silêncio por um segundo, e então Kylie perguntou:

— Por que você não contou pra gente sobre Steve?

Della deu de ombros.

— Parece que tudo o que eu tenho feito ultimamente é choramingar. E dói falar sobre ele.

— Mas nós somos suas melhores amigas. Só queremos te ajudar.

— Eu sei.

— E realmente acabou?

— Eu acho que sim. — Della mordeu o lábio e de repente sentiu vontade de falar. — Ele beijou Jessie. Ou, devo dizer, ela beijou Steve. E ele estava se sentindo superculpado, por isso sei que ele gostou. Isso me deixa furiosa, mas... no último fim de semana, ele queria que eu conhecesse os pais dele, e eu surtei. Eu não quero conhecer os pais dele. Não quero nada que torne a coisa... oficial. Então, é justo deixar essa "coisa" entre nós continuar se eu não sei se vou deixar que ela progrida?

— Ele ligou para você depois da briga?

— Não. E provavelmente é melhor assim. — Mas não passava um minuto sem que Della checasse o celular. Ela não tinha certeza se era alívio ou decepção o que sentia quando descobria que ele não tinha tentado entrar em contato.

Kylie voltou a se deitar na cama e olhou para o teto.

— Holiday me disse uma vez que as mulheres que têm problemas com os pais normalmente encontram uma maneira de ter problemas com os homens. Nós projetamos nossos problemas com nossos pais nos outros caras. Pareceu bobagem no início, mas será que foi coincidência eu ter finalmente dado uma chance a Lucas depois que resolvi meus problemas com meu padrasto?

Della se reclinou na cama ao lado de Kylie.

— Então você está dizendo que eu só vou conseguir ter um namorado depois que resolver o meu relacionamento com meu pai? — Ela deu um tapa na testa. — Droga, acho então que vou ser lésbica, porque não acho que isso vá acontecer um dia!

Kylie riu.

— Lamento, mas já sou comprometida.

Socks, o gato de Kylie, pulou na cama e se esfregou em Della. Ela sorriu.

— Eu sei, com um lobisomem gostosão. Sabe, o meu amigo Socks aqui não aprova o vira-lata em tudo. Eu acho que Socks tem medo de que Lucas lhe passe pulgas.

Kylie franziu a testa enquanto acariciava o gato.

— Lucas não tem pulgas. E além disso, eu aprovo Lucas. — Os olhos dela se arregalaram com carinho. — Eu o amo tanto! Mesmo quando ele é arrogante e um pouco machista como foi na funerária. Ele faz com que eu me sinta... completa. E eu acho que você merece isso também. Alguém que faça com que você se sinta bem por dentro. Ele toca você e você se derrete. Olha para você com aquele olhar sexy e você se aquece toda. Ele te abraça e qualquer problema que você tenha, parece que perde a importância.

— Talvez esse não seja o meu destino. — Della olhou para Socks. — Vou ficar velha e ter um monte de gatos. Parece que é isso que as mulheres fazem quando não se casam. — Mas Della não pôde deixar de pensar em como se sentia quando estava com Steve. E nenhum gato jamais a faria sentir a mesma coisa.

— Eu não acredito — Kylie insistiu. — E talvez tudo isso que esteja acontecendo agora esteja mexendo com a sua cabeça. Se nada disso tivesse acontecido, você talvez não tivesse entrado em pânico quando Steve te convidou para conhecer os pais dele.

— E o que me diz de ele beijando Jessie e gostando? — perguntou Della.

— Ele disse que gostou? — perguntou Kylie. — Porque eu já vi a maneira como ele olha pra você, e acho difícil acreditar que ele goste de beijar outra pessoa.

— Ele não disse que gostou, mas ele é homem. Claro que gostou.

Kylie fez uma careta.

— Ok, eu não vou discutir isso, mas para mim é como se você estivesse procurando um motivo para se distanciar dele. Talvez o que realmente esteja acontecendo é que você sabe quanto gosta dele e está com medo.

Della abriu a boca para negar, mas não conseguiu falar nada. Kylie estaria certa?

— Eu ainda não consigo suportar a ideia de que ele a beijou, mesmo que ela tenha provocado. — Della murmurou e, em seguida, querendo mudar de assunto, perguntou: — Miranda ainda está aqui? Quero dar o braço a torcer e pedir desculpas. Odeio dar o braço a torcer...

Kylie sorriu.

— Não, Perry ligou e pediu que ela fosse encontrá-lo.

— Então eles estão por aí se amassando, hein? — brincou Della, esperando desviar a conversa dos seus próprios problemas com garotos, concentrando-se no namoro de outra pessoa.

Kylie franziu os lábios como se estivesse bem consciente da manobra de Della. Aquela garota era muito inteligente.

— Olha, você não tem que gostar de Steve beijando outra garota. É natural que fique chateada, pode acreditar, eu sei o que estou dizendo, mas isso não precisa ser motivo para vocês romperem. Veja Miranda e Perry, e o meu relacionamento com Lucas. Nós dois passamos por situações parecidas e não pense que estou defendendo Steve, estou mais preocupada com você. Siga o meu conselho e dê mais uma chance a essa "coisa" que você tem com Steve. Não desista dele.

Della olhou para o relógio na mesa de cabeceira. Ela tinha que se encontrar com Chase.

— Nossa, eu tenho que ir!

* * *

— Você sabe que devíamos pelo menos conversar — disse Chase, num sussurro.

Pelo menos sua audição não estava falhando.

— Sobre o quê? — Ah, ela sabia o que gostaria de dizer a ele, mas não tinha certeza se aquela era uma boa hora.

Della olhou para o vampiro sentado do outro lado da mesa, desejando que fosse outra pessoa sentada ali. Desejando não apreciar tanto a largura dos ombros, a maneira rebelde como ele se comportava ou o queixo anguloso que o fazia parecer mais um homem do que um garoto. Eles tinham se encontrado e voado para uma velha casa abandonada no meio da floresta que a gangue da região tinha transformado num bar onde serviam sangue. Não era um ambiente muito agradável, mas havia pelo menos seis vampiros ali. Pelo visto, com a gangue local na área, os donos do negócio achavam que haveria movimento suficiente para torná-lo lucrativo.

Della deu mais uma olhada casual no ambiente e tomou um gole do sangue que Chase tinha pedido para ela. Era A positivo e não estava fresco, mas ela não tinha jantado, então bebeu sem reclamar.

— Eu não sei. Poderíamos falar sobre o tempo, esportes ou talvez o que te deixou tão aborrecida comigo — disse ele, concluindo obviamente que não precisava mais sussurrar.

— Ouviu dizer que vai chover amanhã? — ela disse sarcasticamente.

Ele riu.

Della olhou para dois rapazes sentados do outro lado da sala. Vampiros de aparência rude, diante de uma garrafa de uísque que não paravam de despejar nos seus copos de sangue. Um deles era loiro, o outro tinha cabelos castanhos, mas eram longos e estavam presos num rabo de cavalo.

Durante os primeiros quinze minutos, todos os clientes, até mesmo o barman, não fizeram outra coisa que não fosse encarar Della e Chase, mas agora pareciam ter perdido o interesse. Della permaneceu atenta. Ela tinha que permanecer. Seu sentido do olfato ainda não tinha voltado. Então ela ficou analisando as pessoas, à procura de alguém suspeito. Qualquer pessoa com cabelo castanho e curto ou que parecesse um assassino. Não que ela soubesse o que fazia alguém parecer um assassino, mas, caramba, o que custava tentar?

— Fala sério, o que eu fiz para te deixar tão furiosa?

Ela olhou nos olhos de Chase, sua fúria ainda equivalente à de uma galinha encharcada de chuva e com TPM, mas sua necessidade de vingança teria que esperar. Eles tinham um caso em que se concentrar.

— Engraçado, eu não achava que você fosse do tipo que engole sapo — ele disse, provocando-a.

Ele tinha razão. Ela nunca acreditara naquele papo de que o silêncio vale ouro. Ah, que diabos, nada os impedia de conversar sobre qualquer coisa que não fosse a missão.

— Você só queria me arranjar encrenca quando foi devolver meu celular.

Ele franziu os lábios como se pensasse numa resposta.

— Talvez.

Ela fez uma cara feia.

— Ok, provavelmente. — Ele admitiu, por fim. — Mas achei que o cara precisava saber que tinha concorrência. Enquanto você estava fora, na sexta-feira, uma garota — a mesma garota — ligou para ele três vezes. E ela estava flertando com ele. Eu não sei o que vocês dois têm, mas não achei aquilo certo.

O coração de Della despencou até o estômago. Jessie estava ligando para Steve? Ah, mas aquele não era o momento de ficar com dor de cotovelo. Ela lançou a Chase um olhar frio.

— Isso não é da sua conta. Você não deveria ter bisbilhotado as ligações dele.

— É verdade, mas fiz isso em interesse próprio. Como eu disse, gosto de você. Eu acho que essa nossa parceria pode dar certo. Então, quero cuidar de você.

— Eu não preciso que você cuide de mim. E, para que isso dê certo, eu tenho que gostar de você também.

— Você gosta de mim — disse ele com um sorriso confiante, e ela teve que admitir que sentiu borboletas no estômago ao ver aquele sorriso sexy. — Você simplesmente não percebeu isso ainda. Eu sou do tipo que se aprende a gostar com o tempo. Como uma daquelas cervejas estrangeiras esquisitas. Demora um tempo para se acostumar comigo.

— Eu não gosto de cerveja. E não gosto de...

— Mas você está aqui.

— Só porque... — Ela fechou a boca. — E existe pelo menos umas dez pessoas com quem eu preferia estar agora.

— Só umas dez? Você se importa de me dizer o nome delas? Elas vão se ver comigo.

Ela lhe mostrou as presas.

Ele riu e pegou seu copo de sangue, olhando-a por cima da borda de plástico.

— Como você está fazendo com... com aquela coisa toda do seu primo? — A leveza tinha desaparecido da voz dele.

Ela relembrou a história dele, de que tinha perdido toda a família. Ele provavelmente tinha inventado aquilo tudo.

— Como você está fazendo com aquela coisa toda da *sua* família? — ela disse em tom de acusação.

Algo brilhou nos olhos dele... raiva, tristeza. Talvez Chase não tivesse inventado aquela história.

— Então você não estava mentindo?

— Não. — Ele desviou o olhar, levantando o nariz para verificar se sentia algum cheiro conhecido no bar.

— Sentiu alguma coisa? — perguntou ela.

Ele olhou para ela, quase rápido demais.

— Não. E você?

De jeito nenhum ela iria dizer a ele que o seu olfato estava uma droga. Ela levantou o rosto, como se farejasse o ar.

— Não.

Passos soaram ao fundo na direção deles. Della preparou-se para ter companhia e possíveis problemas. Um dos caras de aparência rude que bebia uísque desabou na cadeira ao lado e se inclinou na direção dela.

— E aí, lindinha! — disse ele, com a boca muito perto da dela.

Capítulo Vinte e Cinco

— Vocês dois são novos por aqui.

Della se afastou um pouco. Ele parecia ter uns vinte e poucos anos, mas com a aparência de quem não tinha uma vida fácil. Olhou-a de cima a baixo e em seguida encarou Chase.

— Como parece que você não é o tipo dela, achei que ela poderia gostar mais de mim.

Então o malandro estava ouvindo a conversa deles. Não que ela também não estivesse espionando ele e o amigo. Mas a conversa deles sobre como jogavam futebol no colegial não tinha sido tão interessante.

— A gente só estava tendo uma briguinha — disse Chase, com a voz profunda. — Ela está comigo.

— É isso mesmo, gatinha? — o estranho perguntou a Della. — Sabe, no começo pensei que você trabalhasse aqui. Uma profissional, quero dizer.

Ele tinha acabado de dizer que ela se parecia com uma prostituta? Della franziu a testa.

— Em primeiro lugar, eu não trabalho aqui. Em segundo lugar, o meu nome não é Gatinha. E em terceiro lugar, se eu fosse namorada de alguém aqui, seria deste cara na sua frente. — Ela se virou para Chase e, quando ele abriu um sorrisinho quase perverso, ela revirou os olhos. — O que na verdade eu não sou — Della acrescentou rapidamente.

— Que pena — disse o vampiro meio bêbado, voltando o olhar para Chase. — Olha só, eu não sou do tipo que as garotas só gostam com o tempo... eu sou gostoso já na primeira mordida.

Ele mostrou os caninos — que precisavam de uma boa escovação — e Della suspeitou de que o jogo de palavras era intencional.

Ela se afastou, mas isso não o impediu de estender o braço sobre o encosto da cadeira de Della e tocar seu cabelo. Ela também gostaria de brincar com o cabelo dele — agarrar aquele rabo de cavalo e fazê-lo girar no ar.

— De onde vocês dois são? — ele perguntou. O vampiro tocou o pescoço de Della e ela reprimiu um arrepio. De puro asco!

Della pensava se valeria a pena quebrar os dedos do rapaz. Ela podia agarrar a mão dele e quebrar os ossinhos num piscar de olhos. Mas não sabia se seria mais produtivo fingir um pouco para conseguir algumas informações.

— Sou da Califórnia — respondeu Chase. — Ela é da região de Houston.

— Por que deixou a Califórnia? — O cara de rabo de cavalo perguntou, inclinando a cabeça para o lado como se tivesse ouvido uma inverdade. Della tentou escutar também, mas não conseguia ouvir o batimento de Chase. Em vez de se preocupar, ela estudou a expressão do vampiro.

— Minha mãe se mudou para cá — explicou Chase.

O idiota sentado ao seu lado pareceu convencido de que Chase falava a verdade. No entanto, ele não lhe dissera que a mãe tinha morrido? Sim, ele tinha, e ela também ouvira seu coração e constatado que ele falara a verdade na ocasião. Della lembrou que os olhos de Chase tinham se desviado para a esquerda, quando ele respondeu à pergunta do vampiro meio bêbado. Ela tinha ouvido falar que, se uma pessoa desvia os olhos para a esquerda quando fala, isso é um sinal de que está mentindo.

Ela tinha razão de não confiar nele. Reservou essa informação para mais tarde e se concentrou no problema em questão. Na "mão" em questão. A palma daquele cretino estava agora deslizando sob a gola da blusa dela e tocando a base do seu pescoço.

Ela mexeu o ombro, como se para espantar um inseto, esperando que ele entendesse a deixa.

Ele não entendeu.

O olhar de Chase desceu para o pescoço dela. Seus olhos brilharam de descontentamento. Mas, se alguém ia dar uma lição naquele babaca, era ela. Della lançou um olhar para Chase que significava "deixa comigo".

— Eu estou procurando uma pessoa — disse ela, lutando para ignorar o toque do vampiro. — Acho que ele foi transformado recentemente. Tem cabelo castanho e curto.

— Ele é um daqueles dez caras com quem você preferia estar agora, em vez dele? — O homem acenou com a cabeça para Chase, mas não olhou para ele. Isso era bom, porque a expressão que vira ao olhar rapidamente para o parceiro não era nada amigável. Presas projetadas e olhos verdes brilhantes como neon.

— Sim, eu prefiriria estar com esse cara. — Ela se concentrou no idiota, sabendo que o que seu coração revelava era verdade. Ela preferia estar com o assassino de Lorraine agora. Ela ainda esperava que ele a atacasse, porque assim ela poderia revidar. Dar algumas lições nele antes de entregá-lo a Burnett.

O vampiro assentiu.

— Eu ouvi falar que um recém-criado estava na área semana passada. A Gangue dos Trapaceiros estava tentando recrutá-lo. — Os dedos do imbecil escorregaram mais para dentro da gola de Della, deslizando até o ombro. A pele dela se arrepiou de aversão, mas ela queria respostas mais do que o ódio que sentia do toque dele.

— Onde podemos encontrar essa gangue?

— Não sei. Não faço parte de nenhuma gangue. Não preciso. Sei me cuidar. É claro que, de vez em quando, gosto de cuidar de uma gatinha bonita como você. — Ele aproximou mais a cadeira e sua mão escorregou um pouco mais para dentro da blusa dela. Toda a sua palma fria descansou sobre o ombro nu de Della. E ela não queria mais quebrar os dedos dele. Quebrar o pescoço bastaria.

— Você conhece algum dos membros da gangue? — perguntou ela com os dentes cerrados.

— Não, só estou aqui há uma semana. Mas notei um ou dois perambulando por aqui.

Ela baixou a voz.

— Tem algum aqui agora?

— Não sei. Desde que entrou, só tenho olhos para você. Novinha. Pele macia. — Ele mexeu os dedos.

— Por que você não dá uma olhada ao redor e vê se algum deles está por aqui?

Ele não respondeu. Seus dedos se moveram sob a alça do sutiã. Ela fechou mais os lábios para esconder as presas que se projetavam e, com o canto do olho, viu Chase assistindo, seu rosto uma máscara de fúria.

Por que ele estava tão contrariado? O cretino não estava enfiando a mão na cueca *dele*. Ela teve que apertar as mãos para evitar nocautear aquele bêbado nojento.

— Olhe em volta — disse ela novamente. — Por favor. — Della mexeu a sobrancelha de um jeito que esperava que parecesse um gesto sedutor.

Ele desviou os olhos e olhou em volta, seu dedo se movendo para trás e para a frente sob a alça do sutiã, cada vez mais mais perto do seu seio esquerdo. Cada vez mais deixando-a com uma crescente vontade de trucidá-lo.

— Não, não tem ninguém da gangue aqui agora. — Os olhos do cara de rabo de cavalo encontraram os dela novamente.

— Que tal se a gente fosse dar um rolê?

— Que tal você me dizer o que ouviu falar sobre esse recém-criado? — ela precisou fazer muito esforço para manter a voz calma. — Será que ele tinha cabelo curto e castanho?

— Que tal falar enquanto andamos?

Um rosnado profundo e sinistro soou do outro lado da mesa.

— Que tal você tirar essas mãos imundas de cima dela? — Chase inclinou-se sobre a mesa, as presas totalmente projetadas, os olhos agora de um verde tão fosforescente que era preciso óculos escuros para olhar para ele.

O idiota olhou para Chase. Por um segundo se surpreendeu com o brilho de seus olhos, mas então pareceu deixar a preocupação de lado. Della não estava certa de que aquela era uma boa ideia.

— Olha só, amigão — disse o cara de rabo de cavalo —, eu não ouço a gatinha aqui reclamando.

Aquela foi a gota-d'água. E provavelmente a que faltava para causar uma tormenta.

— Eu já te disse, meu nome não é gatinha! — Ela tirou o braço do vampiro do ombro e torceu-o quase a ponto de quebrá-lo.

Ele rosnou, quase alcançando a mão dela com a outra mão, mas ela torceu um pouco mais o braço dele, deixando bem claro que bastaria um movimento para que ele se dobrasse num ângulo estranho. E ela tinha certeza de que não seria um ângulo muito bonito. Claro, vampiros se curavam rapidamente, mas ela tinha ouvido dizer que um osso quebrado doía como o inferno.

O canalha olhou para ela.

Ela olhou de volta, então desviou o olhar para o bar. Todos os clientes assistiam a cena com um ar malicioso. E ela teve a sensação de que não prestavam atenção no cara de rabo de cavalo. Ela e Chase provavelmente poderiam dar conta de uns quatro, mas, se todos se unissem, ela poderia comprovar a teoria do osso quebrado por si mesma. Eles tinham que sair dali. Ela olhou para Chase e indicou com os olhos a saída. Então largou o braço do cara e disparou em direção à porta, presumindo que Chase faria o mesmo, e bem rápido.

Ela presumiu errado.

Parou na última mesa antes da saída.

Chase, sem nenhuma pressa, levantou-se da cadeira, mas nem se deu ao trabalho de afastar a mesa. Olhou para baixo, na direção do cara de rabo de cavalo. A postura de Chase e sua expressão hostil praticamente imploravam para que o babaca tentasse alguma bobagem. Será que Chase tinha perdido o juízo? Será que não sentia os olhares de todos sobre eles?

Será que não percebia que estavam em desvantagem?

— Vamos dar o fora daqui! — pediu Della.

Mal tinha falado e já percebeu que cometera um erro.

— Você sempre faz o que essa puta manda? — o idiota perguntou a Chase, esfregando o braço.

— Você acabou de chamá-la de "puta"? — Chase cerrou o punho.

Todos os músculos do corpo de Della se contraíram, preparando-se para lutar. Mas antes que ela desse um passo, Chase prensou o idiota na parede. E não a parede ao lado da mesa onde estavam sentados, mas a que ficava do outro lado do bar. Como? Ela nem tinha visto ele se mover. Caramba! Aquele Pervertido da Calcinha era assim tão rápido?

Ele segurava o rapaz pelo pescoço, apertando-o contra os painéis de madeira desbotados. Os pés do cretino agitavam-se fora do chão. Ele devia estar chutando, mas pela cor do seu rosto, não devia estar respirando e, provavelmente, sabia que bastava um movimento errado para que sua traqueia fosse esmagada.

— Peça desculpas a ela — exigiu Chase.

— Se quebrar alguma coisa, vocês é que vão pagar! — o barman gritou, do outro lado do balcão. — Se querem se matar, façam isso lá fora. Vamos com vocês apostar em quem vai levar a melhor.

Chase, obviamente ignorando o barman, não se mexeu.

— Eu já disse, peça desculpas a ela!

O idiota, o rosto agora um pimentão, não conseguia falar, mas moveu os lábios.

— Eu não ouvi — Chase sibilou. — Tente de novo.

O amigo do homem se levantou da cadeira. Della voou na direção dele, mas antes que chegasse onde o cara estava, ele atirou uma mesa em Chase.

Sem nem olhar para trás, Chase agarrou uma perna da mesa com a mão livre e segurou-a no ar como uma espécie de malabarista.

— Cole esse seu rabo de volta na cadeira! — Chase rosnou, e embora ele nem tivesse chegado a olhar para o vampiro que atirara a mesa, não havia dúvida de que estava falando com ele.

Della olhou ao redor da sala, esperando o próximo ataque, preparando-se para intervir, se necessário. Curiosamente, o cara que tinha jogado a mesa parecia ser a única ameaça. Todo mundo só parecia entretido.

Chase baixou a mesa. Quase gentilmente, sem quebrá-la. Então virou a cabeça, olhando de relance o bar.

— Eu disse pra você se sentar!

O amigo do homem continuou de pé, como se ainda não tivesse decidido o que faria.

— Eu ainda tenho uma mão livre — disse Chase, acenando com o braço esquerdo. — Coloque essa sua bunda na cadeira ou vou prensar você na parede junto com este cara e estrangular os dois de uma vez só! E se alguém tentar alguma coisa, vou fazer o mesmo com o otário no segundo em que acabar de esmagar a traqueia desses delinquentes.

O amigo do cara de rabo de cavalo caiu para trás em sua cadeira.

— Eu nunca gostei muito desse cara mesmo...

O barman e os outros clientes riram, achando graça.

Chase não pareceu apreciar o humor. Ele olhou de volta para o vampiro de cara vermelha e olhos esbugalhados, que segurava contra a parede.

— Agora você vai pedir desculpas? Ou posso quebrar seu maldito pescoço?

O cara gaguejou um som. Chase pareceu ter ficado satisfeito, porque tirou a mão do pescoço do cara, que desabou no chão como um saco de batatas.

O vampiro tossiu e esfregou a garganta. Chase ficou ali por vários segundos, observando o cara tentar sorver oxigênio através da garganta machucada, como se dando a ele a chance de se levantar e revidar. Ao ver que ele não faria nada, Chase andou na direção da porta. Seu andar era lento e confiante. Nem um pouco preocupado com a possibilidade de alguém atacar.

Ele parou ao lado de Della e fez sinal para que saísse primeiro.

Infelizmente, ela não seguia ordens. Acenou para que ele fosse na frente.

Ele revirou os olhos, mas depois saiu. Enquanto passava pela porta, ela ouviu alguém dizer:

— Não sei que tipo de sangue aquele garoto estava bebendo, mas quero um pouco dele também.

Della saiu para o ar fresco de outubro. A noite tinha ficado mais escura. Mas a lua, quase cheia, lançava uma luz prateada sobre o terreno de terra batida. Ela olhou ao redor em busca de ameaças, vendo apenas um casal encostado nos fundos de um edifício, quase sem roupas.

Desviando o olhar, ela observou Chase andando na frente dela. Ela não queria ficar impressionada. Mas, caramba! Ela já estava. Queria um pouco do que Chase estava bebendo também.

Dez minutos depois, ela o seguia numa corrida veloz, ou pelo menos tentava segui-lo. Ele continuava avançando, cada vez mais rápido. Seu único comentário quando saíram do bar foi, "Me acompanhe se puder".

Se tinha uma coisa que Della odiava mais do que aceitar um desafio que não tinha chance de vencer era desistir sem tentar. Seus pés golpeavam a terra fria. Ela manteve o foco em Chase, que parecia correr sem fazer nenhum esforço. Seus pés deixaram o chão e ele começou a voar. Della fez o mesmo, mas a força de que precisava para voar naquela velocidade fez sua barriga doer.

No meio do voo, Chase se virou e olhou para ela, checando se ela estava bem. Como se notasse o esforço que ela fazia, ele começou a diminuir a velocidade, passando a voar entre as árvores e o chão. Ele parou sem fazer nenhum esforço, sem nem mesmo respirar com dificuldade, e olhou enquanto ela descia.

Della pousou no chão com um baque, mas felizmente conseguiu se manter de pé. Tentou não dar na vista o fato de que seus pulmões estavam quase explodindo. Então, como na outra noite em que tinham saído para correr, seu estômago se contraiu. Ela se virou rápido e vomitou num arbusto.

Quando se levantou e limpou a boca com as costas da mão, Chase estava ao lado dela.

— Pelo menos dessa vez não foi nas minhas botas.

Ela olhou para ele. Della normalmente não vomitava depois de correr, mas, pensando bem, nunca correra tanto assim.

— Ok, você é mais rápido do que eu — ela reconheceu. — Mas não fique se vangloriando. — Admitir aquilo era um golpe no seu orgulho.

— Eu vou tentar não me vangloriar. — Por um lapso de segundo ela viu o que parecia ser preocupação nos olhos dele. — Correr é bom para você, venha. Isso vai te ajudar. — Ele se virou e decolou novamente.

Ela não o acompanhou.

Quando estava a uns 50 pés, ele parou e voltou até ficar na frente dela.

— Não dê uma de garotinha frágil...

Ela ignorou o insulto.

—— Correr ajuda em quê?

Ele hesitou antes de responder.

— A aliviar a tristeza.

— Estou lidando muito bem com isso. — E por mais que ela odiasse admitir, era verdade. A dor parecia menor quando ela se concentrava em encontrar o assassino de Lorraine.

— Não tão bem assim. — Ele começou a andar, rápido. Ela o acompanhou.

Não se falaram por alguns minutos.

— Está pronta? — perguntou ele.

— Para procurar a Gangue dos Trapaceiros? — ela perguntou, deixando de lado as diferenças entre eles.

— Não, para correr. Chega de trabalhar nesse caso por hoje.

— Chega? Como podemos...?

— Alguém vai contar à gangue que estávamos procurando e eles vão estar aqui amanhã, quando voltarmos.

— O que faz você pensar que alguém vai contar a eles?

— Porque bares como esse são leais às gangues locais. Eles dependem delas para ter proteção e clientes.

— Como você sabe tanto sobre gangues e bares como esse? — ela perguntou, sua mente voltando a alimentar as mesmas dúvidas de antes com relação a ele. De onde diabos ela o conhecia? Será que ele fazia parte da gangue com que Chan estava brigando quando ela o viu pela primeira vez?

— Eu fiquei nas ruas por muito tempo — explicou ele.

— Quanto tempo? Quando você foi transformado? — Ela parou para ver se ele iria responder.

Ele deu mais alguns passos, então a encarou novamente.

— Eu tinha 14 anos.

Ele se pôr em movimento outra vez, mas não a uma velocidade vertiginosa. Ela se juntou a ele.

— Como sobreviveu? — Os músculos das pernas dela doíam por causa do esforço anterior.

— Vamos correr de volta para Shadow Falls. Se você ganhar, eu respondo à sua pergunta.

A vontade de competir com ele acelerou sua pulsação, mas ela não era idiota.

— Eu já admiti que você é mais rápido.

Ele parou.

— Corra comigo e eu te respondo só por tentar.

Ela não gostava de perder ou receber prêmios de consolação.

— Talvez eu não queira tanto saber. — Ela queria, mas seu interesse por ele a aborrecia mais do que qualquer outra coisa.

— Claro que quer — afirmou ele, presunçoso. — Você não teria perguntado se não quisesse saber.

Ela franziu a testa e tentou achar uma maneira de virar o jogo a seu favor.

— Vamos fazer o seguinte, eu corro com você se... ganhando ou perdendo, me disser de onde eu te conheço. E dessa vez, não minta para mim.

Ele piscou, com um ar confuso.

— Eu não sei do que você está falando.

— Eu acho que sabe, sim. — Ela o desafiou com o olhar.

— Você não consegue ouvir meu coração? Eu não estou mentindo.

— Você está esquecendo que eu ouvi o que você disse para o nosso amigo lá atrás. Você me disse que seus pais estavam mortos e disse a ele que a sua mãe morava aqui. Então, eu sei que você mentiu para um de nós, e seu coração em nenhum momento saltou uma batida. — Pelo menos ela tinha presumido que não tinha saltado quando ele dissera aquilo para o idiota do bar.

Chase pareceu convencido.

— Eu minto quando tenho que mentir.

— Ou quando é mais conveniente. — *Talvez você seja um mentiroso patológico.*

— Eu gostaria que tivesse sido assim tão fácil. Controlar meu coração é algo que me custou muito tempo.

Ela se lembrava de ter visto a expressão dele mudar quando achou que ele estava mentindo antes. Ela ficou na frente de Chase e estudou seu rosto, mas inclinou a cabeça para o lado para fingir que estava tentando ouvir o coração dele.

— Sua mãe mora aqui?

— Eu já disse que eles morreram. — Os olhos de Chase não se desviaram.

— Onde nos encontramos antes? — Ela fez a pergunta e nem respirou, na expectativa.

— Eu não acho que os nossos caminhos tenham se cruzado um dia. — Ele não piscou, mas o supercílio esquerdo se contraiu. Isso era suficiente para presumir que ele mentia?

E se ele estava mentindo, por que faria isso? O que ele não queria dizer a ela?

Ele começou a andar novamente. Ela o seguiu, tentando descobrir seu próximo movimento.

Depois de alguns minutos de silêncio, ele falou.

— Você nunca deveria ter deixado que aquele cara tocasse você.

Quando ela não respondeu, ele saltou na frente dela e começou a andar de costas, tornando difícil ignorá-lo.

— Ele estava respondendo às minhas perguntas — disse ela. — Mais do que você agora.

— Eu poderia ter conseguido aquelas respostas eu mesmo.

Ela levantou o queixo.

— Eu não acho que você fizesse o tipo dele.

A risada de Chase a pegou desprevenida. Soou profunda e sincera. Ela se lembrou de como ele agira no bar. Irritava-a pensar que ela tinha ficado impressionada. Impressionada com um mentiroso.

— Está pronta para correr outra vez? — ele perguntou, como se pensasse que tinha conseguido algum tipo de trégua. Não havia trégua. Não até que ela soubesse qual era a dele. Ela se lembrou da conversa com Jenny. Com quem Chase estaria se encontrando tarde da noite junto à cerca de Shadow Falls?

— Vamos fazer uma corrida rápida — ele propôs.

— Estou cansada de correr. — Por que ele tinha aquela mania de correr? Por acaso estava treinando para as Olimpíadas?

Ela desviou dele rapidamente, avançando na direção de Shadow Falls.

— Vamos lá. Correr é bom para você — disse ele, vindo para o lado dela novamente.

— Saber a verdade é bom para mim. — Ela o sentiu muito perto. Como se fossem velhos amigos.

Eles caminharam em silêncio. A noite parecia muito silenciosa. Apenas o barulho de seus passos sobre a terra macia e as folhas mortas enchia a noite.

Eles estavam quase no acampamento quando ele falou.

— Meu pai era médico. Ele tinha um pequeno avião. Estávamos todos voando nele. O avião caiu.

Ela olhou para Chase. Nada na expressão dele revelava que estivesse mentindo. Muito pelo contrário. O luto era evidente em seus olhos.

— Eu fui o único a sobreviver. Mas fiquei muito ferido. O cara que me encontrou era vampiro. Eu era portador do vírus e, quando ele me ajudou, eu me transformei.

— Então ele te acolheu?

— Sim.

— Ele era um fora da lei? — Ela estava curiosa para saber por que ele estava em Shadow Falls. Será que estaria ajudando alguma organização ou gangue que queria fechar a escola por causa de sua filiação com a UPF?

Essa não seria a primeira vez.

— Depende do que você chama de fora da lei. Ele é um cara decente, mas não é registrado.

De todas as coisas que ele poderia ter dito, essa era a que ela mais podia entender. Não era justamente essa a razão que a levara a ocultar de Burnett informações sobre Chan? Por que ela não mencionava o tio ou a tia?

— Então, por que veio para Shadow Falls? — perguntou ela.

— Eu ouvi sobre esse lugar. Achei que poderia ser interessante. — A pupila do seu olho esquerdo se dilatou ligeiramente.

Então ele estava ali por uma razão, mas qual? Ela quase o chamou de mentiroso, mas, agora que conseguia identificar melhor as inverdades dele, talvez fosse mais aconselhável ver o que poderia descobrir. Deixar o cara se enrolar nas próprias mentiras até cair em contradição.

Ao olhar para a frente, ela viu a cerca de Shadow Falls. Tirou o celular do bolso para ligar para Burnett. Ela tinha perdido duas chamadas, mas não havia nenhuma mensagem de voz.

Verificou os números. Por um segundo não reconheceu o primeiro, mas depois se lembrou. Era de Kevin, o amigo de Chan. A dor que ela tinha reprimido voltou com força total.

O que Kevin queria com ela? *Retribuir favores era uma chateação.* Agora ela devia um a ele.

O segundo número brilhou na tela e ela sentiu um aperto no peito por outro motivo. Colocou todas as emoções de lado para tratar delas mais tarde e começou a ligar para Burnett. Mas o telefone tocou primeiro. O número de Burnett iluminou a tela do celular.

— Estamos de volta. Na cerca do lado norte — informou ela, em vez de dizer alô.

— Está tudo bem? — O tom do líder do acampamento era pragmático. Mas tenso.

— Tudo bem.

— Venham para o escritório. Agora — ele exigiu.

Ah, mas que inferno, Della pensou. Parecia que tinham jogado mais merda no ventilador.

— Estamos a caminho.

— Não — Burnett rebateu. — Só você. Só quero ver você agora. Entro em contato com Chase quando precisar dele. — O líder do acampamento desligou.

Obviamente ouvindo a conversa, a testa de Chase instantaneamente se franziu de preocupação e ela não soube dizer quem estava em apuros. Ela ou o Pervertido da Calcinha.

Capítulo Vinte e Seis

Burnett estava em silêncio na varanda do escritório, esperando Della chegar. Quando ela pisou nos degraus da frente, ele ficou parado ali, nariz no ar e a cabeça ligeiramente inclinada, como se para garantir que não tinham companhia.

Quando o olhar do vampiro se fixou no dela, sem aquela carranca que ele normalmente fazia quando Della estava em apuros — um olhar com que ela já estava até acostumada —, ela suspeitou que quem estava na lista negra do líder do acampamento era Chase e não ela.

— Como foram as coisas? — ele perguntou finalmente depois de conduzi-la para o escritório e fazer sinal para que se sentasse. Enquanto ela só obedecia, ele desabou na cadeira atrás da enorme escrivaninha de mogno. De alguma forma ele ainda conseguia fazer a mesa parecer pequena.

Ela começou a descrever os detalhes da noite, mas ele ergueu a mão.

— Eu sei o que aconteceu. Tinha outros agentes lá e eles já me passaram o relatório.

Ela franziu a testa.

— Você não confiou...

Burnett bateu as palmas das mãos na mesa com um baque.

— Não comece. Isso não é uma questão de confiança. Sempre há um agente na retaguarda em casos em que agentes mais jovens, ainda em estado bruto, estão trabalhando.

Ela se ressentiu de ser considerada alguém "em estado bruto", mas continuou com a boca fechada.

— O que eu preciso saber é como foram as coisas entre você e Chase. Você ainda desconfia dele?

— Eu... — Ela se lembrou de Chase quase mandando o cara para o inferno por chamá-la de puta. Ela encontrou o olhar de Burnett. — Por quê?

— Apenas me responda, por favor.

Ela teve que parar um segundo para pensar na resposta.

— Sim. Eu ainda desconfio. Mas provavelmente não tanto quanto antes.

— E você ainda não vai me dizer por que tem dúvidas com relação a ele?

Della ruminou a pergunta por um segundo. Ela não podia dizer a Burnett que Jenny o tinha visto, mas...

— Eu reconheci o cheiro dele quando o encontrei pela primeira vez em Shadow Falls. Não sei de onde o conheço. Mas foi como se eu sentisse uma coisa negativa ligada ao cheiro dele.

— E você preferiu não me dizer isso antes. — As sobrancelhas de Burnett se uniram.

— Eu queria ter certeza de que estava certa. — Ela ficou um pouco mais de sobreaviso, preparando-se para uma possível bronca.

— E você estava?

Ela hesitou, algo de que Burnett não gostou.

— Della, você confia nele ou não?

— Não totalmente, mas não consegui me lembrar de onde o conheço.

— Já perguntou a ele?

— Já, e ele me disse que estou enganada.

— Mas você ainda não acredita nele. — Burnett inclinou-se sobre a mesa, a preocupação constante contraindo sua expressão. — Você não ouviu...?

— O coração dele mente às vezes. Não foi você quem disse isso? — De repente, ocorreu a ela que Burnett tinha a suspeita de que Chase podia mentir, ou ele o teria interrogado, em vez de Della. Francamente, ela também queria saber como alguém podia treinar para fazer isso. Poderia ser muito útil ao trabalhar para a UPF.

Burnett cruzou as mãos sobre a mesa.

— Em qualquer momento dessa operação você temeu pela sua segurança? Ou achou que Chase poderia machucá-la? Ou traí-la?

Della pensou um pouco e tudo de que ela conseguia se lembrar era a raiva que ele demonstrou quando o cretino tomou liberdade com ela e a tocou.

— Não.

— Mas você ainda não confia nele.

— Não totalmente. — Ela disse a verdade e, em seguida, rebateu. — E nem você. O que está pegando?

— Eu não...

— Você confiava nele esta manhã e agora... nem tanto.

Burnett colocou as palmas das mãos sobre a mesa.

— Logo antes de você ligar, algumas informações que ele me deu se revelaram... duvidosas.

Então ela e Burnett tinham a mesma preocupação.

— Ele me disse que os pais morreram num acidente de avião. Ele foi transformado em seguida, aos 14 anos ano de idade, quando um vampiro o encontrou.

— Eu já confirmei que os pais dele morreram num acidente de avião — disse Burnett.

Della não pôde deixar de imaginar quanto tinha sido difícil para o jovem Chase perder a família e ser transformado no mesmo dia. Não que isso significasse que ela podia confiar nele. Coisas ruins aconteciam às pessoas e, às vezes, isso era o que as levava para o mau caminho.

— Então o que é duvidoso? — ela perguntou a Burnett.

— Onde ele morava. Coisas básicas.

— Ele disse que na Califórnia — contou Della, e então perguntou: — Que outras coisas básicas? — Ela se lembrou de Chase lhe dizendo que o homem que o resgatou não era registrado. Se era isso que ele estava escondendo, ela com certeza não podia culpá-lo.

— Eu já estou investigando isso — disse Burnett, e essa era a maneira de o líder do acampamento dizer "não se intrometa". Della hesitou em dizer mais alguma coisa, mas então...

— Você sabe que pode haver razões para ele estar escondendo coisas de você. Razões que não necessariamente significam que ele é ruim.

Só Deus sabia que ela também tinha os seus segredos. A maioria deles dolorosos.

Burnett franziu um pouco mais a testa.

— É verdade, mas eu preciso me certificar de que esses segredos não prejudicarão Shadow Falls ou a UPF. E, infelizmente, também aprendi que, quando as pessoas escondem coisas, geralmente isso não é bom. — Ele se inclinou para a frente. — Você confia nele ou não? Por que estou percebendo alguns sentimentos conflitantes em você?

Você gosta de mim. Só não percebeu isso ainda. As palavras de Chase surgiram na cabeça de Della e ela ainda viu seu sorriso sexy.

— Eu... não sei. Quero dizer, eu não confio nele como confiaria em alguém daqui, como Lucas ou Derek, ou... Steve, mas eu... Não acho que ele seja de todo ruim. — A verdade tinha um gosto estranho na sua boca.

— Tudo bem. — Burnett bateu as mãos sobre a mesa. — Enquanto isso, me avise se descobrir alguma coisa.

Sentindo que a reunião tinha acabado, ela se levantou.

— Alguma notícia sobre a autópsia de Chan?

— Ainda não. Desculpe.

Ela assentiu com a cabeça, sentindo a frustração ainda pesar no seu coração, e então se afastou. Tinha acabado de passar pela porta quando ouviu o vampiro estoico dizer:

— Bom trabalho esta noite, Della. A prisão de Craig Anthony e agora isso, estou orgulhoso de você.

Ela não olhou para trás, mas sussurrou:

— Obrigada. — Um sentimento de orgulho cresceu dentro dela e ela se agarrou a ele com o seu coração sedento. Precisava de alguma emoção boa para combater tudo que tinha de ruim na sua vida.

Quando saiu, seu telefone apitou avisando da chegada de uma mensagem. Por alguma razão ela suspeitava que fosse Steve. O alívio durara pouco.

O caminho de volta para a cabana parecia muito calmo e os pensamentos em Steve foram ofuscados pela atmosfera sobrenatural da noite. Ela tirou o celular do bolso e verificou a mensagem. Tinha se enganado. Não era uma mensagem de Steve. Era de Kevin, o amigo de Chan.

Me liga.

Ela apertou algumas teclas para retornar a chamada. Ela caiu no correio de voz.

— E aí? É Della. — Ela desligou, e logo em seguida um calafrio percorreu sua espinha.

Algumas nuvens passavam na frente da lua, encobrindo seu brilho prateado. Ela não sabia o que era mais assustador, o brilho prateado, a escuridão sufocante ou o silêncio frio.

De repente, sentiu que não estava sozinha. Ergueu o rosto para ver se sentia algum cheiro, só para se lembrar de que seu olfato não estava funcionando bem. Desviou os olhos para a esquerda e para a direita. O par de olhos amarelos de um gambá a vigiavam. Mas não era um gambá que ela sentia.

Lembrou-se do fantasma de Chan. Seu coração ficou instantaneamente pesado. Ele estaria ali? Ela achava que ele já tivesse feito transição, mas talvez estivesse errada.

— Chan, é você? — O vento frio pareceu sugar a pergunta para a escuridão da noite.

As nuvens mudaram de lugar novamente, oferecendo a ela brilho suficiente para ver o caminho. Ouviu um leve sussurro no ar e olhou para cima, esperando ver penas. Mas só uma folha alaranjada flutuava no ar, enquanto caía. Uma folha morta.

Será que Chan tinha passado de penas para folhas? Ou ela estava simplesmente exagerando?

— Se você está aqui, quero que saiba que sinto muito. Eu não tinha a inteção de ignorar você.

A lua sumiu novamente. Da escuridão veio um som. Passos atrás dela. Chan?

Será que os passos de um fantasma faziam barulho? Uma onda de medo a percorreu. Ela lutou contra a voltade de correr. Mas lembrou-se de que era Chan. Mesmo morto, ele era seu primo. Um primo que ela decepcionara.

Ela se virou. Seu coração sacudiu quando viu a figura atrás dela. Como não conseguia sentir nenhum cheiro, o pânico fez suas presas se projetarem.

— Sou só eu — disse uma voz suave. Uma voz suave e conhecida.

— Mas que droga, Jenny! Nunca chegue de surpresa perto de um vampiro. Eu poderia ter te agredido.

— Sinto muito — disse Jenny, sem chegar mais perto. — Eu não tive a intenção... — ela olhou ao redor inquieta. — ... de me intrometer. Tem algum fantasma por aqui?

— Você está sentindo algum? — perguntou Della, a voz quase demonstrando o mesmo tremor instável da voz de Jenny.

— Não, eu não sinto fantasmas. — Jenny ficou onde estava. — Mas você estava falando com... o seu primo. Aquele que morreu. Você sente fantasmas?

— Não... não realmente. — Ela não tinha certeza de que era uma mentira. Ela tinha visto Chan, mas não sabia direito se o tinha sentido. Pelo menos não da maneira como Kylie sentia fantasmas.

— Então não tem ninguém aqui? Tem certeza? — perguntou Jenny.

— Não tem ninguém aqui. — E Della queria mesmo acreditar no que dizia.

— Que bom! — disse Jenny, aliviada. — Derek ligou pra você?

— Ele ia ligar? — Della continuou andando e, embora odiasse admitir, sentia-se melhor agora que não estava sozinha.

— Ele está com o anuário do seu tio. Encontrou os dois, sua tia e seu tio, e seu pai também.

Algo semelhante à esperança encheu o peito de Della. Ela poderia ter uma família de verdade, afinal. Ela pegou o telefone para ligar para Derek.

— Ele está na sua cabana agora. Com Kylie. Sozinho com Kylie — Jenny murmurou. — Eu vi Miranda saindo com Perry. — O tom de voz da garota era acusador.

Della, ansiosa para ver o livro, colocou o celular de volta no bolso e começou a andar um pouco mais rápido. Só depois de vários metros percebeu que Jenny tinha ficado para trás.

Della olhou por cima do ombro.

— Você não vem?

— Não — disse Jenny, batendo com a ponta do tênis no chão.

Della sabia o que estava acontecendo na mente de Jenny, e suspirou. Deixou de lado sua própria urgência.

— Olha, Jenny. Não está acontecendo nada entre Kylie e Derek.

— Você não pode ter certeza.

— Uma ova que não. Kylie está tão apaixonada por Lucas que ela não tocaria em Derek nem matando. E, para Derek, Kylie é passado. Olha, um vampiro pode farejar feromônios, e Derek não polui o ar quando está perto dela. — Pelo menos não poluía quando o nariz dela estava funcionando. — Por outro lado, quando ele está perto de você, eu mal consigo respirar.

— Mas ele admira Kylie.

— E daí? Ela é uma protetora. Eu a admiro e não estou apaixonada por ela.

Jenny fez uma careta.

— Como posso competir com Kylie? Ela é tão incrível...

— É exatamente isso que estou tentando dizer, droga! Você não está competindo. — Della teve uma ideia. — Você não vai acreditar até ver com os próprios olhos, não é?

— Ver o quê?

— Ver os dois juntos. Vê-los sem fazer nada. Deixe-me provar isso a você. Vamos ficar as duas invisíveis e entrar na cabana.

— Eu... Eu não acho que seja uma boa ideia.

— Por que não? Você vai finalmente saber a verdade. Talvez então consiga superar essa insegurança.

Jenny franziu a testa.

— Mas... mas eu não sei se consigo deixá-la invisível. Eu não tenho tanta experiência quanto Kylie. E... Burnett disse que não era para eu ficar ouvindo a conversa dos outros.

— Sim, mas você não vai ficar ouvindo a conversa de ninguém, só quer provar uma coisa. É diferente.

— Burnett deixou essa regra muito clara.

— Às vezes as regras têm que ser violadas. Além disso, você não está violando as regras quando fica correndo por aí invisível?

— Sim, mas...

— E como sabe que não consegue me deixar invisível se ainda não tentou? — Della viu a tentação nos olhos da camaleão. A menina tinha bom senso. Talvez por isso Della gostasse dela. — Venha. Vamos tentar. — Ela segurou a mão de Jenny. — Fique invisível.

— Isso é legal, mas meio estranho — disse Della. Ela podia se sentir mas não se ver. Também não conseguia ver Jenny. Ficaram na varanda olhando pela janela e ouvindo Kylie e Derek conversando sobre a mãe dele.

— Shh — disse Jenny, apertando a mão de Della.

Kylie ofereceu a Derek uma bebida e se sentaram à mesa.

— Você quer que eu ligue para Burnett e descubra se Della vai chegar muito tarde? — Kylie perguntou.

— Não, vou esperar mais um pouco e se ela não chegar deixo o livro. Podemos conversar amanhã. Eu sei que ela vai querer ver isso, embora, infelizmente, não vá revelar muita coisa agora. Mas espero que nos dê alguma pista.

Kylie assentiu.

— Então, como vão as coisas entre você e Jenny?

O aperto da mão de Jenny aumentou.

Della ficou preocupada com a possibilidade de seu plano sair pela culatra. Não que Kylie e Derek ainda sentissem alguma coisa um pelo o outro, mas ele poderia dizer algo sobre Jenny que ela não quisesse ouvir... Ah, merda. Talvez a regra de Burnett estivesse certa.

— Vão devagar... — Derek parecia desapontado.

— Você falou com ela? — perguntou Kylie. — Contou o que sente?

Della relaxou um pouco.

— Mais ou menos — disse Derek. — Eu a beijei.

— Beijar não é o mesmo que falar. Se você realmente gosta dela, precisa falar.

— E se ela disser que não está interessada, isso só vai afastá-la ainda mais. Eu não quero assustá-la.

— Eu acho que quem está com medo é você — disse Kylie. — Como Della diria, "Pelo amor de Deus, se entendam de uma vez!".

— Eu vivo falando isso! — Della riu.

— Shh — implorou Jenny.

— O que eu devo dizer a ela? — perguntou Derek.

— Eu não sei. Por que não começa dizendo o que sente? — Kylie fez uma pausa. — O que você sente por ela?

— Eu gosto dela, gosto *muito* dela. Posso sentir as emoções de Jenny com mais clareza do que as de qualquer outra pessoa. Quero dizer, mesmo agora eu a sinto em algum lugar lá fora, se sentindo insegura por algum motivo.

— Pare de sentir isso! — Della sussurrou.

— Eu não consigo! — Jenny retrucou. — E eles não podem nos ouvir quando estamos invisíveis, então você não precisa sussurrar.

— Mas eu estou tentando ouvir — Della rebateu.

Derek balançou a cabeça como se estivesse pensando.

— Ela é generosa e incrivelmente corajosa. Mesmo sendo nova aqui e todo mundo sempre olhando pra ela daquele jeito por ela ser um camaleão, ela lida com isso com desenvoltura e tranquilidade. — Ele fez uma pausa. — Ela é linda, mas não como aquelas garotas que sabem que são lindas. Ela é inocente, mas ao mesmo tempo está ansiosa para experimentar coisas novas. É inteligente e, às vezes, meio dona da verdade.

Ele sorriu, então suspirou.

— Eu adoro a forma como ela vê a vida. E quero estar lá para... bem, para compartilhar essas experiências novas e, claro, para ter certeza de que ela não vai se magoar.

— Isso é tão fofo! — disse Jenny, seu tom soando como Miranda quando falava de Perry sugando os lóbulos das suas orelhas.

Della se perguntou se a camaleão sabia que algumas das experiências novas de que Derek falava provavelmente eram proibidas para menores... Mas, pensando bem, isso não importava agora. Jenny estava certa. Era fofo.

Só porque Della não estava pronta para aproveitar todas as delícias de um romance isso não significava que não reconhecia que os romances tinham seu lado bom. Algum dia talvez sua vida entrasse nos eixos e ela poderia desfrutar um pouco dessas delícias também.

— Ele realmente gosta de mim! — exclamou Jenny.

— Eu te disse. Agora será que eu posso falar com Derek e ver o livro que me custou a mesada deste mês?

Às dez horas da noite Della estava deitada na cama folheando o anuário. Ela olhava para o rosto de todos os Tsang, mas especialmente o de sua tia desaparecida e do tio. Antes de ir embora, Derek tinha anotado os nomes das pessoas com quem o tio e a tia tinham tirado fotos e prometido entrar em contato com elas pelo Facebook para ver se tinham mais informações.

— É incrível quantos casos de polícia ou investigações são resolvidos por meio das mídias sociais! — ele tinha comentado.

Della começou a se sentir mal por depender tanto do *fae* e ofereceu:

— Eu poderia fazer isso.

— Se você quiser — ele respondeu —, mas precisa saber como perguntar ou pode pôr tudo a perder...

No fim, ela concordou em deixá-lo cuidar daquilo. Além disso, já tinha muito com que se preocupar.

Seu celular apitou novamente, avisando-a de que tinha chegado outra mensagem enquanto ela conversava com Derek. Ela tinha dado uma olhada na hora. Era de Steve. Mas ela não tinha lido. Não queria lê-la. Não achava que poderia ler sem morrer de saudade dele, sem ficar superchateada com ele por ter beijando Jessie e ainda mais chateada por permitir que Jessie ligasse para ele. Três vezes!

Virando a página do anuário, ela soltou um profundo suspiro. Não. Ela não estava pronta para lidar com Steve.

Talvez dali a alguns anos. Gemendo, enterrou a cabeça no travesseiro por alguns minutos antes de voltar a folhear o livro.

Numa foto de um clube de debate, ela notou um rosto familiar. Havia pessoas demais na foto para terem os nomes citados, por isso ela não tinha certeza se era o tio ou o pai. Eles tinham que ser gêmeos idênticos! Ela delineou o rosto com a unha, se perguntando se iria sentir com o tio a mesma ligação que costumava sentir com o pai.

Ou que ainda sentia. Ele é que tinha desistido dela, não o contrário.

Ela fechou os olhos novamente, a emoção apertando sua garganta.

Engolindo a dor, ela ouviu passos na frente da cabana. Droga! E se fosse Steve? Ela inspirou o ar para ver se conseguia sentir algum cheiro. Não. Seu nariz ainda não estava funcionando direito.

O coração dela se contraiu. Ainda não estava pronta para enfrentá-lo.

Capítulo Vinte e Sete

Della se concentrou na cadência dos passos. Não era Steve. Os passos eram leves demais. Pareciam... A porta da cabana se abriu.

— Tem alguém em casa?

— Aqui. — Della foi até a porta, lembrando-se de que ainda precisava se desculpar com a bruxa por se irritar, aquela tarde, com aquele papo de aura e observação de pássaros.

— Oi — cumprimentou-a Miranda, sem nem parecer chateada.

Della pensou em esquecer o pedido de desculpas — ela odiava admitir que estava errada —, mas devia isso à bruxinha.

— Sinto muito sobre o que aconteceu hoje, eu fui uma idiota.

— É, você foi. Mas tudo bem — garantiu Miranda. — Eu já disse, estou aguentando esse seu mau humor por causa de tudo isso por que está passando. Vou continuar suportando esse seu jeito por umas duas semanas, depois disso meu mindinho vai entrar em ação.

Esse meu jeito? Della conteve as palavras e se obrigou a bancar a simpática.

— Agradeço, mas ainda sinto muito.

— Eu aceito suas desculpas. — Miranda sorriu. — Kylie está em casa?

— Não, ela e Lucas saíram para dar uns amassos de fim de noite.

Miranda foi até a geladeira e pegou dois refrigerantes. Della desabou na cadeira. A bruxa lhe entregou uma lata e observou Della com um olhar atento.

Della descobriu o que a bruxa estava fazendo: inspecionando sua aura.

— Como está?

— Ainda perigosamente escura. — Parecendo preocupada, Miranda abriu seu refrigerante, mas continuou olhando para Della enquanto o som efervescente enchia o cômodo. Finalmente perguntou: — O que aconteceu entre você e Steve?

— Jessie o beijou. — Della não gostava de ter de falar sobre isso... novamente. Mas, se a bruxa descobrisse que ela tinha contado a Kylie e não a ela, ficaria chateada. Ou talvez o seu dedo mindinho entrasse em ação. E isso poderia ser perigoso.

— Então ele rompeu com você para ficar com ela?

— Não — disse Della. — Tivemos uma discussão e eu disse que não ia conseguir lidar com isso agora. — Pensando bem, ela não tinha lido a mensagem de Steve ainda. Ele podia estar dizendo que estava apaixonado por Jessie agora. Mas, mesmo chateado, ela não achava que era esse o caso.

— Ele pediu desculpas? — perguntou Miranda.

— Sim, mas...

— Mas você ainda está furiosa, certo?

Della afundou um pouco mais na cadeira.

— Sim, mas não é como se a gente estivesse namorando nem nada.

— Que bobagem! Vocês dois estavam namorando. Você só não contou a ninguém.

Della queria negar, mas não conseguiu.

Miranda tomou um gole de refrigerante.

— Você acreditou em Steve quando ele disse que Jessie o beijou? Ou você acha que ele a beijou?

— Eu acredito nele — disse Della —, mas não é esse o problema.

— O problema é que você ainda está magoada, né?

Della suspirou.

— Talvez. Acho. Sim. Merda, ainda estou mesmo.

Miranda assentiu com um ar de compreensão. Elas ficaram ali sentada num silêncio confortável por um instante, como os amigos fazem, a bruxa enrolando uma mecha do cabelo cor-de-rosa no dedo. Seus olhos se arregalaram de repente.

— Eu tenho uma ideia, mas você vai pensar que sou louca.

— Como eu já acho que você é louca, pode me dizer.

— Funcionou com Perry quando ele ficou com raiva de mim por ter beijado Jacob.

Miranda fez uma pausa, como se quisesse criar um clima mais dramático.

— Ele beijou Mandy, tivemos uma briga feia, então nos perdoamos.

285

Della balançou a cabeça, sem entender direito o que Miranda queria dizer com aquilo.

— Você está dizendo que quer que eu beije Perry?

— Não, não Perry. Mas você precisa beijar outro cara para conseguir superar a raiva que está sentindo de Steve.

Della revirou os olhos.

— Eu sei que matemática não é seu forte, mas ninguém nunca lhe disse que dois erros não fazem um acerto?

— Fazem se consertarem as coisas. Você realmente gosta de Steve. Sei que gosta. E ele gosta de você. Então beije outra pessoa. Ei, que tal se Chase for esse cara? Basta procurá-lo e dar um beijo bem indecente nele, o placar vai ficar empatado e você vai conseguir superar isso. Você e Steve poderão voltar a ficar juntos, a sua aura vai ficar iluminada e todos ficarão felizes. Quero dizer, ou você faz isso ou terá que optar pela observação dos pássaros. O que prefere?

Della não pôde deixar de rir.

— Desculpe, eu sei que você está apenas tentando ajudar, mas esse é provavelmente o pior conselho que já me deram.

— Observação de pássaros?

— Não! Beijar Chase!

Della ignorou Chase durante toda a manhã. Ou pelo menos tentou. Quando caminhava para o refeitório e Miranda, Kylie e Jenny conversavam no trajeto, Chase deu um passo para o lado dela e pegou-a pelo braço.

— Pode me dar um minuto, por favor? — Ele puxou-a para dentro da floresta. — Já trago Della de volta! — gritou ele para as amigas.

Della poderia ter se livrado dele, mas só conseguiu pensar na sensação fria do toque do vampiro. Isso significava que ela ainda estava com febre? Droga, ela não tinha notado a dor de cabeça ultimamente e tinha simplesmente concluído que a gripe estava melhorando. Bem, a não ser pelo seu olfato, que ainda estava falhando.

Foi então que a ficha caiu. Como a bicada de um pássaro mental. Chan tinha morrido depois de ficar doente. E se...?

Ah, que inferno, o que ela estava pensando? Estava com gripe, com um viruzinho à toa. Kevin disse que Chan tinha ficado muito doente. Della não estava muito doente. E ela não era uma hipocondríaca maluca.

Deixando de lado aquela linha de raciocínio, desviou os olhos para o grupo de amigas e viu Miranda olhando para ela com um grande sorriso no rosto. Della devolveu o olhar com uma cara feia, sabendo muito bem o que a bruxinha estava pensando. Nem morta Della iria lascar um beijo indecente no Pervertido da Calcinha! Sem chance!

Ele continuou puxando-a pelo braço e, só Deus sabia por quê, ela deixou.

— O que foi? — Della finalmente perguntou quando chegaram entre as árvores.

— Três coisas. Primeira: que horas vamos nos encontrar hoje à noite?

— Eu acho que Burnett disse para nos encontrarmos no escritório às oito. Próxima?

Ele franziu o cenho.

— Você sabe por que o grande líder com fama de mau de repente perdeu a confiança em mim?

— Passo. Próxima? — Della não queria falar sobre a falta de confiança de Burnett em Chase. Ou na sua própria falta de confiança. Ela ainda não tinha processado muito bem o fato de ter praticamente defendido Chase na frente de Burnett.

— Ele me chamou ao escritório ontem à noite e me interrogou por mais de uma hora.

— Bem, vá se acostumando. Ele faz isso com todo mundo.

— Eu não acho. Ele disse alguma coisa sobre não confiar em mim?

Por um segundo ela quase contou a ele. Contou que Burnett tinha descoberto que ele tinha mentido sobre algumas coisas. Ela abriu a boca, em seguida pensou melhor e fechou-a de repente.

Os olhos brilhantes de Chase se apertaram.

— Então, algo está acontecendo?

— Você vai ter que perguntar a Burnett. E você deveria...

— Deveria o quê?

— Falar com ele. Ele não é... Eu sei que ele às vezes age como um idiota, mas pelo menos sessenta por cento do tempo ele é justo.

— Então você costuma contar tudo a ele? — Chase perguntou, de um jeito quase suspeito.

Menos sobre o meu tio.

— Quase tudo. — Logo em seguida o som da cachoeira ecoou em seus ouvidos.

— Ouviu isso? — Della perguntou.

— Ouvi o quê?

Lamentando ter perguntado, ela retrucou:

— Nada. — Ela começou a bater o pé contra o chão de terra. — Mais alguma coisa? O que mais você quer?

— Fazer uma pergunta perigosa — disse ele, numa voz sexy, cheia de provocação.

Ela cruzou os braços e olhou para ele.

— Minhas amigas estão me esperando.

Ele pegou o celular.

— Qual é o seu número? — Ao ver que ela não falava nada, ele explicou: — Assim, da próxima vez que eu tiver uma pergunta, posso simplesmente telefonar e não terá que interromper o seu joguinho de fazer de conta que Chase não existe...

— Eu não estava...

— Você me ignorou o dia inteiro. E se esforçou muito para isso.

Ela bateu o pé um pouco mais e se sentiu infantil por agir assim, ou melhor, ela se sentiu infantil por ser pega agindo assim. Mas que escolha ela tinha? Desde que ele tinha mostrado seu interesse por ela, a última coisa que queria era encorajá-lo.

— Estou esperando... — Um toque de impaciência transpareceu na voz dele quando olhou para cima, desviando os olhos do celular. E daí se ele se sentisse ofendido?

E daí se ela se sentisse um pouco mal? Então a constatação de que ela se importava com o que ele sentia enviou uma onda de pânico através dela.

— Só me dê o seu número — implorou Chase.

Concluindo que dar seu número a ele seria melhor do que ficar ali sozinha na floresta com o vampiro, ela concordou.

— Valeu. Eu te ligo mais tarde, então você também vai ter o meu número.

Eu não preciso do seu número, ela quase gritou, mas mordeu a língua. Eles estavam trabalhando juntos, então poderia precisar do número dele. Na verdade, ela só desejava ter o número dele para saber ao certo o que ele estava aprontando. Ou se estava mesmo aprontando alguma coisa.

Antes que ela pudesse se virar para ir embora, ele estendeu a mão e afastou uma mecha do rosto dela.

Ela deu um tapa na mão dele.

Chase riu e então ficou sério.

— Como está se sentindo? — Ele enfiou a mão no bolso da calça jeans.

— Por quê? — ela quis saber, se perguntando se ele tinha notado sua temperatura.

Ele hesitou.

— Como está lidando com a morte do seu primo? — perguntou Chase, parecendo sincero.

— Estou bem. — Ela suavizou o tom de voz, desejando que ele parasse com aquela história de ser gentil com ela. Para que ela pudesse parar com aquela história de ser uma megera com ele. No entanto, ela não tinha certeza de como mostrar desinteresse sem ignorá-lo ou ser grossa. Não que esse comportamento fosse desnecessário.

Ela não confiava nele, mas estavam trabalhando juntos e ela praticamente o defendera para Burnett.

Ela não gostava dele, mas sentia pena por Chase ter perdido a família daquele jeito.

Ela sabia que ele estava escondendo coisas dela e de Burnett, mas ela não estava escondendo coisas de Burnett também?

Onde diabos tinha sentido o cheiro dele? Por que Chase iria mentir sobre isso? E se ela estivesse errada sobre ele estar mentindo? Era possível que ela tivesse sentido o cheiro dele, mas ele não tivesse sentido o dela?

Era possível.

E você está impressionada com as habilidades dele, disse uma vozinha em sua cabeça. Ela ignorou a voz, concluindo que seus sentimentos sobre aquele cara eram muito bem definidos. Preto no branco, yin e yang. O problema era que o preto estava ficando cinza e o yin, cada vez mais yang.

Não que houvesse qualquer coisa romântica acontecendo. *Ei, que tal se Chase for esse cara? Basta procurá-lo e dar um beijo bem indecente nele.*

Bem indecente. Seu olhar desceu para os lábios dele e ela se perguntou como seria... Santo Deus! Por que ela estava pensando naquilo?

— Tenho que ir — disse ela, percebendo que eles estavam parados ali, apenas olhando para a boca um do outro, como num filme idiota.

Ela só estava a alguns metros de distância quando ouviu:

— Vejo você à noite. — A expectativa era evidente na voz profunda dele e ela tinha um palpite de que não era apenas por causa do caso da UPF.

As palavras "sem chance" estavam na ponta da língua, mas ela já tinha dito aquilo a ele. Já tinha dito a si mesma também, mas só para garantir repetiu mentalmente. Então se afastou.

Saiu do bosque e viu que todas as três garotas estavam esperando por ela com uma expressão de curiosidade. Miranda, sendo Miranda, deixou escapar a pergunta primeiro.

— Fez o que eu disse?

Fazendo uma cara feia para a bruxa, ela murmurou:

— Claro que não!

— Não te disse que ela não ia fazer? — disse Kylie.

Della olhou para Kylie.

— Então ela contou a vocês o conselho que me deu? Onde é que ela arranjou uma ideia tão idiota?

— Eu acho uma ótima ideia! — rebateu Miranda.

— Eu até entendo por que poderia funcionar — Jenny acrescentou, entrando na conversa —, mas também pode ser perigoso. E se ela gostar de beijar Chase? O que isso pode significar para ela e Steve?

— Eu não ia gostar — afirmou Della. — Porque... Eu simplesmente não ia. — Ela olhou de Jenny para Kylie, esperando que as duas cama-leões não tivessem os seus poderes de vampiro para ouvir seu coração pular uma batida.

— Eu não sei. Ele é um gato. — O sorriso de Kylie revelava que ela estava falando de brincadeira, só para provocar Della.

Pena que Della não estava muito para brincadeira.

— Então beije-o você. Vá em frente. Tasque um beijo de língua nele! — disse Della, acenando para a floresta.

— Não, eu já tenho o cara que eu quero. — Kylie deu uma rápida olha-da para Jenny.

— Ei — Miranda entrou na conversa. — Tudo o que eu estou dizendo é que funcionou com Perry e eu. E você devia pelo menos tentar.

Della revirou os olhos.

— Vou fazer isso assim que começarem a distribuir picolés de graça no inferno. Agora, pare de falar de mim beijando Chase. Isso está me fazendo pensar coisas malucas.

— Que tipo de coisas? — Miranda perguntou com uma sobrancelha arqueada, em seguida balançou os ombros como um cão abanando o rabo.

Della rosnou bem quando o telefone tocou. Ela suspeitava que fosse Chase, deixando o seu número. Pegou o celular para verificar.

Estava errada.

— Quem é? — perguntou Miranda.

— Ninguém! — Della grunhiu, desejando que a bruxa parasse de ser tão intrometida.

— Então é Steve, não é? — disse Miranda.

Della rosnou novamente e começou a andar mais rápido, querendo fugir dos pensamentos em Steve, Chase e suas amigas curiosas.

Mas, quando seu telefone apitou com uma mensagem de voz, ela sabia que mais cedo ou mais tarde teria que enfrentar Steve. Mas como?

É incrível quantos casos de polícia ou investigações são resolvidos por meio das mídias sociais! As palavras de Derek começaram a soar em sua cabeça durante a aula de Inglês, sua última do dia. Sim, talvez fosse uma tática para não ter outros pensamentos idiotas, mas bem que vinha a calhar. Porque a ideia que tinha pipocado em seu cérebro parecia boa.

Facebook, aqui vou eu!

Ela podia não saber como abordar os antigos colegas de escola de seu pai e dos irmãos dele, mas sabia como lidar com garotas adolescentes. E talvez, apenas talvez, algo que pudessem dizer lhe desse uma vantagem sobre o assassinato de Lorraine. Sim, era um tiro no escuro. Assassinatos de vampiros eram diferentes de assassinatos diários normais. Mas não custaria nada tentar.

Como?

Fácil. Ela descobriu tudo muito rapidamente.

Quanto mais descobria sobre Lorraine, mais doía. Mais ela percebia que era um desperdício alguém tão decente, com tanta vontade de viver, ter sua vida ceifada deste mundo.

Della começou a procurar mais informações no Facebook e no Twitter, além de checar alguns jornais de bairro on-line. Descobriu que Lorraine tinha frequentado uma escola de dança em Nova York no verão. Della ainda encontrou por acaso várias fotos no Twitter do novo cachorro de Lorraine.

Um daqueles de nariz achatado e orelhas grandes tão feios que só a mãe consegue amar.

Ou até o filhote fofinho ser transformado em vampiro, uma voz cínica sussurrou em sua cabeça.

Espantando esse pensamento da mente, Della solicitou a amizade de cerca de seis pessoas que afirmavam conhecer Lorraine. Felizmente, a maioria delas aceitava a amizade de qualquer um, de modo que isso foi um ponto a favor de Della. Dentro de uma hora, Della era amiga do Facebook de quatro amigas de escola de Lorraine.

Della enviou mensagens a elas, dizendo que conhecera Lorraine em Nova York no ano anterior e tinha acabado de saber que ela tinha morrido. Havia a possibilidade de uma dessas pessoas ter ido para Nova York com Lorraine e seu disfarce ser descoberto. Mas esse não parecia ser o caso.

Três das meninas responderam em uma hora e Della conversou com todas as três separadamente. Agora ela tinha três versões do que acontecera com Lorraine antes do assassinato. Della também descobriu tudo, desde a cor favorita de Lorraine até a briga que tivera com a mãe na noite em que morreu.

Muita informação, mas nada que ajudasse no caso.

— O que você está fazendo? — perguntou Kylie, entrando na cabana.

— Investigando sobre o caso.

— Daquele casal?

— Sim. — Della se perguntou por que a sua curiosidade não se estendia ao namorado de Lorraine. Talvez se identificasse mais com Lorraine apenas por também ser uma garota.

— Você vai jantar? — perguntou Kylie.

— Não, tenho um pouco de sangue aqui.

— Tudo bem, mas, se você se sentir sozinha, vá nos encontrar. Vamos acender uma fogueira às margens do lago e assar marshmallows.

— Lamento. Vou trabalhar no caso novamente esta noite.

A preocupação brilhou nos olhos azul-claro de Kylie.

— Eu gostaria que Burnett me deixasse ir com você por precaução.

Della balançou a cabeça.

— Você é uma protetora, não uma agente.

— Achei que tínhamos feito uma boa parceria na funerária. — Kylie disse enquanto se preparava para sair da cabana.

— Fizemos mesmo — Della sorriu e se despediu com um aceno, então voltou a se concentrar na tela.

Lindsey, uma das garotas, finalmente escreveu algo interessante. *Quando eu soube do acidente, juro que suspeitei de Phillip. Você sabe, jogado o carro deles para fora da estrada ou algo assim.*

Não, a menos que ele seja um vampiro, Della pensou e lembrou-se de alguém no velório falando que Phillip era o antigo namorado de Lorraine. Della digitou uma resposta. *Sim, eu ouvi dizer que eles se separaram. Mas ele não era tão ruim assim, era?*

Lindsey respondeu. *Não, no início ele não era, mas depois que entrou naquela banda, isso ferrou com tudo. Eu não sei se era droga ou o quê.*

Hmm, então Phillip tocava numa banda? E ferrou com tudo. Transformar-se em vampiro poderia de fato ferrar com tudo. Os dedos de Della pararam sobre o teclado, digitando para uma amiga e, em seguida, para outra. *Qual era o sobrenome de Phillip? Eu esqueci,* ela perguntou a Lindsey e às outras duas.

Lance, Lindsey respondeu, ela era a mais ansiosa para responder às perguntas.

Ah, sim, agora me lembro, Della digitou. *Você já o ouviu tocando na banda? Qual era o nome dela?* Ela enviou a mesma pergunta às duas meninas, achando que a banda seria um bom lugar para começar a pesquisar sobre Phillip.

Lindsey respondeu. *Ela mudou de nome várias vezes, mas o último antes de o grupo se separar era Sangue Rubro.*

Sangue Rubro? Era o nome da gangue em que Chan estava. Um arrepio percorreu a espinha de Della. Será que isso poderia ser apenas uma coincidência? Della se lembrou de Burnett dizendo que não acreditava em coincidências.

Mas como ela poderia chegar ao fundo dessa história? Seus dedos de repente coçaram com a necessidade de obter mais informações. *Eu nunca entendi por que Lorraine gostava tanto desse cara. Acho que vi uma foto do Phillip uma vez. Ele nem era bonito. Não tinha cabelo ruivo?*

Ninguém respondeu por alguns minutos. Finalmente, Lindsey digitou uma resposta. *Não, castanho. Até que era gato. Tinha uma tatuagem de caveira no pescoço.*

Merda! Desviando os olhos para o relógio do computador, ela viu as horas. Não tinha tempo para descobrir mais nada. Tinha que ir se encontrar com Chase no escritório. Considerou a possibilidade de contar a Burnett o que tinha descoberto, mas decidiu não falar nada. Ela até podia ouvir Burnett repreendendo-a por não manter uma distância emocional do caso e lembrando-a de que era bem pouco provável que o vampiro assassino tivesse ligação direta com a vítima. Mas não se a vítima tivesse um ex que fosse vampiro.

Tenho que ir, Della escreveu para todas as três meninas e depois saiu do Face. Ela decidiu que pesquisaria sobre a banda Sangue Rubro quando voltasse. E então percebeu que Kevin, o amigo de Chan — o mesmo que a tinha levado até onde estava o corpo do primo — conhecia alguns membros da gangue Sangue Rubro. Ela tinha que falar com Kevin. Talvez ele pudesse lhe dizer se havia um Phillip Lance na gangue.

Seus instintos diziam que sim, mas era só um palpite. Palpite ou não, era uma possibilidade e ela iria investigar.

As vozes altas que ecoavam do bar silenciaram quando ela e Chase aterrissaram. Della avistou um casal aos beijos atrás de algumas árvores. Namorados? Ou seriam garotas de programa vendendo o próprio corpo? A ideia deu um nó no estômago de Della.

— A gangue está aqui — disse Chase num sussurro.

Ela assentiu com a cabeça.

— Fique por perto — disse ele.

Ela fez uma expressão descontente e eles continuaram em direção à porta. O cômodo parecia mais escuro, como se a multidão de vampiros tivesse sugado a luz do ambiente. *Todos de auras escuras*, Della pensou e inspirou, tentando ver se o seu olfato tinha voltado à ativa. Não.

— Ali — disse Chase, apontando para uma mesa vazia.

Della sentiu todos os vinte pares de olhos sobre ela. Caramba!, se as coisas dessem errado, ela e Chase estaria fritos. Ela sentiu um ar frio sob o suéter, indicando que sua temperatura ainda não estava normal. Mas agora não era o momento de se preocupar com isso.

O barman, o mesmo da noite anterior, veio andando ao longo do balcão.

— O que vão querer esta noite? Eu tenho B positivo. Vai bem com uma dose de Jack.

— Vamos só de sangue — disse Della, não querendo saber de álcool. Eles iriam precisar ficar totalmente alertas aquela noite.

O barman balançou a cabeça e saiu. Ela deu uma olhada ao redor do bar e descobriu que nem todos os clientes eram vampiros. Localizou alguns lobisomens e bruxos sentados entre eles. Portanto, nem todo mundo ali fazia parte da gangue. Quando Della fixou os olhos numa mesa com quatro pessoas, reconheceu três.

Agentes da UPF — uma delas era a agente que tinha ido ajudar na confusão dos cangurus. E aqueles eram apenas os três agentes que ela reconheceu. Só Deus sabia quantos ali também eram agentes.

Della não sabia se deveria ficar aliviada por não estarem sozinhos ou ofendida com Burnett por pensar que poderiam precisar de ajuda. Mas, depois de outro rápido olhar sobre os personagens indesejáveis ali, decidiu que Burnett poderia estar certo sobre enviar outros agentes.

— Está tudo bem? — perguntou Chase.

— Está — respondeu ela.

Um par de copos cheios de sangue pousou na mesa. A garçonete era uma jovem vampira. Ela deu uma boa olhada de cima a baixo em Chase e, pelo jeito como passou a língua nos lábios, Della diria que ela gostou do que viu. O Pervertido da Calcinha sorriu para ela e Della não teve nenhuma dúvida de que, em outras circunstâncias, ele e a garçonete terminariam a noite se amassando num canto escuro. Por outro lado, Chase não parecia o tipo que pagaria para ter sexo, e Della apostava que os serviços da garota não seriam de graça.

— Eu acho que ela gosta de você — disse Della, quando a garçonete se afastou.

Ele olhou para Della sob os cílios escuros.

— Ela não faz meu tipo.

— Que garota faz seu tipo? — ela perguntou, no mesmo instante em que desejou enfiar as palavras de volta na boca.

— Eu gosto de um desafio. Ou pelo menos é o que parece ultimamente. — Os cantos dos olhos dele se franziram ligeiramente com um sorriso, não deixando dúvidas do que ele queria dizer. — As morenas me agradam, também. Alguém que fala o que pensa. Eu nem me importo se for um pouco cabeça-dura. Uma boa briga de vez em quando e depois só deixar o sangue fluir. Assim fica mais divertido fazer as pazes.

Maldição, ela tinha começado aquela conversa, mas agora como punha um ponto-final?

— Bem, há um monte de garotas assim por aí.

— Eu não tenho tanta certeza — disse ele, arqueando uma sobrancelha. — E você? Tem um tipo que goste mais? — Ele girava o copo nas mãos.

— Não. — Ela olhou para o sangue em seu copo.

— Mentirosa.

Ela ergueu o olhar.

— Pare de agir como se você me conhecesse. Você não me conhece.

Ele deu de ombros.

— Você gosta de morenos. Alguém forte o suficiente para enfrentar você, mas não muito teimoso. Alto, um pouco musculoso. O tipo gostosão.

— Você realmente tem um ego do tamanho do Texas, não acha?

Ele sorriu.

— Eu estava descrevendo Steve. Mas obrigado.

Ela rosnou. O sorriso dele não vacilou.

— Eu talvez seja um pouco teimoso demais para você.

— Nisso você acertou.

— Mas provavelmente poderia me convencer a melhorar essa minha teimosia.

Ela revirou os olhos. Outro casal de clientes entrou no bar. Chase olhou causalmente em volta e ela viu seus ombros enrijecerem levemente. Então começou uma conversa sobre lugares que visitou. Paris, Alemanha, China. Della sabia que ele estava apenas tentando encontrar um assunto que não os deixasse em evidência. Sabia que ele suspeitava que alguém estivesse ouvindo a conversa dos dois.

Ela ouviu com interesse e quase se esqueceu de analisar o rosto dele para saber se estava mentindo.

— Que parte da China? — ela perguntou, seu olhar agora no olho esquerdo dele.

— Xangai, Pequim, Wuhan — disse ele, e não parecia mentira.

— Está falando sério?

— Estou, e não foi só uma vez.

Chase olhou ligeiramente para a direita, como se quisesse dizer alguma coisa a ela. Só então Della ouviu os passos.

Um sujeito grande, com vinte e poucos anos, cabeça raspada, tatuado, com piercings suficientes para atrair ímãs de geladeira, parou ao lado da mesa deles.

— Ouvi dizer que você está fazendo perguntas sobre um dos meus rapazes? — O cara perguntou a Della. Pelas palavras dele, ela supôs que fosse o líder da gangue. Ela não pôde deixar de se perguntar se o líder era sempre o cara que tinha mais piercings. Ela contou oito peças de metal no rosto dele.

— É isso aí! — disse Della, tentando não olhar para o aro que pendia do nariz dele. Cara, aquilo não era um perigo quando ele estava lutando?

— Ouvi dizer que um recém-criado entrou para a sua gangue pouco tempo atrás. Estou à procura de um cara de cabelos castanhos curtos.

— E por que está à procura dele? — perguntou o grandalhão, num tom abrupto.

Hora de mentir ou omitir a verdade.

— Na verdade, eu tive um breve encontro com ele. — Isso era verdade. Ele tinha voado sobre ela em Shadow Falls.

— Mas você não sabe o nome dele? Não é estranho?

— Não tão estranho assim — falou Chase, por ela, usando toda a sua habilidade para mentir. — Ela o conheceu logo depois que ele se transformou, e você sabe como um vampiro pode ficar insandecido durante as primeiras 48 horas. De qualquer forma, nem teve chance de perguntar o nome dele. Louco, né?

O Senhor Piercing não parecia muito convencido.

— Eu pensei que ela fosse a sua garota. Ouvi dizer que quase estrangulou um cara porque ele mexeu com ela.

Chase deu de ombros.

— Bem, digamos que eu esteja tentando convencê-la a ser minha garota. Ela acha que talvez sinta alguma coisa por esse outro cara. Foi um encontro casual e nada mais; uma noite com alguém não significa nada. Eu não me importo quanto ele seja bom de cama.

O quê? Chase praticamente a tinha chamado de puta! Pois seria o mesmo que dizer que ela tinha tido um caso de uma noite só com um estranho enlouquecido. Ele não poderia ter pensado numa história melhor para enganar o vampiro?

— Mas... — Chase continuou, ainda de olho no vampiro — eu acho que assim que ela bater o olho nele, vai perceber que eu sou a melhor escolha.

O líder da gangue perfurava Chase com os olhos.

— Talvez você esteja interessado em se juntar a nós...

— Eu não sou muito de andar em grupo — Della respondeu.

O líder da gangue olhou para Della.

— Na verdade, estamos mais interessados no seu amigo aqui. Mas, se você estiver disposta a ser tão fácil assim comigo também, pode acabar me convencendo.

Ela rosnou.

— Ei! — Chase interveio, parecendo um pouco exaltado. Mas com que direito? Ele era o culpado por começar aquilo. — Ela não foi assim tão fácil comigo — disse Chase. — É por isso que estou meio curioso para conhecer esse cara e ver o que ele tem que eu não tenho.

O líder da gangue pareceu ter engolido a mentira. Della não sabia se ficava feliz ou com raiva.

— Bem, estou curioso para ver que tipo de músculo você tem. Ver se é tão forte e rápido quanto estão dizendo por aí.

Chase recostou-se na cadeira.

— Diga o que você tem a oferecer. Você nos consegue um encontro com o seu novo membro, e você e eu podemos ver quem é o melhor numa luta amigável, um contra um, num beco qualquer.

— Que tal fazer isso agora? — O vampiro carregado de piercings projetou suas presas e Della sentiu que o seu convite para uma luta não era tão inocente assim.

Ah, mas que porcaria! Isso não ia acabar bem.

Capítulo Vinte e Oito

Della desviou os olhos para a mesa de agentes. Pelo menos não estariam sozinhos.

— Melhor não — disse Chase, mantendo a calma, mas com os olhos visivelmente mais brilhantes. — Eu gosto mais da minha ideia.

— E eu não. — O líder da gangue encarou Chase. — O que te deixa mais a fim de testar os punhos? Se eu mexer com a sua putinha aqui?

— Não — Della rebateu, não gostava de ser chamada de putinha ou ser usada como isca, mas estava mais furiosa ainda por ser vista como alguém que não podia travar suas próprias batalhas. — Isso *me* deixaria mais a fim de testar os *meus* punhos. Então você morreria de vergonha por levar uma surra de uma garota. — Ela deixou suas presas se projetarem e olhou para a mão que ele estendeu.

— Nada de briga, Luis! — o bartender gritou. — Esse é o nosso negócio. Você ainda não pagou os prejuízos do último quebra-quebra que seus caras começaram aqui.

O cretino fez um gesto obsceno com o dedo médio para o bartender, depois voltou a se concentrar em Chase.

— Agora vejo por que você gosta dessa bonequinha. Ela tem atitude e não é nada feia também.

— Temos um acordo ou não? — Chase fervia, já não fazia questão de ser simpático. — Traga o cara para uma conversa e a gente vai lá pra fora, o barman não vai implicar.

— Vamos ver — disse ele. — Vou fazer alguns telefonemas e ver se o meu novo membro está interessado em vir ver seu amor perdido. — Luis, pois obviamente esse era o nome dele, olhou para Della. — Mas você sabe, considerando que seja um recém-criado, há uma boa chance de ele nem se lembrar de você. Isso não vai partir o seu coraçãozinho?

— É melhor que se lembre. — Della tentou esconder o veneno na voz.

Três minutos depois que o brutamontes se afastou da mesa, Chase voltou a falar sobre suas viagens. Só parou quando o telefone de Della apitou com a chegada de uma nova mensagem. Ela checou, esperando que não fosse Steve novamente. Não era.

Saiam do bar! Agora! Burnett escreveu.

Ela passou o telefone para Chase.

Ele não pareceu feliz, mas, quando ela se levantou, ele a seguiu. Com o canto do olho, viu os agentes observando. Que diabos estava acontecendo?

— E o nosso acordo? — perguntou Luis, do bar.

— Já voltamos! — gritou Chase. — Só vou drenar o lagarto.

— E ela vai segurá-lo pra você? — alguém no bar perguntou.

Risos explodiram.

Della saudou os presentes com o dedo do meio.

Eles saíram para a noite escura. Chase correu até os fundos do edifício, à margem da floresta. Levantou o nariz, farejando o ar, verificando se havia alguém nas proximidades.

Não detectou ninguém, pelo visto, porque perguntou:

— Mas que merda está acontecendo?

— Não sei — respondeu Della. — Mas Burnett não fala nada à toa.

— Ele não pode nos enviar numa missão e então nos mandar recuar!

— Pois ele acabou de fazer isso. E...

Chase pressionou dois dedos sobre os lábios dela e acenou com a cabeça para a floresta, puxando-a mais para perto do prédio, longe do brilho da lua.

Della tentou detectar algum cheiro, mas não conseguiu. Porém, quando sintonizou a audição, ouviu vozes. Muito próximas. E elas estavam vindo de duas direções diferentes. Não havia nenhum lugar onde se esconder. Eles poderiam ter corrido, mas agora já era tarde demais.

Della viu um grupo de quatro sujeitos saindo das árvores à sua esquerda. Outros dois vinham pela direita. Tinham o rosto voltado para cima, como se já tivessem detectado seus rastros. De fato, já era tarde demais. E se estivessem com a gangue, isso podia significar problemas. A única ideia que Della teve foi passar despercebida. E a única maneira de fazer isso era...

Ela se virou, colocou os braços em torno de Chase e o beijou. Um beijo quase indecente. Os lábios dele eram frios, mas macios e úmidos. Tinha um gostinho de hortelã, como se ele tivesse acabado de escovar os dentes.

E algo naquele gostinho a tinha feito quase esquecer o motivo que o levara a beijá-lo.

Se houve alguma hesitação da parte dele, durou uma fração de segundo. Os braços a enlaçaram, a palma das mãos pousaram na curva da sua cintura, em seguida deslizaram pelas suas costas. Em seu abraço e total envolvimento, ele a girou de forma que ela ficasse de costas para os vampiros que se aproximavam.

Della ouviu risos e um dos caras disse:

— Essas putas estão sempre ocupadas.

Um sentimento de fúria encheu seu coração, mas rapidamente desapareceu quando o doce calor do desejo se espalhou pela sua barriga. Ela percebeu que suas mãos estavam no peito dele, a sensação do seu corpo rijo fazendo seu coração bater mais rápido. As mãos de Chase deslizaram para cima e para baixo, acariciando suavemente as laterais dos seios. Então seu polegar roçou no mamilo rijo. Ela quase gemeu. E teve certeza de que ouviu um suave murmúrio no fundo do peito dele.

Era tudo encenação, ela disse a si mesma, mas seu corpo respondia ao toque dele e a cada centímetro do seu corpo firme e delicioso contra o dela.

Pare com isso. Pare com isso!, disse a si mesma, tentando lutar contra a paixão que crescia dentro dela.

Com os poucos neurônios que não estavam anestesiados com o beijo, ela ouviu os passos do grupo de vampiros se distanciando. Eles mal tinham passado pelo edifício quando Chase se afastou. Seu olhar encontrou o dela e ela viu o calor em seus olhos brilhantes. Brilhantes por causa do perigo ou do beijo, ela não sabia. Então, sem fôlego, ele pronunciou:

— Uau!

Ok, então provavelmente era por causa do beijo.

Outra voz soou à distância, e sem dizer uma palavra ele pegou a mão dela e começou a correr feito louco. Puxando-a com ele. Sem aviso, os pés dela se ergueram no ar e Chase começou a arrastá-la com ele.

Não que as solas das botas dela tivessem saído do chão; ela se sentia flutuando desde que a boca de Chase encontrara a dela. Por fim, a sensação de perigo aumentou e o desejo, por maior que fosse, foi varrido com o vento. E seu primeiro pensamento foi o quanto aquela ideia do beijo tinha sido ruim.

Eles não tinham passado a primeira fileira de árvores quando ouviram alguém gritar:

— Aonde diabos pensam que vão? — Ela reconheceu a voz do líder da gangue.

E ele estava muito perto.

Chase moveu-se mais rápido, ainda segurando a mão dela. Ela tentou se equilibrar, tentou sustentar o próprio peso, mas simplesmente não era tão rápida. Ouviu o som inconfundível dos vampiros atrás deles.

Chase corria em ziguezague entre as árvores, como se quisesse que os vampiros perdessem seu rastro. Ela ainda ouviu vozes à distância. Depois disso, tudo o que viu foi Chase pegando-a nos braços, segurando-a contra seu corpo e voando como o vento. As árvores se tornaram um borrão. Ela já não sabia ao certo o que era céu e o que era terra. Para cima, para baixo, sobre um galho, embaixo de outro, ele avançava mais rápido do que ela julgava ser possível.

Sentiu picadas na pele enquanto eles cortavam o ar. Ela teve que enterrar o rosto no peito dele para evitar que os olhos ardessem.

Ela podia não ser capaz de detectar qualquer rastro, mas com a proximidade, colada a ele, podia sentir o cheiro do vampiro novamente. O mesmo aroma picante de sabonete masculino e o cheiro natural da pele que a cercara quando eles se beijaram invadiram novamente seus sentidos e confundiram sua cabeça. Um aroma fresco. Limpo. Maravilhoso. Ele devia ter tomado banho pouco antes de encontrá-la.

Ela sentiu o rosto dele pressionado contra a cabeça dela. Seriam seus lábios em sua testa?

As palavras de Chase soaram no seu ouvido.

— Vou voar em círculos para ter certeza de que não vão conseguir seguir nosso rastro até Shadow Falls.

Ela não respondeu. Não achou que ele esperasse resposta.

Um minuto depois, talvez dois ou, sabe-se lá, talvez cinco — ela perdeu a noção do tempo —, ele aterrissou. O coração dela batia no peito, ou será que era o coração dele que ela sentia? Chase segurou-a até que tocassem o chão, mas mesmo depois não a soltou. Ela abriu os olhos e viu que eles estavam perto de um lago. Não, não era qualquer lago, mas o lago de Shadow Falls.

Ele ergueu o rosto no ar como se para garantir que não tinham sido seguidos. Só então olhou para ela. Seus olhos verdes brilhantes sorriam. Chase parecia feliz consigo mesmo. E tinha razão. Onde diabos ele aprendera a voar daquele jeito?

— Tudo bem? — ele perguntou.

Ela assentiu com a cabeça, precisando engolir a saliva antes de falar.

— Me coloque no chão.

Ele a baixou devagar, mas antes que sua mão esquerda se afastasse da cintura dela, ele a puxou contra si. Sua boca encontrou a dela. Suave. Úmida.

Dessa vez, ele tinha um gosto diferente. Ainda melhor.

Ele tinha um gosto de perigo. Tinha o gostinho de algo que ela nunca provara antes.

Tinha gosto de... algo proibido.

Ah, mas que inferno! Ele era proibido. Dando um chute rápido e certeiro nele mentalmente, ela se afastou. Bateu as duas mãos no peito do vampiro e o empurrou. Ele caiu sentado no chão.

— Pare com isso!

— Você é que começou — disse ele, e sorriu.

Sorriu. Como ele ousava sorrir quando...? Ela rosnou.

— Eu só fiz aquilo para que pensassem...

— Que estávamos prestes a arrancar a roupa.

— Então eles não pensariam...

Lasque um beijo em Chase. Ela ouviu a voz de Miranda.

— Eu só fiz aquilo porque... — *Talvez porque aquela bruxa maluca colocou isso na minha cabeça.* E se Miranda tivesse colocado uma maldição nela? Não, ela não teria feito isso, mas não importava, apenas o fato de ter cogitado aquela ideia já tinha causado um belo estrago. Um estrago e tanto. Della não queria gostar dos beijos de Chase. Não queria querer... Era isso, ela ia torcer o pescoço de Miranda.

Ela virou-se e saiu. Chase a seguiu. Seus passos encheram a noite.

— Ei, precisamos conversar.

— Não! — ela retrucou, e seguiu para o lago. Mas estava tão confusa que nem sabia direito qual era a trilha para a sua cabana.

— Não fuja!

— Eu não estou fugindo — ela sibilou. — Estou andando.

— Della? — Chase chamou.

Andando para longe de você. Ela olhou os próprios pés para confirmar se era verdade, e antes que olhasse para a frente, trombou com um peito sólido. Maldito seja Chase e sua velocidade! Sem pensar, cega de fúria, ela colocou as mãos no peito o vampiro. Deu um grande empurrão e ele bateu o traseiro no chão novamente.

Então ela ouviu. Ouviu os passos de Chase atrás dela. Mas, se ele estava atrás dela... De quem era aquele peito que ela tinha acabado de empurrar?

— Por que diabos você fez isso? — perguntou Burnett, levantando-se de cara feia e com os olhos brilhantes de irritação.

Incapaz de falar, ela apenas o encarou.

Então jurou que o líder do acampamento levantou o rosto para farejar o ar. Maldição! Ele provavelmente detectava feromônios. E, sim, ela provavelmente estava exalando alguns.

Nunca iria admitir, mas ela não podia negar que tinha gostado do beijo. Queria insistir que tinha sido só... o perigo, a situação.

Mas ela não podia negar.

Tinha gostado.

— Qual o problema, droga? — perguntou Burnett novamente.

— Nada... Eu não sabia que era você.

— Como não saberia?

— Porque... — Ela ouviu Chase dar um passo e ficar ao lado dela. *Eu estava entorpecida pelo beijo dele. Porque meus sentidos estão falhando.* Com um suspiro profundo, ela afastou o beijo para a parte de trás do compartimento de problemas do seu cérebro e evocou a adulta que havia dentro de si para pensar sobre o caso.

— Porque estou chateada. Por que você nos fez recuar?

— Assim que o líder do grupo deixou a mesa, ele ligou para alguém e disse para convocarem toda a gangue. Eles tinham planos de subjulgar vocês.

— Como sabe disso? — Chase perguntou, agora tão perto que ela sentiu o quadril dele ao lado dela.

— Burnett tinha agentes lá — respondeu Della, olhando para o líder, mas nem um pouco disposta a olhar para Chase. Ainda não. Ela só precisava de mais alguns segundos para tirar o beijo de sua mente. Infelizmente, a maldita lembrança enterrou suas garras e se agarrou ali, recusando-se a ser deixada de lado. A sensação dos lábios dele contra os dela. O cheiro que ele tinha. A forma como seus lábios tinham...

— O quê? — perguntou Chase. — E nenhum de vocês dois achou que eu precisava saber disso?

— Eu não sabia. Só soube quando os vi lá — explicou Della, olhando rapidamente para ele. Seu olhar deslizou para a boca, ainda molhada. Ela desviou o olhar.

— Por que você não contou pra nós? — Chase perguntou a Burnett.

O líder do acampamento não reagiu à atitude autoritária de Chase. Respondeu com calma.

— Eu nunca envio novos agentes para campo sozinhos, se há uma chance de que a situação se complique.

— Eu daria conta — disse Chase.

Della odiava concordar com Chase, mas depois de ver quão rápido ele podia voar e de vê-lo enfrentar o valentão na noite anterior, ela não tinha certeza de que era exagero. Havia alguma coisa de que ele não desse conta? Lutar? Voar? Beijar?

— Talvez — disse Burnett. — Mas era um risco que eu não estava disposto a correr. O que importa é que o pegamos. O recém-criado, um tal de Billy Jennings, apareceu segundos depois que vocês partiram. E o líder da gangue perguntou a ele sobre o encontro com Della. — Burnett olhou para ela. — Quando ele foi embora com os outros vampiros, meus agentes os seguiram e eu acabei de saber que eles conseguiram detê-lo. Ele está sendo levado para...

Della parou de ouvir. *Eles o pegaram!* Uma sensação de alívio caiu sobre ela como uma chuva fina. *Nós o pegamos, Lorraine.* Della não sabia por que sentia como se a garota pudesse ouvir seus pensamentos — droga, ela realmente esperava que não pudesse —, mas disse de qualquer maneira. *Pegamos o desgraçado que fez aquilo com você.*

— Vou precisar que vocês confirmem se foi mesmo o cheiro dele que sentiram aquela noite.

Merda! Um ataque de pânico começou a crescer dentro dela. Se o seu olfato ainda estivesse de férias, como ela iria saber com certeza se era ele? Mas se dissesse a Burnett que aceitara a missão sem ter todos os seus sentidos em perfeitas condições, ele a faria em pedacinhos!

Se não ela, sua carreira com certeza.

Burnett abriu uma porta e fez sinal para que Della e Chase entrassem numa salinha. Pintado de cinza fosco, o cômodo parecia sombrio. Triste. Uma parede era de vidro, por onde era possível ver outra sala.

Uma sala vazia.

— Eles vão trazer o suspeito daqui a pouco — disse Burnett. — Vocês poderão vê-lo, mas ele não poderá ver vocês. E há dutos de ventilação, portanto vocês dois poderão sentir o cheiro dele.

Deveria poder sentir, Della pensou.

— Eu já volto. — Burnett saiu. O clique da porta se fechando mexeu ainda mais com os nervos dela. Nervos que já estavam à flor da pele.

— Você está bem? — perguntou Chase, como se estivesse captando as emoções dela.

Ela assentiu com a cabeça e tentou deter a tagarelice em sua cabeça. Inspirou, testou o ar, esperando ver se seu alfato estava novamente em perfeitas condições. Nada. Ela não conseguia nem sentir o cheiro de Chase.

Um barulho veio do outro lado do vidro. Uma agente trouxe um garoto para a sala e apontou a cadeira para ele. Não um garoto qualquer, ela lembrou a si mesma, mas Billy Jennings, o suspeito. Muito possivelmente a pessoa que tinha matado violentamente Lorraine e o namorado.

Della inspirou novamente, esperando captar o cheiro dele. Ainda nada. Seu estômago se contraiu.

Ela olhou para o rosto de Billy. Lembrou-se de ter tentado identificar um assassino antes, mas nem em um milhão de anos teria escolhido aquele. Tudo bem, ele tinha cabelo castanho e curto, mas parecia mais jovem do que ela e com uma aparência tão pacata que ele podia muito bem pertencer à banda marcial do colégio — podia ser alguém que tocava trompete ou clarinete.

Ele exalava inocência. Suas bochechas eram ainda rosadas como as de um garoto de um comercial de sucrilhos. O tipo de adolescente que nunca tinha provado cerveja, muito menos sangue.

Ela sentiu Chase olhando para ela e sabia qual era a pergunta que ele estava prestes a fazer.

Ela já tinha decidido que não iria mentir. Não podia. Até podia esconder de Burnett que seu olfato estava uma droga, mas não acusaria ninguém sem provas.

— O que você acha? — ele perguntou.

Ela olhou para Billy. Ele parecia estar com medo, muito medo. Lembrou-se de como ela mesma se sentira na semana em que foi transformada. Como ficou a vida dela quando soube que tinham lhe roubado a vida. Ela odiava a si mesma, odiava aquilo em que tinha se transformado.

Inocente. Inocente. Inocente. A palavra dava voltas na cabeça dela.

Apesar de fria, a sala de repente ficou abafada, como se as paredes estivessem se fechando sobre ela. O sangue correu pelos seus ouvidos e ela começou a sentir tontura. Tinha que sair dali.

Virou-se, abriu a porta e desceu para o saguão, até ver uma porta que conduzia para fora. Ela não respirou até sair do prédio — até que estivesse no estacionamento, a lua e as estrelas piscando lá em cima.

— Ei! — Chase tinha vindo atrás dela. — Relaxe. — Ele colocou as mãos nos ombros dela. Seu toque era frio, mas reconfortante. Ela quase queria se recostar nele. Então se lembrou do beijo. — Vai ficar tudo bem.

— Não, não vai. — Ela balançou a cabeça. — Eu não posso... Não posso fazer isso. Meu... Eu não sei se é ele. Eu não estou certa. — Então lhe ocorreu: ela não tinha que ter certeza. Virou-se e olhou para Chase. — Você sentiu o cheiro dele, também. É ele? Foi ele quem matou aquele casal?

Ele fez uma pausa, então confirmou lentamente com a cabeça.

— Sim. — Mas, mesmo em meio à escuridão, ela notou a sobrancelha esquerda dele se contraindo.

Della balançou a cabeça.

— Você está mentindo. Você não tem certeza.

— Eu posso não ter cem por cento de certeza, mas tenho certeza suficiente.

Inocente. Inocente. Inocente. A palavra começou a se repetir na cabeça dela novamente.

— Não, se você não tem certeza absoluta, então não pode acusar o garoto.

— Della, pare e pense. — Ele segurou-a pelos ombros. — Ouça o que eu vou dizer, está bem? — Só quando ela olhou para a frente, ele começar a falar. — Eu sei que é difícil ter certeza, mas ele bate com a descrição e com o *modus operandi* da pessoa que a UPF acha que fez aquilo. Antes de condenarem o garoto, vão fazer um teste de DNA, por isso, se estivermos errados, ele não vai ser condenado.

— Ele pode não ser condenado, mas até lá, vai ser acusado de assassinato. E ele vai pensar que fez aquilo, porque não vai conseguir se lembrar.

— Ela sentiu a emoção apertar seu peito quando se lembrou do dia em que fora levada àquele mesmo lugar para passar por testes e provar que não tinha matado uma pessoa quando tinha sido transformada. Nunca tinha se sentido mais monstruosa do que naquele dia.

Era assim que Billy estava se sentindo agora?

— Isso não está certo — disse ela, tentando controlar o tremor na voz.

— Nós não podemos acusá-lo se não temos certeza de que ele é o assassino.

— O que não está certo é ele ser solto e depois descobrirem que é o culpado. E ele terá desaparecido. Você acha que, se ele conseguir dar o fora daqui hoje, não vai sumir? Ele vai. Seria louco se não se mandasse daqui, culpado ou não. Ele não vai querer a UPF correndo atrás dele. A gangue não vai querê-lo de volta, agora que a UPF está atrás dele. Ele vai passar a vida fugindo. E, estatisticamente, quando um recém-criado mata, as chances de voltar a matar são duas vezes maiores.

— Você não tem certeza.

— Eu tenho. Já foi comprovado. Confie em mim.

— Como? Quem comprovou? Como você pode achar que sabe tanto assim?

— Isso não importa. — O músculo da mandíbula de Chase se contraiu, como se ele tivesse dito algo que não deveria dizer.

Mas aquilo importava, sim. Tudo importava. Lorraine e John importavam. Billy Jennings importava.

Chase pegou o queixo dela e forçou-a a olhar para ele novamente.

— Della, eu realmente acredito que o cheiro era dele. Confie em mim.

Ela balançou a cabeça.

— Mas você não está cem por cento certo.

— Alguém neste mundo está cem por cento certo? — Ele suspirou de pura frustração. — Olha, se ele for inocente, tudo isso só vai lhe custar um dia na cadeia. Isso pode não ser fácil, mas, se ele for o culpado, vai custar a vida de alguém. Você quer ser a responsável se ele matar de novo? Ele já não feriu pessoas suficientes?

A mente de Della voltou para a visão de Lorraine e John, as gargantas dilaceradas. Será que ela devia sua lealdade aos mortos ou a um garoto assustado que podia não ser culpado por nada além de ter sido transformado?

Inocente. Inocente. Inocente.

— Eu não posso afirmar com certeza — disse Della a Burnett dez minutos depois. Todos os três estavam sentados a uma mesa na sala ao lado. Della olhava para os dois, tentando não olhar para Billy.

Burnett não parecia feliz. Nem Chase. Mas por que ele estava tão contrariado?

Burnett apoiou-se nos cotovelos e debruçou-se sobre a mesa.

— Eu pensei que você tivesse sentido o cheiro dele.

— Eu também pensei. Mas tem alguma coisa errada. Eu... Me desculpe, eu não posso afirmar com certeza. — Ela ficava desviando os olhos do vidro entre as duas salas.

— Eu sei que é difícil, Della — disse Burnett —, mas se esse garoto fez aquilo...

Inocente. Inocente. Inocente.

— Sim, é difícil, mas esse é o problema. Eu não sei se ele fez mesmo. Eu não posso... Não tenho certeza.

Burnett soltou um profundo suspiro e olhou para Chase.

— Por favor, me diga que você pode afirmar alguma coisa — disse ele.

Chase assentiu.

— É ele.

Della observou-o piscar. Involuntariamente, ela olhou para Billy. Ele tinha lágrimas nos olhos, olhos que expressaram repugnância por si mesmo. A respiração de Della expandiu-se em seu peito e ela se levantou. Levantou-se tão rápido que sua cadeira tombou para trás, batendo no piso de ladrilho.

Inocente. Inocente. Inocente.

— Chase não está sendo completamente sincero — ela disse a Burnett. — Ele não tem certeza. Você não pode culpar o garoto pelos assassinatos. — Ela sabia como era se sentir um assassino. A dor e a vergonha poderiam acabar com a pessoa.

Burnett parecia chocado. Ele olhou para Chase.

— Isso é verdade?

— Não — disse ele.

Della não conseguia acreditar na ousadia de Chase, no atrevimento dele.

— Olhe para ele, Chase! — ela insistiu, apontando para a parede de vidro. — Ele não passa de uma criança. Você vai deixá-lo passar por isso mesmo sem ter certeza?

Chase não olhou para Della. Ele olhou para Burnett.

— O garoto é culpado.

Capítulo Vinte e Nove

— Della! — Burnett chamou-a de volta quando ela saltou do carro às pressas em direção à sua cabana, ao voltarem dos escritórios da UPF. Ela correu para o portão e pensou na possibilidade de ignorar o chamado. Mas conhecendo Burnett como conhecia, ela sabia que ele viria ao encontro dela.

Então se virou e viu o líder do acampamento acenando alegremente para Chase. Ela esperava que ele fosse para o inferno também. Pelo menos se Billy Jennings fosse inocente. *Mas e se ele não fosse?* Não que ela não tivesse considerado a possibilidade. Ela tinha, mas... tudo dentro dela dizia que ele era inocente.

Tudo. Incluindo aquela voz idiota.

— Eu sinto muito — disse Chase ao passar por ela. — Fiz o que achei certo.

Della fez uma cara feia para ele. Chave estava mentindo. Então como poderia ter feito o certo?

Burnett andou até ela e fez um sinal para que o acompanhasse até o escritório. Ah, droga, além de estar chateada, ela ainda iria levar um sermão. Não estava nem um pouco a fim de aguentar aquilo.

Precisava ficar sozinha. Já era uma hora da manhã e sua mente sempre acabava levando-a de volta aos mesmos problemas. Ela tinha beijado o Pervertido da Calcinha. E, pior ainda, tinha gostado. Estava preocupada com a possibilidade de ter o mesmo vírus que tinha matado o primo. E havia descoberto que era uma negação como vampiro. E tinha ajudado a arruinar a vida de um garoto que poderia muito bem ser inocente.

Holiday encontrou-os na entrada do escritório. Pela expressão do seu rosto, Burnett já tinha falado com ela e avisado sobre o que tinha acontecido.

— Eu sei que deve ter sido difícil — Holiday disse quando Della se acomodou no sofá. Holiday se sentou ao lado dela e descansou uma mão na barriga cada vez mais protuberante. Burnett se encostou na mesa do escritório. Ele parecia chateado, mas não tanto quanto Della. *Ou Billy*, ela pensou, só imaginando o que o garoto estava passando no momento.

— O mais difícil é ver que ele prefere aceitar a palavra de Chase em vez da minha! — Ela disse a Holiday, mas olhando para Burnett. — Mesmo depois de me dizer que sabe que Chase não está sendo sincero.

— Eu não prefiro aceitar a palavra dele em vez da sua — disse Burnett.

— Você deixou o garoto preso lá.

— Eu o deixei lá porque ele é suspeito de assassinato.

— Uau, e eu que pensei que as pessoas fossem inocentes até que se provasse o contrário.

— Eu disse "suspeito", não assassino. Ainda não existem provas de que ele seja culpado.

— Você já podia muito bem ter essas provas se não o tivesse prendido. Ele sabe que você acha que ele cometeu um assassinato. E como não se lembra, provavelmente também acredita que é culpado. Ele é um recém-criado, já pensa que é um monstro e agora você está confirmando isso para ele.

Burnett balançou a cabeça.

— O que aconteceu com a Della que me procurou há alguns dias? Tudo o que você queria era justiça para as vítimas. Até foi ao velório da garota. Insistiu em dizer que queria pegar o filho da mãe que fez aquilo. E agora...

— Nada mudou! — ela rebateu. — Eu quero justiça — confirmou. — E se o garoto é culpado, então coloque-o atrás das grades, mas não até que ter certeza de que foi ele quem fez aquilo. Você não tem provas suficientes para prendê-lo lá. Nem Chase nem eu temos absoluta certeza, apesar do que ele disse.

Holiday estendeu a mão e tocou o braço de Della.

— Vamos manter a calma.

Della sentiu a tensão diminuir no peito, mas não o suficiente. *Inocente. Inocente. Inocente.*

Burnett passou a mão sobre o rosto e em seguida olhou-a nos olhos.

— Mesmo que Chase não tivesse reconhecido o cheiro do garoto, eu o teria mantido lá até receber o resultado do teste de DNA.

— E se ele for inocente, está sofrendo à toa. — Della fez uma pausa. — Por que você simplesmente não verifica as marcas da mordida dele, como fez comigo quando me trouxe aqui? Pelo menos agilizaria as coisas e ele não sofreria desnecessariamente.

Burnett se encolheu como se também não gostasse daquela lembrança.

— As marcas de mordidas não eram claras, as feridas eram muito profundas. — Ele suspirou alto. — Olha, Della, mesmo que esse garoto não tenha cometido os assassinatos, ele se juntou a uma gangue de delinquentes. Esse medo todo que ele está sentindo pode servir para endireitá-lo.

Ela sentiu a emoção formando um nó em sua garganta.

— Quando fala assim percebe-se que você nasceu com o vírus ativo. Não tem ideia de como se sente um recém-transformado.

— Eu sei que isso...

— Não, você não sabe! Nunca teve que se sentir um monstro. Aposto que os recém-criados entram em gangues para não cometer assassinatos, não para poder fazer coisas terríveis. Chan me disse que as gangues assumem o compromisso de fornecer sangue e só matam quando necessário.

— Eu sei disso, Della, mas meu trabalho...

— Seu trabalho é fazer justiça, e esta noite eu não tenho tanta certeza de que foi isso que aconteceu ao Billy.

— Por que você está tão certa de que ele é inocente? — perguntou Burnett.

Ela fez uma pausa ao ouvir a pergunta. Della tinha feito a mesma pergunta a si mesma e não encontrara a resposta.

— Eu não sei, mas meus instintos me dizem que ele é. — Seus instintos e aquela voz idiota em sua cabeça.

Della vacilou quando a imagem do casal brilhou em sua cabeça.

Ela olhou para Holiday.

— Lorraine voltou a vê-la? Você poderia perguntar a ela, talvez ela pudesse dizer se ele é inocente.

Holiday balançou a cabeça.

— Ela não apareceu novamente. Eu não sei se fez a passagem ou simplesmente não quis se comunicar ainda.

Della se voltou para Burnett.

— Você vai continuar a trabalhar no caso? Investigar outras pistas?

— Não temos mais nenhuma pista.

Eu tenho. Ela pensou na mensagem do Facebook que recebera de Lindsey, a amiga de Lorraine, sobre a banda Sangue Rubro.

— Lorraine tinha um antigo namorado e as amigas dela acham que ele poderia ser o assassino.

Burnett olhou para Della como se estivesse completamente louca.

— O sujeito que procuramos é um vampiro.

— Eu sei, e talvez ele seja...

— Não seguimos ninguém apenas com base num simples "talvez". Seguimos pistas e pistas que parecem boas.

— O nome da banda...

— Você não está se baseando em nenhuma evidência concreta...

Della rangeu os dentes. Burnett já tinha uma opinião formada sobre o caso. Ela tinha que falar com Kevin.

— Posso ir embora agora?

Burnett fez uma careta e olhou para Holiday.

— Já é tarde — disse Holiday, e novamente esfregou a barriga.

— Tudo bem — concordou Burnett. — Conversamos amanhã.

Sim, eles fariam isso, Della pensou, e ela esperava que tivesse algo concreto para contar sobre Phillip Lance. Algo que ajudaria Billy Jennings.

Della estava a caminho da cabana quando pegou o telefone e procurou a mensagem de Kevin.

Ainda está em Houston? Preciso falar com você.

Ela parou de andar e fechou os olhos quando enviou a mensagem. Será que ele a leria? E responderia?

Olhando fixamente para o celular, ela viu o pequeno ícone que indicava que ela tinha uma mensagem de voz. De Steve.

Mordendo o lábio, talvez porque achasse que não deveria sentir o que estava sentindo naquele momento, ela digitou o número da caixa postal e colocou o telefone no ouvido.

Eu sei que você não está falando comigo, mas só quero que saiba que sinto muito. E embora não tenha sido eu quem começou o beijo, sei que eu ficaria chateado se soubesse que alguém beijou você. Então, fique com raiva de mim. Eu mereço, mas... droga, Della, eu gosto de você. Eu não gosto dela. É você que eu quero. Por favor, me ligue.

A emoção inundou seu coração. O que ela não daria para ele estar ali agora — apenas para abraçá-la, ajudá-la a entender toda a loucura que estava vivendo.

Ela colocou o dedo sobre o botão REDIAL e hesitou. O que ia dizer a ele?

O telefone apitou com a chegada de uma mensagem.

Kevin.

Me ligou por quê? Outro favor? Vai ter q me pagar. Estou falando em tirar a roupa.

Ele tinha acrescentado uma carinha sorridente ao lado da mensagem. Ela esperava que isso significasse que ele estava brincando. Mas e daí? Ela já tinha sido acusada de ser uma puta. Ela não era, mas ele não sabia.

Tanto faz. Onde vc está?

Perto do acampamento. Onde quer me encontrar?

Della pensou em pular a cerca — encontrá-lo em algum lugar em Fallen. Burnett teria um ataque. Ela teria que ouvir mais um sermão. Então lhe ocorreu: por que não fazer o que Chase fazia com o fulano com quem estava se encontrando em segredo e encontrar Kevin na cerca? Contanto que ele não tocasse na cerca, ninguém os pegaria ali. Não havia por que violar uma regra quando podia simplesmente contorná-la.

Ela mandou uma mensagem para Kevin e informou-lhe o local exato onde encontrá-la. *Não pule nem toque a cerca.*

Dez minutos depois, Della esperava por ele ao lado da cerca, onde o riacho passava. Sentada sobre uma árvore caída, ela abraçou os joelhos. O ar frio entrou por baixo da blusa, provocando arrepios em sua pele, o que provavelmente significava que sua temperatura não estava normal. Os ruídos da noite ecoavam à distância. Havia um coro de sapos e insetos, e algumas pequenas criaturas corriam pelo mato, tentando se manter aquecidas.

Sentindo-se sozinha, ela pegou o celular para lhe fazer companhia. Lembrou-se da mensagem de voz de Steve. Verificou suas mensagens de texto e encontrou uma dele que não tinha lido ainda.

Sinto sua falta.

Ela sentia falta dele, também. Fechando os olhos, sentindo o cansaço provocado pela falta de sono, ela encostou a testa nos joelhos. Imaginou o rosto dele. Seu sorriso. A maneira suave como ele a beijava e como o beijo tornava-se aos poucos mais e mais ardente.

A culpa se agitou dentro dela por ter beijado Chase. Ela tinha feito aquilo para proteger seu disfarce. Não tinha? Ou a semente que a bruxinha tinha plantado em sua cabeça tinha brotado e a levado a fazer aquilo?

Logo em seguida ocorreu-lhe que ela já não estava mais com tanta raiva de Steve por... por deixar Jessie beijá-lo. Magoada, talvez, mas não com raiva. Ela nem podia ficar brava que ele tivesse gostado. Ela também tinha gostado do beijo de Chase, não tinha?

Será que a ideia de Miranda tinha funcionado? Não, disse a si mesma. Dois erros ainda não faziam um acerto, mas talvez, experimentando na pele o mesmo que ele, Della percebesse que o beijo não significava que Steve não se importava com ela, ou que ele necessariamente beijaria a garota de novo.

Ela não iria beijar Chase novamente. Não iria deixá-lo beijá-la novamente, também.

Será que iria?

Não.

Levantando-se, ela voltou a olhar para o celular e a mensagem de Steve, e digitou: *Vamos conversar este fim de semana, ok?* Levou mais tempo para apertar o botão ENVIAR do que para escrever a mensagem.

Trinta segundos depois, chegou uma mensagem: *Ok. Saudade.*

Seu coração se apertou. Ele devia estar acordado, olhando para o celular. Esperando que ela escrevesse uma mensagem ou ligasse para ele. A lembrança da dor que tinha visto em seus olhos quando tinham brigado a fez suspirar. Ela digitou de volta. *Saudade também.*

Poucos segundos depois, outro alerta do celular: *Quer convesar agora? Vou ligar para Burnett e ir.*

O pânico se agitou dentro dela. Não só porque estava à espera de Kevin, mas também porque não estava completamente pronta para conversar com Steve. O que iria dizer a ele sobre Chase? Ela iria concordar em... tornar real a coisa que existia entre eles? Ou simplesmente esperaria que as coisas continuassem como estavam? Não, ela não estava pronta para falar com ele ainda.

Não. Este fim de semana. Ok?

Ok.

Ela ouviu um barulho distante e colocou o telefone no bolso. Inclinando a cabeça, concentrou-se no som leve. Passos macios se aproximavam pela trilha. Vindo do outro lado da cerca. Ao inflar as narinas, ela esperava que seu olfato tivesse retornado e ela reconhecesse o cheiro de Kevin. Não sentiu nada.

Enquanto o som de passos continuava, os ruídos da floresta ficaram em suspenso.

Nenhum pássaro, nenhum inseto, até mesmo as árvores ficaram em silêncio apesar do vento.

Tinha que ser Kevin, disse a si mesma. Mas lembrando-se de como tinha sido golpeada na cabeça não muito tempo antes, ela se levantou e ficou atrás de uma árvore. Inclinando-se um pouco para ver atrás do tronco, fixou os olhos na direção de onde vinha o barulho.

Capítulo Trinta

Della localizou Kevin andando entre os arbustos. Ele levantou o nariz, testando o ar para encontrá-la.

— Estou aqui! — Ela deu um passo para fora da fileira de árvore e começou a caminhar na direção da cerca.

Ele se aproximou, e estava prestes a encostar as mãos na cerca quando ela avisou:

— Não! Eu disse para não tocar a cerca.

Ele afastou as mãos.

— Então é verdade que Shadow Falls tem alarmes?

— É.

— E você não pode simplesmente voar sobre a cerca?

— Não sem dispará-los.

— Droga! Eu nunca poderia viver num lugar assim.

— O alarme é para impedir que pessoas de fora invadam, não que as de dentro saiam.

— Certo.

Della franziu a testa.

— Olha, eu estava esperando que você pudesse me ajudar. Estou à procura de alguém que acho que pertence à Sangue Rubro.

— Por quê?

— Ele era ex-namorado da garota que eu conheci. — O fato de que a garota estava morta não vinha ao caso.

— Acho que não conheci todos eles. Só andei com essa gangue por alguns dias.

— O nome dele é Phillip Lance. Ele costumava fazer parte de uma banda. Tem cabelos castanhos. E a tatuagem de uma caveira no pescoço.

— Isso não vai me causar problema, vai?

— Não — ela garantiu.

— E o que eu ganho por fazer todos esses favores a você? — Ele sorriu.

— Eu fico te devendo uma.

— Você já me deve uma.

— Eu fico te devendo mais uma.

Ele deu de ombros.

— Eu não sei por que gosto de você. — Ele suspirou e hesitou antes de finalmente falar. — Conheci um Phillip. Não sei o sobrenome dele, mas tem cabelos castanhos. E não sei se ele tocava numa banda.

Ele olhou para a frente, como se estivesse em dúvida se deveria falar mais, mas em seguida deixou escapar:

— Ele tem uma tatuagem, mas eu não tenho certeza do que é.

Tinha que ser ele. Ela assentiu com a cabeça e uma sensação de sucesso encheu seu peito.

— Obrigada. — Agora, só precisava conseguir mais uma coisa. — Onde é que eles ficam? Para que eu possa ir dar uma olhada nele.

Kevin ergueu as mãos.

— Agora você está pedindo demais.

— Por favor... — Ela não se incomodava em ter quase que implorar quando era pelo bem de outra pessoa. E dessa vez era pelo bem de Billy.

Ele hesitou.

— Olha, eu não posso dizer onde é a sede da gangue, mas há um bar sobrenatural no lado norte de Houston chamado Hot Stuff.

— Chan me levou lá uma vez — disse Della, lembrando-se de alguns fragmentos do que tinha acontecido na primeira semana em que tinha sido transformada. Ela achava que conseguiria encontrar o bar novamente se preciso.

— Bem, vários membros da Sangue Rubro frequentam esse bar. Se for lá, vai acabar topando com alguns.

Ela assentiu com a cabeça.

— Obrigada.

Ele a observou por um segundo, correndo os olhos pelo corpo dela, avaliando-a.

— Você tem namorado? — Kevin perguntou, os olhos azuis brilhando de interesse.

— Sim. — Quando o coração dela não falhou uma batida, ela percebeu que era verdade. Steve era o namorado dela. Ela não sabia como as coisas seriam depois daquele fim de semana, mas...

— Que pena. — Ele fez uma pausa. — Então, você conseguiu que Chan tivesse um enterro decente?

— Ainda não. A UPF está fazendo uma autópsia para confirmar a causa da morte.

— Tinham que fazer mesmo — disse ele. — Me disseram que foi estranho o jeito como ele ficou doente.

Della lembrou-se da preocupação de que ela pudesse, na verdade, ter o mesmo vírus que Chan.

— O que... o que você quer dizer com "estranho"?

— Eles disseram que ele não estava se sentindo bem havia um tempo. Quer dizer, ele não estava se sentindo normal quando foi para o Texas, e disseram que ele tinha umas perebas bem feias.

Della inspirou, sentindo um pouco de alívio. Ela não tinha nenhuma pereba.

Kevin balançou a cabeça.

— Você sabe que ele é o primeiro vampiro que eu já ouvi falar que morreu de uma doença. Quer dizer, perdi vários amigos em brigas de gangue e tudo mais, mas não sabia que a gente podia ficar doente.

— Existem vírus e tudo mais — disse Della, pensando que ela por acaso podia ter um. Ainda estava enfrentando uma gripe, só não sentia mais dor de cabeça. E quanto mais cedo tudo isso acabasse mais rápido seu olfato voltaria.

— Sim, mas são como um resfriadinho à toa, nada que possa matar. Quer dizer... — Kevin inclinou a cabeça para trás. — Vem vindo alguém. Até mais! — E saiu correndo.

Della inspirou, mas ainda não sentiu nada. Então ela ouviu, uma lufada de ar. Foi rápido. Rápido o suficiente para que soubesse que só podia ser uma dentre duas pessoas. Burnett ou Chase.

O Pervertido da Calcinha pousou ao lado dela e deu uma farejada do ar.

— Quem estava aqui?

— Só alguém com quem eu queria conversar — justificou Della.

Ele desviou o olhar.

— Por que você queria conversar com alguém tão tarde da noite?

— Não é da sua conta. — Ela começou a andar, em seguida virou-se para trás, decidindo que seria melhor não mencionar Jenny, mas podia contar a ele o que sabia. — A menos que você queira me dizer com quem você esteve aqui, conversando, outro dia, tarde da noite.

Chase arregalou os olhos de surpresa.

— Eu não sei do que você está falando. — Sua testa se contraiu.

— Uma ova que não sabe!

Ele parecia confuso.

— Como é que você... Ok, tudo bem, era um velho amigo. — A testa dele continuou igual, assim como os olhos. Tinha dito a verdade.

— Por que o sigilo? — ela perguntou.

— Ele não é registrado. — A expressão dele continuou impassível.

Ela acreditou.

— E agora é a sua vez — disse ele. — Por que estava se encontrando com alguém aqui a esta hora da noite? — Ele parecia preocupado. Por quê?

— Digamos que eu esteja tentando consertar a confusão que você causou. Estou seguindo outra pista do assassino.

Ela o viu inclinar a cabeça para ouvir a frequência cardíaca dela.

— É verdade, mas a resposta é muito vaga.

— Você só merece uma resposta vaga. Mentiu para Burnett sobre Billy.

— Eu acredito que o garoto seja culpado, e tenho quase certeza de que era o cheiro dele aquele dia, de modo que não é realmente uma mentira.

— E eu acredito que ele seja inocente — Della rebateu.

Chase não disse uma palavra.

— Eu já estou indo — disse ela, se afastando.

— Espere!

Ela fez parou, mas não olhou para trás. E, apesar de não querer, sua mente a levou de volta ao beijo. A como tinha se sentido ao ser abraçada e beijada por ele.

— Por quê?

— Para conversarmos.

— Você não tem nada para dizer que eu esteja interessada em ouvir. — Ela estava entre as árvores quando ouviu.

— E se eu lhe disser que sei de onde a conheço?

De todas as coisas que ele podia dizer, aquela era a que mais a interessava. Della diminuiu a velocidade e o ouviu andando até ela.

321

Quando ele chegou ao lado dela e não disse nada, ela falou:

— Estou esperando.

— Vamos correr, então eu conto. — Ele estudou o rosto dela, como se estivesse procurando alguma coisa. O quê? O que a expressão dela poderia revelar a ele? Chase podia ouvir o batimento cardíaco dela e saber se ela estava dizendo a verdade.

— Não — ela disse, e voltou a caminhar. — Eu não estou fazendo tratos com você.

— Não é um trato. É uma corrida. Você quer saber, admita. — Desta vez ela estudou o rosto dele e não viu nenhum tique na sobrancelha nem um piscar de olhos. Não parecia certo ceder. Mas a curiosidade era grande. Enorme.

Chase apareceu diante dela. Parou bem perto. Tão perto que ela podia sentir o cheiro dele... Mais uma vez ela se lembrou de seu perfume quando ele a abraçou e voou como o vento. Quando seus braços a seguraram com força.

— Uma corrida, uma volta ao redor de Shadow Falls... e se você responder a uma pergunta, eu conto.

Ela deu um passo para trás.

— Primeiro era apenas uma corrida, agora é uma corrida e uma pergunta.

— É uma pergunta fácil. — Ele se moveu um centímetro. — Eu quero saber se você gostou do beijo. Quer dizer, acho que você gostou. Eu sei que eu gostei.

Ela ergueu o queixo e desejou muito que pudesse dizer não.

— Então você sabe beijar, isso não significa nada.

Ele sorriu.

— Isso pode significar que posso ter sorte e roubar outro beijo.

— Nem pensar.

O sorriso desapareceu dos olhos dele.

— Então você realmente está a fim do Metamorfo, hein?

— Você disse só uma pergunta — ela resmungou.

— E uma corrida. — Ele decolou.

Della se perguntou se deveria segui-lo ou não, mas queria saber onde ela o conhecera. Ela decolou, dando tudo de si até que quase o alcançou. Ele acelerou. Ela se esforçou um pouco mais, mas não a ponto de vomitar. Já tinha feito isso demais.

Quando Chase percebeu que ela não iria se esforçar para correr mais rápido, diminuiu o ritmo. E, surpreendentemente fiel à sua palavra, quando tinham completado uma volta, ele começou a descer.

Ela aterrissou ao lado dele, um pouco sem fôlego, mas não tão vergonhosamente.

Ele olhou para ela.

— Você poderia ter ido mais rápido.

— Já é tarde — ela justificou.

Ele assentiu com a cabeça.

— Tem razão.

O celular de Della apitou anunciando a chegada de uma mensagem. Ela ignorou, achando que era de Steve. E ela não queria escrever uma mensagem de volta na frente de Chase.

— Ok, agora fala logo! — exigiu ela. — Onde é que nos conhecemos?

Chase foi até a árvore caída onde Della tinha ficado no outro dia e se sentou ali também, fazendo sinal para que se juntasse a ele.

— Apenas me diga — disse ela.

— Eu vou dizer, mas isso vai exigir uma explicação. Então, sente-se.

Ela obedeceu, mas deixou um grande espaço entre eles.

— Já estou sentada — ela disse, perdendo a paciência. — Não enrola!

Capítulo Trinta e Um

— Eu fazia parte dos Lâminas.

Dos Lâminas? Della sentiu um aperto na boca do estômago e o local onde ela tinha levado uma facada um dia voltou a doer. Chase tinha pertencido aos Lâminas. Uma gangue diferente da Sangue Rubro, mas fora da lei também. Ela e Steve tinham saído em missão para investigar se aquela gangue era do tipo que matava seres humanos como iniciação. Era. Ela tinha sido esfaqueada durante a investigação e poderia ter morrido se Steve não tivesse lhe doado sangue.

— Você é um fora da lei — disse ela em tom de acusação e se afastou um pouco mais.

— Não, eu... me juntei à gangue por uma razão.

— O que quer dizer?

Ele soltou um suspiro.

— Se eu contar, você me dá sua palavra de que vai guardar segredo? Não vai contar pra alguém? Incluindo Burnett?

Della decidiu ser sincera.

— Se isso puder colocar alguém em risco, eu não posso guardar segredo.

— Isso não põe ninguém em risco. — Ele fez uma pausa. — Fui enviado numa missão, à procura de alguém. Eu estava disfarçado, trabalhando para o Conselho dos Vampiros.

Agora ela sabia que ele estava aprontando alguma.

— Os membros do Conselho dos Vampiros são sujeitos fora da lei que se opõem à UPF.

— O Conselho não é fora da lei. Eles não concordam com todas as regras da UPF, mas não são maus.

Em seguida, outra coisa lhe ocorreu. Algo pessoal.

— Você ia deixar os Lâminas me matarem. E eles teriam feito isso se...

— Não! — insistiu ele. — Eu impedi que seguissem você e Steve naquela noite. O incêndio que Steve começou apenas serviu para atrasá-los.

Será que ele estava dizendo a verdade? Parecia que sim, mas...

— Por que você está aqui? O Conselho dos Vampiros está tentando acabar com Shadow Falls?

— Não. Eles veem este lugar como uma coisa boa.

— Então *por que* você está aqui?

Ele hesitou novamente.

— Eu ainda estou procurando uma pessoa.

— Quem?

— Isso eu não posso dizer.

— Se você encontrar essa pessoa, vai fazer algum mal a ela? — Ela estudou os olhos verdes dele.

— Não, estou tentando ajudá-la.

A sinceridade era evidente em sua voz.

— Ela está aqui?

— Eu não posso responder isso também. — Chase se inclinou para trás.

De repente, uma outra questão lhe ocorreu.

— Por que você está me contando isso?

A expressão dele mudou e algo lhe dizia que ele ia mentir.

— A verdade. Diga-me a verdade.

A mão dele, descansando na coxa, se contraiu.

— Porque provavelmente você vai descobrir.

— Como?

Ele balançou a cabeça.

— Eu não posso dizer mais nada. — Uma mecha de cabelo castanho caiu sobre a testa dele e ela teve o insano desejo de afastá-la. Ela cruzou as mãos para resistir ao impulso.

E suspirou de frustração. Ela tinha realmente dado a sua palavra de que não contaria nada daquilo a Burnett?

Della precisava de mais informações antes de decidir se isso era algo que Burnett precisasse saber.

— Por que você está tentando entrar para a UPF?

— Eu não estava. Na verdade Burnett é que me procurou. Ele ficou impressionado com a minha força e velocidade, e eu pensei que poderia ajudar a capturar o assassino.

— Pensou errado — disse ela. — A culpa é sua por Billy ainda estar preso. Ele não é o assassino.

— Não é só culpa minha, Della. Pense. Burnett não confia mais em mim, o que significa que ele não teria mantido o garoto preso com base só na minha palavra se não acreditasse que ele pode ser culpado.

— Então vocês dois estão errados.

Chase se inclinou e seus ombros quase se tocaram.

— Ok, se estou errado, me dê uma chance de fazer isso direito. Diga-me quem você pensa que fez isso. Vou ajudar a encontrá-lo.

Ela se afastou dele. Aquela proximidade a deixava nervosa.

— Por que eu iria contar alguma coisa a você agora?

Ele franziu a testa como se estivesse ofendido.

— Então eu lhe digo a verdade e agora você não confia mais em mim?

— Sim, só agora você está me dizendo a verdade. Você tem escondido coisas de mim o tempo todo.

Ele balançou a cabeça.

— Você é durona.

— Eu sou sincera — discordou ela. — Algo que você deveria ter tentado ser desde o início. — Ela se levantou do tronco de árvore, espanou a parte de trás da calça e começou a andar.

— Ei! — Alguma coisa na voz dele a fez se virar.

Ele ficou bem atrás dela. Tão perto que a respiração dos dois se misturou no ar da noite. Aquilo trouxe as lembranças do beijo de volta.

— Continue correndo, ok? Uma ou duas vezes por dia.

Por que aquele cara achava correr algo tão especial? Pensando bem, talvez ela também achasse, se pudesse correr e voar tão rápido quanto ele. Ela inclinou a cabeça para trás, percebendo que o tom de voz e as palavras dele soavam como um conselho de despedida.

— Você está indo embora? — perguntou ela.

— Eu não tenho escolha. — Ele deu um meio sorriso, que brilhou em seus olhos, mas não tocou seus lábios. — Eu acho que não confio em você também. Você vai contar a Burnett.

Ela não tinha tomado aquela decisão ainda.

— Eu estou pensando. Mas, tem razão, minha lealdade em primeiro lugar é com a minha escola.

Ele riu.

326

— Você é sincera, hein?

— Você deveria tentar algum dia. — O sarcasmo soou alto na voz dela.

— Eu tentei. Agora mesmo, e não funcionou muito bem. — Ele olhou para ela enquanto os segundos se passavam lentamente. — Não se preocupe, não culpo você. — Ele tirou uma mecha de cabelo do rosto dela.

Ela quase bateu na mão dele, mas se segurou.

— Steve é um cara de sorte. — Seus dedos pousaram na bochecha dela e algo que parecia pesar encheu seus olhos verdes.

Antes que ela percebesse o que Chase pretendia fazer, ele a beijou. Não como antes. Não o mesmo beijo sensual e ardente.

Esse foi breve e doce. Seus lábios macios nos dela se afastaram rápido demais.

Era um beijo de despedida.

Ele se virou e começou a se afastar. Ela viu seus ombros largos desaparecerem entre as árvores.

Ela não gostava dele, disse a si mesma. Então por que seu coração estava tão pesado? Por que queria chamá-lo de volta?

Ok, ela gostava dele. Um sentimento sem nenhum cabimento. Parte admiração, parte... ela não sabia definir. Mas não era o mesmo que sentia por Steve. Talvez ela sentisse pena de Chase por ter perdido a família tão jovem. Ou talvez fosse pelo jeito protetor com que ele tinha cuidado dela no bar.

Ou talvez... Ah, mas que inferno!, por que ela estava tentando analisar aquilo? Ele estava indo embora. E mal tinha deixado uma marca na vida dela.

Então ela percebeu que as pegadas recentes dele não estavam indo na direção da cerca, mas de volta ao acampamento. Ele estava mesmo indo embora ou tinha mentido na esperança de ganhar outro beijo?

Ela não iria deixar aquilo passar em branco. Droga de Pervertido da Calcinha!

Olhou para o celular para ver quem tinha mandando uma mensagem. Era Kevin.

Ela ligou para ele. Tocou duas vezes.

— Alô?

— Sou eu, Della.

— Como você... — A ligação começou a falhar. Ele devia ter uma péssima operadora.

— Me ligue de volta. — A linha ficou muda.

Confusa sobre Chase, ela virou-se para ir embora. Algo roçou contra seu rosto. Ela chegou até a pensar que alguma ave tinha acabado de fazer cocô sobre ela, mas não tinha. Quando pôs a mão, viu que era uma pena.

Ela parou no meio da floresta escura, sentindo o ar da noite mais frio. Olhando para o bosque espesso, procurou um fantasma magricela de olhos puxados. Deu uma volta completa e observou as sombras.

Nenhum fantasma.

Talvez não fosse um sinal de Chan. Ela olhou para o céu, salpicado de estrelas que piscavam de volta para ela. A lua, que dali a duas noites estaria cheia, pendurada no céu. Outra pena caiu em espiral na frente do seu rosto. A pena girou em círculos — uma vez, duas — e pousou aos seus pés.

Chan ainda estaria ali. Por quê? Será que a presença do primo ali tinha a ver com o assassino de Lorraine? Como eles faziam parte da mesma gangue, aquilo até fazia sentido.

— É isso que você quer me dizer? — ela deixou escapar no vento frio. — Pare de mandar essas malditas penas e me diga!

Já passavam das três da manhã quando Della chegou à cabana. Mesmo exausta, mal dormiu aquela noite, pensando em Chan, preocupada com Billy e querendo descobrir como proceder para investigar Phillip Lance. E mesmo sem desejar, pensou em Chase. Será que ele realmente estava indo embora? E por que diabos ela se importava com isso?

Quando o sol finalmente invadiu seu quarto, a sua vontade era puxar as cobertas sobre a cabeça e dormir. Colocando a mão sobre os olhos, percebeu que a dor de cabeça estava de volta. No entanto, depois de ter faltado ao ritual matinal dos vampiros muitas vezes, ela se forçou a sair da cama. Obrigou-se a se vestir. Mas cansada demais até para escovar os cabelos, prendeu-os com uma fivela. O resultado foi algo quase no estilo Medusa. *Dane-se*, pensou. Alguém que se atrevesse a dizer alguma coisa!

Ela foi até a clareira onde os vampiros sempre se encontravam. O sangue estava sobre as mesas e todos estavam sentados em volta, conversando. O burburinho fez sua cabeça doer ainda mais. Chris veio na direção dela — até mesmo os passos dele soavam alto na sua cabeça. Ele parou ao seu lado.

— Você está com uma cara de merda.

Ok, alguns se atreveriam a dizer alguma coisa, mas ela estava ocupada demais, olhando em volta à procura de Chase, para se incomodar com Chris. Ela até conseguiu emitir um grunhido fraco para ele.

O vampiro loiro soltou uma risada. Ela lhe lançou um olhar fulminante e ele riu ainda mais alto, mas o humor deixou seus olhos quando Burnett surgiu ao lado dele. Sem dúvida, a expressão do líder do acampamento era mais contrariada do que a dela.

— Vamos dar uma volta. — O tom de Burnett era sinistro.

Della esperava que Chris respondesse, quando, de repente, percebeu que Burnett não estava falando com o vampiro. Maldição. E agora?

Antes que saíssem do alcance da voz dos outros vampiros, Della já tinha uma boa noção do que se tratava. Chase.

— Você viu Chase depois que saiu do escritório ontem à noite?

Às vezes ser sincero não era tudo aquilo que se dizia.

— Sim. — Era a hora da decisão. Contar ou não contar. Ela não sabia muito bem por que sentia um pingo de lealdade pelo Pervertido da Calcinha, mas sentia. Ele tinha deixado em seu peito uma emoção indesejada.

— Ele mencionou que estava deixando Shadow Falls?

— Mais ou menos.

— E você não acha que deveria ter me avisado?

— Eu não tinha certeza se deveria acreditar nele. Pensei que iria encontrá-lo aqui esta manhã.

O vinco de preocupação entre as sobrancelhas de Burnett se aprofundou.

— Ele disse para onde estava indo?

— Não.

— O que ele disse?

Era uma pergunta direta e que ela se sentia obrigada a responder.

— Ele me disse de onde nos conhecemos. Ele fazia parte da gangue dos Lâminas quando Steve e eu fomos investigá-los disfarçados. — Ao ver que Burnett não dizia nada, ela decidiu que era hora de soltar a bomba. — Ele disse que trabalhava para o Conselho dos Vampiros.

— Eu já sabia — disse Burnett.

Della olhou para ele e interpelou-o com as mesmas palavras que ele usara.

— E você não acha que deveria ter me avisado?

— Isso é diferente.

— Sim. A diferença é que você espera que eu seja completamente sincera com você, enquanto você faz exatamente o contrário.

A carranca dele se aprofundou.

— Mas como você não é sincera comigo, o seu argumento de nada vale.
— Ele passou a mão no rosto.

— Se ele fosse embora, eu tinha planejado contar a você — garantiu ela.

— E já seria tarde demais para eu fazer alguma coisa — ele sibilou.

Della não podia discordar.

— Como ele saiu sem disparar o alarme?

— Ele não pulou a cerca. Ligou no meio da noite e disse que tinha que
ir ver um velho amigo que estava em apuros. Eu acreditei. Mas... considerando as minhas suspeitas, eu mandei alguém segui-lo.

— Então você não o perdeu de vista. Qual é o problema?

— Ele despistou o agente.

— Ele é rápido.

Burnett assentiu.

— Quando fui à cabana de Chase esta manhã, as coisas dele tinham
desaparecido. — Burnett hesitou. — Ele disse mais alguma coisa?

— Só que estava procurando alguém.

— Quem?

— Ele não disse. — Della soltou um suspiro. — Mas, considerando que
ele foi embora, eu suponho que não tenha encontrado essa pessoa aqui.

— Então por que ficou tanto tempo? E por que concordou em ajudar a
desvendar o caso?

— Eu também me perguntei isso. Ele disse que foi você quem sugeriu. E
como é bom no que faz, achou que poderia ajudar a encontrar o assassino.
Talvez tenha sido por isso que ficou.

— Você acredita nele ou acha que ele tinha algum motivo oculto para
estar aqui?

Ela debateu mentalmente a questão por alguns segundos.

— Eu não tenho certeza absoluta, mas acho que acredito nele. — Ela
esfregou a têmpora, que ainda latejava. Não uma dor aguda, mas forte o
suficiente para incomodar.

Quando ela olhou para a frente, viu que Burnett a encarava.

— O que foi?

— Chris está certo, você não parece bem. Anda se sentindo mal?

Ela sorriu.

— Chris disse que eu estava com uma cara de merda.

Burnett arqueou uma sobrancelha.

— Holiday fica em cima de mim por causa da minha boca-suja. Disse que muitos alunos estão falando palavrões, especialmente os vampiros. Que sou má influência para eles. — Ele olhou para ela como se a acusasse de ter uma boca-suja também.

— Mas que coisa mais feia! — Della sorriu, achando engraçado que o vampiro fodão levasse bronca por causa dos palavrões que falava. Quando ele não reagiu à piada dela, ela ficou séria. — Eu vou prestar mais atenção ao que digo quando estiver perto dela, para que você não fique em apuros. — Ela fez uma pausa. — Como ela está?

— Como você. Parece cansada, exaurida. Mas ela tem uma razão. Você... Eu não tenho tanta certeza.

— Eu não estou grávida, se é isso que está insinuando.

Ele pareceu chocado.

— Eu não estava dizendo isso.

— Foi uma longa noite — disse Della. — Eu vou ficar bem. — Ela deixou cair a mão que pressionava a têmpora. Do nada, uma imagem de Billy encheu sua cabeça. — Aposto que estou melhor do que Billy.

— Tenho que concordar com você sobre isso. Chegou o resultado do teste de DNA do cabelo.

— E então? — perguntou Della, querendo esfregar no nariz dele que estava certa. Ela merecia isso. Então lhe contaria sobre Phillip Lance.

— Coincide com o de Billy — disse Burnett. — Eles o prenderam oficialmente hoje, em torno das cinco da manhã.

— Não! — A dúvida cresceu em seu peito. — Ele não fez aquilo... Eu ainda não...

— Ele é culpado, Della. Sei que você não quer acreditar. — Ele pousou a mão no ombro dela. — E se isso faz com que se sinta melhor, vamos pegar leve com ele porque... recém-criados nem sempre têm controle. Mas ele vai passar um tempo na cadeia, e esperamos que nos próximos anos a gente consiga reabilitá-lo.

— Mas eu tenho outro...

— Fim de papo. O relatório deu positivo. Eu tenho que ir, finalizar a papelada e registrar a sentença. Agora vá tomar seu café da manhã, e, se ainda estiver cansada, falte nas primeiras aulas e durma um pouco mais.

— Você não entende... — Della murmurou. — Eu tentei te dizer, mas você não quis ouvir. Eu acho que encontrei outro suspeito.

— Você é quem não me escuta — disse ele. — O DNA é o mesmo. — Ele franziu a testa, mas com empatia. — Neste trabalho, depois de ver as vítimas, a coisa mais difícil às vezes é prender o culpado, especialmente os recém-criados. Dói pra caramba... merda... perceber que, às vezes, pessoas boas podem fazer coisas horríveis.

Della engoliu em seco e tentou aceitar aquilo, mas aquela voz idiota começou a falar novamente em sua cabeça, e no mesmo ritmo que o latejar na sua cabeça.

Inocente. Inocente. Inocente.

Capítulo Trinta e Dois

Della não compareceu à Hora do Encontro, voltou para a cabana disposta a fazer uma pesquisa na internet sobre Billy Jennings. Ela estava certa: ele pertencia à banda da escola. E o clube de xadrez. O garoto era um aluno exemplar. E nem mesmo um aluno exemplar descolado. Era um nerd. Como alguém assim... tão nerd, poderia matar Lorraine e John?

Sentindo-se como se não pudesse fazer absolutamente nada para ajudar Billy, ela desligou o computador e foi assistir à primeira aula — ciências. Mas no momento em que se sentou na sala, sua cabeça latejava tanto que parecia que seus olhos iam saltar das órbitas.

O senhor Yates, irmão de Jenny e seu professor, estava de pé na frente da classe falando sobre como funcionavam os celulares e as torres de transmissão.

Della não prestava a mínima atenção. Só conseguia pensar na dor de cabeça e em Billy: numa semana andando por aí despreocupado e na semana seguinte sendo preso por assassinato.

— Existe uma torre a alguns quilômetros daqui — Perry falou, mas sua voz parecia distante, como se ele estivesse muito longe. — Mas o sinal está sempre fraco.

De repente, o telefone do senhor Yates tocou.

— Bem, alguém não está na zona morta. — Ele atendeu à chamada. Em seguida o professor olhou para Della, com um olhar quase de raiva. — Inocente. — Sua voz ecoou como se eles estivessem numa caverna. — Inocente! — ele gritou.

— O quê? — perguntou Della. Mas quando ela piscou o senhor Yates não estava olhando para ela, estava falando no celular. O que estava acontecendo, afinal? Ela tinha apenas imaginado...?

Ela piscou novamente e o entorpecimento em seu cérebro aumentou. O ar mudou de repente e ele cheirava à terra molhada. E agora era noite. Ela olhou ao redor, esperando ver a sala de aula, mas só viu uma floresta, as árvores encarando-a de volta. Ela olhou para as mãos. Um anel de diamante, um anel de noivado, brilhava na sua mão esquerda. Um anel de noivado? *Que diabos?*

De repente as mãos não se pareciam mais com as dela. Ela sacudiu a cabeça, sentindo sua realidade indefinida. Nada fazia sentido. Nada importava, a não ser arrancar aquele maldito anel do dedo. Ela começou a arrancá-lo, mas suas mãos estavam cobertas de sangue. Muito sangue. Mas o sangue não parecia importar tanto quanto o anel. Ela tentou novamente tirá-lo, mas por mais que tentasse não conseguia. Ela se sentia paralisada ou... morta.

Seu coração deu um salto. Ela não estava morta. O cheiro de terra desapareceu, mas o sangue em suas mãos, não. Ela sentiu a carteira da escola bater com força contra as suas costas. Começou a se levantar num salto, mas então o sangue desapareceu.

O anel desapareceu.

Sua respiração ficou presa.

— Della? Della?

À distância, alguém chamava seu nome. Mas ela não se importava. Estava olhando para as mãos, virando as palmas para cima e para baixo.

Caramba! O que tinha acontecido?

Ela fechou os olhos. *Inocente. Inocente. Inocente.* As palavras ecoaram ao redor da sala de aula, como se todo mundo recitasse-as em coro. Della pulou da carteira e olhou em volta. Todo mundo estava olhando para ela, mas ninguém estava falando ou recitando nada.

— Della? Della?

O nome dela ecoou novamente. Dessa vez reconheceu a voz do senhor Yates.

Obrigou-se a olhar para ele. Ele olhou para ela, parecendo aturdido. Della olhou em volta, vendo todos encarando-a como se ela estivesse louca. E talvez estivessem certos.

— Della? — chamou o professor novamente.

— Sim? — ela conseguiu responder, mas só depois que rosnou para os colegas de olhar abobalhado.

334

— Você está bem? — Ele foi até a carteira dela.

Não. Eu estou pirando. Ela assentiu com a cabeça.

— Você me ouviu? — ele perguntou.

Ela olhou para ele fixamente e ele deve ter percebido que ela não tinha ouvido coisa nenhuma.

— Holiday quer vê-la. No escritório.

Sentindo-se trêmula por dentro, ela pegou seus livros e foi se encontrar com Holiday. Encontrá-la e lhe dizer para ligar para o hospício. Porque Della estava prestes a precisar de uma camisa de força e uma cela acolchoada.

No momento em que chegou ao escritório, já tinha se convencido de que a vida numa cela acolchoada não era sua vocação.

Holiday se levantou de sua mesa. Estava com uma expressão preocupada.

— Qual o problema? — Della perguntou, já imaginando o pior, algo que não tinha nada a ver com visões de sangue ou anéis de noivado. Teria acontecido alguma coisa a alguém da sua família?

Holiday fez sinal para ela se sentar. Ignorando o pedido, Della ficou no meio do escritório, ainda sentindo-se tonta.

— O que foi?

— O espírito de Lorraine Baker passou por aqui esta manhã. Rapidamente. — A líder do acampamento acariciou a barriga.

— E aí? — perguntou Della, tentando se convencer de que essa era uma boa notícia. Pensou em Billy. Talvez agora eles conseguissem resolver o caso.

— Quando tentei fazê-la falar comigo, ela me avisou que já estava se comunicando com alguém. Mas essa pessoa não era uma boa ouvinte.

A mente de Della começou a girar.

— Então ela está mentindo, porque Kylie é muito boa nisso. Você perguntou a ela? Talvez Lorraine tenha contado a Kylie alguma coisa. — Algo que ajudasse Billy. Algo que mantivesse o despreocupado jogador de xadrez fora da prisão.

Holiday colocou o cabelo sobre o ombro e torceu-o. A preocupação brilhava em seus olhos.

— Não é Kylie — disse Holiday. — Ela disse que está falando com você.

Ok, sentar-se de repente pareceu uma boa ideia. Della deu dois passos até o sofá e desabou nele. O sofá suspirou com seu peso, como se soltasse um lamento. Mas não tão alto quanto Della queria suspirar.

— Mas eu sou um vampiro. — Um arrepio percorreu a espinha de Della e ela percebeu que de fato já tinha se comunicado com *um* fantasma. Chan. Mas o que Kylie tinha dito? Ah, sim, que alguns espíritos com uma forte ligação podem aparecer para uma pessoa normal, que não tenha o dom de falar com fantasmas. Ela achava que Della era uma dessas pessoas. Não tanto normal, mas alguém que não saía por aí falando com pessoas mortas o tempo todo. — Os vampiros não falam com fantasmas — argumentou Della.

— Sim, foi nisso que eu sempre acreditei, também. Mas, então, Burnett... e agora isso. Eu admito que estou intrigada. Sempre pensei que, como não conhecemos a herança genética de Burnett, ele poderia ser descendente de uma tribo indígena e que era por isso que tinha uma ligação com a cachoeira e o mundo espiritual.

— Eu sou chinesa, não...

— Você é chinesa só por parte de pai — disse Holiday. — Eu me registrei no site ancestry.com para tentar descobrir a história da família de Burnett, por isso, antes de te ligar, coloquei o nome de solteira da sua mãe no site para ver se havia alguma evidência de que ela pudesse ser uma descendente.

— E então?

— Nada apareceu. — A líder do acampamento suspirou ao mesmo tempo que Della, mas o suspiro da *fae* parecia mais de decepção e o dela, de alívio. Ela não queria fazer parte de nenhuma linhagem que se comunicava com fantasmas.

— No entanto — continuou Holiday —, vamos nos preocupar com isso depois. Agora precisamos ajudar Lorraine. O que ela disse?

— Ela não me disse porcaria nenhuma! Eu não a vi. Ela deve ter mentido sobre... — Della lembrou-se da voz que ela estava ouvindo.

— O que foi? — perguntou Holiday.

— Eu tenho ouvido uma voz. Eu achava que... Achava que fosse eu mesma pensando. Como uma música que não sai da nossa cabeça.

— O que ela diz?

— Tudo o que ela diz é... "inocente". Só fica repetindo isso. — A constatação de que ela não tinha um, mas dois fantasmas se comunicando com ela deixou-a apavorada. No entanto, Della decidiu surtar mais tarde. — Lorraine deve estar tentando me dizer que Billy é inocente. Tem que ser isso.

Holiday franziu a testa.

— Burnett disse que o teste de DNA deu positivo. Ele está lá agora apresentando o caso ao conselho da UPF e decretando a sentença de Billy.

— Tudo no mesmo dia? — perguntou Della.

Holiday assentiu.

— Por acaso não existem mais julgamentos nem um júri?

— Não é assim que funciona na UPF. Quando alguém é preso, o caso passa antes pelo conselho da UPF e eles declaram a sentença quase imediatamente. E... a má notícia para Billy é que é praticamente impossível anular uma sentença.

— Então temos que fazer alguma coisa. — Della pegou o celular no bolso de trás da calça. Vendo suas mãos, ela se lembrou da visão que teve.

— O anel? — disse Della.

— O quê? — perguntou Holiday.

— Na sala de aula, eu... — Deus, será que Holiday ia achar que ela estava louca?! Então Della se lembrou de que Kylie tinha aquele tipo de visão o tempo todo. Ah, mas que inferno!, Della não queria seguir o mesmo caminho. Mas ela iria se preocupar com aquilo depois, também.

— Eu tive uma visão, eu...

— Que visão?

— Vi minhas mãos cobertas de sangue e eu estava usando um anel. Um anel de noivado. Eu sentia... repulsa por ele. Queria tirá-lo, mas não conseguia.

Holiday ficou ali, acariciando a barriga enquanto pensava.

— Você acha que isso significa alguma coisa? — perguntou Della. — Ela está tentando me dizer alguma coisa?

— As visões sempre significam alguma coisa. A parte difícil é descobrir o quê. Os mortos têm um jeito estranho de se comunicar. — A *fae* estendeu o braço para a parte de trás da cadeira, pegou a bolsa e colocou-a no ombro.

— Vamos.

— Para onde?

— Falar com Burnett. Você está certa, temos que fazer alguma coisa.

— Não podemos simplesmente ligar? — Della pegou o celular.

— Não. Amo aquele homem, mas ele nunca escuta a voz da razão quando está no telefone. Para falar a verdade, ele não costuma ouvir a voz da razão em nenhuma circunstância. Não quando acha que está certo. E ele está certo de que Billy é culpado.

— Então o que vamos fazer? — perguntou Della, seguindo Holiday para fora do escritório.

— Convencê-lo de que está errado.

— Como?

— Espero descobrir no trajeto até lá.

Elas chegaram sem nenhuma ideia em mente, mas isso não as impediu de entrar correndo no edifício da UPF. Bem, Della entrou correndo. Holiday, usando um vestido amarelo de mangas e muito justo na barriga arredondada, andava atrás da vampira com dificuldade. Ela lembrava mais um pato rechonchudo. Um pato gordinho e lindo de cabelos ruivos. Se aquilo não fosse tão sério, Della teria achado engraçado.

— Bom dia, senhor Adkins — disse Holiday para o homem na recepção, abrindo um grande sorriso. — Eu preciso falar com meu marido.

O senhor Adkins, que não sorriu de volta, provavelmente porque era um lobisomem — Della tinha verificado seu padrão —, olhou para Holiday.

— Eu sinto muito, o senhor James está numa reunião com a Comissão Julgadora.

Holiday fez cara de súplica.

— É importante!

— A reunião também — disse ele.

Holiday estendeu a mão para tocar o lobisomem, mas ele recuou.

— Não é permitida influência *fae* neste edifício.

Holiday lançou a Della um olhar rápido e indicou com os olhos o corredor que levava aos fundos do prédio. Della não podia ter certeza absoluta, mas algo lhe dizia que ela tinha de correr por ele.

Della não pensou duas vezes.

— Ora, o senhor não vai querer que Burnett fique aborrecido por não ter sido informado de que sua esposa grávida está aqui, não é mesmo? — Holiday perguntou, chamando a atenção do homem.

— Desculpe, mas regras são regras. — As vozes ecoavam atrás de Della conforme ela se esgueirava pelo corredor.

Ela sintonizou a audição para ignorá-las e distinguiu outras vozes vindo de uma sala no final do corredor.

Infelizmente, ouviu também o lobisomem gritando para que ela parasse. O que significava que tinha que correr mais rápido! Ouvindo passos atrás de si, ela abriu as portas com força demais. Os pesados painéis de carvalho bateram contra a parede e uma delas se desprendeu das dobradiças.

Opa!

Um rápido olhar ao redor e Della contou quatorze figuras na sala. Todos homens. Mas ela sabia que estava na sala certa quando reconheceu uma daquelas figuras como o líder do acampamento durão. Mas, caramba!, todos eram homens! Ela sabia que a UPF era machista, mas, Santo Deus, em que século estavam?

Os treze homens saltaram de seus assentos.

O único que permaneceu sentado foi alguém que ela também reconheceu. Billy. Ombros caídos, cabeça baixa, olhando para o colo, como se seu destino estivesse selado e ninguém no mundo se importasse com ele.

Della se importava. Burnett se importava. Ela só precisava fazê-lo voltar à razão.

Uma respiração pesada soou atrás dela.

— Sinto muito, vou tirá-la daqui imediatamente. — O lobisomem entrou com tudo na sala.

— Não! — Burnett exigiu. — Deixe que eu cuido disso. Ela é inofensiva.

Só para o caso de o cretino não ter ouvido Burnett, Della deu meia-volta e lhe mostrou a ponta dos caninos. Quando ele deu outro passo à frente, ela acrescentou:

— Encoste em mim e vou dar um chute tão forte no seu saco que vai desejar ter sido castrado quando filhote.

Burnett pigarreou.

— Ok, ela não parece inofensiva, mas é. — O olhar de Burnett dizia que era ele que não seria tão inofensivo se ela não se comportasse. — Della, este não é um bom momento!

— É, sim! — Uma voz veio de trás dela. A voz de Holiday.

Della adorava quando as coisas aconteciam com tanta sincronicidade.

Os olhos de Burnett se arregalaram com a visão da esposa. Ele olhou para as outras pessoas na sala, depois de volta para Holiday, que gingou até o centro da sala.

— Eu acho que todos vocês conhecem minha esposa — disse Burnett, com uma cara nada feliz.

— Conhecemos — disse um homem, parecendo irritado.

Isso foi o bastante para que Burnett se virasse para ele com um olhar carrancudo.

— Algo errado? — Burnett perguntou, seu olhar duro amolecendo quando voltou a olhar para a esposa.

— Sim — disse Holiday. Burnett parecia prestes a correr para ela, sem dúvida temendo pela criança. — Billy Jennings é inocente.

Os ombros de Burnett afundaram com o alívio, e Billy finalmente se empertigou e olhou para cima. O garoto parecia condenado, perdido, e tinha lágrimas nos olhos, mas por um segundo surgiu dentro deles um brilho de esperança.

— E como você chegou a essa conclusão? — perguntou a Holiday um dos membros da Comissão Julgadora, um vampiro loiro.

— Lorraine Baker o declarou inocente — Holiday afirmou com orgulho.

— Eu não achava que tinha feito aquilo... — gaguejou Billy. — Eu disse a eles que não achava que poderia ter feito. Eu só não me lembro de tudo. É tudo muito vago.

— Receio que esteja enganada — disse o vampiro mais velho da sala com um ar superior. — Lorraine Baker é uma das vítimas. Ela não poderia declarar nada.

Os ombros de Burnett se curvaram.

— Minha mulher raramente erra. Ela é uma médium talentosa.

Della se perguntou por que Burnett não tinha compartilhado essa informação com a UPF.

Mas segundos depois, ela descobriu por quê. Todos os doze homens da comissão pareceram um pouco chocados, ou talvez "aterrorizados" fosse uma palavra melhor.

Que bando de covardes!, Della pensou. Claro, fantasmas a deixavam apavorada, mas ela não era um figurão da Comissão Julgadora da UPF. Não era muito estranho que membros de um comitê incumbido de julgar as pessoas temessem os mortos e os anjos da morte que os julgavam?

Outro dos homens, dessa vez um bruxo, levantou-se e se dirigiu a Burnett.

— E você espera que acreditemos mais na palavra da sua... gravidíssima esposa do que num teste de DNA? Sem ofensa, mas a gravidez tende a diminuir o QI de uma mulher.

Burnett virou-se para o bruxo, mas antes que ele pudesse dizer o que pensava daquele comentário, que não parecia nada muito agradável — Holiday interveio ela própria.

— Mas que engraçado! — ela disse, sem um pingo de humor na voz. — Eu já ouvi dizer também que a gravidez nos torna agressivas se provocadas. E para o seu governo, eu ficaria feliz em medir o meu QI com o seu, grávida ou não.

— E eu teria que concordar — Burnett sibilou, fulminando o bruxo com os olhos. — Também gostaria de acrescentar que ela me ajudou a resolver vários casos. Antes e depois da gravidez.

É isso aí, Burnett! A maneira como ele defendia a esposa era a coisa mais romântica que Della já tinha visto. Não havia dúvida de a quem ele era mais leal.

— Então, se minha esposa diz que Lorraine Baker afirmou que Billy não é o assassino, então eu recomendo que investiguemos um pouco mais o caso. — Burnett voltou-se para Holiday. — Exatamente o que Lorraine Baker lhe disse?

Ah, merda, lamentou Della. Era hora de sair do armário e começar a contar a Burnett toda aquela história de falar com os mortos. Ela deu um passo à frente.

— Lorraine não contou a Holiday. Ela contou a mim.

— Agora chega! — disse outro homem, dessa vez um *fae* ruivo. — Você é um vampiro. Nós todos sabemos que falar com os mortos não é um dom da sua espécie. Isso é ridículo.

— Eu também achava — disse Della, percebendo que Burnett não tinha contado a eles sobre suas próprias habilidades. Mas se ela tivesse que trabalhar com aqueles idiotas, não iria contar merda nenhuma a eles também. — Eu não entendo, talvez ela tenha se ligado a mim porque eu estive na cena do crime — disse com sinceridade, esperando que fosse verdade.

Outro dos doze membros da comissão, este de têmporas grisalhas, sacudiu a cabeça.

— Nós simplesmente não podemos aceitar que a palavra de uma vampira desajustada decida o destino de um assassino.

— Ela não é desajustada! — rebateu Burnett ao mesmo tempo que Holiday.

Uma emoção quente se espalhou pelo peito dela ao ver que ambos estavam do lado dela. Mas esse pensamento levou-a de volta a Billy, que sentia que não tinha ninguém. E Della sabia que sua principal defensora não era ela nem mesmo Holiday, mas Lorraine. O respeito de Della pela garota aumentou.

Burnett concentrou-se em Della.

— Você tem alguma coisa para nos oferecer em termos de prova? — E ela podia dizer pela expressão de Burnett que ele tinha esperança de que ela tivesse.

Mas Burnett não era o único com essa esperança — nem quem tinha mais a perder. Uma tempestade de emoção encheu o peito de Della enquanto ela olhava para Billy, seus olhos azul-claros fitando-a cheios de fé. E ela desistiria do seu melhor sutiã em troca de alguma prova.

Mas não tinha nenhuma.

Capítulo Trinta e Três

O estômago de Della se contraiu.

— Sinto muito. Eu... — A voz de Lorraine ecoou em sua cabeça e ela sentiu um frio na ponta dos pés que percorreu toda sua coluna vertebral. *O anel de noivado.*

— O anel de noivado! — ela disse, não sabendo o que significava, mas rezando para que essa fosse a resposta.

— O anel de noivado? — perguntou o bruxo do grupo.

— Isso é ridículo! — disse outro homem, um metamorfo.

— Talvez não tão ridículo — disse outro vampiro, de pé ao lado de Burnett. — Recebi um telefonema da família esta manhã. Eu não mencionei porque achei irrelevante. No entanto, os pais estavam verificando os pertences de Lorraine e disseram que havia um anel numa caixa que não pertencia a ela. Ou melhor, não pertencia mais a ela. Era o anel dado a ela pelo noivo. Queriam saber como ele tinha chegado a ela novamente. — Ele hesitou um segundo. — O relatório dizia que ela estava usando o anel.

Della sentiu uma onda de alívio.

— O nome dele é Phillip Lance — acrescentou Della. — Ele era o ex-noivo de Lorraine. Eu acredito que vocês vão descobrir que ele pertence à gangue Sangue Rubro. Pelo que ouvi, eles costumam frequentar um bar chamado Hot Stuff.

— Eu acho que eu o conheci — disse Billy, a esperança ressoando em sua voz. — Eu estive com essa gangue no bar. Quase me juntei a eles, mas... Não sei o que aconteceu. A maior parte é só um borrão. Mas eu me lembro de um Phillip. Acho que brigamos.

— O que explicaria como a prova do DNA foi transferida — disse o lobisomem grisalho, que parecia o líder da comissão. Ele olhou em volta

343

para os outros. — Parece que todo esse caso precisa ser revisto. E eu não vou negar... — seu olhar fixo em Burnett — que estou decepcionado com essa investigação.

Burnett não piscou.

— Na verdade, senhor, a única coisa que me deixa decepcionado é que quase condenamos um garoto inocente. E, francamente, embora o crédito não seja meu, essa é a investigação em curso. — Ele acenou para Della. — Eu gostaria de lhe apresentar Della Tsang. Ela é a agente secreta que o senhor aprovou para nos ajudar no caso. A mesma que levou à prisão Craig Anthony, condenado ontem. Eu acho que ela fez um excelente trabalho aqui.

— Concordo — disse o velho lobisomem. — Nós a aproveitaremos em projetos futuros.

Della queria sorrir, mas se conteve. Era preciso admitir, lobisomens não se mostravam "felizes" com frequência.

O lobisomem olhou para a porta.

— No entanto, a senhorita Tsang e sua... adorável esposa... — ele acenou para Holiday — poderiam nos fazer a gentileza de sair enquanto discutimos o caso? Por mais amáveis que sejam, estão atrapalhando o andamento da nossa reunião.

— Vamos. — Holiday piscou para Burnett e, estranhamente, seu olhar se deslocou em direção ao teto.

Quando Della saiu, Billy sorriu para ela. Ela viu gratidão no rosto dele.

Esperando até estarem fora do alcance da audição deles, Della olhou para Holiday.

— Será que é preciso um diploma de pedantismo para participar da Comissão Julgadora?

Holiday achou graça.

— E não havia uma só mulher no grupo! — exclamou Della.

— Eu acho que você pode mudar isso um dia — disse Holiday.

— Estou tentada. — Os passos das duas ecoavam no chão de mármore.

Della massageou a têmpora novamente, percebendo que a dor de cabeça voltara, mas feliz demais para se importar. Eles praticamente tinham dito que ela tinha um futuro na UPF.

— Arrasamos, não acha?

— Pode apostar! — concordou Holiday. — Especialmente para uma vampira desajustada e uma mulher grávida sem nenhum QI. — Ela riu e em seguida se encolheu, colocando a mão na barriga enorme. — E, se esse chute for um sinal, acho que o bebê está de acordo.

Quando chegaram ao carro, Holiday destrancou a porta e então olhou para cima.

— Você percebeu que salvou Billy?

— Não, Lorraine o salvou. — Quando Della se sentou no banco do passageiro, ela se lembrou da segunda pessoa que tinha visto quando encontrou o corpo de Chan. Será que era Lorraine?

Della mordeu o lábio.

— Mas, por favor, me diga que ela vai embora agora.

O sorriso de Holiday pareceu quase angelical.

— Ela foi. Eu a vi fazendo a passagem no tribunal. Ela está em paz.

A *fae* se espremeu atrás do volante, em seguida colocou o banco mais para trás. Fez uma pausa, como se estivesse pensando, então se concentrou em Della.

— Chan estava lá, também. Pelo menos, estou supondo que fosse Chan. Tinha traços orientais. Mas ele não a seguiu.

Della engoliu em seco.

— Você o viu?

A *fae* fez uma expressão intrigada.

— Sim. Não que ele estivesse lá por mim. Ele estava em pé ao seu lado. Não falou com você?

— Não — Della confessou. — Mas eu já o vi. — Ela fechou os olhos por um segundo.

— Há quanto tempo você está consciente da presença dele? — perguntou Holiday.

— Desde a época em que ele morreu. Kylie o sentiu, mas não o viu. Então eu comecei a senti-lo, então... ele começou a deixar penas.

— Penas?

— Tudo começou quando eu rasguei um travesseiro sem querer e elas começaram a girar à minha volta. Depois disso, eu podia estar na rua ou no carro e as penas começavam a cair.

— Será que Chan tem alguma história relacionada a penas?

— Não. Não que eu soubesse. Por quê?

— Bem, os fantasmas geralmente estão tentando nos dizer alguma coisa. Eles usam símbolos ou pistas. Às vezes não são muito bons nisso.

Della balançou a cabeça.

— Por que isso está acontecendo comigo? Eu sou um vampiro.

— Como eu disse, não sei explicar — admitiu Holiday. — Burnett sente os mortos, também. Mas tente não ver isso como algo ruim. É um dom. Veja quanta coisa boa esse dom permitiu que acontecesse. Você foi capaz de ajudar Billy e de pegar o assassino de Lorraine e do namorado. — Holiday ligou o carro.

Della finalmente conseguiu perguntar.

— Chan disse alguma coisa a você? Ele está com raiva de mim por não... por não ter retornado a ligação dele?

— Ele não falou comigo. Mas... — Ela hesitou, como se estivesse em dúvida se deveria contar ou não. — Mas eu senti as emoções dele. — A ruga de preocupação apareceu novamente na testa de Holiday. — Ele não estava bravo ou chateado. Parecia preocupado... com você. E isso me preocupa. — Antes de dar a partida, ela suspirou. — Você precisa falar com ele. Às vezes os mortos precisam que nós os ajudemos, como Lorraine, mas outras vezes eles estão aqui para nos ajudar. Acho que Chan está tentando avisá-la de alguma coisa. Algo que ele sente que é sério.

Enquanto Holiday dirigia, Della refletiu sobre o que Chan estaria querendo avisá-la. Como ele estava na mesma gangue de Phillip Lance, ela supunha que ele quisesse dizer alguma coisa sobre os assassinatos. Mas, se ele ainda estava por ali, e Holiday estava certa a respeito da preocupação dele com ela, será que poderia saber algo sobre seu tio e sua tia que quisesse dizer a ela? Mas isso seria um aviso? Certamente o tio e a tia não eram... ruins. Ou poderiam ser?

Ou será que era algo completamente diferente?

O celular de Della tocou. Ela o tirou do bolso e viu o número. Kevin. Lembrar-se de Kevin lhe trouxe à memória a conversa sobre Chan ter morrido de alguma doença estranha. E isso trouxe de volta a sua preocupação sobre estar sentindo efeitos colaterais estranhos de algum vírus. Poderia ser isso que Chan estava tentando avisá-la?

Não, Kevin dissera que Chan tinha ficado muito doente e tido uma espécie de erupção cutânea. Della não estava realmente doente. O que era um pouco de dor de cabeça? Seu celular tocou novamente.

Olhando para Holiday, ela perguntou:

— Você se importa se eu atender?

— Não.

— Ei, linda! — cumprimentou Kevin, logo que ela atendeu.

Della revirou os olhos, na esperança de que Holiday não tivesse ouvido Kevin.

— Eu não conseguia entender uma palavra do que você estava dizendo ontem à noite quando ligou. A ligação estava muito ruim.

— Eu estava perguntando sobre Chase — disse ele.

Della desviou os olhos para Holiday, que estava ocupada dirigindo com uma mão e esfregando a barriga com a outra.

— Como você sabe sobre ele?

— Ele veio ver Chan.

O coração de Della disparou.

— Ele conhecia Chan?

— Sim. Ele ficou lá com ele por alguns dias antes de Chan partir para o Texas. Eu senti o cheiro dele, mas não percebi quem era até que decolei. Eu ia voltar, mas captei o cheiro de outro vampiro. Alguém estava perambulando pelo lado de fora da cerca na noite passada.

Della não se importava com quem estivesse perambulando por ali, ela queria saber por que diabos Chase não tinha dito a ela que conhecia Chan. O que mais o Pervertido da Calcinha estava escondendo?

— O que ele queria com Chan? — perguntou ela.

Kevin respondeu, mas a ligação estava ruim.

Holiday olhou para Della.

— Seu celular está prestes a perder o sinal.

— Olha, eu estou chegando numa zona morta, posso ligar para você mais tarde?

A linha ficou muda. Della, confusa e furiosa, enfiou o celular no bolso.

— Algo errado? — perguntou Holiday, provavelmente captando as emoções de Della.

— Sim — disse ela.

— Quer me contar? — perguntou Holiday.

— Chase conhecia Chan e nunca me disse — disse Della. — Alguma coisa ele está tramando, Holiday.

Holiday soltou um gemido profundo e desviou o carro para o acostamento.

Della não entendeu a reação abrupta de Holiday. Mas quando olhou para a *fae*, viu que as mãos dela estavam agarradas com força ao volante.

O gemido de Holiday não tinha a ver com Chase.

— Você está bem?

— Não — grunhiu Holiday com os lábios apertados. — Alguma coisa está... o bebê. — Ela gemeu novamente.

Della pegou o telefone do bolso para ligar para Burnett, mas se lembrou de que estavam numa zona sem sinal.

Holiday soltou outro gemido profundo. Um som de água escorrendo encheu o carro. A saia do vestido amarelo de Holiday, principalmente entre as pernas, estava mais escura.

— A bolsa... — Holiday encostou a cabeça no volante, parecendo sentir uma dor extrema.

— Ok. Ok. — Della disse a si mesma para se acalmar, mas calma era a última coisa que sentia. — Me deixe dirigir. Vou levá-la ao doutor Whitman.

Holiday assentiu, mas parecia não conseguir soltar o volante.

Della saiu pela porta do passageiro e contornou o carro correndo. No momento em que chegou do outro lado, viu a amiga caída no acostamento.

— Holiday! — Della se ajoelhou ao lado dela. — Holiday, fale comigo! Por favor, fale comigo!

A *fae* levantou uma mão.

— Eu... o... bebê está vindo.

— Eu vou pedir ajuda.

— Não se atreva a me deixar aqui! Vou mandar os anjos de morte atrás de você, se fizer isso. — Holiday segurou a mão de Della tão forte que poderia ter quebrado um osso.

Ameaças não faziam o estilo de Holiday, então Della soube que era sério.

— Eu não vou deixar você. — Ela viu Holiday estender uma mão para baixo e abraçar a barriga. Foi quando Della viu o sangue. A frente do vestido de Holiday agora estava ensanguentada.

Lágrimas encheram os olhos de Della. Algo estava errado? Ela se lembrou do programa em que vira uma mulher dando à luz. Havia sangue, mas ela não se lembrava muito daquele detalhe.

— Me ponha no banco de trás — pediu Holiday.

Della respirou fundo. Abriu a porta traseira do carro, ergueu Holiday delicadamente e colocou-a no banco.

Tão logo deitou Holiday no banco, a amiga soltou um grito. E alto.

— Minha calcinha! — gritou Holiday. — Tire-a!

— Tem certeza de que não quer que eu a leve ao médico? Eu posso dirigir rápido.

— Não há tempo — disse ela. — O bebê está vindo!

Della evocou mentalmente a garota destemida que existia dentro de si e puxou a calcinha de Holiday para baixo. Já havia uma poça de sangue entre as pernas. O medo fez o estômago de Della se contrair.

Se algo acontecesse com Holiday ou o bebê, Della não conseguiria se perdoar. Mas, pensando bem, ela não teria que se perdoar: Burnett a mataria bem antes disso.

Holiday pressionou a cabeça contra o banco e começou a grunhir. Della viu o que parecia ser a cabeça do bebê entre as pernas de Holiday.

Se, pela manhã, alguém tivesse perguntado o que ela faria aquele dia, nem em um milhão de anos diria "trazer um bebê ao mundo". Engolindo uma tonelada de inseguranças, ela pegou a bolsa de Holiday. Encontrou a bisnaga de álcool gel que a amiga sempre carregava e esguichou-o nas mãos.

— O que está fazendo? — perguntou Holiday.

— Está tudo bem — Della mentiu. — Eu vi um programa mostrando um parto uma vez. — Ela tentou parecer confiante, mas estava sentindo tanta confiança quanto uma formiga andando no meio de uma multidão de maratonistas.

Holiday, muito ocupada tentando respirar para responder, assentiu.

— Eu estou vendo a cabeça do bebê — disse Della. — Acho que é quando você tem que empurrar. Assim que o bebê nascer, vou levá-la ao médico.

Holiday fez o que parecia um abdominal e soltou outro grito de perfurar os tímpanos. O bebê saiu tão rápido que Della quase não conseguiu pegá-lo. Ele... não, ela! Era uma menina.

— É uma menina! — disse Della em voz alta. Mas o bebê estava viscoso e sangrento, lembrando mais um filhote de cachorro molhado.

O pânico invadiu o coração de Della quando ela percebeu que o bebezinho não estava respirando.

Lembrando-se novamente do programa, ela colocou um dedo na boca do bebê e usou-o para tirar dali qualquer fluido que estivesse obstruindo sua garganta. Em seguida, encaixou a palma da mão sobre o peito do bebê e virou-o. Bateu em suas costas. Uma. Duas vezes.

— Respire!

Ele não respirava.

— Não... — Della murmurou. Ela virou o bebê de volta, massageado seu peitinho, em seguida, virou-o de novo e deu-lhe outro tapinha, só que mais forte.

O bebê se contorceu, gorgolejou e inspirou o ar pela primeira vez. Della, sem nem mesmo perceber que não estava respirando, inspirou também. Somente quando a criança soltou um grito é que Della olhou para Holiday.

— Ela está bem. — O alívio de Della desapareceu. O bebê não era o único em apuros. Holiday estava inconsciente.

— Oh, não! — gemeu Della. — Holiday?

Quando a líder do acampamento não respondeu, Della sintonizou sua audição, ignorou os gritos do bebê e finalmente ouviu o batimento irregular do coração, ainda bombeando no peito de Holiday.

Ela olhou para o cordão umbilical ainda ligando o bebê a Holiday. Lembrou-se de como eles tinham cortado o cordão no programa de TV. Pegando a bolsa de Holiday novamente, ela encontrou uma embalagem de fio dental e usou-o para amarrar o cordão umbilical. Em seguida, pegou outro pedaço e torceu-o bem apertado em torno do cordão até cortá-lo. Quando viu que Holiday ainda não se mexia, Della percebeu que tinha que pedir ajuda. E rápido.

Ela colocou o bebê chorando ao lado da mãe inconsciente e fechou a porta do carro. Sentou-se no banco da frente e dirigiu tão rápido quanto um morcego fugindo do inferno, direto para o consultório do doutor Whitman.

Enquanto os pneus cantavam no asfalto e com o sangue de Holiday nas mãos deixando o volante pegajoso, Della rezava em voz alta com a voz trêmula:

— Olha, Deus, vamos fazer um acordo. Se você estiver precisando atingir sua cota semanal de almas, pode me levar. Mas não leve Holiday. Por favor.

* * *

Della sentou-se no consultório do veterinário, batendo os pés no chão e torcendo as mãos sobre o colo. Ela tinha ligado para Burnett tão logo o médico e Steve levaram mãe e filha para dentro. Quando Burnett atendeu, a garganta de Della estava tão apertada de emoção que ela mal conseguiu explicar. A única coisa que saiu foi:

— Consultório do doutor Whitman.

— Holiday? — ele perguntou.

— Sim — ela murmurou.

— Está tudo bem?

— Não. Nem tudo está bem.

Então ela ligou para Kylie, achando que os poderes de cura da amiga poderiam ser úteis. Della praguejou. Kylie não atendia. Ela deixou uma mensagem:

— Holiday precisa de você. Estamos no consultório do doutor Whitman.

A porta do consultório se abriu menos de dois minutos depois. A dor enchia a expressão de Burnett. E tudo que ela podia pensar era em como ele tinha sido romântico quando defendera Holiday na frente da Comissão da UPF. O amor que ele tinha pela esposa era uma parte tão importante dele que, se a perdesse, seria, sem dúvida, como perder um braço ou uma perna.

Ou talvez algo ainda pior, o coração.

As lágrimas que Della tinha conseguido conter até então caíram logo que ela o viu. Lágrimas grossas e copiosas que se derramavam numa torrente. Burnett não pediu detalhes. Sem dúvida, ele viu a gravidade da situação na expressão dela. Ele seguiu para a parte de trás do consultório.

Vozes ordenando que ele saísse ecoaram atrás da porta. Ordens que Della sabia que não seriam obedecidas. Burnett nunca sairia. Ele nunca deixaria Holiday.

Mas, meu Deus, será que Holiday teria chance de não deixá-lo?

Della puxou os joelhos contra o peito, abraçou-os e continuou a chorar.

— Leve-me no lugar dela. Leve-me no lugar dela — ela continuou murmurando.

— Ei — disse uma voz. A voz de Steve. Ela o tinha visto brevemente quando tinham levado Holiday e o bebê para dentro, mas ainda não tinham se falado.

Della enxugou as lágrimas e olhou para cima.

— Elas estão bem?

— O bebê vai ficar bem.

— E Holiday? — perguntou ela, sua respiração uma grande bolha de dor em seus pulmões.

A expressão de Steve não parecia otimista e mais lágrimas caíram dos olhos de Della.

Capítulo Trinta e Quatro

— Ela ainda está inconsciente — disse Steve. — Perdeu muito sangue. Mas o doutor Whitman fez uma transfusão e agora está esperando que ela reaja.

— Esperando? Ele está só esperando? — A voz dela tremeu. — Não há mais nada que ele possa fazer? Ela não pode morrer! — exclamou Della. — Ela não pode! Você vai voltar lá e dizer a ele para fazer alguma coisa!

Steve sentou-se ao lado da vampira e colocou o braço ao redor de Della. Ela escondeu o rosto em seu ombro.

— Você fez um trabalho incrível fazendo o parto do bebê e trazendo-as aqui tão rápido. Elas só estão vivas por sua causa — disse ele. — Talvez seus pais estejam certos sobre você ser médica.

— Não, eu odiei cada segundo. Se ela morrer, a culpa vai ser minha. Ah, Deus. A culpa é minha.

— Não, não é. — As palavras soaram tão perto de seu ouvido que ela pôde sentir a respiração dele. — Não desista de Holiday ainda.

Della engasgou com um soluço.

— Shh... Holiday é uma guerreira. Ela vai sair dessa.

— E se não sair? — perguntou Della, sentindo no peito um grande nó de dor. — Você sabe como ela estava animada com esse bebê? Agora há uma chance de o bebê nunca conhecê-la! E Burnett?... Holiday é a vida dele. — Della enterrou a cabeça no peito de Steve para que ele não pudesse vê-la chorar, mas não conseguiu conter os soluços que sacudiam seu corpo.

Steve acariciou os cabelos dela e beijou o topo de sua cabeça.

— Nós apenas temos que esperar, rezar e confiar que Holiday vai acordar. Como você disse, ela quer muito esse bebê e ama Burnett. Então, tem muito pelo que viver.

Della fechou os olhos contra o ombro de Steve, os soluços se espaçando. Sua respiração se acalmou e ela deixou que o calor do corpo dele a envolvesse.

No fundo, sabia que precisavam falar sobre seus próprios problemas, mas eles pareciam muito triviais quando pensava que a vida de Holiday estava por um fio. Fechando os olhos, ela rezou novamente ela amiga. Com mais fervor do que jamais tinha rezado por qualquer coisa em sua vida. Deus amado, ela já tinha perdido Chan, não podia perder Holiday também.

Della não sabia ao certo quanto tempo tinha se passado — dez minutos ou trinta — quando o doutor Whitman saiu da sala. Ela se levantou. O sorriso no rosto dele deixou-a imediatamente à vontade.

— Tudo vai ficar bem — disse ele. — Graças a você. — Ele olhou para Della.

Ela quase desabou de alívio, e Steve teve que colocar o braço ao redor de seu corpo para sustentá-la.

Logo em seguida, a porta da frente se abriu e Kylie irrompeu na sala, os olhos brilhantes de emoção.

— Onde ela está? — A voz dela soou profunda, como sempre ficava quando ela estava no modo de proteção.

— Ela está lá atrás — disse o doutor Whitman. — Mas vai ficar bem.

— O que aconteceu? — perguntou Kylie.

— Parece que ela teve um leve descolamento de placenta — o doutor Whitman respondeu.

— Leve?! — Della repetiu com ironia. Nada parecia leve quando se tratava do que tinha acontecido naquela última hora.

— Quando digo leve não significa que não tenha sido sério, mas se o descolamento tivesse sido grave o bebê definitivamente teria morrido e Holiday poderia ter sangrado até a morte, também. Do modo como foi, ela perdeu muito sangue. Se tivesse perdido mais...

— Eu preciso vê-la — Kylie insistiu. — Posso ajudar. Sou uma curadora.

— Ela está pedindo para ver Della — disse o doutor Whitman. — Vocês duas podem entrar, mas apenas por alguns minutos. Ela precisa descansar. E em primeiro lugar vocês precisam ir se lavar. — Ele olhou para Steve. — Você tem uma camisa para emprestar a Della?

Della não tinha percebido, mas estava toda suja com o sangue de Holiday. Lágrimas encheram seus olhos.

Steve levou Della e Kylie para o banheiro na parte de trás, em seguida voltou com uma camiseta azul-marinho na mão. Ele a entregou a Della e saiu. Kylie fechou a porta.

— Você está bem? — perguntou Kylie.

— Sim — Della mentiu, e, em seguida, tirou a blusa, dura com o sangue da amiga, e vestiu a camiseta de Steve. A sensação do algodão em sua pele era fresca e suave. Della puxou o tecido até o nariz. O cheiro de Steve estava impregnado na peça de roupa.

Ela tinha sentido falta daquele cheiro.

Tinha sentido falta de Steve.

Quando Della entrou e viu Burnett segurando a filhinha nos braços, as lágrimas quase se formaram em seus olhos novamente. Holiday ainda estava pálida, mas sorriu.

— Obrigada — disse ela a Della, em seguida acenou para Kylie.

— Nós estávamos indecisos quanto ao segundo nome — disse Burnett. — Mas decidimos pôr o seu nome, Rose.

Kylie riu e olhou para Della.

— O seu nome do meio é Rose?

Della franziu a testa para Kylie e então olhou para Holiday.

— Não faça isso! — disse Della. — Eu odeio esse nome. Parece atriz de filme pornô!

— Não! — disse Burnett. — Eu gosto. Ela vai se chamar Hannah Rose James. Em homenagem à irmã de Holiday e você. O médico disse que você salvou as duas. Parece que eu vou ter que ser mais bonzinho com você de agora em diante.

— Não tenho muita esperança... — disse Della, esperando que o humor a impedisse de derramar mais lágrimas.

— Você realmente fez o parto? — perguntou Kylie.

Della assentiu.

— Não tive muita escolha. Holiday ameaçou enviar os anjos de morte atrás de mim se eu a deixasse lá.

Todos riram.

— Eu sinto muito — disse Holiday, mas ela ainda estava sorrindo.

— Não precisa — disse Della.

— Isso deve ter sido incrível — disse Kylie, entrando na conversa.

Della olhou para a mãe e o pai orgulhosos.

— Sim. E se vocês dois um dia decidirem ter outro filho, me avisem para eu ter tempo de sair da cidade. Não vou fazendo isso de novo. E no minuto em que fizer 18 anos, vou amarrar as trompas. Eu era muito nova para ver isso.

Risos encheram a pequena sala novamente. E isso foi bom.

O bebê arrulhou. Burnett olhou para o pequeno pacotinho em seus braços. O coração de Della derreteu-se ao ver o amor nos olhos do vampiro durão. Ela não pôde deixar de pensar em seu próprio pai, se quando ela nasceu ele a amava tanto assim. Mas não querendo pensar nos seus próprios problemas, afastou o pensamento e fitou o bebê que, infelizmente, teria o seu segundo nome.

Limpinha agora, ela parecia menos um filhote de cachorro molhado e muito mais uma pessoinha. Uma linda pessoinha. Della observou o padrão da criança. Ela era metade *fae* e metade vampiro, mas seu padrão tendia mais para os vampiros. Ela era definitivamente mais vampiro do que qualquer outra coisa. Como Burnett era o pai, isso não era nenhuma surpresa. Nem o fato de Hannah Rose James já parecer a filhinha do papai.

A criança segurava a ponta do dedo mindinho de Burnett com seu pequeno punho — sendo que o dedo mindinho dele era maior do que toda a mão da filha. Seu cabelo castanho e espesso parecia o de Burnett, mas seus traços femininos e delicados eram certamente os de sua mãe.

— Ela é linda! — Kylie olhou para Holiday. — Posso lhe oferecer um toque de cura, Holiday?

— Eu acho que estou bem — disse Holiday.

— Só para ter certeza, deixe-a fazer isso — disse Burnett.

— Ela não deve desperdiçar sua energia se eu estou bem — insistiu Holiday.

— Não foi você que teve que vê-la deitada aí sem vida menos de uma hora atrás — rosnou Burnett para a esposa antes de olhar para Kylie. — Faça. Eu seguro Holiday, se for preciso.

— Faça no bebê, também — disse Della, olhando para a frágil criança e se lembrando dela quando não estava respirando.

De repente, Della sentiu seus olhos ficarem úmidos. Lágrimas de alívio. Mas, caramba, aquele tinha sido um dia difícil. Mas um dia de milagres.

Billy não iria para a cadeia, e Holiday e o bebê tinham sobrevivido.

Leve-me no lugar dela. Della recordou-se da sua oração. Pelo jeito, Deus não precisava de uma alma extra no final das contas.

Poucos minutos depois, o doutor Whitman enxotou todos do quarto, exceto Burnett. E como o médico queria manter Holiday e o bebê em observação por alguns dias, Della esperava que o médico não se importasse que elas tivessem companhia, porque ela apostava seus caninos que Burnett não sairia do lado da esposa.

Quando elas se viraram para sair, Burnett perguntou a Della se ela poderia voltar com Kylie e deixar o carro de Holly, pois o carrinho do bebê estava no porta-malas. Ela concordou e saiu do quarto de Holiday. Steve estava esperando por ela do lado de fora. Della olhou-o nos olhos e se lembrou de como era bom quando ele a abraçava.

— Eu vou dar uma carona a Della — disse ele, como se tivesse ouvido os planos de Burnett.

Kylie olhou para Della como se estivesse esperando que ela argumentasse. Nenhum argumento saiu de sua boca. Ela e Steve precisavam conversar... Se ela soubesse o que dizer. Ou o que não dizer. *Ei, eu beijei Chase.* Ou *ei, eu acho que perdoo você.*

E só então ela se lembrou do que Kevin tinha dito um pouco antes de toda aquela coisa do bebê acontecer. Chase tinha conhecido Chan. Ela pensou em voltar e contar a Burnett, mas aquilo parecia egoísta. Ele merecia celebrar o nascimento da filha sem ter que se preocupar com qualquer outra coisa.

Mais tarde, Della pensou. Ela diria a ele mais tarde.

— Você vai comigo? — perguntou Kylie.

Percebendo que estava perdida em pensamentos, ela olhou para o metamorfo, que a abraçara com tanta ternura quando ela precisou dele.

— Não, Steve vai me levar.

Um sentimento de alívio encheu os olhos de Steve.

E os olhos azul-claros de Kylie se encheram de surpresa.

— Eu vejo você na cabana. Com uma Coca Diet na mão.

Della sorriu e observou-a se afastar.

Steve levou-a de volta a Shadow Falls num Honda Civic novinho.

— Belo carro! — disse ela depois de dez minutos de silêncio, enquanto se perguntava se o Honda seria de Jessie. Será que eles eram tão amigos agora a ponto de ela lhe emprestar seu carro novo?

— Obrigado, ganhei de aniversário dos meus pais.

— De aniversário?

Ele confirmou com a cabeça.

Della engoliu em seco, cheia de arrependimento.

— Foi por isso que eles o levaram para jantar?

— Foi.

Ela soltou um suspiro.

— Eu não sabia que era... seu aniversário.

— Eu sei — disse ele.

— Eu queria que você tivesse me contado. — Ela olhou pela janela do carro, não querendo ver a decepção nos olhos de Steve.

— Você já tinha planejado ir para a casa de Kylie e à funerária. Tudo bem.

Não estava tudo bem. Ela se sentia muito mal. Steve a convidou para sair com ele e os pais, no aniversário dele, e ela tinha surtado, como se ele a tivesse pedido em casamento ou algo assim. Ela nem tinha lhe desejado feliz aniversário. Não que ela soubesse que era aniversário dele, mas ainda se sentia como a maior decepção do mundo.

Droga, ela era uma péssima namorada. Ou uma péssima "quase" namorada.

Ela finalmente olhou para ele.

— Você sabe quando é meu aniversário?

— Dezoito de novembro — disse ele.

— Como você sabe?

— Olhei no seu documento uma vez.

Ótimo. Agora, ela se sentia muito pior.

— Eu sinto muito — disse ela.

— Por quê?

— Por não saber quando é o seu aniversário. Por ser uma mocreia. — *Por ter beijado Chase.*

— Você não é uma mocreia. Você está com medo — disse ele. — Muitas pessoas te decepcionaram. E eu fui mais uma. Sou eu quem deve pedir desculpas por ter deixado... Jessie me beijar. Eu estava com pena de mim mesmo, acho, e talvez um pouco chateado. E foi ela quem realmente me beijou, mas eu não a repreendi. Sabia que ela tinha uma queda por mim e eu deveria ter avisado antes que não aconteceria nada entre nós, mas...

Della olhou para ele.

— Mas foi bom ver que ela estava prestando atenção em você quando eu não estava. E você estava desapontado comigo. — Seria por isso que ela tinha beijado Chase, também? Podia ser.

Ele parou, estacionou na frente de Shadow Falls e olhou para ela.

— Sim, mas foi errado. E eu me sinto péssimo.

— Você não deveria. — Mas ela não se sentia péssima tambem?

— Eu cometi um erro, Della. Já sou maduro o suficiente para admitir.

Ela devia fazer o mesmo, não devia? Ela estudou suas próprias botas no assoalho do carro.

— Eu beijei Chase — disse ela. Pronto. Agora Steve poderia ficar furioso com ela e não consigo mesmo.

Ela não tinha certeza do que esperava que ele dissesse, mas, quando Steve não disse nada, isso a assustou. Ela olhou para ele.

— Viu? Você não precisa se sentir tão mal assim.

Ele não parecia aliviado. Parecia indignado. Não era esse o plano? Tirar um pouco a culpa dos ombros dele? Mas talvez não fosse um plano tão bom assim, afinal de contas.

— Você fez isso para se vingar de mim? — ele perguntou, num tom amargo.

— Não, eu... Eu acho que não. Talvez um pouco. É complicado, mas eu estaria mentindo se dissesse que uma parte de mim não queria se vingar de você. Fiquei magoada, muito magoada. — Ela fez uma pausa e tentou descobrir como explicar; então decidiu apenas dizer a verdade. — Miranda colocou na minha cabeça que, se eu beijasse alguém, conseguiria perdoar você, porque foi isso que Perry fez depois que ela beijou outro cara um tempo atrás.

— Essa é a coisa mais idiota que eu já ouvi.

— Eu sei. Eu disse isso a ela, também.

— Mas mesmo assim você seguiu o conselho dela — disse ele, numa voz cheia de mágoa.

— Não, quer dizer... não foi por isso. Ok, talvez o conselho dela tenha ficado em algum lugar do meu cérebro, mas não foi realmente por isso que aconteceu. Nós estávamos numa missão e já deveríamos ter dado o fora. Alguns membros de uma gangue chegaram e eu estava tentando fazê-los acreditar que éramos... — "Uma prostituta e um cara qualquer" não soava muito bom, então ela disse: — Só parte da multidão.

Por um minuto, ele olhou pela janela, para as árvores mais além. Elas balançavam ao vento e Della percebeu que, como as árvores, as coisas entre ela e Steve poderiam estar balançando também. Ela sabia que caminho queria seguir, mas não sabia dizer se era o caminho certo.

Se ela tinha sido uma péssima "quase" namorada, como seria num namoro de verdade?

— Funcionou? — ele perguntou.

— Sim, eles não viram quem éramos.

 Ele olhou para ela.

— Estou me referindo ao plano de Miranda.

Ela odiava admitir isso, mas...

— Por mais louco que possa parecer, pode ter funcionado.

Ele suspirou.

— Você gostou de beijá-lo?

Demais. Ela quase mentiu, mas então...

— Provavelmente não mais do que você gostou de beijar Jessie. — E ela sabia que ele tinha gostado, porque parecia bem culpado no dia em que ela ligou.

Ele olhou pela janela novamente.

— Você poderia ter mentido.

— Eu estou me tornando uma grande defensora da verdade, ultimamente. — Especialmente depois de descobrir quantas pessoas tinham mentido para ela. Seu ex-namorado. Os pais dela — que nunca tinham lhe contado sobre o tio e a tia. Chase — qual era a ligação dele com Chan?

E, no entanto, por mais irritantes que aquelas mentiras fossem, ela tinha continuado a mentir, não é? Ela não tinha contado aos pais que era um vampiro — por razões muito boas, mas ainda assim era uma mentira. E ela não tinha contado a Burnett sobre seu tio e sua tia, e não achava que faria isso. Mas no momento, pelo menos com Steve, ela queria ser sincera.

— Me desculpe, eu o beijei. Estávamos numa situação de perigo e tudo era muito intenso, mas não era... Não era você. E depois... — Della continuou: — Eu queria que fosse você. — Além disso, Chase já foi embora agora.

— Isso é exatamente o que eu sinto — disse ele. Eles estavam sentados no banco da frente do carro, apenas olhando um para o outro. — E o que isso quer dizer? — perguntou Steve.

— Eu sei o que quer dizer para mim. Quero ficar com você, mas ainda estou com medo.

— Então é só a gente ir devagar.

Ela olhou para ele e seu coração era um misto de esperança e medo.

— Não era isso que estávamos fazendo e não funcionou?

— Então não vamos tão devagar. Vamos fazer com que vá mais rápido! — disse ele com cautela e esperança.

Ela mordeu o lábio.

— Eu nem sabia que era seu aniversário. Eu não sei se vou ser boa em... nessa "coisa" entre nós. — Ela fez um gesto com a mão entre eles. — Provavelmente você merece coisa melhor.

— Não vai ser melhor se não for com você. — O verde e o dourado dos olhos dele brilharam quando ele sorriu. Steve se inclinou e, encaixando a mão atrás da cabeça dela, ele a puxou para mais perto. — Você é linda e divertida. E inteligente. — As palavras dele soaram junto aos lábios dela. Seus lábios finalmente roçaram um no outro. — Eu já disse linda? Eu adoro te ver usando a minha camiseta. — Suas bocas se uniram por fim. A palma da mão dele deslizou pelo pescoço dela e emoção irradiava de seu toque. Ele se aproximou mais do console central, tentando chegar mais perto dela.

Ela fez o mesmo.

Suas línguas se encontraram e o beijo passou de romântico para algo mais. O coração dela disparou, sua pele estava supersensível. Tudo o que ela queria era chegar mais perto.

Queria arrancar o console entre eles; em vez disso, pulou a maldita coisa. Mas quando seu traseiro bateu no volante, a buzina tocou.

Os dois riram e se abaixaram no banco para o caso de alguém ter olhado. Steve alcançou uma alavanca embaixo do seu assento e reclinou o banco vários centímetros, abrindo espaço para ela em seu colo. Não tinha muito espaço, mas ela tentou dar um jeito. Ele se espremeu no banco e ela escorregou as pernas em volta da cintura dele. A posição era apertada, mas ultrasexy. O coração de Della disparou e ela podia sentir que o de Steve seguia no mesmo ritmo.

Ela se afastou apenas um centímetro, olhando para a sua boca úmida.

— Você sabe que estamos em plena luz do dia e alguém pode estar olhando?

— E daí? — Ele a puxou para si. Suas mãos deslizaram sob a camiseta dela. Depois se fecharam em torno da cintura, tão quentes, tão certas. Lentamente, seu toque deixou a cintura e passeou até a lateral dos seios. Ela queria as mãos dele lá. Queria as mãos dele em todos os lugares.

Steve terminou o beijo muito antes do que ela queria. Ele estava ofegante e seus olhos brilhavam com o mesmo sentimento que ela, desejo. Necessidade. Ardor.

Os olhos dele exprimiam uma coisa, mas a expressão facial exprimia outra.

— O que foi? — estranhou ela.

Capítulo Trinta e Cinco

— Seu corpo está fervendo, Della!

— O seu também!

— Não! — Ele tirou a mão de dentro da camiseta de Della e colocou-a no rosto dela. — Não nesse sentido. — Ele balançou a cabeça. — Você é sexy demais, mas o que eu quero dizer é que ainda está com febre. O que está acontecendo?

— Ah. Eu... Tenho certeza de que não é nada sério. — Ela disse a ele o que andava dizendo a si mesma nas últimas semanas. — Eu não acho que esteja com febre. Só não estou tão fria. — E sem querer pensar na possibilidade de estar doente, ela procurou algo para distraí-la. Tentou beijá-lo novamente.

Ele colocou a mão entre sua boca e a dela.

— Pode ser algo bem sério. E se você não está tão fria, então significa que você está com febre. Agora volte para o seu banco.

— Por quê?

— Estou voltando ao consultório do doutor Whitman, para que ele examine você.

— Não. — Della descansou a testa contra a dele.

— Por que não? — Ele inclinou a cabeça para trás e estudou o rosto dela.

— Porque... Eu estou bem. E não quero preocupar Burnett e Holiday neste momento. Se não voltar ao normal em poucos dias, eu irei, ok? Ou melhor ainda, vou pedir a Kylie para fazer em mim aquela coisa de curar com as mãos.

A expressão dele era de decepção.

— Curadores não resolvem tudo. — Ele a observou. — Quais são os seus sintomas?

Eu não tenho nenhuma pereba. Não era isso que era importante?

— Steve, eu estou bem. E para sua informação, Kylie curou o câncer da amiga dela. Eu tenho certeza de que ela pode dar conta de um vírus à toa.

— Ela se sentiu melhor dizendo aquilo, também. Mas se dissesse a Steve que suspeitava de que tinha a mesma coisa que Chan, ele iria surtar. Com um Steve surtado ela não podia lidar.

— Quais são os seus sintomas? — ele repetiu com firmeza. — Sente dor em algum lugar?

— Não... Bem, eu tive dor de cabeça por um tempo, mas já passou.

Ela não ia mentir, apenas minimizar um pouco.

— E? — insistiu ele.

Ela não tinha dito "e", mas Steve sempre fora capaz de captar o que ela sentia.

— Isso fica entre nós — disse ela. — Sigilo entre médico e paciente, certo?

Ele olhou para ela.

— Você está sentada no meu colo. Minha mão estava deslizando sob a sua camiseta.

— É a sua camiseta — corrigiu ela, e sorriu.

— Tanto faz, o que estou dizendo é que estou falando com você como seu namorado.

Ela sorriu.

— Isso soou bem... gostei.

A expressão séria dele se suavizou.

— Eu também. — Mas então ele franziu a testa novamente. — Agora me diga quais são os seus sintomas.

Talvez ela pudesse se abrir um pouco.

— Você promete que não vai dizer nada? — Ela tocou a boca de Steve. Era tão suave ao toque dos seus dedos quanto tinha sido sobre os lábios dela.

— Tudo bem. Eu prometo.

— Minha audição supersensível de vampiro e o olfato, eles estão falhando. É muito louco. Uma hora estão normais, outra hora não.

A expressão dele endureceu e seus olhos castanhos, que tinham um brilho sensual segundos atrás, agora pareciam inquietos.

— Você está começando a se parecer cada vez mais com um médico — ela o acusou.

Ele gemeu.

— Deixe-me levá-la agora para ver o doutor Whitman, Della. Por favor. Ele precisa examinar você, fazer um exame de sangue. Vou ficar mais tranquilo.

— Não. Como eu disse, em poucos dias, quando Holiday voltar para casa e estiver tudo bem com o bebê, eu vou, mas não agora.

— Mas...

— Pare de fazer tempestade em copo d'água! — Ela estava bem, disse a si mesma. Vampiros raramente ficavam doentes. *E, no entanto, alguns ficavam doentes e morriam.*

A voz ecoou dentro da cabeça dela e, caramba!, se não era uma voz muito parecida com a de Chan.

Mas logo em seguida, Della ouviu outras vozes. Vozes e risos. Essas vieram de fora do carro. Steve levantou a cabeça e olhou pela janela.

Através de alguns fios de cabelo, ela olhou para Steve, esperando, rezando, para que estivesse errada. Ele finalmente olhou para ela.

Ela mordeu o lábio antes de perguntar:

— Por favor, me diga que ninguém nos viu no maior amasso, como um casal de adolescentes cheios de tesão, namorando dentro do carro.

Ele afastou o cabelo do rosto dela.

— Será que isso ainda importa?

— Quantos? — perguntou ela.

— Quantos o quê?

— Quantos eu vou ter que matar?

Um sorriso iluminou seus olhos, e ele olhou para trás, para a direita e em seguida para a esquerda.

— Seis. Não, sete. Espera aí. Oito. Isso é bastante gente pra você matar. — O sorriso dele se alargou.

Ela sentiu o rosto ficar quente, imaginando por quanto tempo todas aquelas pessoas tinham ficado assistindo.

— Acho que eu deveria sair do seu colo.

Ele arqueou as sobrancelhas de maneira provocante.

— Ah, não sei. Eu estou gostando muito...

Ela começou a puxar uma perna de trás dele.

— Se minha bunda tocar a buzina de novo, vou *morrer* de tanta vergonha, aqui e agora.

O sorriso dele desapareceu e ela sabia exatamente no que ele estava pensando.

— Você não vai morrer, Della.

Ela tinha começado a se concentrar em sair do colo de Steve quando ele tocou o rosto dela e puxou seu queixo, para olhar seu rosto novamente.

— Dois dias, Della. Se você não for ao consultório do doutor Whitman, eu vou arrastar você até lá.

— Desculpe, mas foi engraçado. — Miranda riu e tirou três Cocas Diet da geladeira. — E não sabíamos que era você. Tudo que vimos foi um casal se agarrando no banco do motorista. — Ela colocou as bebidas sobre a mesa. — E não reconhecemos o carro.

— Não é engraçado! — Della rosnou.

Miranda, Kylie, Perry e cinco outros alunos tinham ficado na entrada de Shadow Falls, espiando ela e Steve. Della não tinha ideia de como pôde não tê-los visto quando Steve estacionou, mas, pensando bem, toda a atenção dela estava concentrada no motorista.

Toda a sua atenção estava no toque de Steve, em como se sentia ao ser beijada por ele. Em como se sentia ao ser compreendida por ele. Era isso que fazia dele alguém tão especial? Ele a aceitava do jeito que ela era. E gostava dela assim.

— Ei... tudo o que você fez foi beijá-lo — Kylie tentou tranquilizá-la, mas até mesmo a camaleão estava sorrindo por dentro; Della podia ver isso nos olhos da amiga.

— Eu não sei — disse Miranda. — A mão dele estava embaixo da blusa dela e a gente não podia ver onde as mãos dela estavam.

Della lançou um olhar frio na direção da bruxa.

— Para com isso antes que eu vá aí e faça você parar!

— Certo, vamos mudar de assunto — disse Kylie. — Nós estamos felizes. Holiday e Hannah vão ficar bem. Graças a você, por sinal. E você e Steve fizeram as pazes.

— Graças a mim! — frisou Miranda. — Eu te disse para beijar Chase. Foi por isso que funcionou.

— Beijar Chase foi um erro. — A mente de Della voltou a se lembrar de que ele conhecia Chan e ela precisava ligar para Kevin e ver o que mais ele sabia sobre o Pervertido da Calcinha, mas ela não queria pensar sobre Chase no momento. Kylie estava certa. As coisas estavam boas demais para que ela se preocupasse. E se isso significava ignorar a leve dor de cabeça que sentia, que assim fosse.

— Apesar de tudo — disse Kylie, dando uma batidinha com o dedo na lata de refrigerante —, o dia foi ótimo!

E eu salvei Billy, Della pensou, abrindo seu refrigerante.

Quando Della olhou para ela, Miranda a encarava com os olhos apertados e a testa franzida.

— O que foi?

A bruxa baixou a lata de Coca-Cola.

— Você está feliz, mas...

— Mas o quê? — perguntou Della.

— Sua aura ainda está escura. Até mais do que antes.

— Bem, então o seu detector de auras está com defeito.

Miranda balançou a cabeça.

— Amanhã você vai observar aves. E não me importo se tiver que arrastar os pássaros até você.

Por volta das oito da noite, Della estava sentada sozinha na mesa da cozinha, sentindo solidão. E um tremendo mal-estar. A dor de cabeça tinha aumentado. Ela sentia não só as têmporas latejarem, mas também a base do pescoço. Talvez tivesse sido melhor se ela tivesse deixado Steve levá-la de volta ao consultório do doutor Whitman, afinal. Ou talvez devesse ter pedido a Kylie para fazer a sua magia com as mãos antes de sair.

A verdade era que as duas melhores amigas a tinham abandonado mais de uma hora antes, para ficar com os namorados. Ela não podia ficar com raiva. Se Steve estivesse ali, ela estaria com ele.

Olhando para o celular, ela torceu para que ele tocasse. Ela tinha retornado a ligação de Kevin duas vezes, na esperança de que pudessem terminar a conversa sobre Chase, mas a ligação tinha caído na caixa postal e ele não havia ligado de volta. A pergunta pesava na mente dela cada vez mais. Por que Chase não tinha contado a ela que conhecia Chan? O que isso poderia significar?

As paredes da cabana pareciam gemer. Seria imaginação dela ou a temperatura do ambiente tinha caído alguns graus? Ela cruzou os braços e olhou em volta. Chan estaria ali? Ela não deveria ter medo dele, se estivesse. Mas a sensação desconfortável na boca do estômago não ia embora. O que o primo queria com ela? Seria algo sobre Chase?

Ela se lembrou de Chase dizendo-lhe que estava à procura de alguém. Será que ele estava mentindo?

De repente, a pele na base do seu pescoço se arrepiou. Ela virou a cabeça, meio que esperando ver alguém parado ali, olhando para ela.

O cômodo estava vazio. Ou pelo menos vazio de qualquer pessoa que ela pudesse ver.

— É você, Chan? — sussurrou.

O silêncio foi a única resposta. Pegando o celular, ela pensou em ligar para Steve, mas já tinha ligado mais cedo e ele dissera que estava com um paciente e retornaria a ligação assim que pudesse. Pensamentos sobre Jessie estar com ele espicaçaram seu estado de espírito já impaciente. Confiar em Steve era uma coisa, confiar em Jessie era outra. Sua cabeça latejou ainda mais.

Quando outro arrepio percorreu sua coluna, ela se levantou e decidiu tomar um banho quente. Foi até o banheiro, ligou o chuveiro e tirou a roupa. O barulho da água caindo parecia ecoar no ambiente e por algum motivo ela se lembrou da cachoeira. Olhou para a cortina do chuveiro. O vapor saía em ondas. Colocou uma toalha sobre o balcão da pia. Massageando as têmporas, olhou no espelho e viu seu reflexo nu. Então ela o viu.

— Merda! Saia daqui, Chan! — Com o medo que sentia do primo morto ela talvez conseguisse lidar; lidar com esse medo enquanto estava "nua", isso já era demais. Ela pegou a toalha e virou-se para encará-lo. Ela esperava que ele fosse embora, mas ele não foi. Ficou ali em meio a uma nuvem de vapor.

— Olhe atrás de você — disse ele.

— Saia daqui! — ela repetiu, ainda ajustando a toalha e lutando contra a dor.

— Olhe atrás de você! — disse ele de novo, e agora era ele que parecia estar com medo.

Ela olhou por cima do ombro, a respiração presa, sem saber o que veria. Não havia nada atrás dela, apenas seu reflexo e o reflexo do primo morto, olhando para ela com olhos tristes.

Ela se virou e encarou-o de novo, e o leve movimento fez com que tudo começasse a girar em volta dela. Ela esperou até que a tontura passasse.

— Olhar o quê? — ela conseguiu perguntar, segurando-se na pia com medo de cair.

Ele levantou o braço e apontou para algo atrás dela. Ela olhou para trás mais uma vez e não viu nada. Mas então, no meio do nevoeiro, a imagem de Chan foi se desvanecendo.

Ela lentamente virou a cabeça para a frente outra vez. Ele tinha desaparecido.

Olhe atrás de você. As palavras ecoaram em sua cabeça. *Olhe!*

Tremendo por dentro, ela não sabia o que era pior. Vê-lo ou ouvi-lo em sua cabeça.

Ainda assim, ela fez o que ele disse e olhou por cima do ombro novamente.

— O que é que eu vou ver? — perguntou, suas palavras parecendo sugadas pelo vapor. A dor de cabeça parecia se espalhar pelos ombros. — O que é que eu vou ver? — perguntou novamente, sua paciência por um fio.

Apenas um silêncio mortal lhe respondeu. Ela não conseguia mais ouvir a água do chuveiro caindo. Não conseguia nem ouvir a própria respiração.

Ela piscou e estava prestes a se virar quando viu o desenho de uma seta aparecer no espelho embaçado. Apontava para o seu reflexo. Ela seguiu a seta. E viu.

— Merda! — Deixou cair a toalha. Todo o medo de fantasmas, de aparecer nua na frente deles, desapareceu. Um tipo diferente de medo brotou no seu peito.

Seu coração disparou e, simultaneamente, a dor na cabeça e nos ombros voltou com mais força. Nua no banheiro cheio de vapor, ela ouviu as palavras de Kevin ecoarem na sua cabeça. *Disseram que ele ficou doente e então umas perebas estranhas apareceram nas suas costas e, então, ele morreu. Simplesmente morreu.*

Della olhou para as marcas vermelhas começando a se espalhar na parte de trás do pescoço e avançando pelas costas. Elas pareciam... penas.

Ela caiu na real. Tinha a mesma coisa que Chan. Tinha a mesma coisa que o matou.

A porta do banheiro se abriu. Ela esperava que fosse Kylie ou Miranda.

Estendeu o braço para pegar a toalha. Usando toda a sua energia, levantou-se e sentiu a cabeça rodar. Pontos pretos apareceram diante dos seus olhos, mas ela se concentrou na porta. Conteve o fôlego quando percebeu que tinha se enganado. Não era Kylie nem Miranda.

— Que diabos você está fazendo aqui?

Capítulo Trinta e Seis

— Você mentiu! — Della gritou, encarando Chase, chocada, por vê-lo ali em seu banheiro. — Você não estava à procura de ninguém.

— Eu estava — disse ele. — Estava procurando você.

Ela teve que fazer um grande esforço para se concentrar apesar da dor.

— Você conhecia Chan, meu primo.

— Sim. — O olhar dele percorreu-a de cima a baixo.

— Vá embora! — ela disse, quando se deu conta de que estava apenas com uma toalha.

— Eu tentei. Não consegui. É terrível quando se adquire consciência das coisas. Goste ou não, você e eu estamos ligados.

— Ligados? — Ela balançou a cabeça, apenas para perceber que qualquer tipo de movimento só fazia a dor piorar.

O olhar de Chase percorreu o corpo dela enrolado na toalha.

— Poderia ser pior. Você poderia ser feia.

— Saia do meu banheiro!

Ele saiu, mas não fechou a porta. Ela se encostou na pia, com tontura novamente. O nevoeiro no banheiro parecia infiltrar-se na sua mente. Chase estivera ali realmente? Ou ela só tinha imaginado? Será que tinha imaginado Chan e a erupção de pele também?

— Aqui! — O Pervertido da Calcinha, real, não imaginado, voltou a entrar no banheiro, como se tivesse todo o direito de estar ali. Ele trazia roupas numa mão e o celular dela na outra. Colocou as roupas na bancada da pia.

— Vista-se.

— Saia! — Um calafrio, este vindo de dentro dela, percorreu sua coluna vertebral. Ela sentiu um tremor por dentro. Sua cabeça latejava.

— Vista-se ou seu amigo metamorfo vai ficar puto se nos vir juntos e você estiver nua. Não que ele não vá ficar puto de qualquer maneira. — Chase disse aquela segunda frase quase para si mesmo. — Mas é tarde demais para tentar encontrar outra pessoa.

— O quê? — perguntou ela, sem entender.

— Vista-se.

— Com você aqui? Nem pensar! — Sua voz tremeu e ela teve que apertar a mandíbula para controlar o tremor.

Ele lhe deu as costas.

— Vista a roupa. Não temos muito tempo.

— Tempo para quê? — ela perguntou com os dentes cerrados.

Um tipo estranho de *déjà-vu* a atingiu. Lembrou-se de se sentir assim antes. Os calafrios. E a dor.

E Chan estava com ela.

Olhando fixamente para as costas de Chase, ela deixou cair a toalha e estendeu a mão para pegar as roupas. Pelo espelho ela o viu se virar de frente.

O olhar dele percorreu seu corpo nu.

Ela rosnou. Seu foco foi para o espelho, para os olhos dele.

— Desculpe. Pensei que já estivesse vestida.

Desculpe, uma ova! Ele sabia muito bem que ela ainda estava seminua. Della lhe mostrou as presas, então continuou a se vestir.

Ele continuou a assistir.

— Por que você estava na casa de Chan? — perguntou ela, tentando deslizar a camiseta pelas costas suadas. Mas cada movimento fazia sua cabeça latejar ainda mais. Com mais força ainda.

Chase olhou para o celular dela.

— Vamos começar chamando o seu metamorfo aqui.

Ele apertou um botão.

A dor no pescoço irradiou para a coluna vertebral. Recusando-se a deixá-lo criar mais problemas entre ela e Steve, Della estendeu a mão para tomar de volta seu celular. Chase pegou a mão dela. Sua dor se intensificou. Ela não tinha forças para se afastar. Seus joelhos cederam e ela caiu sobre ele. Chase colocou o braço ao redor dela e segurou-a em pé. Por que ele parecia tão quente e ela tão fria?

— Está tudo bem — ele sussurrou no ouvido dela. — Vamos dar um jeito nisso. — Ela sentiu a mão dele se mover suavemente nas suas costas.

372

Não estava tudo bem!

Ela conseguiu afastá-lo e segurar-se na bancada da pia, mas todo o seu corpo latejava. Músculos que ela não sabia que tinha se contraíram. Lágrimas encheram seus olhos. Era exatamente daquele jeito que ela se sentira quando fora transformada.

— Ei, Steve! — disse o Pervertido da Calcinha ao telefone, sem tirar os olhos dela. — É Chase.

Della poderia jurar que ouviu a voz de Steve responder irritada.

Ela tentou pegar o telefone novamente. Chase a segurou com uma mão, delicadamente, sem nenhuma agressividade em seu toque. Ele não precisava ser agressivo. Ela não tinha forças para brigar com ele. Mas se ressentia de sentir seu toque tão suave.

Ela caiu para trás, contra a pia novamente. Respirar agora era um martírio.

— Cale a boca e ouça! — sibilou Chase ao telefone, enquanto olhava para ela com preocupação. — Della está correndo contra o tempo. Vou levá-la para a cabana de Holiday. Encontre-nos lá. Eu sei o que tenho que fazer para salvá-la, mas vou precisar da sua ajuda. — Chase desligou.

Della olhou para ele.

— O que está acontecendo?

— Você se lembra de quando foi transformada em vampiro?

O fato de que saber o que tinha sentido a assustava, deixava-a confusa.

— Sim. Por quê?

— Existem alguns sortudos ou, na maioria dos casos, uns azarados, que passam por isso duas vezes.

Ela balançou a cabeça.

— Eu nunca ouvi falar disso.

— Você não poderia. É uma raridade. — Ele estendeu a mão para ela. — Vamos.

— Não! — Ela levantou a mão. — Não até que você me explique.

Ele franziu a testa.

— Ok, uma explicação rápida. Das centenas de linhagens que carregam o vírus, existem seis que estão propensas a um renascimento.

Ela tentou pensar apesar do latejar na cabeça, da dor que oprimia seus ombros. Pensou na erupção na pele.

— É a mesma coisa que aconteceu com Chan?

Chase assentiu.

— Você fez aquilo! — Della o acusou. — Você envenenou a gente ou algo assim.

— Nada disso.

Sua mente só conseguiu discernir que ele não piscara. Então estaria dizendo a verdade? Será que ela ainda tinha lucidez suficiente para julgar?

— O negócio é o seguinte — ele continuou. — Menos de três por cento dos Renascidos sobrevive. Mas os poucos que conseguem, têm dez vezes mais poder. Felizmente, um estudo feito por um médico associado ao Conselho dos Vampiros encontrou uma maneira de aumentar as chances de sobrevivência.

— Que maneira?

— Estabelecendo uma ligação com outro Renascido.

— Ligação? Ligação como?

— Por meio de uma transfusão completa. Você adquire os anticorpos de alguém que sobreviveu. É a mesma premissa utilizada para criar vacinas. Mas, nesta situação, ela liga os dois vampiros. Eles se tornam quase parte um do outro. Isso tem sido comparado ao relacionamento compartilhado por gêmeos idênticos ou talvez almas gêmeas.

Ela tentou entender aquilo tudo que ele estava dizendo. Ela olhou para ele.

— Você é um Renascido?

Ele confirmou com a cabeça.

— Ainda bem que gostamos um do outro, não é?

— Não fale por mim! — ela retrucou. — Eu não gosto de você.

Ele se inclinou.

— Seu coração não mente, Della Tsang.

Então, talvez ela gostasse dele, mas...

— Eu não quero ter nenhuma ligação com você. — Seu coração não saltou dessa vez. Ela não tinha certeza se queria ter uma ligação com quem quer que fosse, mas, se fosse obrigada, havia um metamorfo em quem ela estava de olho.

Chase suspirou.

— Para ser sincero, no começo eu também não estava muito entusiasmado com a ideia, mas vamos tentar tirar partido disso. — Ele estendeu a mão. — Venha, vamos acabar logo com isso. Quanto mais cedo fizermos, menos a gente vai sofrer.

— A gente? — perguntou ela. O que ele queria dizer com aquela besteira de "a gente"? Ele, obviamente, não estava sofrendo nem um pouco.

— Eu vou passar por todo o processo com você. Quando estiver doando o meu sangue.

A mente dela disparou. Ele iria sofrer... de livre e espontânea vontade? Ele tinha que estar mentindo.

Ela não pegou a mão dele.

— Eu vou pedir a Kylie para me curar. Eu não preciso de você... Ligue pra ela. — Ela apontou para o celular.

— Curadores são maravilhosos, mas nesse caso não servem pra nada. Durante os últimos quinhentos anos, os poucos Renascidos que sobreviveram tiveram que cruzar os braços e assistir suas famílias inteiras morrendo. Por mais poderosos que fossem, recorriam a bruxas, feiticeiros e aos mais talentosos curadores. Em vão, receio dizer.

— Como você sabe tanto? — Uma dor agonizante comprimia seu peito e ela mal podia respirar. Seus joelhos começaram a ceder.

— Depois de passar por isso, eu me interessei em descobrir o que estava acontecendo. — Ele se adiantou e segurou-a nos braços. — Hora de ir.

Ela colocou as mãos no peito de Chase, quando ele começou a levá-la para fora do banheiro.

— Eu não quero.

— Você prefere morrer? — Ele saiu na varanda. O vento frio agitava seu cabelo. Ela estremeceu em seus braços.

— Talvez eu não vá morrer. Talvez eu seja uma dos três por cento. — Nesse exato instante, ela se lembrou da prece, *Leve-me no lugar dela*.

Talvez Deus precisasse de uma alma extra, no final das contas.

— As probabilidades são realmente ruins. — Chase disparou para fora, em pleno voo, sem nem começar a correr primeiro.

Ele voava mais rápido que o vento, segurando-a contra o peito como se ela fosse um tesouro precioso. Se ela era um tesouro, não pertencia a ele.

Ele pousou na frente da cabana de Holiday e entrou como se fosse o dono do lugar. Deitou-a no sofá. Havia uma mesa com alguns equipamentos médicos esperando, como se ele já tivesse preparado tudo de antemão.

Outra pontada atravessou seu corpo, começando no pescoço e se espalhando pelas costas. Parecia que sua coluna estava se partindo ao meio. Ela cerrou os dentes para não chorar.

Quando passou, arquejou, desesperada para respirar. Ele passou a mão na testa dela.

— Você não precisa bancar a corajosa. Eu sei que dói pra caramba.

Um segundo depois, sentiu um pano úmido sobre sua testa. O toque suave lembrou-a de Chan. Ele tinha ficado ao lado dela. Da primeira vez. Foi então que algo lhe ocorreu.

— Isso não vai funcionar — ela disse.

— O que não vai funcionar?

— A coisa da ligação. Você estava com Chan. Não conseguiu salvá-lo.

A expressão de Chase endureceu.

— Eu não tentei isso com ele.

A dor que sentia pelo primo borbulhou dentro dela junto com a dor física.

— Você o deixou morrer?

A culpa surgiu e desapareceu dos olhos de Chase.

— Eu tentei salvá-lo, mas ele não era como você. — Ele olhou para a porta como se estivesse impaciente. — Quanto tempo leva do consultório do veterinário até aqui?

Ela não respondeu.

— Como assim, ele não era como eu? Ele era meu primo. Somos da mesma família.

— A mesma família, sim, mas ele era fraco. Não tinha determinação. Nenhuma força interior. Você vai além do seu limite. É uma guerreira. Ele não tinha garra.

— Chan lutou por mim. Ele me fez aguentar da primeira vez. Não me devia nada, mas ficou comigo. Ele se importava. Se não fosse ele, eu não sei o que teria acontecido.

— Eu não disse que ele não era uma boa pessoa. Eu disse que ele era fraco. Tentei fazê-lo correr, tentei ajudar a prepará-lo para o que ele iria passar. Ele nem sequer tentou. Ficou ali parado, esperando a doença tomar conta dele. Mesmo se eu tivesse me ligado a ele, as chances de ele sobreviver seriam muito pequenas. E eu teria...

— Você... teria o quê? — ela perguntou, com dificuldade para respirar.

— Ele não teria sobrevivido. Não tinha vontade nenhuma de viver. E se eu tivesse tentado, não teria sido capaz de...

— De quê? E como você sabe que ele não teria sobrevivido se nem sequer tentou? Você deixou que ele morresse.

Chase soltou um suspiro.

— Eu queria salvá-lo, mas não pude.

A cabeça dela latejava, seu coração doía.

— Eu não quero seu sangue em mim.

A porta da frente se abriu violentamente e bateu contra a parede. Della mal podia se sentar, mas conseguiu ver Steve irrompendo para dentro da cabana. Ele rosnou, um som baixo e sinistro, dirigido a Chase; em seguida, correu e caiu de joelhos ao lado dela.

Ela sentiu a mão dele em sua testa.

— Você está queimando! — Ele deslizou um braço para debaixo dela. — Eu vou te levar para o consultório do doutor Whitman.

— Não, você não vai! — disse Chase atrás dele. — Deixe-a onde está.

Steve se afastou.

Della sentiu uma pontada na barriga e se encolheu, em posição fetal.

Através dos olhos cheios de lágrimas, viu Steve investindo contra Chase. Centelhas mágicas irromperam do metamorfo, que sem dúvida planejava se transformar em algo feroz.

Chase agarrou Steve antes que ele completasse a transformação e empurrou-o contra a parede.

— Ouça, antes de se transformar em algo que não pode raciocinar. Se você não quer que Della morra, vai ter que fazer exatamente o que eu disser. Eu sei o que estou falando. É por isso que vim para cá.

Chase olhou por cima do ombro, na direção de Della.

— E nós estamos ficando sem tempo.

Sem tempo. Sem tempo.

Ela fechou os olhos e, quando os abriu, Chan estava ao lado dela. Ele abriu aquele sorriso torto bobo que ele tinha. E dessa vez pareceu diferente. Ele não estava ali com ela. Ela é que estava ali com ele. Nuvens passavam flutuando.

Ele estava bem, ela pensou. A morte não era tão ruim quanto pensava. E Holiday estava viva.

Capítulo Trinta e Sete

Della devia ter desmaiado. Ou talvez não completamente. Ela ouviu Chase dar instruções a Steve, mas parecia que eles estavam se afastando, ficando cada vez mais distantes. Ou talvez ela estivesse se afastando. E estava tudo bem. Ela se deixou ser arrastada para longe.

Algo a acordou ou a trouxe de volta. Ela sentiu uma picada no meio dos dois braços. Algo quente fluiu através de uma das agulhas em sua veia.

Apertando os olhos, ela ansiava por algo. Mas pelo quê?

Então, ela percebeu. Era aquele lugar. Um lugar de leveza e luz. Brisa suave e calma. Lembrou-se de Chan. De estar com ele.

Instintivamente, sabia que não estava com ele agora. Vagamente, ela se lembrou dele acenando para ela através das nuvens. Adeus. Ele dava adeus. Ela pediu para ele parar de se afastar, mas depois percebeu que Chan não estava partindo. Ela é que estava.

— Não! — ela quase gritou, percebendo o que tudo aquilo significava. Preocupada com as consequências. Tinha sido seu acordo com Deus — para salvar Holiday e o bebê.

Mas alguma coisa, talvez a gravidade, puxou-a de volta... Não, não era a gravidade. Eram silhuetas. Duas delas, trajando vestes compridas e, enquanto a traziam de volta um deles, de olhos azul-claros, tinha sussurrado:

— Não é a sua hora.

Então ela a ouviu. A água. A catarata.

Anjos da morte.

Logo em seguida percebeu que não estava mais tão frio.

— Ei! — A voz de Steve a fez abrir os olhos. Ele se ajoelhou ao lado dela, verificando a agulha cravada em seu braço. Sua testa tinha linhas profundas e seus olhos estavam cheios de preocupação.

Ela piscou. Mais acordada, percebeu que a dor ainda oprimia seu peito, mas não com tanta força. Ela viu o cateter no braço e percebeu o que estava acontecendo.

— Pare com isso! — disse ela, a voz quase um sussurro, e tentou puxar a agulha do braço.

— Não! — Steve pegou a mão dela. — O que Chase disse faz sentido, Della. Você está recebendo os anticorpos dele. A febre cedeu.

Ela molhou os lábios. Estavam tão secos...

— Ele disse que eu ficaria... ligada a ele.

A expressão séria de Steve se aprofundou como se Chase tivesse contado a ele também.

— Eu não vou deixar isso acontecer. — Ele afastou o cabelo dela da testa suada.

Ela ouviu um gemido e, virando a cabeça, viu Chase. Estendido sobre a mesa, parecendo inconsciente.

— O que está acontecendo? — ela perguntou.

— Ele está recebendo o seu sangue e passando pelo mesmo que você.

Ela continuou a olhar para Chase. Suas costas arqueadas de dor. A dor que ela sentia. Ele não deveria...

— Pare com isso! — disse ela, e novamente tentou puxar a agulha do braço.

— Não podemos parar agora. — Steve pegou a mão dela. — Ele deixou isso muito claro. Se eu parar agora, ele vai morrer. Temos que ir até o fim para que ele sobreviva também.

Ela fechou os olhos, mas ouvir os gemidos de Chase despertou uma lembrança da dor mais forte que sentira no próprio corpo. As lágrimas encheram seus olhos. Por que ele tinha feito aquilo?

Ela engoliu em seco, sua garganta raspando. Ele a tinha salvo, mas porque não tinha feito o mesmo por Chan?

Ele estava muito fraco. Ela ouviu as palavras de Chase, mas ainda doía.

Steve passou um pano úmido pelos lábios dela, como se soubesse quanto ela estava sedenta.

— Você ainda está com febre, mas está baixando. Logo vai ficar bem. Apenas descanse agora.

Ele deu um beijo na testa dela.

— Eu vou cuidar de você. Estou bem aqui. — Mas, mesmo quando disse aquilo, ela sentia o sangue sendo bombeado para dentro de suas veias. O sangue de Chase.

Ligados.

O cheiro era horroroso. Algo tocou o nariz dela e ela estendeu o braço para afastar aquilo quando ouviu um estrondo. Tentou abrir os olhos; eles estavam secos, inflamados. Sua língua estava grudada no céu da boca.

— Eu disse que o alho não era uma boa ideia — disse uma voz. — Ela não teve intenção de derrubar você. Agora você pode, por favor, tirar isso daqui?

Ela reconheceu a voz, mas não era de Steve. Era... Chase?

Lembrou-se de ouvi-lo gemer. Lembrou-se de ter pensado que ele poderia morrer. Isso não teria sido certo.

Forçando as pálpebras a se abrir, ela percebeu que não estava mais no sofá, mas numa cama. Olhou em volta, tendo que apertar os olhos para focá-los. O quarto de Holiday.

Burnett estava sentado numa cadeira ao lado da cama. Algo se moveu no chão. Ela levantou um pouco a cabeça e viu que era o doutor Whitman. *Ela não teve a intenção de derrubá-lo.* As palavras de Burnett ecoaram em sua cabeça.

E se ela tivesse feito aquilo?

Burnett inclinou-se e olhou para Della.

— Ela está acordada — disse ele ao médico. — Você pode nos deixar sozinhos?

— Você tem certeza de que é seguro? — o médico perguntou enquanto ficava de pé.

— Eu vou ficar bem — respondeu Burnett, olhando para ela.

Della passou a língua seca sobre os lábios ressecados.

— Onde está Chase?

Burnett franziu a testa.

— Ele se foi.

Ela levantou a cabeça do travesseiro quando a emoção encheu seu peito. Ele tinha morrido para salvá-la. Mágoa, real e profunda, encheu seus pulmões e ficou quase impossível respirar.

— Ele morreu? — Era como se seu coração tivesse sido arrancado. Um buraco vazio deixado em seu peito, onde antes ele batia.

— Não — disse Burnett. — Ele saiu. Provavelmente não queria me enfrentar.

O sentimento de perda não diminuiu. Não era tanto de dor, mas muito mais... de raiva. Ele a tinha deixado? Salvado a vida dela e em seguida fugido? Que tipo de pessoa fazia aquilo?

Burnett estendeu para ela um copo com um pouco de água.

— Beba. Eu sei que está com sede.

Ela estendeu a mão, e rapidamente puxou o copo para si.

— Devagar — disse ele. — Ou vai quebrá-lo.

Ela fez uma careta e pegou o copo na mão. Ele se estilhaçou.

— Merda — ela murmurou, e olhou para o vidro e a água em seu peito. Burnett fez uma cara feia.

— Eu avisei. — Ele se levantou. — Não se mexa, vou cuidar disso.

Ele puxou um cesto de lixo mais para perto e, usando uma toalha, cuidadosamente removeu os cacos de vidro.

— Vai levar um tempo para você se acostumar com isso.

Então se sentou na cadeira e pegou a mão dela para verificar se estava machucada. Nem um arranhão e, se houvesse, ele já estaria cicatrizando.

— Se acostumar com quê? — A cabeça dela ainda girava, atordoada. Seu coração ainda doía com o abandono.

— Os seus novos poderes.

Ela fechou os olhos e se lembrou de Chase lhe dizendo algo sobre isso, mas muito do que tinha acontecido agora era só uma vaga lembrança. Normalmente a ideia de ter mais poderes teria feito com que ela pulasse de alegria, mas não agora.

Aquilo parecia, por algum motivo, insignificante. Chase tinha ido embora.

Ela se sentou. Talvez ela pudesse encontrá-lo.

— Para onde ele foi?

— Quem, Steve?

— Não. Chase. Você sabe para onde ele foi?

— Não — Burnett olhou para ela como se algo estivesse errado.

— O que foi?

— Nada. Eu só... Eu não entendi bem essa parte.

De que parte ele estava falando? Ela balançou a cabeça.

— Você se importa em dizer que parte você *entendeu*? Porque eu não estou entendendo nada. E adoraria que alguém me explicasse.

Ele se inclinou para a frente, com os cotovelos apoiados nos joelhos.

— Eu tinha 14 anos. Fiquei doente. A dor era insuportável. Meus pais adotivos me levaram ao médico, mas eu não me lembro disso. Disseram que eu quase morri. Quando acordei, eu estava muito mais forte do que eu costumava ser. Isso é tudo de que eu me lembro.

Ele fez uma pausa e respirou fundo.

— Todos os médicos sobrenaturais são registrados. E quando o meu relatório foi parar nos escritórios da UPF, eu recebi a primeira visita de um agente.

Pequenos fragmentos do que Chase tinha dito começaram a voltar, e de repente ela percebeu o que Burnett estava dizendo.

— Você é um Renascido.

Ele assentiu com a cabeça.

— Mas eu não entendo. Por que você não disse nada? Eu sei que é forte, mas eu nunca o vi fazer o que... Chase faz.

— A gente não pode dizer a ninguém, Della. A sociedade dos vampiros, principalmente a sociedade dos fora da lei, mas até mesmo alguns caras do bem, tem uma mentalidade do Velho Oeste. A arma mais rápida da cidade não passa de um desafio. Alguém está sempre querendo levar a melhor sobre você.

Ele olhou para as mãos cruzadas e, em seguida, voltou ao assunto.

— Olhe o que aconteceu quando Chase mostrou seu poder no bar. O líder da gangue o chamou para uma disputa. Seus poderes são um dom, mas um dom que você precisa minimizar constantemente e utilizar apenas em emergências extremas. Você não tem que se fingir de fraca, mas nunca mostre todas as suas cartas. Caso contrário, você coloca sua vida e a daqueles que ama em risco. É pior do que ser um protetor, que é visto como algo nobre. Isso faz com que você seja visto como um encrenqueiro. Torna você um alvo de ataques.

Ela fechou os olhos um minuto, enquanto ouvia o que ele estava dizendo, mas aquilo não lhe pareceu algo com que precisasse se preocupar. Ela queria recordar tudo o que tinha acontecido e tentar encaixar as peças no lugar.

— Você sabia que Chase era um Renascido? — ela perguntou. — Como?

Burnett assentiu.

— Eu o vi voando no primeiro dia em apareceu aqui, o que ele não deveria ter feito num lugar em que alguém pudesse vê-lo. Eu imediatamente comecei a investigá-lo. Eu me preocupei com a possibilidade de haver uma razão para ele estar aqui. Então fiquei esperando que fosse apenas uma tentativa de trabalhar para a UPF. Eu não sabia que ele estava aqui por sua causa.

— Ele estava aqui por minha causa? — A voz dela saiu rouca e seca. A pergunta tinha acabado de deixar seus lábios quando ela se lembrou. Ele tinha falado que estava ali à procura de alguém e, em seguida, admitiu que era ela.

— Sim. — Burnett pegou a jarra de água e derramou um pouco no copo. Então entregou a ela. — Ele disse a Steve que tinha sido enviado para se certificar de que você sobreviveria.

Ela pegou o copo com cuidado. Sua mente girava. Tomou um pequeno gole. O líquido queimou sua garganta, assim como o seu próximo pensamento. Chase tinha sofrido por ela. Suportado a dor. Em seguida, algo lhe ocorreu: ele tinha feito aquilo por ela, mas não por Chan.

— Chase poderia ter salvo meu primo?

Burnett assentiu.

— Eu não acho que tenha sido culpa dele, Della. Chase disse a Steve que Chan estava muito fraco. Suas chances de sobrevivência eram muito pequenas. Isso só funciona se o Renascido for forte. Eu não sei se tudo isso é verdade, essa estratégia da transfusão é uma coisa nova, mas neste momento faz sentido.

O coração de Della apertou. Ela não sabia se devia ficar agradecida ou zangada. Talvez as duas coisas.

— Talvez Chase só pudesse salvar um de vocês. E ele escolheu quem sabia que teria mais chance de sobreviver.

Uma nova emoção encheu o peito de Della. Ela sabia o que era. Culpa. Chase só poderia salvar um e ele tinha escolhido a ela. Ela tinha vivido e Chan tinha morrido.

— Agora — Burnett continuou —, eu acho que a grande questão é quem o enviou?

Meu tio e minha tia. Aquela era a única coisa que fazia sentido. Talvez, quando ela tivesse oportunidade de processar tudo aquilo, contaria a Burnett. Mas não agora.

— Há relatos de que alguns anos atrás um médico, não associado à UPF, estava pesquisando Renascidos para ver se conseguia uma taxa melhor de sobrevivência. No relatório, disse que a condição era supostamente hereditária.

Burnett fez uma pausa.

— Eu passei a ter um interesse pessoal em descobrir tudo o que fosse possível sobre ele quando Holiday ficou grávida. Se o meu próprio filho estivesse sujeito a isso, eu iria até os confins deste mundo para salvá-lo. Mas tudo que consegui descobrir foram relatórios inconclusivos.

Pela primeira vez, Della pensou em Holiday e Hannah e se sentiu egoísta.

— Como elas estão?

— Estão bem. Lindas! — disse ele, com os olhos brilhando de amor. Então fez uma pausa. — A verdade é que eu aprendi mais sobre esse processo hoje do que em qualquer um dos nossos arquivos. Sinto muito que você tenha precisado passar por isso, mas nos deu um monte de informações. Assim, você pode ter salvado a vida da minha filha duas vezes. E por isso serei eternamente grato. Se Holiday não estivesse tão determinada a dar à nossa filha o nome Hannah, eu daria a ela o seu primeiro nome também.

Della ofereceu a ele um sorriso fraco e engoliu mais um gole de água.

Alguns minutos de silêncio se passaram.

— Phillip Lance foi preso. Ele confessou o assassinato de Lorraine e do namorado. Você fez um excelente trabalho, Della. Vai ser uma agente e tanto um dia.

Ela assentiu com a cabeça e tentou ficar feliz com isso, mas não sentiu nenhuma felicidade. Seus pensamentos se voltaram para Chase. E ela fez a pergunta que, por algum motivo, mais a preocupava.

— Aquela coisa da ligação, o que você sabe sobre isso?

Burnett suspirou.

— Sinto muito. Steve mencionou essa tal ligação, mas eu nunca ouvi falar. — Ele parou um minuto. — Você ficou preocupada? Sente-se diferente com relação a Chase agora?

— Não. — Ela se ouviu e sentiu o coração pular.

E Burnett ouviu também.

Ela queria negar.

— Ele salvou minha vida. Desistiu de parte do seu poder e suportou a dor por mim. É compreensível que eu me sinta grata, não é?

— Acho que sim — disse Burnett, mas ele não parecia convencido.

Ela engoliu em seco, a garganta ainda ressecada. Seus pensamentos se voltaram para o primo.

— Ele deveria ter tentado salvar Chan. — As lágrimas encheram os olhos dela. — Isso só faz com que eu me sinta pior. Chan me ajudou a enfrentar a minha primeira transformação e por minha causa, porque eu era um pouco mais forte do que ele, ele foi preterido. — Ela enxugou as lágrimas dos olhos. — Isso é justo? Eu sobrevivi e ele morreu.

— Não — disse Burnett. — Mas a vida raramente é justa. — Ele colocou a mão no braço dela. — Mas eu posso dizer o que é justo. Você ainda está com a gente. E... — Ele apontou para a porta. — Na sala de estar estão vários amigos seus muito preocupados e que também estão gratos que você esteja viva. Kylie e Miranda não saem da cabana há dois dias.

— Dois dias? Eu fiquei inconsciente por dois dias? — Sua pergunta seguinte era havia quanto tempo Chase tinha deixado Shadow Falls, mas ela não quis formulá-la em voz alta. Não queria pensar nele, mas não conseguia evitar. O que aquilo significava? Ou será que significava alguma coisa?

Burnett assentiu.

— Nós todos ficamos preocupados. E eu sei que estão todos ansiosos para vê-la, mas você está pronta para vê-los?

Não, ela pensou, mas fez que sim com a cabeça. Se fosse Kylie ou Miranda em seu lugar, ela estaria em pânico.

— Lembre-se, Steve sabe de tudo. O médico sabe apenas de alguns detalhes. E eu sei que você conta tudo a Kylie e Miranda, e, embora não possa impedi-la, neste caso, vou sugerir que não conte.

Guardar segredos de suas duas melhores amigas? Estava fora de cogitação.

Depois de se lavar, Della acenou para Burnett, que estava na parte de trás do quarto e abriu a porta. Todos dispararam para dentro do cômodo. Kylie, parecendo em pânico, entrou primeiro. Miranda, logo depois, com lágrimas nos olhos. Perry estava ao lado dela. Steve entrou atrás deles, e, em seguida, Jenny e Derek. Ela ainda viu Lucas mais atrás.

Amigos. Ela tinha aos montes.

Miranda, a rainha dos abraços, caiu sobre a cama e quando tentou sufocá-la em seus braços, Della levantou a mão.

— Eu estou bem. — No mesmo instante ela olhou para cima e encontrou o olhar de Steve. Ele piscou para ela, mas ela viu outra coisa nos olhos dele. Medo. E ela sabia exatamente o que ele temia.

Fragmentos da conversa que tiveram quando ela estava febril soaram em sua cabeça. *Ele disse que eu ficaria... ligada a ele.* Ela havia dito a Steve sobre Chase.

Eu não vou deixar isso acontecer, Steve tinha respondido. Mas ele devia saber que talvez não conseguisse impedir essa ligação. No entanto, ele tinha colaborado. A emoção apertou o peito dela. Chase tinha arriscado sua vida, suportado a dor para salvá-la, e Steve o ajudara no processo, sabendo que podia perdê-la.

— Não se atreva a fazer isso de novo! — Miranda exclamou.

— Eu vou tentar. — Della encontrou os olhos de Kylie. — Eu estou bem, então pode começar a tirar esse olhar de preocupação do seu rosto.

— Eu tentei curá-la — disse Kylie, com os olhos brilhantes por causa das lágrimas não derramadas. — Não consegui. Minhas mãos não ficavam quentes e você não acordava.

Della lembrou-se de Chase dizendo que curadores não iriam conseguir ajudá-la.

— Mas estou melhor agora. Portanto, sem dramas, está bem?

— Meu Deus! Oh, meu Deus! — Miranda começou a guinchar enquanto quicava a bunda na cama.

— Que parte do "sem dramas" você não entendeu? — perguntou Della. A bruxa revirou os olhos verdes.

— É melhor eu ficar feliz que sua rabugice não passou.

— Sua o quê? — perguntou Lucas.

Della suspirou.

— Eu só estou feliz — disse Miranda. — É a sua aura. Não está mais escura. Quer dizer, ainda está escura como a de todos os vampiros, mas não está tão feia.

— Nada em Della pode ser feio. — Steve aproximou-se e sentou-se ao lado dela. Ele ainda parecia preocupado. Sua mão tocou o pulso dela. Quase como se a testasse.

Ela gostaria de poder lhe dizer para não se preocupar.

Mas ela podia, não podia?

Ninguém a controlava. Era escolha dela. Ela tinha que acreditar nisso. Passando a mão por cima do corpo, ela entrelaçou os dedos nos dele. Segurou-os bem apertado, mas seu coração ainda doía. Doía com a falta que Chase fazia.

Uma hora depois, Della estava de volta à sua cabana — sozinha em seu quarto. Andando de um lado para o outro. Da esquerda para a direita. O cômodo pequeno tornava isso mais difícil.

Steve tinha ido embora com Miranda e Kylie. Quando ele viu que as duas amigas não iriam lhe dar um tempo sozinho com Della, ele a beijou na bochecha — na frente delas — e disse que ligasse para ele quando pudessem conversar.

Della não tinha ligado ainda. Ele iria lhe perguntar. Perguntar se ela se sentia diferente com relação a Chase. O que iria dizer? Ele merecia a verdade. E, no entanto...

Ela ainda não tinha dito a Miranda ou Kylie nada sobre o que realmente tinha acontecido. Della tinha certeza de que estavam esperando que ela explicasse tudo. Elas tinham saído para tomar uma Coca Diet. Mas Della tinha alegado cansaço e ido para o quarto.

Ok, tudo bem, ela estava sendo uma péssima amiga e uma namorada pior ainda. Mas ela precisava de um tempo, pelo amor de Deus! Como iria explicar algo que não entendia? Ou dizer a verdade quando não sabia a verdade?

Ligados? Mas que diabos significava aquilo?

Ela não queria acreditar que pudesse significar alguma coisa.

E ainda assim não tinha parado para pensar nele. Suas emoções oscilavam como uma montanha-russa movida a cafeína

Irritada.

Confusa.

Em dívida.

Tudo isso relacionado ao mesmo cara.

Quase tão frustrantes — quase — eram seus novos poderes. Que ela entendia ainda menos do que a palavra "ligados". É claro que podia ser porque ela não os tinha testado ainda. E quando teria oportunidade?

Ela tinha um palpite de que Burnett começaria a observá-la de perto como um falcão para se certificar de que não se exporia — assim como tinha feito com Chase.

Francamente, ela não culpava Chase. Qual a vantagem de ter poderes se ela nunca poderia usá-los?

Ou, como nesse caso, se quase nunca poderia usá-los. Burnett tinha dito que só poderiam ser usados em situações de extrema emergência. Defina "situação de extrema emergência".

Della pegou o telefone. A mãe dela tinha deixado uma mensagem. Ela precisava retornar a ligação. Mas isso não devia ser uma extrema necessidade, porque ela não queria ligar. Ou talvez só não soubesse o que dizer a ela assim como não sabia o que dizer às outras pessoas.

Ah, ela sabia o que queria dizer: *Ei, mãe. Você sabia que Chan morreu? Eu sei que você pensa que ele morreu há muito tempo, mas ele não estava morto. E, adivinhe só, agora eu não sou apenas um vampiro, mas um vampiro turbinado! E, ah, sim, eu supostamente estou ligada a um cara. Apesar de não fazer a mínima ideia do que isso significa. Então, você poderia deixar de ser tão ridícula e me contar sobre a irmã e o irmão do meu pai, que eu tenho certeza de que enviou esse cara aqui para se "ligar" comigo?*

Ah, sim, isso tudo soaria tão bem quanto um peido no meio da igreja.

Ela ouviu alguém andando até a cabana. Ergueu o rosto e inspirou, querendo poder sentir um certo cheiro. O cheiro de Chase.

Mas o que ela queria com ele?

Respostas, disse a si mesma. Chase tinha algumas explicações a dar. E não apenas sobre essa ligação entre eles e tudo mais, mas sobre quem o enviou à procura dela.

Não era Chase.

Ela ouviu Derek perguntar onde ela estava e em seguida Miranda dizer:

— Você vai dizer a ela agora?

Ela abriu a porta.

— Me dizer o quê?

Ambas, Kylie e Miranda, pareciam preocupadas.

Derek foi até o sofá e se sentou.

— Apenas me diga — disse Della. — É sobre Chase, não é?

— Não — disse Derek.

— Então o que é?

— Alguns dias atrás, finalmente encontrei alguém da escola do seu pai para conversar comigo sobre o seu tio e sua tia.

— E então?

— Sua tia... morreu.

Della ouviu, mas não quis acreditar.

— Então você encontrou o obituário dela. Ela pode ter forjado a própria morte, assim como meu tio.

— Eu acho que não — discordou ele.

— Por que não? Só porque ela não estava na mesma funerária? Pode haver outras que...

— Não é isso — disse ele. — Ela foi assassinada.

— Assassinada? — Della sentiu um aperto no peito. Alguém tinha matado sua tia?

— Quando? Como?

— Foi cerca de um ano depois que seu tio supostamente morreu num acidente de carro.

— Quem a matou? — Ela pensou no pai, na dor que ele devia ter sentido depois de perder primeiro o irmão gêmeo e depois a irmã. Não era nenhuma surpresa que ele não falasse sobre o passado. — Será que pegaram o filho da puta?

Os olhos de Derek se encheram de pesar.

— Quando descobri isso, procurei meu amigo detetive e pedi para que ele desse uma investigada. Ele tem vários amigos detetives. — Derek cruzou as mãos e fez uma pausa.

— E então?

— Ele pediu a alguém para puxar o arquivo. É considerado um arquivo morto. Nunca prenderam ninguém, porque não havia provas suficientes.

— Então não tinham suspeitos? Nada? Alguém mata a irmã do meu pai e simplesmente sai impune?

Derek fez uma pausa e ela pressentiu que ele não queria contar a ela.

— Fala de uma vez!

— Havia apenas um suspeito.

Ela esperou que ele dissesse mais alguma coisa. Sua paciência estava se esgotando.

— Meu bom Senhor! Será que eu tenho que torcer o seu pescoço pra fazer você falar? Quem fez isso?

Ele ainda hesitou.

— O seu pai.

Della engoliu em seco.

— Eles acharam que... Isso não faz sentido. Meu pai nunca seria...

— Eu não disse que ele é o culpado, eu só disse que ele era o único suspeito.

Della viu a maneira como Miranda e Kylie olhavam para ela. Compaixão. E a bruxinha estava prestes a tentar abraçá-la novamente.

— Ele não fez isso! — Della sibilou. — Eu estou dizendo que ele não fez isso!

— Nós acreditamos em você! — disse Kylie. — Só lamentamos que tenha que ouvir isso. E você está doente e...

Querendo gritar, ou melhor, querendo correr, ela disparou para fora da cabana. De início se esqueceu de não correr muito rápido. Mas depois diminuiu suficientemente o ritmo para que Burnett não precisasse sair atrás dela. Ela deu sete voltas em Shadow Falls, rápido como o demônio, e não se cansou. Por fim, parou. Não havia nenhum ruído. Silêncio total.

Então o telefone dela apitou com uma mensagem de texto.

Tirou o celular do bolso. E sua respiração ficou presa. Era Chase.

Preocupado com vc. Precisamos conversar.

— Não me diga, Sherlock! — ela exclamou e começou a digitar uma resposta, mas então ouviu e sentiu alguém vindo.

Kylie, com Miranda nas costas, pousou ao lado dela. Della enfiou o telefone de volta no bolso.

— Você está bem? — perguntou Kylie.

— Não — disse Della, sem nenhuma vontade de fingir. — Eu não estou.

— Precisa de um abraço? — perguntou Miranda.

Della olhou para a bruxinha e pensou em cerca de dez respostas malcriadas, mas, quando abriu a boca, nenhuma saiu.

— Sim — disse Della, e algumas lágrimas escorreram dos seus olhos. — Eu acho que sim. — A confusão, a ponto de doer, cresceu dentro dela. Seu pai era suspeito de matar a irmã. Ela estava ligada a um cara que mal conhecia e não sabia o que aquilo significava. Mas, por mais que quisesse negar, sentia que aquilo significava alguma coisa.

De pé no meio de um abraço coletivo, sem nenhuma pista do que podia fazer, ela teve um momento de clareza. Tinha uma lista de perguntas que precisavam de respostas e grandes decisões a tomar, mas uma coisa ela sabia. Tinha as duas melhores amigas do mundo!

E se ao menos se lembrasse disso, conseguiria sobreviver àquele furacão. Sobreviver e encontrar respostas. Ela tinha que conseguir.

Afinal de contas, era uma Renascida. E aquilo tinha que significar alguma coisa.

Coleção Saga Acampamento Shadow Falls

Coleção Saga Acampamento Shadow Falls – Ao Anoitecer

A jornada de Della continua!

Não perca Eterna, o próximo volume da Saga Acampamento Shadow Falls - Ao Anoitecer.